# ボタニカ

朝井まかて



祥伝社文庫

# ボタニカ　目次

# 一　岸屋《きしや》の坊《ぼん》

　杉の落葉や枯草のふりつもった背戸山《せどやま》の道を、はなをすすりながら登っていく。早春の朝のことで、下駄《げた》の裏はしめって滑《すべ》る。時々拍子《ひょうし》がくるって道に膝《ひざ》をついてしまうが、とっさに道の脇の斜面に手をのばす。木々からぶら下がったつるをつかんで身を立て直せば、憶《おぼ》えのある姿が目に飛び込んできた。冬の間はしんと静まっていた石積みの間から、丸い頭を出している。

　富太郎《とみたろう》は小腰をかがめ、顔を近づける。

「グルグル、おまんも出てきたか」

　グルグルというのは、富太郎が勝手につけて呼んでいる名だ。それが気に入らぬのか、彼奴《きやつ》はきっかりと渦を巻いたまま揺《ゆ》れもしない。馬の毛のように赤茶けたひげにおおわれて、少し威張っているようにも見える。しかしやがて水がぬるめば日ごとに渦をほどき、明るい緑の葉を意気揚々《いきようよう》と開く。それはいつか村を訪れた手妻師《てづまし》のごとき仕業《しわざ》で、しかも細長い葉が左右に律儀《りちぎ》にならんで整然とうつくしい。触れると軽くふわふわとしているのに、葉裏には赤茶の粒々をつけていて獣《けもの》みたいだ。

小さな丸い頭をなでてやれば、ひとりでに笑《え》みがうかんでくる。愛《う》いなあ。なんでこうも、愛いがやろう。

数歩登ればまた目の端で何かが顔をのぞかせ、足を止める。幼い木の芽や固い花のつぼみは愛想《あいそ》良しもいれば澄まし屋もいる。そのつどかがんだり爪先《つまさき》立ちになって声をかける。右へ左へと気持ちの向くまま動くと、山の中に風が渡る。冬と春が入り混じって、けれど草も木の枝もどこかしら様子が変わっている。そう、春は山をあたらしくする。

ふと唇が冷たくなったので、顔を少しばかり動かして袖《そで》でぬぐった。何日か前から風邪ぎみで、はなが流れていたらしい。すんすんと息を吸い、もう一度袖で鼻の下をこすった。着物は山藍《やまあい》の絣《かすり》で、帯は白の絞《しぼ》り縮緬《ちりめん》だ。あいや、これはよだれかもしれんと、富太郎は光る袖を見返した。

家の縁側で猫の頭をなでていると口がよく半開きになっているらしく、そばを通りかかった祖母様《ばあ》がついとかたわらに膝をつくのだ。

富《とみ》さん、あれ、あれ。

困ったような嬉《うれ》しがっているような声で懐《ふところ》から紙を出し、そっと拭《ふ》いてゆく。祖母様の胸や膝はいつもいい匂《にお》いがする。山中の花とは少し違って木の匂いに近い。京から香《こう》なるものを取り寄せ、着物にたきしめているらしい。

さらに山道を登り、また足を止めた。目の向こうにのびている枝にも憶えがある。冬の間はすっかりと葉を落として灰色の幹《みき》とつるが寒そうだったが、点々と芽を吹いている。

「アマアマ、おまんもいよいよか」

初夏になれば上向きの花をたくさんつける木で、澄んだ薄紫で山を彩《いろど》る。その花の匂いの甘いこと、清いこと。家の庭で遊んでいてもすぐにわかるほどだ。それで富太郎はアマアマと呼んでいる。

やがて山の中腹の、午王《ごおう》様の前にたどり着いた。まずはお宮にひょこりと頭を下げ、祖母様がいつもするように手を合わせて打ち鳴らす。午王様は富太郎の産土《うぶすな》神社でもある。

境内《けいだい》は森の中になんとなく開けたような原っぱで、飾りけのない、のんきな明るさに満ちている。富太郎は毎日のようにここをおとずれて草や花や木々に喋《しゃべ》りかけたり、夏空を行く雲のゆくえを眺めたり、ホトトギスの声が響く森に分け入ったりして遊ぶ。秋には家から木桶《きおけ》を持ち出してドングリ拾いだ。狸《たぬき》やりすも辺りをうろうろと行き交《か》うので、ついでに声をかける。

おまん、子ぉができよったらしいの。いっぺん会わせてや。連れてきて。

紅や黄色に染まった葉っぱを拾いながら、ひょいとドングリを投げてやる。相手はこちらをじっと見つめたまま動かないが、振り返れば確かにそこに投げた実のいくつかがなくなっている。

北側に開けた斜面まで歩いて、また見つけた。斜面いっぱいに小さな白い花が幾千《いくせん》と群れて揺れている。

「やあ、咲いちゅう、咲いちゅう」

駈《か》け出せば、胸のうちが鳴り始める。去年の春にこの群落を見つけて、ずっと待ち遠しかった。この景色を思いうかべるだけで、手足がわいわいと動いてしまうほどに。

さっそく斜面の手前にうつぶせになり、顔の下で組んだ腕の上に顎《あご》をのせた。草の葉先が頰《ほお》にあたるが、この季節は柔らかで少しも痛くない。群れの先陣を切っている一輪に、じいと目を凝《こ》らした。茎《くき》の長さはせいぜい三、四寸、花は指の先ほど、わずか半寸だ。白い花びらの形は富太郎の家にもある梅樹の花に似ていて、そこで富太郎はバイカと呼んでいる。けれど、とりあえずだ。梅花よりも勢いのある開き方なので、得心ができていない。これはなにか、もっと違うものに似ているとしばし目を上げ、すると山々の向こうに広がる青が目に映る。そうだ。鳥の翼のごとく開いて、このまま空をめざして飛び立ちそうな形だ。

さらに注目して、そして大人みたいにうなった。花の中心が、またずいぶんと凝った作りだ。去年はこんなことに気づかなかったので、また「へえ」と洩《も》らした。芯《しん》には細長い緑の実のようなものが何本もぎゅうと集まっている。その周りに、白い棒が矢車のように何本もつき出ているではないか。さらにその間には、あざやかな黄色の、盃《さかずき》に似た形の頭をした棒も花いっぱいに開いている。

「面白いなあ」

肘《ひじ》を用いて躰《からだ》を動かし、いっそう花に近づく。

「なあ、バイカ、なんでこうも一輪の中にいろんなものを備《そな》えちゅうが？」

花は微《かす》かに揺れる。風が揺らしているのか、花が揺れるから風であるのか。それを時々不思議に思うことがあって、祖母様や女中をつかまえて訊《き》いたことがあるけれど、誰も首を傾《かし》げるばかりだ。

息を詰《つ》めて、しばし待った。またはなをすすりたくなったが、じっとがまんをする。静かに、気配を消すほどにして待つ。

独《ひと》りかえ。

ほうら来たと、富太郎は背中や腰を波打たせる。

「見ての通りじゃ」

遊びともだち、まだ作らんが？

「ともだち？」

それがいかなるものなのか、よくわからない。

「バイカには、おるが？」

おるよ。ちょうちょや蜂《はち》、鳥や風。

「ほんなら、わしにもようけ、おるき。とんぼや蟬《せみ》、鳥や風、それに、おまん」

いざ並べ立てると、己《おのれ》は途方もないものを胸に抱《いだ》いているような気がする。笑うと
また唇が濡《ぬ》れる。富太郎ははなをすすりながら花にささやいた。

「なあ、バイカ。折り入って訊きたいことがある」

なんぜ？

「おまんの名前、ほんまはなんと言うが？」

バイカなんじゃろう。

「それは、わしがつけた名ぁじゃいか」

富太郎は手をついて起き上がった。草の上に正坐《せいざ》をして辺りを見回す。原っぱの片側は山の斜面で、杉やヒノキ、ササがいる。それらはいつのまにか心得た名だ。

「おまんの、まことの名ぁを知りたい」

バイカはしばし黙《だま》っていて、けれど一筋の風に促《うなが》されるように首を傾げた。

人から何と呼ばれようと、うちは、うち。まことの名ぁなんぞ知ったことじゃあ、ないき。だいいち、おまさんも前はセイタロウじゃったろう。

「誠太郎《せいたろう》は幼名じゃ。七歳の時、富太郎と改名した」

なんで？

「なんでて、みんな、いっぱい名を持ちゆうよ。幼名や通り名や号。いっぱい」

それでも、おまさんはおまさんじゃろう。改名して、なんぞ変わったかえ？

「うん。丈夫になった。こんまい頃は病気ばかりして、お医者には五つまで生きられるかどうかと言われちょったらしい。それで祖母様が日干しのアカガエルやクサギの虫の炊《た》いたがを喰《く》わしたがよ。あん時ばかりは、まっことうらめしかった」

あれは、おまさんのカンの虫の薬じゃろう。

「そうらしい。けんど、その虫をわしは見たことがない。わからんき、カンの虫てどんな虫でと女中らに訊《たず》ね回るんじゃが、誰もこたえてくれん。お医者や、うちの番頭や手代《てだい》も。それでわしは苛立《いらだ》ってしもうて、じだんだをふむ。わからんことを教えてもらいとうて訊きゆうのに」

大人はいつも奇妙そうな顔をして、富太郎を見下ろす。去年の秋など、神社の木々の枝打ちをしているさまが面白くていろいろ訊ねたら叱《しか》られた。

こまっしゃくれた子ぉじゃの。なんで、なんでて、まっことしつこい。どこの子ぉじゃ。

わずらわしそうに吐《は》き、「岸屋《きしや》の坊《ぼん》よ」と誰かが教えた。すると「ああ、この子が変わり者じゃという岸屋の孫か」と眉《まゆ》を上げる。いつものことだ。

確かに、えい着物を着せてもろうちょらあ。じゃけんど、えろう痩《や》せて顔色もようない。お頭《つむり》も大丈夫か。どっか、タガが緩《ゆる》んどらんかや。

まあまあ、そう言うてやるな。父ちゃんも母ちゃんもおらん子ぉやき、大《おお》お内儀《かみ》もふびんなんじゃろう。坊を一度も叱ったことがないらしい。

そんな育て方をしよったら、ろくな大人にならんのう。

その言葉はなにやら不吉な予言めいていたので、祖母様には黙っておくことにした。

富太郎はまた袖で鼻の下をぬぐった。バイカの白花に向かって両膝をつき、「なあ」と斜めに頰を寄せる。

「おまんも名乗りを上げてや」

なんで?

「わしは本当のことを知りたいんやき。おまんの、まことの名ぁを知りたい」

うちらの名ぁをつけるのは、おまさんら人間じゃ。

「そうか。ほんなら、名ぁをつけた者に訊けばええがか。そのひと、どこにおる? どうやったら会える?」

さあ。

ふううと富太郎は立ち上がり、空を仰《あお》いだ。

「なあ、わしは知りとうてたまらんがじゃ」

総身にうんと力をこめて声を張り上げる。

「名ぁだけやない。なんで草は季節になったら土を割って芽ぇ出して、そうと思いよったらたちまち葉っぱを開いてつぼみをつけるがか。花はなにゆえこうもいろいろな色や形をしちゅうがか、グルグルはなにゆえああも渦巻いちゅうがか、わしは知りたい。この山の草木だけやないき。春日川《かすががわ》や城山《しろやま》も、越知村《おちむら》の横倉山《よこぐらやま》におる連中のことも知りたい。知り合いたい」

真実《まこと》が持つ、その揺るぎない輝きに触れたい。

ただむしょうに。はち切れそうなほどの思いが湧《わ》いて、総身が蛙《かわず》みたいに膨《ふく》れ上がる。

バイカはもう口をつぐんでしまい、辺りは風が吹くばかりだ。

富太郎は仰向《あおむ》けになって、大の字に手足を開いた。空を綿雲が流れてゆく。


富太郎は文久《ぶんきゅう》二年、牧野《まきの》という家に生まれた。

牧野家は造り酒屋を生業《なりわい》とし、御一新《ごいっしん》前は藩の御用を務めて名字帯刀《みょうじたいとう》を許されていたという。この佐川村《さかわむら》では屋号の「岸屋」で通り、桶にたらい、ざる、ほうきなどの荒物《あらもの》、手拭《てぬぐ》いや葉たばこ、おなごの紅《べに》などの小間物《こまもの》もあきなっている。街道から少し南に入れば岸屋の屋根の甍《いらか》は波を打って陽《ひ》を照り返し、蔵の並ぶさまは富太郎の目にも雄々《おお》しいほどだ。屋敷内も広大で、襖《ふすま》を引いても引いても座敷が続いている。

村の衆が口にした通り、富太郎は両親《ふたおや》を知らない。ものごころついた時から両親は仏壇の中だった。祖母様は朝夕に花と湯と線香をたむけ、紋《もん》入りの小さなお膳《ぜん》を上げる。そして鈴《りん》を鳴らす。富太郎はその後ろに坐《すわ》り、黒漆《くろうるし》の位牌《いはい》に手を合わせてきた。時々、墓参りもする。それが富太郎にとっての両親だ。ずっとそうだ。身寄りはただ一人、祖母様の浪《なみ》だけである。

明治六年、富太郎は数え十二だ。今日も村の東のはずれに向かって、ぐいぐいと歩いている。袴《はかま》の裾《すそ》がすれて立てる音も、帳面に筆と墨《すみ》、硯《すずり》をまとめた風呂敷包みの嵩《かさ》も楽しい。今日はなにを習うんじゃろう、そう思うだけでひとりでに口許《くちもと》が緩み、ふふうと笑みが零《こぼ》れる。

目指すは目細谷《めぼそだに》の伊藤《いとう》塾で、手習塾《てならい》での学びを修《おさ》めたのちに通うようになった。

昨年まで通っていた手習塾も楽しかった。祖母様が和歌を能《よ》くするので伊呂波《いろは》などいつのまにやら読め、漢字も書くことができる。だが祖母様以外の、男の師匠に素読《そどく》や手習を褒《ほ》められるのは格別だった。

富太郎はようできる。立派な手跡《て》じゃ。

艶々《つやつや》と墨が光る半紙を掲《かか》げ、見習うようにと皆に示してくれるのだ。たまに違う者の手跡を先生が褒めると、負けたような気がして胸のうちが塞《ふさ》ぐ。他人に交じって何かを学ぶということは、己の出来を思い知らされることでもあった。家に帰ってからなにくそと、奥歯を鳴らしながら紙が真っ黒になるまで筆運びを稽古《けいこ》した。競って勝てば胸がすくし、だがそれよりも己が上達する手応《てごた》えが気持ちよくてたまらない。

塾の帰り道には、仲間と一緒に遊ぶ。駈けっこや相撲《すもう》、木登り、時には山中に陣所を作って戦《いくさ》ごっこだ。

「それ、攻めよぉ」

富太郎は塾での出来が抽《ぬき》んでているので、遊びにおいても自《おの》ずと大将になる。己よりも躰の大きな者も兵として動かし、雄叫《おたけ》びを上げて取っ組み合う。負けるのは大嫌いだし、誰かに指図されるのも嫌いだ。いつでも頭目《とうもく》にならねば気が済まず、「たまには、わしも大将をやってみたい」と誰かが言い出せば、「やれるもんなら、やってみい」と譲《ゆず》りはする。あんのじょう、その者が陣頭指揮を執《と》れば何人もが生け捕りにされて負けを喫《きっ》する。結句、采配《さいはい》代わりのヤツデは我が手に戻ってくる。山中から引き上げる時、富太郎の鼻はさらに高くなる。

「あれがヤマブキ、これはカタバミ。ああ、それはドウダンじゃ。こっちがツツジ」

木や花の名前は以前よりもはるかに知っている。山で掘り取った草花や手折《たお》った花枝を師匠に見せれば、「これはイバラじゃ」と教えてくれるのだ。その日は「イバラ」と、皆で書くことになる。不思議なことに、ものの名前は手を動かして文字にすれば躰の中に入ってくる。いったん入ったものはそこで根を張るので忘れない。なかには師匠の知らぬ草もあって、そういう時は山に薪柴《まきしば》を拾いに入ってくる年寄りや田を耕《たがや》す百姓に訊いて回る。

「ああ、それはユリに似とるがナベワリじゃ。葉っぱを舐《な》めたら舌が割れるみたいに痛《いと》うなるき」

「富さんは、ほんまに物知りじゃのう」

誰も彼もが感心するのでますます得意になって、気がつけば一人で喋っていて、皆はとうに山を下りていたこともある。それでも富太郎は愉快だ。「待て待て」と、笑いながら駈け下りる。

今通っている目細谷の伊藤塾の塾頭は伊藤蘭林《らんりん》という六十前くらいの師匠で、近郷でも名高い漢学の大家《たいか》であるらしい。その名は土佐《とさ》にも聞こえ、「佐川山分《さんぶん》、学者あり」と讃《たた》えられているそうだ。佐川の地は山に囲まれているので、「山分」は山が多いという意味だ。

蘭林先生は威厳があるが身形《みなり》は質素で、頭は半白、髯《ひげ》は兎《うさぎ》ほど白い。四書《ししょ》に始まって五経《ごきょう》、『日本外史《がいし》』、『日本政記《せいき》』を講ずる口調もいたって穏《おだ》やかだ。塾生の数は二十人ほどで、ほとんどが上組《かみぐみ》と呼ばれる武家の子弟である。町人の子は下組《しもぐみ》、ただし富太郎ともう一人の二人きりしかいない。

目細谷に着き、教場になっている座敷に上がった。袴の裾を手でさっと払って下座に腰を下ろせば下組の朋輩《ほうばい》も顔を見せ、並んで居《い》ずまいを正す。やがて上組の武家の子弟らが次々と入ってきて上座《かみざ》についた。塾頭の蘭林先生が床《とこ》の間《ま》の前に姿を現して坐すのを待ち、一同で朝の挨拶《あいさつ》をする。それから富太郎らは上座に向かっても辞儀をするのが礼儀だ。

「上組のお方、おはようございます」

二人きりなので、精一杯、声を張らねばならない。

「下組の人、おはよう」

返ってくる挨拶は大勢で、十歳から十四、五歳の者も揃《そろ》っているので声が太くなる。昼間、弁当を遣《つか》う時にはまず武家の側から「下組の人、許してよ」と声がかりがあり、当方は「上組のお方、御免《ごめん》」と返してから箸《はし》を持つ。それがしきたりだ。

蘭林先生はいつものように大切に、書物を拝《おが》むように押しいただいてから開いた。このところは『漢書《かんじょ》』を講じられている。前漢のことを記《しる》した歴史書で、二十四史の一つであることはすでに教授されて富太郎も心得ている。

「古人《こじん》曰《い》うあり」

冒頭の一句だ。これを耳にするだけで背筋が伸びる。胸を開き、耳を澄ませる。

「古人は董仲舒《とうちゅうじょ》という儒者《じゅしゃ》である」と先生は口を添え、朗々と読み上げた。

「淵《ふち》に臨《のぞ》んで魚《うお》を羨《うらや》まんよりは、退《しりぞ》いて網《あみ》を結ぶに如《し》かず」

文言《もんごん》を頭の中で繰《く》り返せば、海の音が聞こえる。

富太郎はまだ十歳にならぬ頃、祖母様の実家のある高岡村《たかおかむら》を訪れたことがある。そこに滞在している時、親戚の者が南の新居《にい》という村に連れていってくれた。そこで生まれて初めて海を見た。

山が見えん。どこまでも遥《はる》かに広い。果ては空に続きよる。

波は寄せては返し、やがて高い波頭をせり上げては巻き、白い飛沫《しぶき》を散らしてドウッと落ちる。

凄《すご》い動き方じゃ。雄渾《ゆうこん》な音じゃ。

総身が震動《ふるえ》て、なぜか大声で笑っていた。

「如何《いかが》」

気を戻せば、蘭林先生が上組に顔を向けて問うている。指名されたのはまだ年少の子で、顔に朱を散らしている。黙したままであるので、今度は年嵩の者が当てられた。はッと頭を下げ、口を開く。

「これは、勇なき仕業を戒《いまし》める言葉にござります る」

先生は黙って先を促した。

「淵の際《きわ》に立ちながら魚を獲《と》るのを怖がって、己の家でただ網を編んでいるだけの腰抜けではいかん、と」

富太郎は膝の上に置いた拳《こぶし》を握り直した。

それは違う。解釈が逆じゃ。

つと、蘭林先生のまなざしがこちらに動く。先生はいざ講義となると上下の区別をつけず、下組にも「これをいかに解するか」と問うてくれる。時には塾生同士に意見を論じ合わせることもあって、そこが手習塾での学びとは違う。己が少し大人になったような気がする。

果たして白髯《はくぜん》が動き、「牧野」と呼んでくれた。

「はッ」

「おぬしは如何《いか》に捉《とら》えた」

富太郎は首を立て、頭を立てる。

「浜辺に立ちて、ただ魚が欲しいと羨んでおっても詮無《せんな》きこと。まずは漁《すなどり》の網を結《ゆ》うべし。かような教えかと解しました」

「すなわち」

「己の存念を果たさんとする者は、そのための努力を惜《お》しむべからず」

努力もせずに、ただ欲しがるのは愚《おろ》かだ。

先生の頰に薄い笑みが広がり、「よろしい」と言った。

「皆々、牧野の解釈をとくと味わうがよい」

隣の朋輩は我がことのように安堵《あんど》してか、ほうっと息を吐く。

「ただし、この文言の場合、淵と書いてあるゆえ海の浜ではなかろう。牧野、頭の中に描いた景色を修正しておくように」

淵という字は沼や池の深く淀《よど》んだ所を指すらしい。富太郎は頭を下げて恐れ入った。

その夜は寝床に入ってからも、粗末な小屋で網を結う己の姿が泛《うか》んで消えなかった。やはり、海の波音が聞こえるのだった。

庭の草叢《くさむら》で虫が鳴いている。

富太郎はさきほどからもぞもぞとして、尻が落ち着かない。遠来の客に挨拶せよと祖母様に呼ばれ、その挨拶はとうに済ませたのに座敷に留め置かれたままだ。近頃は商い仲間や得意先が訪れるたび同席させられ、面倒なこと、このうえない。しかも今日の客は牧野家の遠縁の夫婦であるらしく、身内の噂《うわさ》話や昔話が途切れない。何の興味も惹《ひ》かれぬ話題は耳のそばを通り過ぎるばかりだ。

「富太郎さんは、おいくつになられました」

女房が訊いてきたので「十三になります」と口早に答え、さあ、もうえいかと腰を上げかければ、夫婦でこなたをしげしげと見やる。

「小さい頃に会ったきりですが、目鼻立ちが随分《ずいぶん》としっかりされましたなあ」

亭主までが懐《なつ》かしげに目を細めるので、曖昧《あいまい》にうなずいて返した。祖母様が「おかげさまで」と話を引き取る。

「近頃は丈夫になりましたけんど、ご覧の通り痩せっぽちは変わりません。友達には西洋ハタットウとからかわれゆうようで」

「はた？」

「飛蝗《バッタ》のことです。この辺りではハタットウというがですよ」

「なるほど。今どきは飛蝗も西洋式ですな」

三人で笑い声を上げる。これは長引きそうだと息を吐き、庭にまなざしを投げた。

富太郎は目が大きく鼻梁《びりょう》が高く、色も白いので西洋人になぞらえられる。誰も西洋人を見たことがないくせにそう囃《はや》し、それはまんざらでなかったりする。なにやら文明開化の匂いがするではないか。しかしハタットウとは心外だ。富太郎が山野をぴょんぴょんと飛ぶように駈け巡るのでその二ツ名を奉《たてまつ》られたらしいのだが、おっちょこちょいみたいだ。まあ、時々、我を忘れて羽目を外しはする。塾の帰り道は朋輩と袴の裾をからげて遊び回り、田んぼで藁《わら》ぐろを引き抜いて辺りにぶちまけ、通りがかりの百姓にたいそう叱られたりする。

襖の動く気配がして、桃色の振袖が入ってきた。静々《しずしず》と上座に進んで干菓子《ひがし》と茶碗を客に差し出す。

「おや、まあ、可愛《かわい》らしい御女中だこと」

褒めているのか揶揄《やゆ》しているのか。なにしろ慶応《けいおう》元年生まれの十歳で、背丈など富太郎より一尺は低い。だが辞儀をする所作《しょさ》も堂に入《い》って、古参の奥女中のごとき貫禄だ。本物の奥女中も二人続き、祖母様や富太郎の膝前にも干菓子と茶碗を置いて回る。

「お猶《なお》です。お政《まさ》さんの娘の」

祖母様が答えているが、奥女中の背中が動いて顔つきは見えない。

「さようですか、このお子が。そういえば、お引き取りになったと聞いたような」

「いや、僕は初耳だぞ」「山本《やまもと》の分家で聞いたじゃありませんか」と、夫婦は声を潜《ひそ》め合っている。

祖母様は「お薄《うす》、どうぞ」と勧《すす》め、膝で退《しさ》る猶を見やる。

「礼儀作法やお茶、お花も仕込んでやらんとなりません。この家はお政さんの実家《であと》ですき」

夫婦は感じ入ったような面持《おもも》ちで、茶碗を持ち上げた。

猶は富太郎の従妹《いとこ》である。両親を病で喪《うしな》ったのち縁戚の許《もと》で養育されていたが、何年か前に祖母様が牧野家に引き取った。この家に手習の女師匠を招き、茶や花、琴《こと》、和歌などは祖母様が自《みずか》ら教えている。富太郎は一緒に遊んだりしない。三歳も違えば遊び方が違うし、だいいち、こなたは忙しい。日中は学問に野山、夜もまた学問をするので朝夕の膳の時しか顔を合わさないほどだ。しかも猶はひどく無口で、瞳は不気味なほど動かない。髪がやたらと多く眉が濃く、口の周りもうっすらと煙《けむ》っている。そこへもってきて首が短く、桃色地に御所車《ごしょぐるま》を繚乱《りょうらん》と描いた振袖はまるで似合っていない。祖母様の見立ては趣味がよいので、猶の生家から運び込まれた長持《ながもち》にあったものなのだろう。祖母様いわく「着物はおなごの財産」であるそうだ。

猶が襖際の下座に控えたのを、祖母様が「お猶」と顔を斜めにした。

「そないな所に坐らんと、前に」

祖母様が促したのは、富太郎の隣の席だ。猶は「おそれいります」と、またこましゃくれた口をきいて立ち上がった。真っ白な足袋《たび》が近づいてくる。

　客の視線もつられるように動き、こなたで止まった。

「富太郎さんはまだ学問をなさっておいでで」

「今は名教義塾《めいこうぎじゅく》に通うております」祖母様は鷹揚《おうよう》に答える。

「名教義塾といえば深尾《ふかお》の殿様がお開きになった郷校《ごうこう》の、名教館《めいこうかん》のことですな」

　亭主が驚いている。

　伊藤塾に通ううち、蘭林先生に勧められて名教義塾に通うようになった。廃藩置県に伴《ともな》って一昨年、名教館は一度休館になったが、昨年、商家を中心にした有志により名教義塾として再開、それに合わせて庶民にも門戸が開かれたのだ。蘭林先生はそこでも教授を行なっており、他にも諸学科を教える師が揃っている。

「さようです。けれど、ご時世にございますなあ。今は国学や漢学の他に、西洋算術や万国地理学」

　祖母様はそこまで言い、富太郎に「あと、なんやったか」と訊いてくる。

「朱子派《しゅしは》の漢学に詩文、和歌、有職学《ゆうそくがく》は伊勢流《いせりゅう》です」

　富太郎はすらすらと述べた。さらには無外流《むがいりゅう》の剣術や日置流《へきりゅう》の弓術、大坪本流《おおつぼほんりゅう》の馬術、北条流《ほうじょうりゅう》の兵学の師もいるが、武術の教授は受けていない。武家の子らは幼い時から父親に武術を仕込まれているので、まったく歯が立たないのだ。富太郎が好きなのは得物《えもの》を用いぬ相撲で、今も村の子供らを集めては躰をぶつけ合う。

「英学も習《なろ》うております」

少しばかり胸を張ると、猶の頭がぬッと動いた。「英学」と、ぼんやりと籠《こ》もったような声を遠慮がちに発する。

「うん。ファアザ、マザア、グランマザ、フラワ」

英学の師は茨木《いばらぎ》先生といい、『単語篇』という書物を筆写したものを一部二銭で配る。むろん富太郎はそれを購《あがな》って使っている。学問に必要と思うものは祖母様に言えば、たちまち揃えてくれる。

「ペンシル」

猶は黙ったまま、丸い顎を斜めに傾げた。

「西洋の筆記用具じゃき。墨を磨《す》らんでも、先っちょを唾《つば》でなめて濡らしただけで字を書ける」

「墨が要《い》らんがですか」

この数年のうちで初めて、文章で問いかけてきた。

「そうじゃ。ペンシルの軸《じく》の中に仕込まれちゅうがよ」

「墨は洩《も》れんがですか」

今度は畳《たた》みかけられ、返答に詰まった。実はまだペンシルを使ったことがない。祖母様にねだって村の洋物屋に取り寄せさせたのだが、届いたのは箸を太くしたような棒きれだ。表面には藍色が艶やかに塗ってあり、断面を覗《のぞ》けば芯に黒いものが見えはする。どうやら先端を削《けず》らねば書けるようにはならんらしいと見当をつけたものの、まだ手こずっている。

ふと気づいて、「ひょっとして」と猶の横顔を見つめ返した。

「おまん、学問が好きか」

猶はしばしとまどったように唇を揉《も》み、コクリと首肯《しゅこう》した。

「まあ、大変」と大仰《おおぎょう》な声を出したのは上座の客だ。窘《たしな》めるような目つきで顔を左右に振る。

「なんでそれが、大変ながです」

「学問が好きなおなごなんぞ、そんな噂が立つだけで縁談のお相手が尻込みするじゃありませんか。おなごは筆より針、箒《ほうき》を好んで家内を案配よう整《ととの》えるものです。子を産み、育て、舅姑《きゅうこ》に孝養を尽くすが役割にござりましょう」

そうなんかなあと思わず腕を組んだ。おなごの役割など考えたこともなかったが、牛馬でもあるまいに、おなごも利口であるに越したことはないだろう。

「ものの道理を学ぶのも学問のうちですろう。それは妻女になっても必要なことじゃと思いますが」

「難しいことはわかりませんけど」と女房は口ごもり、目玉を左右へと動かした。富太郎と猶を交互に見ている。ふいに、絡繰《からく》りを見抜いたとばかりに笑い声を立てた。

「ゆくゆくは、富太郎さんがおもらいになるのですねえ」

「なるほど。お浪さんもお考えになられましたな。いとこ同士の二人が夫婦《めおと》になれば、牧野家の将来も盤石《ばんじやく》」

ムッときたが咄嗟《とっさ》に抗弁できない。塾では弁舌を褒められる身だが、こんな無礼な節介に抗議する刀は持ち合わせていない。目の端で隣の猶を窺《うかが》えば、火がついた焼栗《やきぐり》のごとき顔色だ。

「富さん」と、祖母様がゆるりと呼んだ。気を損じたふうは毛筋ほども匂わせていないが、目で合図を送ってくる。客の応対はもうかまんき、中座しなさい。

「ほしたら手前は学問がありますき、失礼つかまつります」

座敷を出て、やれやれと息を吐いた。

大股で母屋《おもや》の廊下を渡り切り、見世之間《みせのま》を抜けて暖簾《のれん》の外へ出た。フワアと伸びをすれば、濃い匂いが鼻腔《びこう》をつく。店先に紅白や黄、紫の鉢《はち》がずらりと並んでいるのだ。岸屋の酒は「菊乃露《きくのつゆ》」という銘で、その名にちなんで毎年こうして菊花を飾るのが昔からの慣《なら》いだ。富太郎は、花びらの枝垂《しだ》れ方や巻き方に目を凝らすけれども、すぐに飽きてしまう。鉢植えの菊は人の手が入り過ぎている。やはり野山で咲く野菊がいい。薄《ススキ》や吾亦紅《ワレモコウ》の間でふと咲いているような可憐《かれん》さが好ましい。

「坊、お客様は」

背後から声をかけられて、振り向けば番頭の竹蔵《たけぞう》だ。

「まだおるよ」

「さようですか」眉を下げ、また口を開きかけたかと思えば言葉を呑《の》み込んだ。

「どうした」

「立ち話で申し上げることでもないですき。また改めて」

足早に暖簾の向こうへと姿を消した。

竹蔵が言いたいことは、なんとなく察しがついている。おそらく、そろそろ家業に入ってほしいのだ。いつだったか、帳場の近くで祖母様に諫《いさ》め口をきくのを耳にしたことがある。

坊はこの岸屋の、お跡を継《つ》ぐ方にござりますれば。

「手習塾を終えれば」「伊藤塾を終えれば」と待ち構えていたのに、跡取りはさらに名教義塾へと学びの場を進めた。それが竹蔵には理解できず、苛々《いらいら》するほど案じているようだった。実際、手習塾で一緒だった仲間はもう家業を手伝っている。医者の子は薬の匙《さじ》加減を学び、商人の子は算盤《そろばん》を、大工の子は材木を肩に担《かつ》ぐ。しかしこの家は格別の岸屋だ。富太郎が主《あるじ》の座についたとて、なにも変わらない。大お内儀である祖母様が奥を取り仕切り、商いは番頭の竹蔵が差配する、それでなんの障《さわ》りもない。祖母様も竹蔵を軽くいなしていた。

時をお待ち。いずれ、なんとかなるろう。

外の通りから裏の枝折戸《しおりど》を押し、蔵に入る。近頃はこの二階を学問に使っている。暗過ぎず明る過ぎず、そしてなにより、いくらでも大声を出せる。奥の座敷でそれをやっても咎《とが》められはしないのだが、誰の耳も憚《はばか》らずに素読を行ない、英学の単語、連語を復習《さら》いたい。小窓の下に文机《ふづくえ》を置いて周囲に書棚を巡らせ、そこに書物を積み上げてある。この狭さもほどよい。

小簞笥《こだんす》の中から紙箱を取り出した。蓋《ふた》には西洋の子供の顔が男女で描かれており、中央には唐草《からくさ》文様のように語尾を撥《は》ねさせた英吉利《イギリス》語が記してある。ペンシルと読む。

一本、お猶にやるとするか。

箱の中から抜いて蓋を閉めた。だが直《じか》に渡すのも気ぶっせいだ、女中に預けておこうと再び蔵の外へ出れば、響きのよい唄《うた》が高く低く流れてくる。蔵人《くらびと》らの秋洗《あきあら》い唄だ。家業にはまったく関心が向かないが、この唄は幼い時分からなんとはなしに好きだ。

今年も酒造りが始まった。祖母様の言う通りだと、澄んだ秋空を見上げた。

岸屋もこの身も、いずれはなんとかなるろう。

明治七年に名教義塾が閉じられ、その建物が小学校として使われるようになった。二年前に公布された「学制」によって、近代の学校制度が始まったのだ。政府が示した「学事奨励に関する被仰出書《おおせいだされしょ》」にはこう掲げられた。

――一般の人民、華士族卒農工商及婦女子、必ず邑《むら》に不学の戸《こ》なく、家に不学の人なからしめん事を期す。

学ぶことにおいても四民《しみん》平等、おなごも含めた国民皆学《かいがく》が謳《うた》われたのである。その学問の目的はといえば、立身出世であるとの考えだ。「其《その》身を立て、其産を治め、其業を昌《さかん》に」するものは学問であり、それは「身を立《たつ》るの財本《ざいほん》」であり、国家や立身のためにならぬ学問は排除する。それが国の方針であるらしい。

学制は仏蘭西《フランス》に倣《なら》ったもので、日本全国を学区に分けて各々《おのおの》に大学校、中学校、小学校を設立することを目指しているという。就学年齢は満六歳、下等小学と上等小学の二つに分かれ、それぞれの年限が四年だ。さらに下等小学の一年生は八級から七級へと、一学年で二つの級を進む半年進級制となっている。

昨年、小学校開校と同時に入学した富太郎は一年を経た今年、下等一級に進級した。だが授業を受けるたび、日ごとに落胆が増している。なにしろ数え十四歳、とうに知っていることばかりなのだ。手習で書かされるのは「たうゐ」や「いねかり」で、しかも百姓の子らは農繁期になれば姿を見せなくなる。「学校なんぞにやったら、誰が田畑の手伝いや子守りをするがぞ」と、怒鳴《どな》り込んできた父親もいるほどだ。

富太郎も、こうして教本を開きながら欠伸《あくび》を嚙《か》み殺すのに難儀する。「身を立る」といえども岸屋の家業は安泰で盛ん、立身出世のために学ぶ必要などどこにもない。

学びたいから学ぶ。知りたいから、知ろうとする。

なんで、それではいかんのか。なんで、皆、一律に教場に坐っとらねばならんのか。

目を上げれば、格天井《ごうてんじょう》が目に入る。『論語』や『漢書』を講ずる師の声や塾生同士で論じ合ったさまが思い出されて、長い息を吐いた。

今の唯一の愉《たの》しみといえば一枚ものの「博物図《はくぶつず》」で、先生が上座の柱にそれを掛けた時、思わず腰が浮き、気がつけば教場の前に飛び出していた。それは目にも鮮やかな彩色画《さいしきが》で、葉っぱや根、花のさまざまな形の絵が横一列に並んでいる。葉っぱの形は分別《ぶんべつ》がなされているようで、「楕円《だえん》」の項には「グミ」と代表的なものの名が記され、「木半夏」と漢字も記されているではないか。「楔形《くさびがた》」では、「コブシ」と「辛夷」といった具合だ。しかも横文字で英語まで付されている。ヤツデは「パルメイト」と読める。

英語名があるということは、英吉利国にもヤツデが生《は》えているということか。そうと気づいて、爪先立った。

「こんなものがありよるんですか」

「植学《しょくがく》の入門の階梯《かいてい》じゃ」

「しょくがく」

「植物の学問じゃ」

それからは、博物図が掲げられる授業だけが待ち遠しい。根っこは蕪菁《カブラ》や水仙《スイセン》、百《ユ》合の絵が美しく、蕪菁は「平円根《へいえんこん》」、水仙は「毬根《きゆうこん》」、百合は「鱗根《りんこん》」の代表であるらしかった。いずれも憶えがある。平たく丸い形、毬《まり》のごとくまん丸な形、鱗《うろこ》が寄り集まったような形をこの手で何度も触れ、扱ってきた。他には獣や鳥ばかりを描いた図もあるが、この小学校が入手したのは四枚きりだったらしい。隅《すみ》から隅まですべてを諳《そら》んじるほど見尽くして、退屈な授業の間はそれを頭の中で反芻《はんすう》し、学校が退《ひ》けた後はまた野山に入る。

いつの頃からか矢立《やたて》と帳面を持参するようになっていて、片端から草木の姿を描いている。我流であるので思うように写せないけれども、博物図のあの美しさが背中に迫ってきて居ても立っても居られないのだ。息もつかずに手を動かす。

そうこうするうち、小学校で漫然と坐している時間がなお耐えがたくなった。

どうにもならん。やめよう。

年が明けて二月を迎えた朝、祖母様と猶とのさし向かいで膳を済ませた。

祖母様は御納戸色《おなんどいろ》の半襟《はんえり》を広く見せる着こなしで、深い紫地に雪白《ゆきじろ》の小粒を散らした紬《つむぎ》の小紋《こもん》だ。かたわらには幼い時分から見慣れた猫足《ねこあし》の大火鉢《ひばち》が据《す》えられており、鉄瓶《てつびん》が細い湯気を立てている。猶は黙って茶を淹《い》れている。ちょうど番頭の竹蔵が奥に足を運んできて、朝の挨拶を述べたばかりだ。竹蔵が廊下を引き返す音を聞きながら、「祖母様」と申し出た。

「退校することに決めた」

「小学校をよすのか」

「わしも、十五になったき」

やにわに背後で騒がしい音がして、敷居前に滑るようにして竹蔵が戻ってきた。

「坊、やっとその気になってくれよりましたか。ああ、めでたや。これで安堵じゃ。今年は、えい年になりますろう」

富太郎は竹蔵に一瞥《いちべつ》をくれた。盗み聞きの、早呑み込みだ。

「岸屋をやるとは、ひとことも言うちょらん」

竹蔵は目瞬《まばた》きをして、膝で座敷に入ってくる。

「この期《ご》に及《およ》んで、まだ家業に入られんと仰《おお》せで。ほな、何をなさるご料簡《りょうけん》にござります」

「植学を志《こころざ》す」

「しょく？」

「植物の学問じゃ」

「まだ学問をなさる」

何かに踏んづけられたような声で、上半身を後ろにそっくり返らせた。

「学問は一生、いや二生あっても足りん。わしには究《きわ》めたいことがようけある」

「一生って、ほんなら、この岸屋はどうなさるおつもりにござります。大お内儀、そがに暢気《のんき》に構えておられんと、たまにはなんとか仰せになってくださらんか。こがな自儘《じまま》を許されておっては、岸屋はもとより坊ご自身のためになりませんきに」

祖母様は火鉢に向かって膝を回し、火箸でゆるりと炭を触《さわ》る。猶は茶を啜《すす》っている。

「今、無理に家業に引っ張り込んだち、どうもならんろう。あんたが手こずるだけじゃ」

その通りだと富太郎は膳を脇に動かし、祖母様の前へと膝行《しっこう》した。

「実は、小学校には去年の冬から行きやせせんかった」

「ほんなら、毎日、どこへ行きよった？」

「伝習所《でんしゅうじょ》」

名教義塾の教授であった茨木先生らが小学校の近くに伝習所を開き、小学校の教員らに学問を授けている。富太郎はそこに出入りをして、新しい書物が入れば見せてもらったりしている。

「ついては、これを注文してほしいんじゃけど」

　懐から紙片を取り出し、畳の上に差し出した。祖母様はそれを白く長い指で持ち上げ、紙片を目から離すようにして読み上げる。

「近頃、目が遠うなっていかんちや。ええと、帳面と小筆を注文か。ペンシルでのうて、小筆でえいがかね」

　猶の肩が微かに動いた。そういえばいつだったか一本くれてやったが、うんともすんとも言わぬままだ。ま、そんなことはどうでもえい。

「あれは先が硬《かと》うて、どうにも書きにくい。わしはやはり筆が手に馴染《なじ》んじょる」

「ほんなら、京から小筆を取り寄せよう。私とお猶のもちょうど買い替え時じゃし、退校記念に蒔絵《まきえ》の筆を誂《あつら》えようかね」

　祖母様は己の思いつきに満足してか、目尻《めじり》に柔らかな皺《しわ》を寄せた。「それから」とさらに目を細め、紙片を見返す。

「学問のすゝめ。これは書物か」

「うん。先だって伝習所で聞き及んで、どうしても読んでみとうなったがよ。福沢諭《ふくざわゆ》吉《きち》先生というお方の著書」

「ほんなら鳥羽屋《とばや》さんじゃな。竹蔵、丁稚《でっち》どんを鳥羽屋に走らせて番頭さんに来てもろうておくれ。また取り寄せを頼みたい書物があるからて」

竹蔵は「おそれながら」と、面持ちを改めた。

「奥の費《つい》えに手前が口を出す筋合いでないことはよう承知しておりますが、去年の大《おお》節季《せっき》に鳥羽屋へなんぼ払《はろ》うたか、ご承知ですろうか」

「さあ」

「はばかりながら、手代らの一年分の俸給に負けず劣らずにござりましたぞ」

「ほうか。鳥羽屋さんも、さぞ喜んでおいでじゃったろう」

大火鉢の炭が熾《おこ》ってか、鉄瓶がチンチンと鳴る。竹蔵は大息を吐き、渋々と膝で退《しさ》った。

「手前はこれにて」

「ああ。よろしゅう」

腰を上げて廊下に出た竹蔵は、「暖簾に腕押し、なんとやらの耳に念仏」と愚痴《ぐち》りながら去っていく。思わず顔を見合わせた。祖母様は童《わらべ》のように肩をすくめ、ふっと笑う。富太郎も吹き出した。

祖母様とはかくも気が合う。だが血はつながっていない。祖母様は祖父、牧野小左《こざ》衛門《えもん》の後添《のちぞ》えである。

富太郎の母は久壽《くす》といい、先妻の家つき娘であったそうだ。数え六歳の時に亡くなったので、富太郎は母をほとんど憶えていない。決して近づいてはならぬと戒められていた離屋《はなれ》で長らく療養していたことは、後に女中の口から知った。牧野家に入婿《いりむこ》した父の佐平《さへい》についてはさらに憶えがなく、富太郎が四歳の時に没している。どうやら両親ともに胸の病であるらしかった。

祖父の葬式で、年寄りらが額《ひたい》を集めてこそこそと話していたことがある。富太郎が七つの時のことだ。

お浪さんも苦労ぜ。小左衛門さんまで亡《の》うなって、幼い孫をこれから一人で育てにゃならん。

さてもさても。ひとも羨む大身上に、老いたおなごと弱々の子供の二人きり。

しかも血がつながっておらぬのじゃから、坊が不憫《ふびん》ならお浪さんも憐《あわ》れじゃ。

あの時、富太郎は奇妙な気がした。年寄りらは大仰に眉を下げて悲しげで、けれど二人の将来《さきゆき》に舌なめずりをしているような下世話が透《す》けて見える。薄気味悪かった。するすると柱の向こうに坐していた祖母様がすっと白い顔を上げ、「富さん、こっちへおいで」と呼んだ。珍しく強い口調だ。すぐさま座敷を通り抜け、祖母様のそばに躰を寄せて坐った。祖母様は富太郎の肩を抱き寄せ、そして低く呟《つぶや》いた。

お為《ため》ごかしに血のつながりをとやかく言うて、面白がって。

大きなお世話ちゃ。

使用人を声高《こわだか》に叱ったり周囲と諍《いさか》いを起こすことのない祖母様が、物見高い世間の目を断固とした口調で斥《しりぞ》けた。祖母様の胸にきっぱりと通っている芯を感じたのは、あれが初めてだった。

そして祖母様は、猶まで引き取ったのである。富太郎の母、久壽といい、猶の母である政といい、牧野家に生まれた姉妹は揃って幼子《おさなご》を遺《のこ》して没した。祖母様なりに思うところがあってのことだろうが、富太郎は理由を訊かず、祖母様も口にしたことはない。

「このルウペとは、蘭書《らんしょ》かえ」

まだ紙片に目を落としていた祖母様が、薄い片眉をすらりと上げた。

「いいや、西洋の拡大鏡。それがあったら、文《ふみ》の文字も大きゅう見えるがよ」

「それは便利なもんじゃね」

そう、便利なものなのだ。ルウペがあれば草木の細部まで観察ができる。あの博物図に描かれた植物のように、葉の先端や花の蕊《ずい》の付き方の違いも見分けることができる。

「それから、これは辞書か」

「『英和対訳袖珍《しゅうちん》辞書』と、『和訳英辞書』」

入手して手許に置きたい書物は毎日のように増える。一つわかればさらにその先が知りたくなり、そこに辿《たど》り着けばさらに行きたい場所ができる。それは山の奥にどんどん足を踏み入れてゆく感じに似ていて、かと思えば枝先の一片《ひとひら》に見る葉の脈にも似ている。一筋から何本も脈が分かれて葉というものを成し、葉はいくつも並んで枝を成し、枝はまた何本も幹から分かれて伸びて一本の樹木を成している。その木々が緑の森を成し、森は青き山を成す。その山や谷、丘を富太郎は歩き続ける。

今月の末には、背戸山の斜面であの白花がまた群れて咲く。そう思うだけで総身が緩んで、口の端によだれが溜《た》まってきそうだ。あのバイカの本名も、もう知っている。梅花黄蓮《バイカオウレン》という。やはり梅花にちなんでいたかと、名を手に入れた時はまさにハタットウのごとく飛び上がった。他の連中の名もとうに知っている。アマアマは山《ヤマ》藤《フジ》、グルグルは羊歯《シダ》だ。不思議なことに、躰の中の言葉が増えると名も向こうから寄ってくる。

世界はなぜ、こうも胸が躍《おど》る事どもに満ちているのだろう。

「おや、初鳴き」

祖母様がふいに庭の方に目を向けた。

「まだ二月、旧暦なら一月じゃ。鶯《うぐいす》には早いちや」

そういなしつつ立ち上がり、障子《しようじ》を引いた。広縁、そして濡れ縁へと出てみる。軒《のき》庇《びさし》の深い屋敷であるので、足裏の板床はひやりとする。けれど庭や蔵の白壁には春陽が丸く満ちている。顔だけで座敷を見返り、会釈《えしやく》をした。

「鳴いたかもしれん」

祖母様はそよりと白い頬を緩める。猶はいつも重そうな瞼《まぶた》をふと上げ、耳の後ろに掌《て》を立てた。富太郎は庭に飛び降りた。下駄に指を入れるのももどかしく、駈け出す。

さて、今日はどの山に分け入ろうか。

# 二　草分け

白墨《はくぼく》を手にした富太郎は、黒板《ボウルド》に桃の実の絵を三つ描いた。

「ここに桃が三つ入った籠《かご》がある。これに二を乗じて四つ喰《く》ったら、いくつ残るが？」

教場に坐した生徒らを見回し、黒々としたイガグリ頭に目を留めた。

「岩吉《いわきち》、どうじゃ」

皆が一斉《いっせい》に後ろを振り向く。注視を浴び、岩吉の平たい顔が途端に紅色《べにいろ》を帯《お》びた。躰《からだ》は大人並みで、実際、富太郎と同じ十七歳だ。岩吉が前の席に坐《すわ》れば後列の生徒に掛図《かけず》や黒板の文字が見えなくなるので、常に出入り口に近い後方にいる。家の畑仕事を手伝ってから登校するらしく、しばしば授業に遅れるという事情もある。

岩吉は俯《うつむ》いて、肩や腕をもぞもぞと動かすばかりだ。

「ゆっくりでえいぞ」

こういう局面では急《せ》かさないことにしている。岩吉はこの程度の計算など簡単にでき、頭の中ではすでに答えを出しているのだ。それはこれまでの授業で察しがつくし、この教室は上等小学の八級だ。皆、下等小学の一級からここまで進んできている。臨時の試験を受ければ飛び級もでき、たしか岩吉も何級か越えているはずだ。しかしこうして皆の前で当てられると狼狽《ろうばい》して黙り込んでしまう。人前で答えを述べることに慣れていない、とくに百姓の子にそういった性質《たち》が多く、岩吉もしかりだ。間違うことを無闇に恐れ、教員に対してもひたすら恐懼《きょうく》の体《てい》を取る。

もはや明治も十一年となっている。御一新《ごいっしん》によって身分の垣根が取り払われ、四民《しみん》はとうに平等となったはずであるのに、悪《あ》しき慣《なら》いは土地の隅々《すみずみ》にまで染《し》みついてなかなか払拭《ふっしょく》できぬものらしい。己《おのれ》でも気づかぬ、心の癖とでも言おうか。

富太郎が佐川小学校で授業生《じゅぎょうせい》を務めるようになって、早《は》や一年と少しになる。ちょうど薩摩《さつま》の士族が反乱を起こした頃だったか、校長が屋敷を訪ねてきて請《こ》われたのだ。

「牧野君、小学校の授業生を引き受けてくれんか」

授業生は臨時雇《やと》いの教員であるので、呆気《あっけ》に取られた。

「生徒に教えるがですか。わしは二年足らずで小学校をやめましたが」

富太郎は下等小学の一級まで進んだものの、あまりの退屈さに辟易《へきえき》して学校に見切りをつけた。それは露ほども後悔していないが、それにしてもだしぬけな依頼だ。

「わしは校長じゃき、君の中途退学についてはむろん知っちゅう」

だが校長という役職も大変なのだと、訴える。国民皆学《かいがく》を目指す政府の方針に従って生徒をともかく登校させるようにしたものの、今度は教える側の人間が足りない。全国的に不足しているので赴任をただ待っていても埒《らち》が明きそうにない、地元で頃合いのよい者はおらぬかと見回せば、何人かが「岸屋の富さんがよかろう」と推挙したらしい。

「学力は充分じゃ。高知の師範学校に進まんかったのも、教えゆうことはとうに知っちゅうことばかりじゃと鼻を鳴らしたと聞いたぞ」

校長は髭《ひげ》を触《さわ》りながら、「ん」と顎《あご》を上げた。鼻を鳴らしたりなんぞしていないが、進学をやめたのは本当だ。

かつては「土佐」と言い慣わしていた中心地はこのごろ、県名に従って「高知」と呼ぶようになっている。その地に高知県師範学校ができたのは明治九年の秋だ。土佐藩の藩校を母体として設立された陶冶《とうや》学校を改称したもので、県内の最高学府と言える。

富太郎は周囲の友人とそれを耳にするや色めき立ち、皆で申し合わせて高知まで足を運んでみることにした。ところがいかなる巡り合わせか、家業の都合や年齢のかねあいで男子は富太郎が一人、あとは娘三人という一行になった。娘の一人は藩の槍《そう》術《じゅつ》の指南役であった林《はやし》家の息女、三枝《みえ》で、いくつか齢下《としした》だが共に野山を駈《か》け回り、合戦ごっこもした幼馴染《おさななじ》みだ。佐川は名家の娘でもお転婆《てんば》で負けん気の強い者が多く、富太郎も共に遊ぶのに男女の区別をつけたことがない。むろん学問においても、三枝は男子に引けを取らなかった。

三人の中には、猶《なお》もいた。並ならぬ向学心を抱《いだ》き、手習《てならい》の師匠いわく「俊秀」であるのだという。祖母《ばあ》様は学問好きという噂《うわさ》が立っただけで嫁《とつ》ぎ先に困るという古漬《ふるづ》けではない。

富さん、学校見物にお猶も連れて行ってておあげ。

世話役の女中や荷物持ちの供が各家から従《つ》いているものの、一行は高知の市中でやけに人目を惹《ひ》くことになった。富太郎は十五、娘らは十二、三という齢であり、しかも師範学校は鷹城《たかじょう》とも呼ばれる豪壮な城の西手、松や杉の連《つら》なる武家屋敷の界隈《かいわい》だ。首を傾《かし》げられ、時には眉《まゆ》を顰《ひそ》められた。むろん富太郎はいっこう気にせず、振り向けば三人も堂々と顔を上げての歩きっぷりだ。

いよいよじゃね」と、三枝が意気込んだ。「皆の者、用意はえいかえ」

「むろん、おさおさ怠《おこた》りなく整《ととの》っておりまする」と、猫も高揚した声で応《こた》えている。

「いざ、決戦」

　富太郎は吹き出したくなるのをこらえながら、内心ではまた「へえ」と感心したものだ。猶は物言いのはっきりせぬ鈍重な娘だとしか思っていなかったのだが、旅姿はまるで別人だ。道中、娘同士で交《か》わす戯言《ざれごと》にも頭の巡りの速さが知れた。空を見上げて雲の行方を追い、古歌を口ずさんだりもする。もっとも、富太郎に対してはやはり口が重く、話しかけても目を合わそうともしない。それはどうでもよいことであるので、専《もっぱ》ら他の二人と話をした。打てば響くような会話はじつに楽しく、富太郎はなお饒舌《じょうぜつ》になった。

　佐川から高知までは七里《り》強だ。大人の脚なら半日で着く。だが当然のこと、道々で珍しい草木に出逢う。そのつど足を止めて小筆で画帖《がちょう》に写す。そういえば最も近くにいるのはなぜか決まって猶だった。皆はさっさと進んで後ろ姿も遠いのに、猶は三間《けん》ほど先で立っている。ひょっとして待ってくれていたのかと思わぬでもなかったが、富太郎は懐《ふところ》に画帖と矢立《やたて》を仕舞うや、すぐに駈ける。猶のかたわらを颯《さっ》と通り過ぎ、前の一行に追いつく。「待っててやったのに」と怒りもしないので、猶はただ単に足が遅いのだろう。

そうやって飛び立つような思いで訪ねた師範学校であったが、授業内容を聞いてたちまち落胆することになった。この学校でも、すでに学び終えて心得のあることばかりを教授されるようだ。娘ら三人は入学の意志が固く、だが師範学校はおなごに門戸《もんこ》を開いていない。今年の三月に高知県女子師範学校が創設されるのを待って、入学を果たした。猶も市中の遠縁の家に下宿をして、晴れて女学生になった。

「頼むよ、牧野君。君ほどの学識を持っちょって、しかも日中、暇《ひま》のある者は他におらんき」

「はあ」と、頰《ほお》を搔《か》く。富太郎としては、暇などどこにもないのである。相変わらず方々《ほうぼう》を歩き回って採草しているし、それをためつすがめつして画《え》にし、名前がわからねば手持ちの『重訂本草綱目啓蒙《じゅうていほんぞうこうもくけいもう》』や『救荒本草《きゅうこうほんぞう》』を繰《く》って調べに調べる。『重訂本草綱目啓蒙』は全二十冊あるがそれでも判明しない場合も多いので、本草学書を揃え持つ村の医者、堀見《ほりみ》家を訪ね、時には拝借して筆写させてもらう。ゆえに、しじゅう夜なべをするほどだ。

だが校長からすれば、小学校を中退して師範学校に上がらず家業を継《つ》いでもいない富太郎はうってつけの閑人《かんじん》であるらしい。

「けんど、わしは教員という柄じゃないですろう」

「まあ、聞きたまえ。我が日本の近代化は国民皆学を成し遂《と》げてこそ。それは君なら十分弁《わきま》えちゅうろう。旧幕時代は身分のある者や君のような分限者《ぶげんしゃ》の子しか学べんかったじゃないか。それを、いかなる家の子にも平等に教授して不学の者を無くさんと、帝《みかど》の有難《ありがた》い思《おぼ》し召しであるがぞ。な、国家のため立身のため、しかと教えてやってくれぬか。牧野君、教員は稼業にあらず。日本の礎《いしずえ》を作る尊《たっと》き使命ぞ」

校長は説得の材に政府の主張を持ち出した。四民平等、国民皆学は結構だが、「国家のため立身のため」という実学主義は以前から気に喰わない。

富太郎にとって、学問は富国や立身の道具ではない。学んで問い続けた結果、万民の役に立ったり出世の階《きざはし》になるのはよいが、実学主義が幅を利《き》かせるようになれば「世に出て立身するためにせめて小学校は、師範学校くらいは」という考えが罷《まか》り通るようになるだろう。

それでは、学問の本筋に悖《もと》る。何かに役立てるためではなく、学問は学問することそのものに意義があるのではないか。

しかし富太郎は授業生の勧めを引き受けた。真に学びたい子らがいるなら教えてやるべきだろうと思い直したのと、月俸として提示されたのが三円だったからでもある。高知の市中で暮らす者の平均的な月収が二円に満たない額だと聞いたことがあるので、待遇としては悪くない。

金子《きんす》へのこだわりはまったく持たぬままで、今も祖母様に言えば欲しい物はなんでも入手できる身ではある。が、購《あがな》いたい書物はこの佐川を囲む青い山々のごとく連なっている。一つを越えればその先にまた山が現れ、しかしその書物ではそれ以上触れていないことが往々にしてある。次の山に挑《いど》むには、また新たな書物が入用《いりよう》だ。

近頃は昆虫の採集も始めており、地理学にも興味をそそられている。草木の生える土を観察するうち、土地によって土の種類が随分と異《こと》なることには幼い頃から気づいていたが、山中と川縁《かわべり》、海辺でも土が違うのであるからこの国の外はどうなのだろうと考えを巡らすうち、地図にも興味が湧いてきた。古今東西《ここんとうざい》、地図はいろいろとあるが、自身でも作ってみたい。内地はもちろん、世界を歩き回って。そのためには、やはり学ばねばならない。『ミッチェルの世界地理』や『コルネルの地理』、『ガヨーの地理』も手に入れたくてたまらず、しかし移入された西洋の書物はまったく高価だ。俸給があれば鳥羽屋に思うさま注文できる。祖母様は「書物代を自分で出さずとも」と不得要領《ふとくようりょう》な顔をするが、番頭の竹蔵は喜んでいる。

うちの坊《ぼん》、小学校に頼まれて先生になりましてなあ。

暖簾《のれん》の前で近所の者に触れるのを耳にしたことがある。自慢げであり、言い訳がましくもあった。祖母様は世間体《せけんてい》をまったく意に介さないが、竹蔵は富太郎が岸屋の家業に入らぬことで肩身が狭いらしい。

「岩吉、どうじゃ」と、再び促してみた。

大きな肩をすくめ、やっと「三つ」と呟くように答えた。「よろしい」とうなずき、富太郎は爪先《つまさき》を回した。黒板に向かい、桃の絵を新たに大きく五つ描く。

「さて、次の問いじゃ。桃を七人で喰いたいが五つしかないとする。あと、いくつ要る?」

前列の女児を当てると、即座に「二つ」と答える。順に訊いていくと、皆が「二個」と答えていく。先ほどよりさらに簡単な計算であるので間違える者はいない。問いをもっと捻《ひね》るべきだったかと思いつつ、最後に岩吉の番だ。

「あといくつ要る」

すると、首を横に振った。

「要りません」

「ほう、要らぬか」と、富太郎は頰を緩《ゆる》めた。「いくつ要る」と問われて「要らぬ」と答えるのは正解ではないが、不正解は往々にしてサムシングを孕《はら》んでいる。

そうじゃ、こういう答えを待っておったがよ。

浮き浮きと弾《はず》んでくる。しかし生徒らは顔を見合わせてざわつき、岩吉の顔はまたもや熟柿《じゆくし》のごときになった。

「皆、静かにせんか。岩吉、理由を教えてくれ」

岩吉は目をしばたたかせ、唇を揉《も》むように動かしてから「うちは」と声を押し出すように言った。

「うちんくじゃ、いっつも桃の木から五つもいで、それを七人で食べよります」

「喧嘩《けんか》にならぬのか」と訊くと、何人もが笑い声を立てた。それにはかまわず、目で先を促す。

「なりません」

「岩吉の家には工夫がありそうじゃな。絵でもって皆に教えてくれぬか」

前へ出てくるように手招きをした。すぐに立ち上がらぬのはわかっているので、また待った。

「岩吉、わしも教えてもらいたいがよ」

渋々《しぶしぶ》ながらも、ようやく前に出てきた。藍木綿《あいもめん》の着物は窮屈《きゆうくつ》そうで、手首や太いふくらはぎが剝《む》き出しだ。日なたの草の匂《にお》いがする。白墨を渡すと、岩吉はしばし黒板の前に佇《たたず》み、そして三つの桃にのろのろと斜線を引いた。引いていない桃も二つある。

「ほう。これはいかなる分け方じゃ」

「一個まるまるを父ちゃんに食べてもろうて、あとの三つを半分ずつ、祖父《じい》ちゃんと祖母《ばあ》ちゃん、わしと弟、妹二人で分けるがです」

「すると、一個余る勘定になるが」

「はい。母ちゃんに供《そな》えます。仏前に」

思わず目尻《めじり》が下がった。「そうか」と何度もうなずき、席に戻るように掌《て》で指し示す。岩吉が腰を下ろすのを見届けてから、「えいことを教えてもろうた」と皆を見回した。

「えい分け方じゃ。それに、皆、この絵をよう見てみいや。五という数は一が五つあるだけでできちゅうわけじゃないことがわかるろう。一と一、それに二分の一が六つあっても、五になる。他にもいろんな数が潜《ひそ》んじょりそうじゃのう、面白いのう」

生徒らはじっと息を詰めて目を凝《こ》らし、「うちは四人じゃから」と分け方を考え始めた。

「一つ余るき、それを四分の一ずつ、また分ける。ということは、一が四つに、四分の一が四つでも、五になる」

発見した。そんな目をして、頬を輝かせている。

富太郎は、その感触を忘れてくれるなと願いながら教場を見回した。

最初は伝えることに懸命だったのだ。この世がいかに面白い事どもでできているか、生徒らに知ってほしかった。けれど一方的に言葉を発しても、持っている桶《おけ》の大きさがそれぞれ異なることに気づかされた。新しいことを三つ学んだら、後はもう溢《あふ》れてしまう桶もある。そこで、桶が一杯になった時分に、こうやって問いかけることにした。

教えること、すなわち一方的に伝えることではない。教えることは、自《みずか》ら何かに辿《たど》り着く瞬間を辛抱《しんぼう》強く待つことでもある。思い起こせば、目細谷《めぼそだに》の伊藤塾の蘭林先生はよく問い、よく待ってくれた師だった。

「ちなみに桃は英語でピイチという。ペルシアという異国の名前が語源じゃ。中国では古来、仙木《せんぼく》として扱われ、日本でも邪気を払うと信じられてきた。『古事記《こじき》』という書物に出てくるぞ。伊弉諾尊《いざなぎのみこと》が投げつけて黄泉醜女《よもつしこめ》を退散させた話は前にもしたろう。あれが桃じゃ。旧幕時代は諸藩が競って桃を作らせたゆえ、産物帖を見渡しても柿、梨に次いで桃が多い」

そこまでを話したが、教場は鵯《ひよどり》の雛《ひな》のような声で沸《わ》き返っている。誰も前を向いておらず、岩吉も隣の席の男児らと盛んに話し込んでいるではないか。

「おおい、聞きゆうかあ」

富太郎はやれやれと窓外へ視線を投げた。五月の木々が青く赤く芽吹き、風も颯爽《さっそう》と吹く。


油照りに閉口した季節も過ぎ、いつものように授業を終えて小学校を出た。

そしていつものように足の向くまま野山を巡る。画帖や採草道具は頭陀袋《ずだぶくろ》に入れて肩から斜め掛けにしており、毎日、何がしかの草木を抱えて家に帰るのが常だ。根から掘り取る木製の大匙《おおさじ》は特注で誂《あつら》えたもので、小桶に油紙や麻紐《あさひも》、風呂敷、洋物屋から購った西洋のブリキ製の箱も大中小と揃えている。厄介《やっかい》なのは、歩くたびブリキ箱がガチャガチャと鳴ることだ。己でも騒がしく、小学校の生徒らは陰で「轡虫《クツワムシ》」と呼んでいるらしい。

目の先には、すっかりと模様替えをした空が広がっている。青が澄み渡り、巻雲は白く薄く、さざ波のようだ。夏の雲はムクムクと上空への力が強いが、秋雲は今日のように横に広がるものが多い。遠く、遥《はる》かな心地《ここち》になる。

土堤《どて》や畦《あぜ》の曼珠沙華《マンジユシヤゲ》には、まだ早い季節だ。あの花は不思議なことに、彼岸《ひがん》の頃になると一斉に真赤な、それは蕊《ずい》の長い花を開く。毎年、時を違《たが》えずだ。そして彼岸を過ぎれば花はまた一斉に消え、線状の深緑の葉がぞくぞくと生えてくる。墓地でも美しく咲くので「死人花《しびとばな》」などとも呼ばれるが、『万葉集《まんようしゆう》』にある歌を見つけた時、ふいに得た想がある。

路《みち》の辺《へ》の壱師《いちし》の花の灼然《いちしろ》く　人皆知りぬ我《あ》が恋妻は

この壱師は曼珠沙華のことではないか。万葉の人々は、燃えるような赤に恋情を感じたのではないか。

牧野家の墓地にもやはりこの花が群れて咲いていて、数珠《じゆず》を手にした祖母様は「手《た》向《むけ》の花じゃね」と呟いたことがある。そういえば富太郎が知る限り、祖母様はむろん、この花を手折《たお》って家に持ち帰る者を目にしたことがない。先祖への供花であるゆえに憚《はばか》って、そして毒草でもあるからだろう。毒は薬であり薬は毒でもあるので富太郎自身は恐れないが、人々の言い伝えを迷信だと侮《あなど》る気にはならない。伝承には、幾《いく》重《え》もの理《り》がくるまれている。

野菊や藤袴《フジバカマ》、そしてまだ穂の硬い薄《ススキ》の群れを見やりながら進む。佐川を抜けて南東へと歩くうち、鳥《とり》の巣《す》と呼ばれる土地に入った。低い小山の狭間《はざま》で、稲田の緑が黄色く稔《みの》り始めている。その畦道を行き、土堤へと上がった。右手にこんもりとした草《くさ》叢《むら》がある。

緑の合間で鮮やかな色が目の端を過《よぎ》り、足を止めた。引き返し、しゃがんで目を凝らす。やはり、羊歯《シダ》や枯れ残った夏草の間で咲いている。高さは十五寸ほどもあり、花は一本の茎先《くきさき》に数個ずつだ。幼い子供なら目の高さで眺められるだろう。紅紫色の花弁は卵形の四枚で、楕円《だえん》を描く細長い葉は対生《たいせい》している。

　富太郎は左右に頭を揺らし、唾《つば》を啜《すす》り、咽喉《のど》を鳴らした。初めて見かける花なのだ。間違いない、これまで出逢ったことがない。花は野牡丹《ノボタン》に似ているが仲間ではない。野牡丹は常緑の低木、これは明らかに草花だ。

「やあ」と呼びかけるなり、またも総身が弾む。

「おまん、初めて会うのう。わしは牧野富太郎。おまんは誰じゃ。教えとうせ」

　初対面であるので返答がないのは承知の前だが、さらに顔を近づけた。

　雄蕊《おしべ》は黄色だ。花のこの部分を雄蕊と呼ぶと知ったのはいくつの時であったろう。医者の堀見先生に教えられたのだったか、小学校の博物図で示されていたのだったか。

　かつての日本にはその部分を指す言葉がなかったので、幕末、伊藤圭介《いとうけいすけ》という偉い洋学者が植学の洋書を翻訳《ほんやく》する際に訳語を創ったのだという。雄蕊や雌蕊《めしべ》がその名を持ったことで働きも説明できるようになり、受粉のしくみは今や小学校でも教えられている。

「伊藤圭介という先生は洋学の草分けじゃから、訳語を作れたんかのう」

富太郎は頭陀袋を肩から下ろし、道具を広げた。

「ほしたら、わしは植学の草分けになるきね。待っちょき」

本気の宣言を気軽に放《はな》ち、にんまりと笑った。

黄色の雄蕊が花弁の色とあいまって鮮やかさを増している。しかし姿はたおやかだ。見つけられて嬉しいような、とまどっているような様子にも思える。画帖を開いて小筆で写生をし、土を抱えた根ごと掘り取ってブリキ箱に移した。

蔵の二階の自室に帰って書物を繙《ひもと》いてみても、草の名が出てこない。次々と手持ちの書物を調べても、やはり不明だ。

蔵の天窓が月明かりだけになっても書物を繰り続けた。蟋蟀《コオロギ》がリーリーリーと鳴きすだいている。

家々の軒先《のきさき》に、吊るし柿が並ぶ頃になった。

日曜の昼下がり、富太郎は蔵の二階で英学の『リーダー』を復習《さら》っている。声に出して読み進めれば、己でもなかなか発音がよいように思えてくるから不思議だ。もっとも、異人とはまだ会ったことがないので、この読み方が会話に役立つかどうかは知らない。しかし英語での綴《つづ》り方は得意で、野山で覚書《おぼえがき》をするのも英語の方が早かったりする。近頃は日記も英語交《ま》じりだ。

「富さん、おるかえ」

階下で呼ぶ声がする。

「おるよ。克禮《かつひろ》か？」

ややあって、段梯子《だんばしご》から顔を覗かせた。眉が太く、黒目勝ちの瞳はいつもクリクリとしている。

「餅《もち》をようけもろうたき、富さんにもあげたらって、うちの母さんが」

本を閉じ、「そうか」と胡坐《あぐら》を回した。

「声を出したら小腹が空《す》く。有難い」

火鉢にかかった鉄瓶で茶を淹《い》れ、筒形の茶碗に注《そそ》ぎ込んだ。克禮は竹皮包みを開き、さっそく餅を口に入れている。頬を上下左右に動かしながら茶碗を手にし、フウンと言った。

「これ、岸屋の屋号が入っちゅうがやね。酒用かえ」

「そうじゃ」富太郎も餅を手に取った。舌触りがそれは柔らかく、しかも甘く煮た栗の実がごろりと入っている。

「これ、患者さんにもろうたが？」

克禮の父は富太郎が本草学書を見せてもらう医者で、堀見久庵《きゅうあん》という。山間《やまあい》の土地には珍しいほどの美男で、若い時分は「病気になりたや、先生に会いたや」とばかりにおなごの患者が多かったそうな。

「いや、上方《かみがた》から贈ってきたとか聞いたけんど」

声変わり期特有の掠《かす》れ声で、まだ茶碗を眺めている。克禮は慶応三年生まれであるから富太郎の五つ下、まだ十二歳だ。しかしなぜか「富さん」と慕《した》ってくるので、近頃は親しくつき合っている。医者の倅《せがれ》であるので、克禮も植物に詳《くわ》しかった。

「富さん、酒を呑《の》みながら学問しゆうが？」

「いや、わしは酒はやらん」

「岸屋の倅じゃのに。ちったあ呑むろう」

「一滴も呑まんよ」

克禮は「へえ」と、濃い両眉を上げた。

「珍しい。酒を一滴もやらん者がおるとは」

　この土地の者は男女を問わず、それはよく呑む。岸屋はそのおかげで安泰なのだが、富太郎は幼い時分から酒席のさまがあまり好きでない。

「大酒を呑んで高歌放吟《こうかほうぎん》、何度も同じ話を大音声《だいおんじょう》で繰り返すろう。面倒極《きわ》まりない。挙句《あげく》は所かまわず大の字になって寝てしもうて、押しても引いても牛みたいに動かん」

　祖母様は呑むには呑むが、乱れた姿どころか背筋の線すら崩したことがない。

「いつやったか、番頭に利き酒《きざけ》じゃちゅうて一口含まされたことがあったが、どうにも口に合わんかった。頭が痛《いと》うなって動悸《どうき》も打つ。とても学問ができんき、一滴も呑まんことにした」

「わしから見たら羨《うらや》ましいがのう。家が造り酒屋じゃったら、なんぼでも呑める」

「おまん、好きながか」

「うん、好きじゃ」

「うちの番頭に言うて、持って帰ってえいぞ」

「ほんまか」と、克禮は胡坐を持ち上げる。「餅の礼じゃ」と苦笑しながら、もう一つを口に入れた。

「わしはおまんの家の方が羨ましいがのう。なんでもすんぐに調べられる」

堀見家には夥《おびただ》しいほどに書物が備《そな》えられ、まさに憧憬《しょうけい》極まりない家だ。医者は薬の本《もと》となる植物や動物、鉱物に正しく通じていなければ、診立《みた》てはできても患者を療治《りょうじ》することができない。薬効のみならず、深い知識が必要であるらしかった。

「そういや、堀見先生、『植学啓原《けいげん》』ちゅう書を持っておられんか」

その書物は津山《つやま》藩の医師である宇田川榕菴《うだがわようあん》が蘭書《らんしょ》を訳し、植学を通説したものだ。天保《てんぽう》五年頃の板行《はんこう》であるらしく、泰西《たいせい》の植学を本邦に紹介した初めての書であることをものの本で知ってからは、読みたくてたまらなくなっていた。

「うん、あるよ」

「ほんまか。宇田川榕菴の著《あらわ》した書物じゃぞ」

あまりに簡単に肯《うべな》われたので、にわかには信じがたい。

「あるゆうたら、あるよ。先月じゃったか、父さんの古い知り合いが大阪から来てしばらく逗留《とうりゅう》したがよ。毎日、酒を呑みながらその書を開いて、そりゃあ面白い話をしよった」

「克禮、なんでわしを呼んでくれんかった」

恨《うら》みがましく睨《にら》んでやると、餅の粉で白くなった唇を尖《とが》らせる。

「学校に行っちゅう時間じゃろう。それに、富さんの嫌いな高歌放吟ぜ」

「それでも我慢したに」

とはいえ、授業中であればどうにもならない。

「なあ、拝借できんかのう。先生、今日はご在宅か」

「わしが家を出る時はおったよ。書き物をしよった」

「それは好都合」と立ち上がると、克禮は慌《あわ》てて茶を飲み干した。

奥の八畳に通された。障子《しょうじ》越しに冬陽が入ってくるものの、しんとして首筋が冷たい。女中が温かい茶と手焙《てあぶ》りを運んできて、ようやく人心地がつく。

廊下で足音がして、久庵が入ってきた。四十過ぎのはずだが袴の裾捌《すそさば》きも若々しい。

「待たせたな、急患が来ちょってのう」

富太郎は膝に拳《こぶし》を置き、頭を下げた。久庵は書物を手にしており、すいと畳の上に差し出した。

「有難うございます。すぐにお返しします」

「急がんでえいぞ。泰西のサイエンスを記しちゅうき、すぐには咀嚼《そしゃく》できぬ記述もあるろう。好きなだけ手許《てもと》に置いてじっくり読め。学問は急いだらいかん」

しかとうなずき、両手で書物を持ち上げた。『理学入門　植学啓原』という表紙を目にするだけで胸が高鳴る。つくづくと、その題簽《だいせん》を見返す。

気配が動いて顔を上げれば、久庵が手焙りの中を覗き、掌をかざしている。いつものごとく端正な面持《おもも》ちだ。富太郎は誰に対しても気をかねるということがないが、久庵のこの佇まいにはつい言葉を忘れて見入ってしまう。

この御仁《ごじん》が今から十七年ほど前の文久頃、土佐勤王党《きんのうとう》に加わっていたことは佐川では知らぬ者がない。

久庵はかつて、名うての志士であった。郷校《ごうこう》である名教館《めいこうかん》で学んでから土佐で漢方医学を学び、その後、大坂《おおさか》に出て緒方郁蔵《おがたいくぞう》に産科、緒方洪庵《こうあん》に内科、華岡青洲《はなおかせいしゅう》の合水堂《がっすいどう》で外科と眼科を修《おさ》めたという。その間に勤王の志《こころざし》を抱くに至り、土佐の武市瑞山《たけちずいざん》や薩摩の西郷隆盛《さいごうたかもり》とも親交があったらしい。しかし思うところがあってか佐川に帰り、領主であった深尾の殿様の侍医として召された。殿様が禁裏《きんり》護衛のため京に上った折は、その供をしたという。世に、土佐の勤王党は激烈さで知られる。盟主であった武市瑞山は後に前藩主である山内容堂《やまうちようどう》公に投獄され、壮絶な割腹《かっぷく》を遂げたとの噂が今も根強い。土佐勤王党と共に倒幕の志を抱いて働いた盟友、西郷隆盛は明治新政府に参画したものの、昨秋、西南《せいなん》の役《えき》で政府軍に敗れ、やはり自刃《じじん》した。

久庵は御一新後、この佐川で医業に専念している。富太郎はこの、誰に対しても分け隔《へだ》てのない温顔しか知らない。

「おまん、小学校はどうじゃ」

「はい。いろいろと教えられよります」

「教えられゆうか。それは、えいのう」

首筋に手をやり、一緒に笑う。

「ただ、おかげで時が足りんようになっちょります。わしはもっともっと読みたいし、採草もしたいがですけんど」

「勤めを持っちゅうと、時間のやりくりは難しいものよのう」と、久庵は茶を啜る。

「そういえば、『菩多尼訶経《ボタニカきよう》』は読んだことがあるか」

「いいえ、ありませんし、その経は存じません」

「経文《きようもん》の形をとっちゅうだけで経ではない。やはり宇田川榕菴が著したものでの、著述年としては『植学啓原』より古い。板行は文政《ぶんせい》五年じゃ」

「ぼたに？」

「『菩多尼訶経』。ボタニカとは植学のことじゃ。ちなみに、リンネ先生の植物分類法を紹介したのも、植物の学問を植学という言葉で表したのも、榕菴じゃ。五十数年も前に、よくぞあれほどの仕事をしたものよ。驚嘆に値《あたい》する」

「ボタニカ」

富太郎は呟く。耳に新しいのに、昔から知っているような響きがある。

「羅語《ラテン》が起源らしい。ゆえに伊太利語《イタリー》でもボタニカ、英語ではボタニーと言うが、植学以外の意味も持っちゅう。富太郎、わかるか？　ひとつ推《すい》してみよ」

「はい」と、居《い》ずまいを正した。

植学という学問名以外の意味。花じゃろうか。それとも根か。

いや、もっと広く大きなもの。この、生きとし生けるものの世界。

障子の外で賑《にぎ》やかな足音がして、「こら、いかんちや」と克禮の声がする。障子が引かれて、見れば子供らが三人並んでいる。

「富さん、こんにちはぁ」

克禮の妹と弟らで、にこにこと赤い頬揃いだ。

「こんにちは。お邪魔しちゅうぜ」

「遊ぼう、富さん」

「こら、いかんと言いゆうろう。今日は父さんのお客さんじゃき」

「克禮、かまんぜ」と富太郎は書物を頭陀袋にしまい、「来《き》いや」と呼んでやった。久庵も眉を下げるばかりで叱《しか》らない。ワッと入ってきて、たちまちそばに張りついた。膝の上や肩にどんどんと手が伸びてくる。

「ごめんで。母さんが買物に出ちょって、わしの言うことはきかんがよ」と、克禮が詫《わ》びる。

「かまんかまん。さあ、かかってこい」

いくつもの柔らかな躰を抱き上げ、畳に転がしたり転がされたり、子供相手でも手加減はしない。いつしか夢中になって一緒に遊べば汗ばんでくる。富太郎は仰向《あおむ》いて虫のように手足をばたばたさせる。その上にまたどすんと乗ってくる。口の中に指が入り、耳たぶを引っ張られる。大騒ぎだ。

子供らのキャアキャアという赤い声に囲まれてもんどりうち、ふと頭の中にその形が泛《うか》んだ。畳に手をつき、「先生」と思わず叫んだ。

「種。種子じゃないですろうか」

久庵は少し驚いたような目をして、やがて満面に笑みを広げた。

「ご名答」

ボタニカ。

未来につながる種子だ。

「誰か窓を開けとうせ。わしゃ暑い」

めったやたらと大きな声で叫んでいた。

春、教員も増えたのを機に小学校の授業生を辞した。

教場でのさまざまは面白く、自身のためにもなったが、好きな学問が思うように捗《はかど》らない。しかも子供らはやがて進級して、毎年、顔ぶれが変わる。岩吉は進級をせず、家業の百姓仕事に本腰を入れ始めたらしい。数え十八歳ともなれば立派な働き手だ。

そして富太郎は高知に出て私塾に入った。五松学舎《ごしょうがくしゃ》という塾で、佐川にもその評判は届いていた。塾の敷地内の離屋《はなれ》の二階が空いていたのでそこに下宿させてもらえることになり、生まれて初めての一人暮らしを始めた。存分に学問に没入しようと張り切ったが、塾では主に漢学ばかりを講じる。

「先生、英学はいつ教えてくれるがですろう」

ある日、師匠の一人に訊《たず》ねてみると、眉間《みけん》にぐいと縦皺《たてじわ》を刻《きざ》む。

「猫も杓子《しゃくし》も洋学を学びたがるが、日本人の学問はまず漢学じゃ。これができねば、すべてが砂上の楼閣《ろうかく》ぞ。ましておまんはまだ若輩《じゃくはい》の身、漢学を修めるが先決じゃろう」

師の言うことに間違いはないのである。しかし富太郎はすでに漢籍を苦労なく読めるし、理解もできる。何度か交渉してみたものの、どうやら漢学以外は講じるつもりがないらしい。溜息《ためいき》を一つ吐《つ》き、なら、己で学ぶまでじゃと市中の書肆《しょし》を巡った。新しい書物を目にするままに買い込み、本屋の丁稚《でっち》に下宿まで運ばせる。六畳と四畳半はたちまち書物の山で塞《ふさ》がり、その中に文机《ふづくえ》を据《す》えて読み、書いた。佐川を出立《しゅったつ》する際に祖母様は三十円を持たせてくれたが、そのほとんどを書物の購入に費《つい》やしている。

ある日、岩崎灌園《いわさきかんえん》の『本草図譜《ずふ》』のうち、山草の類の筆彩《ひっさい》写本を入手した。日本の本草学の水源ともいうべき書物は明《みん》の李時珍《りじちん》が著した『本草綱目』で、多くの本草家がこの書を土台として各々《おのおの》の仕事を成してきた。灌園はその『本草綱目』で述べられている植物をことごとく図化すべく挑んだ。それが『本草図譜』だ。天保年間に板行されたものだが掲載は野生種、園芸種、異国産にも及《およ》び、なによりも有難いのは彩色がわかりやすいことだ。余白には解説もほどこされている。

富太郎は精密な画に見入り、模写をした。手を動かせば動かすほど、灌園が絵心に優《すぐ》れていることに舌を巻く。しかしやがて、ところどころ富太郎の記憶と異なる部分があることに気がついた。葉の形や茎からの生え方、花の大きさも実際とは違う。どうやら意の赴《おもむ》くままに筆を揮《ふる》った様子で、それとも写本の段階で小さな誤りや逸脱が生じたのかもしれない。

それでも左右見開き一杯を使って描かれた桔梗《キキヨウ》の美しさに、惚《ほ》れ惚《ぼ》れとする。むろん青紫のみならず白花も描かれているし、根茎《こんけい》についても精緻《せいち》だ。桔梗の根は薬になるので当然とも言えるのだが、根の横縞《よこじま》模様や根許に近い茎が帯びる微妙な赤みまで表している。頁《ページ》を繰れば、園芸種の紫白二色の桔梗に薄紅色の紋《モン》桔梗、茎が細く花も小さな糸《イト》桔梗も掲載されている。

凄《すさ》まじいばかりの情熱だ。冒頭には灌園の辞が漢文で記されており、じっくりと読んでいく。何枚かを繰って、「赭鞭《しやべん》」という語に目が留まった。

赭鞭は、中国古代の伝承で有名な神農《しんのう》が持つ鞭《むち》のことだ。紅《あか》い鞭で草を払い、それを自ら舐《な》めて薬になるかどうかを確かめたという故事がある。しかし灌園は「赭鞭之学」と記している。『本草綱目』を図化するにおいて草分けたらんとした意気を表明したものか。

そして自らを鼓舞する熱、我が身を投ずるほどの志。

草の緑と鞭の紅さが眼裏《まなうら》を過《よぎ》る。だが命懸けの摘み草の果てに、ふと出逢う景色があることを富太郎は知っている。春の田の蓮華草《レンゲソウ》に木蓮《モクレン》、桜、夏山の百合《ユリ》の群れに山藤《ヤマフジ》、秋は、そう、桔梗や野菊、杜鵑《ホトトギス》だ。冬は水仙《スイセン》に艶蕗《ツワブキ》、椿《ツバキ》、福寿草《フクジュソウ》。

野や山や川辺の百花の群れに、己も加わって生きられたら。

目を閉じて文机に肘《ひじ》をつき、「群芳《ぐんぽう》」と呟いた。小筆を執って紙に書いてみる。

群芳軒《ぐんぽうけん》。

飾り気のない字面《じづら》だが風韻がある。よし、向後はこれを号にしようと決めた。在野《ざいや》で学ぶ者にふさわしいような気がした。

通い慣れた本屋に入り、すたすたと奥に入った。帳場前の畳間に腰を下ろし、いつもの頭陀袋をバサリと置く。「いらっしゃいませ」と帳場格子《ごうし》の中で番頭が挨拶《あいさつ》をよこすが、いつもは富太郎に飛びつくようにして駈けよってくる手代《てだい》や丁稚が出てこない。首を傾《かし》げたが、おかげでじっくり吟味《ぎんみ》できると畳間に上がった。

「見せてもらうぜ」

声をかければ、番頭は「ごゆっくり」と手短な返答だ。さあてと、壁際に並んだ書架の前に立った。和書はこの棚の中に収められており、新たに仕入れた書物は棚に細い付箋《ふせん》が貼ってある。しかし今日はやけに少ないと、また首を傾げた。見れば、方々の棚も隙間《すきま》が多いような気がする。奥の暖簾が動いて、店の主《あるじ》と手代をひき連れて男が出てきた。男は珍しい洋装で、髪は七三ほどに分けてあるので官員だろうか。口髭もたっぷりとして三十前後に見えるが、やけに顔が長い。羽織《はおり》をつけた主が「永沼《ながぬま》先生」と呼んだ。

「夕方までには官舎まで運ばせますき。有難う存じました」

「ん、よろしゅう」

男は上方訛《なま》りでうなずき、畳間を横切る。番頭も帳場格子から出てきて、丁稚に「履物《はきもの》を持ってこんか」と急かしている。運ばれてきたのは革《かわ》製の洋靴だ。男は上がり框《かまち》に腰を下ろし、膝を持ち上げて靴に足を入れている。富太郎から見えるのは尻から上の後ろ姿だ。

「いやあ、それにしても『本草図譜』が売れてしまったとは、僕も抜かったなあ。それもまだ二十歳《はたち》にもならぬ小僧に先を越されるとは、口惜《くちお》しい」

番頭と手代がこちらを横目で見たのがわかったが、主と男はまだ盛んに話している。

「先生、ご安堵《あんど》ください。あれは写本の写本ですき、田安家本《たやすけぼん》が入ったら必ずお取り置きいたします。田安家本が最も完成度が高《たこ》うございますから」

写本の写本。どういうことじゃと、手代を睨《ね》めつけていた。

おまん、写本と言うたろう。

手代は肩をすくめ、顔の前で懸命に掌を振る。番頭も気づいてか、「旦那様《だんなさま》」と主に目配《めくば》せをするが、当人は男との話に夢中で気がつかない。

「ベントリーの『薬用植物』のご翻訳、手前も拝読しとうござりますなあ」

「また、持って参じるわ」と男は立ち上がり、くるりと身を返した。肩を回し、ジャケッツの裾を指先で引いている。目が合った途端、男は「君」と言った。

「書物探しか。熱心やな、師範学校か中学校の生徒か」

「いや、入るのをやめました。学校なんぞ、大したこと教えちょらんですき」

すると手代は「ああ」と目を瞑《つぶ》って額《ひたい》に手をやり、番頭は目を逸《そ》らし、主が目を剝いた。

「なんちゅうことを。この、若造さんは」

「若造に敬称をつけるとは、本屋の主とも思えぬ誤用ですの」

もう完全に頭に来ていた。

「小癪《こしやく》なことを。ええい、驚くな。このお方は中学校の先生じゃぞ」

番頭と手代が慌てて、主の羽織の袖《そで》をひく。

「旦那様、牧野さんはお若いですけんど上得意さんですき、ちっとこらえていただかんと」

「上得意って、まだ尻の青い、細っこい若造じゃないか」

すっかり侮《あなど》られてしまったらしい。そういえば、佐川村を出立した時の着物のままであるので垢《あか》じみている。祖母様には高知で着物を作れと言われていたのだが、市中での暮らしと学問に夢中で後回しにしていた。

「いえ、ですから『本草図譜』をお買い求め下さったのもこちら、牧野様で」

主の口が「あ」という形になり、中学校の教師であるらしい男が大きな笑い声を弾《はじ》けさせた。背をのけぞらせ、「君の負けだ。詫びたまえ」と主を促している。富太郎はそれでも肚《はら》の虫がおさまらず、主を押しのけるようにして進み、上がり框の上から男を見下ろした。

「よろしかったら、『本草図譜』をお貸ししますよ。写本の写本ですけんど」

すると男は「ほう」と、口髭を引っ張った。

男は永沼小一郎《こいちろう》といい、丹後《たんご》は舞鶴《まいづる》の生まれ、高知中学校に奉職しているらしい。

「牧野君、植学を志しているなら西洋の書物を原書で読むべきだ。サイエンスも広く識《し》るべし。ことに若いうちは偏《かたよ》ったらあかんぞ。視野が狭《せも》うなる」

永沼の知識は広範で、好奇心はありとあらゆることに放射状に向けられている。窮《きゅう》理《り》にも明るく、蒸気機関車のしくみを教えてくれるかと思えば、人体の働き、さらにはカルタ遊戯にまで至る。なにもかもが耳に新しく面白く、富太郎は三日にあげず官舎を訪ねるようになった。

「英学もずっとやりよりますが、原書がなかなか入手できんがです。なにしろ、いかなる本が世に出ちょって、何をどう読んでいくべきかも手探《てさぐ》りですき」

城の濠《ほり》沿いを歩きながらも、話は尽きない。今日は中学校の教員室に入り、永沼が授業を終えるのを待っていた。その間、永沼が翻訳したというベントリーやバルフォアの植学書を読ませてもらうのだが、他の教員に永沼との出逢いを訊ねられたのが契機で面白がられ、箒《ほうき》を持った用務員までが話しかけてくる。

市中を抜ければ明るい草地や林があるので、そこでも出逢いがある。

「ヨージメじゃ」

小さな白花が煙《けむ》るようについている。呟くなり道端《みちばた》にしゃがみ、花の形から雄《ゆう》蕊《ずい》雌《し》蕊《ずい》のつき方、葉のつき方、姿全体をためつすがめつする。写生もする。小筆を遣《つか》うち永沼と同道していたことに気が及んで顔を上げれば、少し離れたところに立って腕組みをしていた。長い顔についた目はちんまりとしているが、興味深げな色を泛べている。ふと、以前にも同じような景色を見た気がした。

誰じゃったか。こうして道で待ってくれておったような。

思い出せそうで思い出せぬうち、永沼が近づいてきて中腰になった。

「これは莢蒾《ガマズミ》やないか」

秋になれば粒々と赤い実が枝先につき、やがて葉も紅葉する。

「はい。佐川ではヨージメと呼びよります。霜《しも》が降りる頃に実の苦みが消えて、最も美味《うも》うなります」

「僕は食したことがないな」

「たいていは鳥が先に喰いますき、なかなか人間まで回ってこんがです。尉鶲《ジョウビタキ》や鶫《ツグミ》、花鶏《アトリ》の仲間もヨージメの実を好んで、よう突《つつ》いちょりますよ」

「しかし考えたら、植物の名は地方によってじつにさまざまや。植物の同定《どうてい》は、じつに難しいもんやな」

出逢った植物が何者であるか、正体を突き止めることを「同定」というらしい。これも永沼に教えられた。

「まっことです。わしは物心ついてからずっと、これをヨージメと呼びよりました。書物に出とる莢蒾と特徴がそっくりなもんで、ひょっとして同じもんかと思うて、なんべんも見比べたもんです。植物によっては書物に書かれた特徴がほんのちょっと喰い違《ちご》うてることがありますし、描いてある図も細部が違うことがありますき、迷うがですよ」

「そうや、植物の同定は根気が要る。目のない者が見たら違うものでも、仲間かもしれん。それとも、顔がそっくりでも赤の他人かもしれん。この草を喰うてええかどうか、薬にできるか否《いな》かがかかってる者にしたら経験だけが頼りや。その経験に富んで目の肥《こ》えてる者が薬師《くすし》や医師になったのが始まりやろうが、しかしこと学問となると、身の回りの植物を知ってるだけの経験では足りん」

永沼が歩きながら話すので富太郎も横に並んで歩き、「まっこと」と相槌《あいづち》を打つ。永沼は洋袴《ズボン》の内隠しに手を入れ、さらにつづけた。

「そこで、今から百年以上も前にリンネは学名というものを提唱した、というわけや。世界共通の学名があれば、仲間かどうかの分類、体系化が図れる。目の前の植物が何者であるか、学者によう知られたものか、それともまだ無名の新種かが判別できる。新種やったら名を付け、世間へのお目見得《めみえ》や」

「それは、草木の名付け親になるということですか」

「そうとも」

草木の名付け親になる。それは富太郎がごくりと唾を呑み込まねばならぬほどの大《たい》業《ぎょう》だ。

羨ましい。わしも名ぁを付けてみたい。そしたら草木ともっと近づける。この世での仮親《かりおや》じゃもの。

永沼の横顔は富太郎の意を汲《く》んだかのように、目を細めている。

「近代の植学は、まさしくリンネから始まったのや。リンネの弟子にツュンベリイという学者がおってな、彼は安永《あんえい》の頃に来日して我が国の植物を採集した」

安永といえば、今から百年ほど昔である。

「で、母国に帰った後に『フロラ・ヤポニカ』という書物を著した。日本語では『日本植物誌』やな。この本を愛読して来日時にも持参してたのが、かのシイボルトや。そして日本人の弟子の一人と共に、『フロラ・ヤポニカ』に収録された日本の植物を調査して、それは日本ではなんと呼ばれている植物のことか、和名を探す研究を行のうた」

日本人の弟子。異人と共に研究するとはまた、凄《すご》い草分けがおったもんじゃ。

「ところがシイボルトが例の事件で日本におられんようになったゆえ、『日本植物誌』を弟子に譲《ゆず》って日本を去った。その弟子はさぞ落胆したやろうが、後に師との研究成果をまとめて『泰西本草名疏《めいそ》』なる書物を刊行した。それだけやないぞ。彼は附録を設けて、リンネが定めた植物分類体系を花の解剖図を添えて紹介した。リンネは雄蕊と雌蕊の数で植物を分類したから、つまり彼はその訳語も作ったのや。雄花《おばな》、雌花《めばな》、花粉も彼や」

　富太郎は「先生」と、足を踏み鳴らした。

「その弟子て、洋学者の伊藤圭介ですろうか」

「そうや。本草学者、博物学者でもある。尾張《おわり》の人やが、旧幕時代は幕府の蕃書調所《ばんしょしらべしょ》で物産の取り調べをしてなさったそうや」

　永沼は言い、「今は東京大学におられるが」と続けた。「え」と、永沼を見返した。

「魂消《たまげ》た。まだ生きとるがですか、伊藤圭介」

「存命やとも。健在やがな」

　数歩先で振り向いた永沼は片眉を顰《ひそ》め、呆《あき》れたように首を振る。

「東京大学の理学部で員外教授を務めてはるぞ」

「あの、日本で唯《ただ》一つの大学で」

「附属の小石川《こいしかわ》植物園も担任されて、一昨年やったか、理学部から『小石川植物園草《そう》木目録《もくもくろく》』を刊行されたと聞いた」

また驚いて、顎が下がったまま戻らない。文政の頃に『泰西本草名疏』を刊行した学者が生きていた。

「君は変わったことに驚くなあ。伊藤先生はまだ傘寿《さんじゅ》をお迎えになってはらへんくらいのお齢やぞ。世間の年寄りに比べたらご長命ではあるが、未《いま》だ現役の学者や」

「いやあ」と、富太郎は己の首筋を叩《たた》く。

「牧野の家は早死にが多いもんで、つい鬼籍《きせき》に入っとられるものと思いこんじょりました」

永沼に追いつき、肩を並べて歩く。夕暮れの松林の道だ。

「そやけど、いつも口にしてる祖母様がいてはるやろう。おいくつや」

「さあ。文化《ぶんか》七年あたりの生まれと聞いたことがありますき、七十にはなっとりますろう。よう知りません」

「牧野君、君は植物への探究心は実に緻密やのに、人間には蕪雑《ぶざつ》極まりないところがある。君のような男を無神経というのや。身近な人間にも植物と同じように心を向けて、大事に相対《あいたい》せなあかんぞ。いずれは君も嫁を取るのやろう」

さっきまで機嫌よく滔々《とうとう》と語っていたくせに声音《こわね》は一転、中学生たちへの説教口調になってきた。とはいえ、富太郎の耳には半分も入ってこない。

伊藤圭介。尾張の本草学者、博物学者、シイボルトの弟子。リンネ、雄蕊雌蕊。東京大学、小石川植物園。

ひゅんひゅんと総身を駈け巡り、足が地面から浮きそうだ。伊藤先生も、手に紅い鞭を持っておられるがやろうか。

赤が閃《ひらめ》く音を聞いた。

五松学舎の講義に不熱心で塾の離屋からも出されてしまったので、市中の桶屋の二階に移った。岸屋に桶を納めているらしい。ところが夏になって、とんでもない病が流行した。コレラだ。

富太郎は震《ふる》え上がった。まだ幼い頃のことだが、佐川村で二年続いてコレラが流行し、当時はトンコロリと呼んだらしい。症状が出るや、あっという間に頓死《とんし》するからだ。大変な死者が出て骸《むくろ》は神子野《みこの》の山頂に埋められたが、後々になっても誰もその辺りに近寄らなかったという。祖母様から聞いたそんな話が、やけに真実味を持って立ち上がった。

大家の夫婦が、コレラには石炭酸《せきたんさん》が効《き》くと聞き込んできた。

「牧野さん、この溶液を鼻の下に塗って匂いを嗅《か》いだら病除《よ》けになるらしい」

「臭《くさ》い。激烈な臭気じゃ」

「命あっての物種《ものだね》やき、臭いくらいこらえんと」

親切に分けてくれたのでインク瓶に入れて携行しているが、鼻がもげそうで辟易《へきえき》する。しかし調べてみれば、石炭酸の溶液は確かに防腐や消毒に用いられている。永沼の官舎を訪れるにも瓶を携行し、「命あっての物種」と唱《とな》えて鼻の下に塗った。

永沼は襯衣《シャツ》の前をはだけて団扇《うちわ》で盛んにあおいでいたが、その団扇で蠅《ハエ》を叩くような勢いで鼻をおおった。

「まさか、それ、フェノール溶液か」

「さようです。コレラ防ぎの。先生も使いますか」

瓶を差し出せば、永沼は大袈裟《おおげさ》に顎を引いた。

「そんなもの効き目なんぞない、俗信や」

「いや、いっそ溶液をもっと濃くして塗ってみたらどうかと思うとるんですが」

「毒性が強いから、濃い溶液なんぞ塗ったら鼻の下が爛《ただ》れてしまうぞ。そもそも、コレラの原因はわかってへんのや」

「ということは」と、瓶を持つ手が下がった。

「流行してる土地から離れるしかない。郷里はどうなんや」

「祖母様からの文《ふみ》では、佐川ではまだ流行の兆《きざ》しがないようですけんど」

「なら、そんなものを塗っとらんと一刻も早う高知を出たまえ。万一、下宿の大家夫婦が罹《かか》りでもしたら帰れんようになるぞ。君が郷里にコレラを持ち込むことになるからな」

　突如として、尻に火がついた心地になった。

「帰ります。仰《おお》せの通り、いったん佐川村に帰ります」

「ああ、それが賢明や」

「永沼先生もご一緒にどうです」

「僕は授業がある。生徒らがおる限り、動くわけにはいかん」

　必ず文を出すと約束して、富太郎は官舎を辞した。大家の夫婦にはあらためて荷物を引き取りにくると話し、その日のうちに下宿を出た。

　退散じゃ、退散。

　肩から頭陀袋を斜めにかけ、草の道を走りに走った。道中でふと、猶のことを思い出した。同じ市中にいても往来はなく、濠端《ほりばた》で行き会うこともなかったのですっかりと忘れていた。

ま、えいか。猶はしっかり者、己でなんとかするろう。

我ながら、逃げ足は速いのだった。

# 三 自由

床《とこ》の間《ま》の前に富太郎の黒漆膳《くろうるしぜん》が据《す》えられ、右手の襖《ふすま》を背にして祖母《ばあ》様と猶《なお》の朱《しゅ》漆膳が並んでいる。富太郎が寝ぼけ眼《まなこ》で腰を下ろせば、猶がさっそく火鉢《ひばち》で汁を温め直す。猶は高知の女子師範での学業を修《おさ》め、無事に佐川に帰ってきた。

富太郎は黙々と箸《はし》の先で干物を捌《さば》き、筍《たけのこ》と生麩《なまふ》の煮合わせを順に口に入れる。彩《いろど》りの木の芽が香れば、すぐに山椒《サンシヨウ》の木や花が目に泛《うか》ぶ。揚羽蝶《アゲハチヨウ》の幼虫はことのほか山椒の葉が好きで、うかうかとしていると喰《く》い尽くされてしまうほどだ。

「祖母様、おかわりは」

「いや、結構。富さんは」

「ほんなら、わしはもう一膳」と答えれば猶が膝《ひざ》で進んできて盆を差し出し、そこに茶碗を置く。猶は自《みずか》らの席に戻って飯櫃《めしびつ》の蓋《ふた》を開け、手早くよそう。給仕は奥女中の役割だったが、いつのまにか猶が引き受けている。いつからかは判然としない。植物や学問のさまざまはいったん躰《からだ》に取り込めば二度と忘れない自信があるが、家政にまつわる事どもは已《おのれ》の埒外《らちがい》、フワフワと蒲公英《タンポポ》の綿毛《わたげ》のように飛んでゆく。が、猶が岸屋の見世之間《みせのま》にも坐《すわ》るようになったからそれには驚いた。

岸屋はすでに小間物屋《こまもの》をやめ、造り酒屋も他人に貸して利の一部を受け取る方式に変えている。酒造を差配していた竹蔵が隠居したためで、商《あきな》いをせずとも酒造の利と先祖伝来の土地、家作だけで先々が成り立つのだ。新しい番頭には和之助《わのすけ》という、三島《みしま》村出身の者が就《つ》いている。和之助と帳面をはさんで、猶がなにやら神妙にうなずいたり問いを発するのを見かけたことがある。猶は算盤《そろばん》にも長《た》けているようだ。

茶碗を受け取ると、「お弁当、用意してあります」と言うので「ん」とうなずき、汁を一口啜《すす》ってから飯を口に入れる。

富太郎は相も変わらず山野を歩き、雨の日は蔵の二階に籠《こ》もって採取した植物の整理や描画、読書と写本に明け暮れている。少し変わったことといえば、夜は英学を学ぶ仲間と集まって政治について談じ合うことくらいか。

筍を咀嚼《そしやく》しながら、祖母様に顔を向けた。

「わし、東京に行ってくるき」

「ほう、東京かえ」

いつものごとく、祖母様はゆるりと相槌《あいづち》を打つ。

「上野《うえの》という地で内国《ないこく》勧業博覧会が開かれるがよ。此度《こたび》は二回目らしい」

「はくらんかいとは、なんぞね」

「物産会みたいなもんじゃ。堀見《ほりみ》の熙助《てるすけ》さんが園芸館に出品しなすったゆえ、ひとつ見学してこようと思いゆう」

「熙助さんいうたら、大堀見の」

堀見家は深尾領であった頃からの大地主で、佐川で最も屋根瓦《やねがわら》の多い広大な屋敷を構え、「大堀見」と謳《うた》われるほどだ。克禮《かつひろ》の家とは縁続きで、富太郎の四歳上であるので名教館《めいこうかん》で共に学んだ時期もあったが、なにしろ相手は身分違いの士族、上組《かみぐみ》のお人だ。しかも一時は東京の慶應義塾《けいおうぎじゅく》で学んでいた。ゆえに親しく口をきくようになったのは二年前、熙助が村に模範農園を開いてからだ。桑《クワ》の木を植えて養蚕《ようさん》、製糸を村人に奨励し、自らも率先して畑に入って働いている。富太郎はさっそく桑畑を訪ね、桑の木をためつすがめつしながら熙助と言葉を交《か》わすようになった。

おまんが畑におったら話が面白《おもしろ》うて仕事の捗《はか》がいかんき、夜、屋敷に来い。

熙助が苦笑いしながら誘ってくれたので出向けば、村の青年が集まっていた。酒を呑《の》みながら大声で論じ合う。果ては富太郎の嫌いな高歌放吟《こうかほうぎん》だが、語り合う内容は

「自由民権」についてだ。いつしか富太郎も輪に加わっていた。

「そうじゃ」と祖母様にうなずいて返し、「熈助さんが出品した、佐川の一歳桃と若《ワカ》樹《キノ》桜《サクラ》が褒状《ほうじょう》を受けたがよ」と箸を持ったまま小鼻を膨《ふく》らませた。

博覧会の当局から受賞を知らせる文《ふみ》を見せてもらえば、審査官の一人に伊藤圭介の名を見つけて飛び上がったのだ。神農《しんのう》に呼ばれたような気がした。

「それは誇らしいこと。行っておいで」

祖母様はこれまたいつものごとくすんなりと肯《うべな》い、下座に顔を向けた。

「お猶、支度《したく》をしておやり。富さんによう相談して、不便のないように」

「かしこまりました」

この頃の祖母様は、二言目には「お猶」だ。

四月の半《なか》ばに支度が整《ととの》い、郷里を発《た》った。

供に岸屋の奉公人、熊吉《くまきち》と五助《ごすけ》を連れての旅だ。まずは歩いて高知に出て、浦戸《うらど》からは生まれて初めて蒸気船に乗り込んで室戸岬《むろとざき》を廻《めぐ》り、神戸港《こうべ》に入った。神戸から京都までは陸《おか》蒸気で、むろんそれも初めてだ。恐ろしい音と速さに驚嘆しつつも、煤煙《ばいえん》で鼻の穴が真っ黒になるのには閉口した。京都からはまた歩いて滋賀と三重の境の鈴《すず》鹿峠《かとうげ》を越え、道中では珍しい白樫《シラカシ》や油瀝青《アブラチャン》の花枝を採《と》り、四日市《よっかいち》からはまた蒸気船を使った。

遠州灘《えんしゅうなだ》では随分《ずいぶん》と揺《ゆ》れたが、甲板《かんぱん》から富士《ふじ》の山を初めて眺めた。魂消《たまげ》て息をするのも忘れた。山間《やまあい》で育った富太郎にとって山影はいつも目の端にあるほど身近だが、海上で見晴《みは》るかした富士の姿はしんと気高《けだか》い。雪の純白を頂《いただき》にまとい、稜線は青衣《しょうえ》の裾《すそ》を曳《ひ》くようにどこまでも続いているのだった。

横浜《よこはま》港でも赤い煉瓦《れんが》建ての倉庫や洋館、異人の多さに度肝《どぎも》を抜かれ、また陸蒸気に乗って東京に入った。新橋《しんばし》ステーションの豪壮さに胴震いをしたが、熊吉らも気を呑まれてか棒立ちだ。東京での滞在は神田猿楽町《かんださるがくちょう》という町で、祖母様が同郷出身の家に手配りしてくれた。ともかくその家まで辿《たど》り着かねば、旅装を解《と》くことができない。

ステーションの前に出れば、また人の多いこと。高知の市中でも珍しい人力車が我が物顔で走り回り、馬車は土煙を立てて行き交っている。その合間を、素肌に法被《はっぴ》と腹掛けをつけた男が肩に道具箱を担《かつ》いで小走りだ。喧騒《けんそう》の中で悠然《ゆうぜん》と歩いているのは雨も降っていないのに洋傘《ようがさ》をさした連中で、洋装の婦人と娘が気取って歩いてきたと思えば異人ではなく日本人だった。

「オイ、コラ、そこの者《もん》ッ」

顔を向ければ、数間《けん》離れた道端《みちばた》で黒帽に黒服の男が仁王立《におうだ》ちしている。

「若旦那《だんな》、あれは何を言うとるのじゃろう」

熊吉と五助が不安そうに身を寄せてきた。「さあ」と首を傾《かし》げて近くを行く人に何度か訊《たず》ね、神田への方角を見定める。歩き始めると、「コラ、待て、待たんか」と追いかけてきた。どうやら富太郎らを呼びつけていたらしい。前を塞《ふさ》ぐようにして立った男を見上げ、さてはこれが巡査かと察しをつけた。この三月、東京に三百以上ある交番所が派出所に改称されたと、新聞の記事で読んだ憶えがある。その巡査がオイコラと威張り腐《くさ》り、身分風体《ふうてい》の怪しい者を見咎《みとが》めては誰何《すいか》するらしい。

「コラ、国はどこか。名と、齢《とし》」

まるで下手人《げしゆにん》相手の物言いだ。確かに三人とも、くたびれた着物の裾をはしょり、股引《ももひき》と脚絆《きやはん》は泥にまみれ、おまけに額《ひたい》や鼻の下は陸蒸気の煤《すす》で薄汚れている。

「高知佐川の産、牧野富太郎、当年とって二十歳ですき」

大声で応《こた》えると、巡査は「土佐か」と小さな黒目を探《さぐ》るように光らせた。

「おまさんは薩摩のお方ですろうか」

わざと訊いてみれば、あんのじょう「いかにも、おいは薩摩じゃ」と胸を反《そ》らせる。

「家業は。百姓か」

面倒なので、酒屋だと応えた。

「連れの二人は」

「わしの供ですき。会計掛《がかり》の熊吉に、荷物持ちの丁稚《でっち》、五助です」

富太郎の背後ですくみ上がっている二人のことを少し振り返り、巡査に申し述べた。熊吉は前の番頭、竹蔵の倅《せがれ》で、祖母様が託した金子《きんす》と為替《かわせ》を預かり、旅中の出費を帳面に付ける掛だ。富太郎より齢若の十七、五助も十五で、巡査は若い三人連れに不審の目を向けたのかもしれない。滞在先の主人の名まで書き留められ、ようやく放免されると思いきや説教が始まった。

「若者《わけもん》が物見遊山《ものみゆさん》でうろうろしおって、土佐はまったく緩《ゆる》んどるのう。御一新《ごいっしん》のために、どんくらい血を流したと思うか。お前たちゃその志《こころざし》をばしっかいと受け継いで、近代国家建設のために粉骨砕身《ふんこつさいしん》、気張《きば》らんといかんぞ」

脅《おど》すように腰の棍棒《こんぼう》を鳴らすのが気に障《さわ》った。

「遊びじゃないですきに」と、声を低める。

「博覧会の見物に来たがです。あの福沢諭吉先生も『西洋事情』で書いちょられるじゃないですか。博覧会は知力工夫の交易《こうえき》じゃと。その事物を見聞いたし、向後の学びに活かすためにはるばる土佐から参ったがです」

「そいなら立っ止まっちょらんじん、さっさ行かんか」

己で呼び止めておいて、物乞《ものご》いを追い払うような手つきだ。巡査は官軍の中でも元は下士《かし》が多く、学問を修めていないどころか字が読めぬ者も多いという噂《うわさ》だ。ゆえに市中で威を張りたがるのだろう。一瞥《いちべつ》だけを返したが熊吉らはもごもごと礼やら挨拶《あいさつ》を述べ、米搗飛蝗《コメツキバッタ》のごとくだ。富太郎は憤然と歩き出した。

「芋侍《いもざむらい》め、何様じゃ」

吐《は》き捨てると、背後から「若旦那」と熊吉が制してくる。

「着いた早々、悶着《もんちゃく》は困りますき」

「わかっちゅう」

神田を目指し、大股でずんずんと歩く。

薩長土肥《さっちょうどひ》の四藩が主になっていた政府も三年前、薩摩出身の大久保利通《おおくぼとしみち》が暗殺されて後、潮目が変わった。傑物《けつぶつ》とされた木戸孝允《きどたかよし》と西郷隆盛、そして大久保までが没したことで、肥前《ひぜん》出身の大隈重信《おおくましげのぶ》が擡頭《たいとう》し、本流であった薩長勢力との確執が生まれている。そこで大いに気を吐いているのが、土佐出身の板垣退助《いたがきたいすけ》だ。板垣は国民が政治に参加する権利、すなわち「民権」を要求し、明治七年、国会開設請願の先駆《さきが》けとなる建白書《けんぱくしょ》を提出した。今では「自由民権運動」の本尊《ほんぞん》とも言える御仁《ごじん》だ。

一昔前まで、「自由」は勝手気儘《きまま》を指す言葉であった。誰もが好き放題に生きれば身分の軛《くびき》はたちまち緩む。しかし新しい世を迎え、かの言葉は新しい価値を持つものとして生まれ変わった。

誰もが希求し、誇ってもよいもの、それが「自由」だ。

あれほど堅固《けんご》であった徳川《とくがわ》幕府を倒して回天《かいてん》を成したのも、そもそもは皆民《かいみん》で国事を動かすためであったはずなのだ。しかし薩長の藩閥《はんばつ》政治は専横《せんおう》が過ぎ、旧幕時代よりも抑圧が深刻だと西国《さいごく》の士族や豪農が立ち上がった。自由民権運動は草の根のごとく広がっている。今や諸国で結社が叢生《そうせい》し、佐川でも熈助が三年前に民権政社「南山《なんざん》社《しゃ》」を立ち上げた。すでに政界で名を成している板垣退助とも親交があるらしく、板垣の呼びかけで結成された政治結社の大阪大会にも出席したという。

むろん富太郎もスペンサアやスミスなどを読んでは、集会に熱心に通っている。

御一新の狼煙《のろし》を上げたがは薩長だけじゃないがぜ。「自由」は、土佐の山間から出たがじゃき。

肚《はら》の中で言い放った。

翌朝、さっそく上野公園に出向いた。

東照宮《とうしょうぐう》の山や天神山《てんじんやま》、雑木林の木々も、春空をくすぐるような若葉を吹いている。公園では彼岸桜《ヒガンザクラ》や染井吉野《ソメイヨシノ》の花雲は去った後で、今の盛りは八重桜《ヤエザクラ》たちだ。芳香を開く輩《ともがら》が多いので、樹下は甘い清さで満ちている。小楢《コナラ》の芽立ちの合間で枝垂桜《シダレザクラ》も爛漫《らんまん》と揺れているのに目を奪われ、富太郎は頰が緩み通しだ。

「さすがは東京、気に入った」

「ほんに、花より人が多うございますな」

後ろを歩く熊吉も声を弾《はず》ませ、五助と共にしきりと辺りを見回している。草の上に車座になって酒を酌《く》み交わす連中や弁当を広げる一家もいて、大変な賑《にぎ》わいぶりだ。富太郎は人出の多さを指して言ったのではなかったが、それは頓着せずに歩を進めた。

内心ではよくぞここまでと、感服していた。幕末の戊辰《ぼしん》戦争が起きたのは七歳の頃であったが、戦《いくさ》のさまは遠く佐川でも語り継《つ》がれ、長じてからは新聞でも読んでいる。ことに胸に残ったのは、百数十年も花の名所として謳《うた》われた東叡山寛永寺《とうえいざんかんえいじ》に大砲の轟音《ごうおん》や銃弾が飛び交い、血泥が流れたという件《くだり》だ。山桜《ヤマザクラ》や彼岸桜、枝垂桜の群れもほとんどが燃え、無残な姿を晒《さら》したという。だが明治六年、西洋に倣《なら》った公園として選定されたことで再び草木が植えられ、数多《あまた》の桜樹も運び込まれた。その後およそ八年で、かほどに人々が集まる景色を取り戻したことになる。

その花見客も当て込んで、上野公園を博覧会場にしたらしい。会場の敷地は四万三千坪を超え、来場者数は一日におよそ七千人近く、四年前の第一回博覧会の倍に上る勢いであると新聞に出ていた。

桜の枝越しに建物を見上げながら角を曲がった。通行証を門前で見せて敷地に踏み入れれば、左右に洋式の大噴水が設《しつら》えられている。機械で吸い上げているのだろう、水は空高く昇って飛沫《しぶき》を上げ、丸い弧《こ》を描いて落ちる。

「ひゃあ、涼しいですのう」

熊吉と五助ははしゃいで手をかざし、首を突っ込まんばかりだ。富太郎が目にしてきた山中の滝は峻厳《しゅんげん》だが、目前の噴水はどこかしら陽気だ。水粒が春陽に光っては散る。

中央の目抜き通りは途方もなく広く、左右には煉瓦造りの建物が比翼《ひよく》をなして並んでいる。総二階建ての上は切妻《きりづま》造りで、城郭《じょうかく》ほどの高さがある。通りの突き当たりには天守閣《てんしゅかく》のごとく聳《そび》える時計台があって、下部は通り抜けのできる楼門《ろうもん》だ。さらに歩いて中門を抜けると、また噴水だ。差し渡し十間《けん》はあろうかと思われる巨《おお》きさで、正面には窓の多い洋館が豪壮に構えている。

「これが、コンドルとかいう英国人が設計した美術館じゃ」

説明してやったが、熊吉と五助はとっとと表階段を駈け上った。館内は天井が高く、押し合いへし合いする見物客の声がそこかしこで響く。一巡りしてから外へ出て、次は機械館、そして動物館、農業館を巡った。熊吉と五助は張り切って何も見逃《みのが》すまいと前のめりになり、大がかりな機織《はたお》り機や魚の缶詰に一々感心していたが、だんだん歩みが鈍《のろ》くなると共に口数も減ってきた。

「これから園芸館に入るが、えいか」

「へえ」熊吉は肯いつつ息を切らしている。

「もう見物疲れか」

「若旦那はお達者ですなあ。手前はもうついていけませんき、ここでお待ちさせてもろうてもかまんですろうか」

「かまんけど」

「ほんなら、手前も」と、五助も尻馬《しりうま》に乗った。実際、今にも植込みの際《きわ》でへたり込みかねぬ顔色だ。

「機械館の近くに茶店があったろう。あすこで待っちょりや」

会場の案内図の刷物《すりもの》を渡してやると二人はほっとしたのか、肩を斜めにして「おおきに」と辞儀をした。そのままよろけつつ噴水のかたわらを行く。富太郎は踵《きびす》を返し、目当ての園芸館に入った。

ここも見物客で賑わっており、陳列台の上を見上げ、爪先《つまさき》立って枝先の花を見つめる者もいる。手折《たお》られぬようにとの配慮なのか、台そのものが人の背丈よりも高く設えてあり、しかも出品されている盆栽がこれまた巨大だ。懸崖《けんがい》造りの松や青楓《アオカエデ》、藤などの鉢《はち》は二抱えほどもあり、おそらく露地で丹精《たんせい》したものを出品前に鉢に植え替えたのだろう。

「やあ、この源平《げんぺい》仕立ての木瓜《ボケ》を見ねえ。乙粋《おついき》だねえ」

「紅白二本の仕立てくれえ、俺でもやる」

東京も花癖《かへき》の者が多いのか、小気味のよい口調でやりとりするのが耳に入る。人波に押されてまた進み、止まって見物してを繰り返し、ようやく辿り着いた。出品人の札を確かめれば間違いない、「土佐国高岡《たかおか》郡佐川村本三野《ほんみの》組六番地　堀見熙助」と記されている。己まで晴れがましくなって、富太郎は声を出さずに笑いながら札を指さし、前後左右を見やった。

出品した桜は地元で「若樹桜」と言い慣《なら》わしているもので、富太郎も毎春、深尾城《じょう》址《し》付近でごく当たり前に接してきた桜だ。枡形《ますがた》の鉢に植えられたそれはほぼ直立して枝分かれがなく、花も終えて頼りない葉をポチポチとつけているだけだ。ゆえに見物人のほとんどが陳列台の前を素通りしていく。

富太郎は郷里の桜に向き直り、小声で話しかけた。

おまん、よう東京まで出てきたのう。道中、大儀《たいぎ》じゃったろう。

すると、心細げな声で返してくる。

いや、うちは真綿や白木綿《しろもめん》で大事に包んでもろうたき、旅はなんちゃあなかった。けんど、誰も立ち止まってくれんき肩身が狭《せも》うて。うちなんぞがここにおってえいがやろうか。

「なんだい、この桜は」

剣呑《けんのん》な声がして、見れば三人連れが足を止めている。

「箸を一本突っ立てたみたいじゃないか。しかも見なさい、花が散っちまった後だ」

「風情《ふぜい》のかけらもない」

呆《あき》れたふうに腐し始めた。二人は恰幅《かっぷく》の良い紳士で洋帽に羽織袴《はおりはかま》、手にはステッキだ。もう一人は頭に髷《まげ》をのせている老人で、庭師らしき印半纏《しるしばんてん》に股引《ももひき》姿だ。

「背丈が三尺ほどしかないから、まだ稚《おさな》いんじゃないかね。どうだい、げんさん」

　老人が「さいですな。どう見積もっても、これは播種《はしゅ》からまだ三年ってとこでがしょう」

「三年で咲く桜などあるのかね。聞いたことがない」

　老人がまた「へい」と、渋辛《しぶから》い声で同調する。

「早くて四、五年、花の見応《みごた》えができるまで十年はかかりましょう。開花を早めたり遅らせたりは人の手でどうとでもできやすが、樹の育ちは俄《にわ》か仕込みには参りません」

「なんでこんな桜を出品したのかねえ。出品人は土佐か。こんなものを誇らしげに、ものを知らぬ田舎《いなか》者はこれだから困る」

　とうとうカチンときて、かたわらの三人を見返った。

「これは、播種して二年目から花をつける木ぃながです。ゆえに地元じゃ、ワカキノサクラと呼びよります。稚《おさの》う見えても、なんの、立派に咲く。これもえい花をようつけておったき、褒状をもろうたがですよ。花弁は一重《ひとえ》の狭長、色は白。そのうち花弁の縁《ふち》が淡い紅紫色を帯《お》びて、それは優美なもんです。ついでに申せば、高さが一丈《じょう》ほどになったら枝の上にたくさんの花を繁《しげ》らせて、息を呑むほど見事な桜です。わしが請《う》け合いますき」

目の中には、佐川で咲く姿がある。枝も葉も蕾《つぼみ》も赤く、その中で白く開いた花のいかほど芳《かぐわ》しいことか。小鳥の目白《メジロ》や四十雀《シジユウカラ》がいかほど好んで枝に留《と》まり、花の蜜《みつ》を吸っているることか。花が終われば、それはたくさんの実が生る。

「君、ひょっとして出品人かい」

紳士のステッキが床でコツリと鳴った。

「違います。けんど、この桜とは同郷ですき、代わって申し述べました。ご見物の最中にお邪魔して、えろうすまんことでした。ご清聴、有難うございました」

辞儀をして顔を上げると、三人は豆鉄砲を喰らったような面持ちだ。しかも周囲に人垣ができていた。

「花の代言人《だいげんにん》とは、土佐も変わり種が多い」

誰かが揶揄《やゆ》するのを背中で聞きながら園芸館を出た。

翌日、富太郎はもう一つの目的を果たすために皇城《こうじよう》の西、内山下町《うちやましたちよう》の教育博物館を目指した。

『懐中東京案内』の「拝観の地」の項には吹上御庭《ふきあげおにわ》、浜離宮《はまりきゆう》御庭に続いて博物館が紹介されている。

――金石草木魚虫の類《たぐい》より、天工人工を論ぜず古今《ここん》を問わず、凡《およ》そ世界万国の珍物数万種を集め館内に羅列《られつ》して、平民男女に至るまで切手《きって》を売て見るを許るさる。

切手賃の二銭《せん》を表門の入口で払って中に入れば、呆れるほど広い。切手と共にくれた一枚物《いちまいもの》によれば元は島津《しまづ》藩邸などの大名屋敷跡で、敷地は一万七千坪近くあるらしい。しかもろくに見物客が歩いていないので余計に広く感じる。今は東京じゅうの民が上野の博覧会に足を運んでいるのだろう。だがその主催者こそ、この館内にある博物局だ。

木造の平屋に寺の屋根をかぶせたような洋館を目指して、広い道を行く。左右はまた広大な植溜《うえだめ》で、土佐では目にしたことのない樹々がそこかしこに見える。中腰になったり首を伸ばしたりしながら夢中で巡るうち、はたと耳を澄ませた。キイキイと引っ掻《か》くような声がする。どうやら猿の鳴き声のようだ。足を止めて風呂敷包みを抱え直し、さきほどの一枚を懐《ふところ》から引っ張り出した。再見すると、小さな文字で附属の動物養育場があると記されている。熊や鹿、水牛、オットセイ、モモンガ、孔雀《クジャク》も羅列され、確かにいろいろな気配と鼻腔《びこう》にこそばゆいような臭いがする。またも気をそそられて足を止めかけ、いやいや今日の眼目《がんもく》は見物にあらずと躰の向きを戻し、ぐいぐいと歩を進める。

上京した限りはどうしても、ここ博物局を訪ねたかった。かつて小学校の生徒であった頃、退屈極《きわ》まりない授業の合間で唯一、夢中になったのが「博物図」という掛図《かけず》だ。幼い時分から野山で目にしてきたもの、していないもの、外国にもそれは多くの植物があるということ、植物の部位によって仲間分けができること、そんな一つひとつに沸《わ》き立った。そしてあの彩色画《さいしきが》の美しさには、今も憧《あこが》れて止《や》むことがない。その編者が博物局の小野職愨《おのもとよし》という先生だ。

富太郎はすでに小野先生宛《あ》てに三度手紙を出している。博物図が自分にとって植学への階梯《かいてい》になったこと、日々山野を歩いて草木を写生し、我流で標本作りにも精を出していることを書き連《つら》ねた。佐川の若樹桜が褒状を受けた礼状も出した。審査官の名をもう一度見る機会があり、すると伊藤圭介の他に小野先生の名もあったのだ。返事はなかったが、それは百も承知の上、土佐にも好学の一書生がおると、まずは知ってもらいたかった。

小暗《こぐら》い建物に入って守衛に訊ね、庭に面した内廊下を進み、何度か迷って引き返し、ようやく最奥に木札の掛かっている洋扉を見つけた。扉を押し開くと、洋机が何列も並んだ部屋だ。棚には書物や紙の類が山積みで、ぼうと見惚《みと》れていると、机に向かっている男が顔を上げた。

「ここは博物局だよ。なんの羅列室を見学したいんだい？　まあ、いずれにしても、いったん庭に出て入口に戻った方が早い。廊下に扉がある」

親切な慣れた言いようで、迷った見物人が時々入り込むのだろう。富太郎は「いえ、見物じゃないですき」と首を振った。

「小野職愨先生にお目にかかりとうて罷《まか》り越しました。おいでですろうか」

「君、どこの学生」と、眼鏡《めがね》を指で押し上げている。

「どこの学生でもありません。独《ひと》りで植学に取り組んじょります、土佐の牧野と申します。お取り次ぎ願えませんろうか」

「独学かい。それはまた珍物だなあ」と背後を振り返り、「ついさっきまでおられたんだが、部長と打合せかな。しばし待ちたまえ」

気安く席を立った。不在であれば明日出直すつもりであったが、「わしは運がえい」と気分は早や浮かれてくる。しばらく待たされて、さきほどの男が扉から顔だけを突き出した。「君」と手招きされるままに、奥へとひょいひょいと進む。扉の向こうは細い廊下で壁には窓がいくつも穿《うが》たれ、庭に樅《モミ》の大木が枝を伸ばしているのが見えた。草地には小ぶりの納屋《なや》もあり、板壁際で白山吹《シロヤマブキ》が咲いている。突き当たりの扉は半ば開いたままで、眼鏡の男が「先生」と声をかけた。続いて中に入れば、洋装に白衣をつけた男が立っていた。

「ごめんください」と一礼する。「手前、土佐から罷り越しました牧野富太郎です」

「君だね、何度か手紙をくれたのは」

ということは、このお人が小野先生だ。四十半ばくらいだろうか、白く秀《ひい》でた額に鼻梁《びりょう》が高い。

「先生にお目にかかりとうて、上京したがです」

少し大袈裟《おおげさ》に口にし、常より甲高《かんだか》い声になった。小野はなぜか笑いを噛《か》み殺しているような面持ちでうなずき、「こちらへ」と促《うなが》した。吸い込まれるように、机と机の間を通り抜ける。奥の壁も西洋風の横板張りであるのに、長い軸絵が掛かっている。手に持った鞭《むち》を見て取って、神農だと気がついた。その真下の洋椅子《ようい す》の一脚に、やはり四十半ばと思《おぼ》しき男が坐っていた。黒々とした髪を横に分け、口髭《くちひげ》もたっぷりとしている。幅広の襟《えり》の上着をつけ、襯衣《シャツ》の胸許《むなもと》には蝶《ちょう》結びの襟締《えりじめ》だ。

「天産《てんさん》部長の田中《たなか》先生だ」

小野が振り向いて言った。教わるなり、重大なことに気がついた。

「ひょっとして、田中芳男《よしお》先生ですろうか」

「僕のことも知ってくれているのかい」

からかうような口調に、「むろんですき」と向かいの椅子にひょいと坐り込んだ。風呂敷包みを膝《ひざ》に抱えて田中と相対する。

「小学校に通うておった頃、先生が執筆された『博物図』の動物部にいかほど慣れ親しんだことか。あれは今見ても秀逸なる出来です。それから『垤甘度爾列《ドカンドルレ》氏植物自然分科表』、あれにはまっこと世話になりました。手前はあの書物で植物に科《ファミリイ》があることを知ったがです。菫《スミレ》には菫の、宿木《ヤドリギ》には宿木のファミリイがある。ただ、桜は薔《バ》薇《ラ》科の一属であるとの記述には心底、驚きました。けんど野生の野茨《ノイバラ》と原種の桜を詳細に比較すればむべなるかな、花弁や萼《がく》は五枚、葉は単葉か複葉で根許に托葉《たくよう》がありよりますし、種子にも類似点が多い。なるほど、梅や桃も薔薇のファミリイじゃと腑《ふ》に落ちました」

田中が「ほう」と、背もたれから躰を起こした。

「驚いたな。独学の若者が読んで理解し、自身で検分もしておるとは」

富太郎は息をつくのももどかしく、田中の左隣に腰を下ろした小野にも顔を向けた。

「小野先生の著《あらわ》された『植学浅解《せんかい》初編』も熟読しております」

「それは恐悦至極《きょうえつしごく》」小野はまた軽く笑う。

「土佐のどこだい」

田中に問われ、「佐川という村です」と答えた。

「聞いたことがないな」

するとと小野がすぐさま立ち上がって背後の洋机の前へと動き、大きな紙を手にして戻ってきて洋卓の上に広げる。「どのあたりかね」と、田中が前屈《まえかが》みになった。年輩はほぼ同じに見えるが田中は部長、小野は配下なのだろう。富太郎も地図に目を落とし、「このへんです」と指先でさした。

「山に囲まれた土地で、横倉山という、えい山があります。面白い形をしちょって、わしには蟹《カニ》が立ち上がって、空に昇りたがりゆう姿に見えるがです」

二人が黙っているので、「そうじゃ」と膝上の包みをどさりと洋卓にのせた。包んであるのは高さ一尺ほどの紙束《かみたば》で、これまで作り続けてきた植物の腊葉《さくよう》標本だ。乾燥させてあるとはいえ嵩《かさ》があるので出来のよいものを選《よ》り、岸屋の屋号を染め抜いた綿《めん》紺《こん》の風呂敷で包んできた。この荷だけは五助に預けず、船上でも車中でも肌身から離さなかった。

「土佐の方々《ほうぼう》を歩いて回って、土佐植物の目録を作りゆうがです。あと少しで完成します」

完成云々《うんぬん》は誇張が過ぎるかと頭に手をやったが、田中と小野は標本を見てくれている。紙を扱う手つきは丁寧《ていねい》だ。「信じられませんね」と、小野が真顔になった。田中もうなずき、「これを君独りでかい？」と目だけを上げる。首肯《しゆこう》した。

「物心ついた時分から無性《むしよう》に、ただひたすらに植物が好きで、もっと知り合いたいと思うて、植学の道に入りましたき。一歩進むごとに謎が増えるばかりですけんど、昼夜を分かたずして励んじょります」

「師は？」

「野山と書物が師じゃと思うてやってきました。宇田川榕菴《ようあん》の『菩多尼訶経《ボタニカきよう》』と『植学啓原《けいげん》』、岩崎灌園《かんえん》の『本草図譜』、むろん小野蘭山《らんざん》の『本草綱目啓蒙《けいもう》』も。あれは、日本の本草学の頂《いただき》とも言うべき名著ですき。それに伊藤圭介先生の著した『泰西本草名疏《めいそ》』も、手前は師と仰《あお》いじょります」

　すると田中が躰を起こし、「ほう」と厚い口髭をいじる。

「伊藤先生の『泰西本草名疏』かね」

「雄蕊《おしべ》、雌蕊《めしべ》、花粉という日本語を作った学者ですき。雄蕊の花粉が雌蕊の先について種子ができるという受粉のしくみも。シイボルトの弟子ですよ。世が文政の頃に、日本の植学は世界に触れておったがです」

両腕を広げると、田中が破顔《はがん》した。

「伊藤先生は僕の師だよ」

腰が浮いた。胸が高鳴ってくる。

「実は、東京大学にも手紙を出したことがあるがですよ」

むろん返事はないままだが、富太郎としては挨拶なりともしたかったのだ。名乗りを上げたかった。

土佐に牧野富太郎あり。

二人は標本の束を一枚一枚、熱心に見始めた。

「腊葉は誰に習ったんだい」小野に訊かれた。

「独学です。写生も見様見真似《みようみまね》ですけんど、生まれつき絵心があるがです」

「この票。和名の他に学名も明らかにしているね」と、驚いたように呟《つぶや》く。

「羅語《ラテン》の学名こそが世界で共有される名ですき、何日かかっても調べます。けんど、不明なものも多うて困っちょります」

「英語の並記があるが、これも君が？」

今度は田中が問うてきた。「はい」とさらに胸を反《そ》らした。

「なら、英語ができるんだね」

「辞書を片手にではありますが、読み書きは、なんとかやっちょります」

「東京にはいつまで滞在しているのかね」

「決めちょりません。こっちで書物や顕微鏡を買おうと思うちょりますし、草木の採集も足を延ばせるだけ延ばすつもりですき。それから、東京大学を訪問して伊藤先生にもぜひお目にかかりたいと念願しゆうがです」

「先生は大学附属の植物園で植物取調《とりしらべ》を担当されているのでね。ゆえに大学にはほとんど出勤されず、日がな小石川で採集に勤《いそ》しんでおられる。植物園を訪ねるか、いや、まずはご自宅を訪ねてみたまえ。住所をあげよう」

「まことですか」

　今度は背筋が跳ねた。田中は腰を上げて洋机に戻ると紙片に書きつけ、小野を呼んで手渡した。小野がそれを富太郎に差し出す。本郷真砂町《ほんごうまさごちょう》という地名、番地が記してある。紙片を握り締《し》めて立ち上がり、「有難うございます」と頭を下げた。

「さて。私は博覧会場に出向かねばならん。そろそろ失礼するよ」

　田中は腰を上げて洋帽を手にし、だが何かを思い出したかのように振り向いた。

「この世に生まれたからには自分相応のことをして、世の用を為《な》さねばならん。それが、人の人たる道だ。精進《しょうじん》したまえ」

と、やにわに悪戯者《いたずらもの》めいた目をした。

「ちなみに、君が名著だと褒《ほ》めた『本草綱目啓蒙』だがね。小野君は、蘭山先生のご後裔《こうえい》だよ」

小野が片眉《かたまゆ》を下げて微笑するが、富太郎は啞然《あぜん》としたままだ。

さすが東京、侮《あなど》れん。

とんでもない大家《たいか》が、うじゃうじゃとおる。


真砂町の伊藤家をさっそく訪ねたもののあいにく不在で、富太郎は毎日、本郷や神田を歩き回った。そうこうするうちに五月も二日になり、再び真砂町へと足を向けた。

小体《こてい》な仕舞家《しもたや》で門も簡素な冠木《かぶき》門だが、中に入れば見事な老梅に出逢った。老いたりといえども葉先は初夏の生気に溢《あふ》れ、実も青々と光っている。この季節の根方《ねかた》には青いまま落ちた実が散乱しているものだが、手入れが行き届いているのか、若い夏草が柔らかな緑を広げている。楓《カエデ》に木蓮《モクレン》、躑躅《ツツジ》、海棠《カイドウ》の姿も見え、樹下で苔《こけ》むした蹲《つくばい》の際では葉蘭《ハラン》の緑が初々《ういうい》しい。

通された玄関脇の小座敷も賑やかで、客が引きも切らない。半刻《はんとき》ほど待って名を呼ばれた。

「お待たせしました」

襖《ふすま》の陰で片膝をついているのは小倉袴《こくらばかま》をつけた細身の青年で、十七歳頃に見える。弟子だろうか。この若さで伊藤先生の門弟になれるとはと横目で盗み見、例の風呂敷包みを抱え直した。通された座敷には年季の入《い》った書架がずらりと並び、さらに畳の上にも和書洋書が堆《うずたか》く積み上げられている。

庭を背にした下座に坐れば、ほどなくして広縁から羽織袴の御仁《ごじん》が入ってきた。袴のすれる音が微《かす》かに響き、羽織の裾を払うようにして床の間の前に腰を下ろした。白髪《はくはつ》に白髯《はくぜん》だが眉は黒々として、眼光も鋭い。

「博物局の田中先生からご紹介を受けてまいりました。牧野富太郎にござります」

膝前に手をついて頭を下げる。

「田中部長から聞いたよ。はるばる上京した土佐人だそうな」

ひどくゆっくりとした話し方だ。

「今、土佐植物の目録を作りおります」

「それは腊葉かね」包みに目を留めたので膝の前に移し、包みを解いて差し出した。

「拝見」

伊藤翁《おう》は膝を少し前に進め、丁重《ていちょう》な手つきで紙束を順に見ていく。静かに黙したままで、顔の皺《しわ》一筋も動かさない。けれど乾燥させた枝や葉や花、根が山野の匂《にお》いを立てる。梅花黄蓮《バイカオウレン》や蔓《ツル》桔梗《ギキョウ》、眼子菜《ヒルムシロ》がうふうと笑う。

富さん、しゃっちょこばってからに。おまんも緊張することがあるがか。

そうやないき。胸がなんかこう、一杯なんじゃ。あの伊藤圭介が目の前におるがやぞ。

伊藤翁がふと目を上げた。

「なんぞ申したか」

「いいえ」と、頭を激しく振った。

「何度も足を運ばせたようだの。ご無礼した」

「無駄足は踏んじょらんですき、ご懸念には及《およ》びません。神保町《じんぼうちょう》で三省堂《さんせいどう》という本屋が開店したと聞きましたき、目につくものを片端から買い込んだがです。それから機械商を訪《おとな》って、独逸《ドイツ》のライツ製の顕微鏡も入手しました。上京の道中で採取した植物をさっそく覗《のぞ》いてみたらば葉脈《ようみゃく》の鮮やかに見えること。熊吉と五助に命じて、熊吉は家から付けられた会計掛《がかり》、五助は荷物持ちの丁稚ですけんど、この二人に沢庵石《たくあんいし》を二階に持って上がらせて新聞紙に挟みました。採取した植物は湿気を抜いてすぐに腊葉しておかねば、帰郷してから細部を調べることがかないませんき。植物にとっても無駄死ににになります」

小さな笑い声がして、さきほどの弟子が背後に坐していた。

「なるほど、田中先生のおっしゃる通り。口から先に生まれてきたような土佐人ですね」

「そうか？　これでも遠慮しちょるけんどなあ」

己よりも若い者相手の気安さで少しおどけると、伊藤翁の顔つきが苦笑めく。

「これは篤太郎《とくたろう》と申して、私の孫だ」

「さようですか」ともう一度振り向けば、篤太郎はもう静かな佇《たたず》まいで取り澄ましている。咳払《せきばら》いをして、伊藤翁に向き直った。

「牧野君といったか」

「はい。口から先に生まれて参った、牧野富太郎にござります」

「これからも山野を歩いて、腊葉作りにしかと取り組みなさい。今の日本の学者は西洋の文献の解釈は得意だが、実地に弱い。標本はシイボルト先生の指導によって始まったくらいであるから歴史が浅いゆえ、今もテーブル・ボタニーの傾向が強いのだ。自らの足を使い、土まみれになろうとせぬ」

富太郎は目瞬《まばた》きもせずに聞く。そしてうなずいた。

「手前はこれぞと思う草木に出逢《でお》うた時、まず写生をすることにしちょります。生きてこの世にある姿そのものを描くことで、わしの記憶に留《とど》まります。忘れんがです。

臘葉はその後、枝葉や花の細部をじっくりと究明するのに用います」

そこで息を継ぎ、「先生」と顎《あご》を突き出した。「臘葉と写生、どっちがより重要でありましょうか」

「どちらも大事だ。今の方式で結構。多くの学者は御用絵師を伴って描かせるが、シイボルト先生の使っていた川原慶賀《かわはらけいが》ほどの者は滅多《めった》とおらぬ。学者自身が描ければ、それに越したことはないの。ただ、臘葉標本も植物画と等しく重要だ。いずれ論考する際、いかなる状況でその論を得るに至ったか、基になった材料がなければ土台のない論になる」

「役に立たんがですか」

「いかにも。研究は一人で完結するものではない。必ず過去に行なわれた研究を礎《いしずえ》にして、それを厳密に評価することで先の研究に進む。次代の研究者に受け継ぐことができる。もっと申せば、標本を残すことは自らの観察の客観性を担保することにもなる」

「客観性」富太郎は味わうように繰り返した。

「近代の科学には客観性が必要だ。ダアウィンは生物の種《しゅ》は神が造ったものではなく、それ自体が別の種へと変わるものだと唱《とな》えた。彼の説によって、科学は神から解き放たれたのだ。耶蘇《ヤソ》教の社会において、それがいかに恐ろしく勇気を要することか。学者は皆、かくあらねばならん」

ダアウィンという学者も、毒草を口に入れてみることのできる人間だったに違いない。

「郷里でしっかり励むがいい。各地の研究家が土地の植物を調べてこそ、日本のフロラが明らかになる」

フロラは「植物相」、その地に生育分布する植物すべてを指す。西洋の神話では、春と花と豊穣《ほうじょう》を司《つかさど》る女神の名だ。かたわらに篤太郎が膝行《しっこう》してきて、「祖父は」と囁《ささや》くように言った。

「文部省編書課に出仕《しゅっし》していた頃、『日本産物志《さんぶつし》』を刊行しました。近江《おうみ》の部です。それが八年前の明治六年。三年後の明治九年には美濃《みの》の部、山城《やましろ》と武蔵《むさし》、昨年には信濃《しなの》の部を出しました」

「はあ」と、富太郎の膝が動いた。

「日本のフロラを明らかにするがですか」

「そうだ。我々、日本人の手で」

「なら、土佐以西は牧野にお任せください」と胸を叩《たた》き、ワハハと仰向《あおむ》いた。

「明日は日光《にっこう》に赴《おもむ》く予定ですき、なんなら日光も手前がお引き受けします」

いやあ、結構、結構、大結構。

伊藤翁が頼もしげに目を細めているので、そんな声まで聞こえるような気がする。

思いついて、「先生」と右肩を前に出した。

「ひとつ、揮毫《きごう》をお願いできますろうか」

すると迷いもせずに「よかろう」と答え、「篤太郎、筆硯《ひっけん》を」と命じた。篤太郎が床の間の違い棚から硯箱《すずりばこ》を運んできて、「牧野さん」と顎を引いた。標本の包みを片づけよと言っているらしい。へいへいと風呂敷に包み直し、尻の後ろに移した。

客から揮毫を頼まれることが多いのか、硯の海には墨《すみ》がたっぷりとたゆたい、篤太郎によって畳の上に毛氈《もうせん》、そして画仙紙《がせんし》が置かれた。

「所望《しょもう》の文言《もんごん》は？」

少し考え、「群芳軒《ぐんぽうけん》と願います」と居《い》ずまいを改めた。

「群芳。さまざまに匂い立つ、花の群れ」

膝の上に拳《こぶし》を置いて、首肯した。

「軒をつけるということは、号だの」

「はい。手前の号です」

翁《おう》は眼差《まなざ》しをしばし富太郎に注《そそ》いでから袴を整え、紙を横にした。筆を執《と》り、右から一行、三文字を流れるように書いた。墨の乾くのを待つ間、己が手ぶらであったことにようやく気がついた。わしとしたことがとんだ不調法、いやいや、伊藤先生はそんなことは気になさらんじゃろうと思い直し、差し出された書を押し頂く。目をしばたたいた。「群芳軒」の左に「太古山《たいこさん》樵《しよう》」とあるので、これは翁の号だろう。

わしの号と伊藤圭介の号が並びゆう。こみ上げてきて、また喋《しやべ》り散らした。博覧会で褒状を受けた若樹桜のこと、煕助の桑畑のこと、あとは思いつくままに土佐の草木のことを。翁は相槌も打たなかったが、さらに何枚か揮毫してくれた。面会を待つ客がまだ小座敷にいるのだと篤太郎に目配《めくば》せされ、ようやく礼を述べ、辞した。門を出るなり、下駄《げた》の音も高く駈け出していた。

日本人の手で、日本のフロラを明らかにする。

途轍《とてつ》もなく大きな旗を掲《かか》げられた。それが闇雲《やみくも》に嬉《うれ》しかった。

十日ほどの後、そろそろ帰郷を考える時期になって博物局に挨拶に出向いた。すると小野が配下に命じ、小石川植物園に案内してくれた。洋傘よりも一回り大きい秋田《アキタ》蕗《ブキ》の現物を初めて目にすることができ、洋蘭《ヨウラン》などの外国産も大小、これでもかと揃っている。笑いが止まらないとはこのことだ。

珍しい植物を扱っている植玄《うえげん》という植木屋も教えてもらったので近所の駒込村《こまごめむら》に訪ねると、植溜《うえだめ》で思わぬ人物と再会した。博覧会場の若樹桜の前で出逢った、印半纏の爺《じい》さんだ。やはり玄人《くろうと》だったらしい。向こうもすぐに気づいてか、ニヤリと口の端を上げた。

「来なすったね。また会うような気がしていましたよ」

紫木蘭《シモクレン》が紫紅色の花を見事につけていて、富太郎はその樹下で話し込み、苗木や種《しゅ》苗《びょう》を買い込んだ。

伊藤翁の真砂町も訪ね、手土産《てみやげ》に金平糖《こんぺいとう》を持参した。翁は「カンフェイトウ」と妙に滑《なめ》らかな発音で言い、赤や白や黄、青を眺めている。篤太郎はその祖父の姿を大事そうに見ていた。

「一ツトセー、人の上には人ぞなき、権利にかわりがないからは、コノ人じゃもの」

村の衆が落葉焚《おちばた》きの火を囲んで唄《うた》っている。民権数《かぞ》え唄だ。

あの板垣退助がついに「自由党《じゆう》」なる政党を結成したとの報が入ったのは、帰郷した六月の四ヵ月後のことだった。掲げた主張はむろん、国会開設の早期実現と民権の拡張である。富太郎は友人らと共にすぐさま入党し、近郷で演説会があると聞くたび勇《いさ》んで出かけた。

むろん植学は続けている。伊藤圭介翁の書を表装して蔵の壁に掲げ、野山を歩いては写生し、腊葉を作る。しかも今は独学ではない。名や科がよほど判明せぬものは質問の書状に腊葉標本を添え、博物局の小野や伊藤翁に問い合わせることができる。しかもちゃんと返事があって、封書を手にするや雀躍《こおど》りする。ただし伊藤翁の返書は篤太郎の代筆だ。

明治十五年が明けてまもなく、村じゅうのほとんどが自由党員になった。老いも若きもおなごも皆、という熱の広まりようで、かつての教え子である岩吉も夜の集会に顔を見せる。

「三つトセー、民権自由の世の中に、まだ目の覚《さ》めない人がある、コノあわれさよ」

子供までが枯れ枝を手に赤い声を張り上げる。

「七つトセー、何故《なにゆえ》お前がかしこくて、私らなんどは馬鹿である、コノわかりゃせぬ」

祖母様と猶が繕《つくろ》いものをしながらこの七つめを口ずさんでいるのを耳にした時は、ぎょっとなった。女学校時代の友人と共に猶も入党しているのだと後で祖母様から聞いたが、集会で顔を合わせたことは一度もない。

富太郎はすでに何度も懇親《こんしん》会で演説に立ち、大いに気勢を上げた。

「人間は皆、等しく自由であり、平等の権利を持つべきじゃ。その主義の下《もと》に、日本政府も自由を尊重する政府でなければいかん。しかし今の政府は因循姑息《いんじゅんこそく》極まりない。藩閥政治に明け暮れて己らの権益争いに血道を上げ、都合の悪い民権を叩く。これは旧幕時代よりも遥《はる》かに厳しい圧政じゃき、かような政府など無用の長物、我々土佐は今こそ一致団結せねばならん。自由を掌中《しょうちゅう》におさめるまでは断固、闘い抜く。わしは決死の覚悟で臨《のぞ》んじょります」

東京に行く前にも富太郎は同じような文言で演説していたが、帰郷後は以前よりも遥かに大きな拍手喝采《かっさい》を浴びる。これまではそれで鼻を高くしていた。けれど今は、後味が悪くて仕方がない。なんだろう。胸の心棒に引っ掛かるものがある。

そうか、東京だと気づいたのは、夜更《よふ》けに火をともし、田中先生と小野先生に手紙を書いている最中のことだ。博物局は役所であり、先生らも政治家ではなく役人だ。政と官の区別が富太郎には曖昧模糊《もこ》として、全く別に思えたり、いや、不可分ではないかと思うこともある。今の政府の力があってこそ、あれほどの博覧会が国の事業として開けたのだ。ゆえにどうしても、先生たちの顔が泛《うか》ぶ。もし今の政府が転覆《てんぷく》してまた政情が不安になれば、あの上野の景色はどうなる。小学校の壁に掛かる博物図が剝《は》ぎ取られるかもしれない。

そこまで考えると、世が変わっても博物学や植学の道を貫《つらぬ》いてきた人らの、なんと強靱《きようじん》なことかと思う。しかも党の集まりに顔を出せば、いざ何かを決める段で必ず揉《も》めるのだ。ことに古参の士族と豪農の間で対立が生じやすく、豪農一派が政府方針と折り合いをつけながら進める穏健策を主張すれば、士族を中心とした派はそれを「卑屈じゃ」と吐き捨てる。熙助はそれを諫《いさ》めず、目を閉じてじっと腕を組んだままだ。富太郎にはその態度がもどかしい。

「卑屈とは、聞き捨てなりませんな。そちらこそ空威張《からいば》りというものですろう。そもそも地道な請願運動が功を奏《そう》して、明治二十三年には議員を召して国会を開くとの勅諭《ちよくゆ》が下ったではありませんか」

「国会開設は人民の権利ぞ。八年も先とは、我々を愚弄《ぐろう》するのも甚《はなは》だしい。政府は空手形を発して運動の封じ込めにかかっただけぞ」

民権運動家の間で広まった政府転覆論を封殺するかのように、昨冬、「詔勅《しょうちょく》」が発せられた。

帝《みかど》のご意志で憲法を作り、九年後には国会を開く。ゆえに向後、国家の大事を議論するな、騒ぐな、禁を破って国家の安全を害する者は罪人として捕らえる。

そんな内容だ。その機に乗じたかのように、政府内で巨大な力を持つに至っていた大隈重信が失脚させられた。絵図を描いたのは長州《ちょうしゅう》出身の伊藤博文《いとうひろぶみ》だと、集会でも盛んに噂されたものだ。

「詔《みことのり》は逆道だ。なにゆえそれがわからぬ」

士族らは未だに居丈高《いたけだか》な物言いをする。すると会場の半分が水を浴びたかのように静まり返り、もう半分は「そうだ、逆道ぞ」と叫び立てる。

「やはり、今の政府は倒す」「おう、憲法も我々の手で起草する」

「お待ちください。かりにも詔ですぞ。それを逆道と斬《き》って捨てるは、言葉が過ぎますろう」

豪農らが色をなして抑《おさ》えにかかった。会場の付近では巡査が警邏《けいら》していることが多く、公衆秩序を乱す演説は即刻中止を命じられるばかりか、罰金もしくは禁獄の場合もある。

するとと士族らは、また鼻であしらうのだ。

「腰抜けが。官憲が怖《こお》うて運動がやれるか。命惜《お》しみをする者は自由党には要《い》らぬ。去《い》ねッ」

富太郎は幾度《いくど》も繰り返されるそのさまを見るにつけうんざりし、近頃は仲間と肩をすくめ合うことが増えた。互いが独善に陥《おちい》って、これでは政府内で起きているいざこざと大差ないではないか。しかも「自由」を標榜《ひょうぼう》する士族があぁも嵩《かさ》にかかってものを言うのも割り切れず、豪農らが刃向《はむ》かい通さぬのも歯痒《はがゆ》い。ゆえに論を尽くせず、毎回、似たような応酬《おうしゅう》で紛糾する。

何百年も身分社会の中で生きてきたのだ。易々《やすやす》とは乗り越えられないと、諦《あきら》めに似た溜息《ためいき》を吐《つ》くこともある。富太郎は顔を上げ、蔵の窓に懸《か》かる寒月を見た。いや、誰かを非難するだけのわしが一番恥ずかしい。裏打ちのない空言《そらごと》を吐いて、聴衆を煽《あお》っただけじゃ。

翌朝、仲間の家を順に訪ね、「脱党する」と告げた。

「もう政治にはかかわらん」

仲間のうち「わしも脱ける」と同調した五人で連れ立って堀見家を訪ね、熈助に脱党を申し入れた。

熙助の左右、背後には士族の急先鋒《きゅうせんぽう》らがずらりと並び、今にも斬って捨てようかという眼をして睨《ね》めつけてくる。熙助は懐手《ふところで》をして、まただんまりだ。仲間は俯《うつむ》いて詫《わ》びを入れ始めた。同じ村の中で年長の者らの気を損じたら生きにくくなる。しかも相手は若者らの精神的支柱だ。

富太郎に目を移した熙助は、長い息を吐いた。

「おまんは志《こころざし》を全《まっと》うすると見込んじょったに」

堰《せき》を切ったように、熙助の取り巻き連中が喚《わめ》き始めた。

「牧野、見損《みそこ》のうたぞ」「なに、しょせんは口だけの男ぜ」「腑《ふ》抜けめ。頭に花簪《はなかんざし》でも挿《さ》して踊っちょれ」

恫喝《どうかつ》と侮蔑《ぶべつ》を繰り返して煽ってくる。この連中は別にして、熙助のことは今も敬愛している。だが己の値打ちが目減りするのは歯軋《はぎし》りするほどに口惜しい。富太郎は声を振り絞った。

「わしの思う自由は、学問でかなえますき」

熙助はしばし富太郎を見つめ、黙って顎をしゃくった。見切りをつけた、との意だ。

帰り道、仲間はうなだれて歩いている。

「のう、潮垂《しおた》れておっても仕方がないき、元気出しや」

「岸屋は村八分《むらはちぶ》にされようがびくともせんじゃろうが、わしらはそうもいかん」と、誰かが言う。

「酒の一本でも届けておくがえいろうか。呑むからのう、あのお人らは」

「それが、えいかもしれん。富さん、岸屋から届けてくれんか。銭《ぜに》は五人で割るき」

富太郎は歩きながら、「それは断る」と顎を左右にした。

「なんでじゃ」

「悪いことをした覚えはないきね。政党に入るのも自由なら、脱けるのも自由じゃ。それを咎《とが》めるなら、何が自由党ぞ。糞《くそ》喰らえじゃ」

「おい、声が大きい」

窘《たしな》められて、なお頭に血が上る。首に巻いた手拭《てぬぐ》いを抜き、腕を大きく振り上げた。

「詫びるかわりに、いっそ暴れちゃる」

手拭いを振り回しているうち、思案を思いついた。

隣村の越知《おち》で政談演説会が開かれると仲間が聞き込んできて、富太郎はうなずいた。

「よし、決行じゃ」

五人で別々に佐川を出て、仁淀川《によどがわ》に向かった。蛇行がそれは美しく、水も清い川だ。その河川敷《かせんじき》で演説会が開かれるらしく、富太郎は堤の上を屈みながら歩いた。畳ほど大きな布を細長く巻いて脇に抱えているので、端を引き摺《ず》りそうになる。頃合いのよい草叢《くさむら》の陰で片膝をついては身を潜《ひそ》め、また歩く。頬かむりの隙間《すきま》から目だけを泳がせて下方を見やると、かなたに人の群れが見える。

おった、おった。今日もえらい人出じゃ。七十人は超えちゅう。

演者が木箱の上に乗って張り上げる声が、今では芝居がかって実のない言葉の群れにしか聞こえない。なんら進展のない、この後、何を言うかまで手に取るようにわかる演説だ。巡査はいないようだ。不思議なことに巡査は穏健な集会に限って姿を見せ、真《まこと》に紛糾する時は最後まで現れなかったりする。

集会場所の斜め上まで進んで、とはいえ河川敷まではなだらかな草地で六十間《けん》ほどの距離がある。やがて仲間が一人、二人と顔を見せ、富太郎と肩を並べた。いずれも珍妙な恰好《かっこう》だ。手拭いをねじり鉢巻きにしている者もいれば、旧時代の陣笠《じんがさ》を頭にのせた者もいる。最後に現れた者は身の丈以上の竹竿《たけざお》を手に、火消し装束《しょうぞく》だ。

「おまん、何を考えゆうがな」

「富さんこそ、泥棒みたいじゃ」

声を潜めて互いに腐し合いながら、皆で準備だ。竹竿を草の上に寝かせ、持ってきた布を取りつけた。五人で腹這《はらば》いになり、草の葉の隙間から様子を窺《うかが》う。三月も間近の堤で、土筆《ツクシ》の頭や芹《セリ》も見える。「富さん」と肘《ひじ》でこづかれ、顔を上げれば聴衆が手を打ち鳴らし、歓声や怒声が入り交じる。集会もたけなわ、いよいよだ。

「よし、行くぜ」

富太郎は立ち上がり、手にした竹竿を「やッ」と突き上げた。風に旗が翻《ひるがえ》る。ワアと大音声《だいおんじょう》で草地を駈け下り、集会の群れに突撃した。

「なんじゃ、なんじゃ」

大騒ぎになった。口を半開きにして旗を見上げる者もいる。

富太郎は染物屋に注文して、金巾《かなきん》という生地《きじ》で大旗を誂《あつら》えさせた。下絵はむろん自身で描き、魑魅魍魎《ちみもうりょう》が争うさまだ。政治家の権力争い、そして自由党内の内輪揉《うちわも》めを諷刺《ふうし》した。その争いの背後には、今、昇らんばかりの太陽が放射状に光を放っている。

富太郎が木箱の上に飛び乗って大旗を打ち振ると、仲間が高唱する。

「人の上には人ぞなき、そう言う口には誹謗《ひぼう》なし、談論尽くす心に遺恨なし、それは誰《た》がため、自由がため」

集会の主催者らが眦《まなじり》を吊り上げて飛びかかってきたが、旗をぶんぶんと振り回して追い払う。

「おい、やめんか」

「おまんら、駄目《わや》にする気か」

袖《そで》を摑《つか》んで怒鳴《どな》り散らしたのは、脱党を申し入れた時の連中だ。

「さんざん世話をしてやったに、後肢《あとあし》で砂をかけるがか」

遠くに熙助の顔が見えた。今、集会場に着いたばかりの様子で、不得要領な顔をして眉を顰《ひそ》めている。いや、違う。あれは苦笑だ。

剽《ひょう》げ者め、やりおった。

「どうとでも言うてください。わしらは頭ごなしに抑えつけられて、黙って堪《こら》える人間じゃないですき」

大いに暴れ、旗を担いで河川敷を駈け抜けた。

三月に入って、奥の座敷に緋毛氈《ひもうせん》が敷かれ、七段もの雛段《ひなだん》が設《しつら》えられた。下段には黒漆《くろうるし》に家紋《かもん》の入った長持《ながもち》や牛車《ぎっしゃ》、蝶脚《ちょうあし》の膳には椀《わん》に皿、箸も揃っており、いずれも豆粒ほどの小ささだ。ひと目で手抜きのない精巧な作りだとわかる。しかし富太郎は首を傾《かし》げた。毎年、祖母様が飾っている一揃いとは異《こと》なっているようだ。

祖母様が猶を引き連れて座敷に入ってきた。野山ではまだ咲かぬ桃を取り寄せて壺《つぼ》に入れるのは毎年のことで、富太郎はいつも気色が悪い。節句などは旧暦のままですればよいものを、無理に新暦で行なうから花の季節と合わなくなっている。

「おや、富さんが雛飾りを愛《め》でるとは珍しい。三月に雪を見る思い」

祖母様はからかうように言いながら腰を下ろした。猶は桃の花を毛氈の上に載せ、鋏《はさみ》の音をさせているので姿を整えているのだろう。

「祖母様、この雛飾り、どうしたが？」

白銀になった髷《まげ》が斜めに少し傾《かし》ぎ、「また、とぼけて」と笑う。

「とぼけてとは、なんのこと」

「これは嫁入り道具じゃいかね」

「ほうですか。そういや、いつものと家紋が違《ちご》うちょる」

「お猶の道具やき、家紋が違うて当たり前じゃ。何年も前に京で拵《こしら》えさせてあったのを、今年はようやく蔵から出せた。やれやれ、じゃ」

猶を振り向くと、丸く肥《こ》えた背中があるだけだ。鋏の音は止まっている。

「お猶の嫁入り道具が、なにゆえうちの座敷にあるがです」

「富さん、えい加減にしいや。あんたが上京する前に話をしたし、訊ねもしたきね。祝言《しゅうげん》は来年の三月末でえいかと問うたら、おまさんはそれでえいと言うたぞね」

「それ、今月末のことを言いゆうが？」

「当たり前じゃ」

「祝言。それ、まさかわしの」

「他に誰がおる」

ようやく事の次第がわかって、開いた口が塞がらない。

パチンと、花鋏の音が戻ってきた。

# 四　冬の庭園《ウィンタアガーデン》

帳場格子《ごうし》の中で、富太郎はフワアと欠伸《あくび》を洩《も》らした。

毎日毎日出歩いておらんと、たまには主《あるじ》らしゅう坐《すわ》っちょらんかね。

祖母《ばあ》様にそう意見されて羽織《はおり》までつけたものの、半刻《はんとき》もせぬうちに苦痛になってくる。客商《あきな》いをしているわけでなし、造り酒屋も他人に貸している身上《しんしょう》だ。酒屋の手代《てだい》がたまに訪れてあれこれ問うたり相談したりするのだが、富太郎には皆目解《かいもくげ》せない。家作や小作人の差配も同様で、結句は番頭の和之助《わのすけ》を呼んで捌《さば》いてもらうことになる。

つまらんのう。尻《しり》から根が生《は》えそうじゃ。

欠伸のついでに目薬を点《さ》し、文机《ふづくえ》の上の筆を手にした。誰が磨《す》っておくものやら、朝からたっぷりと墨《すみ》が用意してある。帳簿を開き、隅《すみ》の白場《しろば》に穂先を下ろしてみた。ふだん使っている小筆よりも腰がないので肥瘦《ひそう》ができそうになるが、そこで息を詰めて力を加減し、一定の微細な線を引いていく。

まっこと、なんとかは筆を選ばずとはよう言うたもの。

己《おのれ》の腕に感心しながら手を動かす。白粉花《オシロイバナ》に浜薊《ハマアザミ》、珊瑚樹《サンゴジュ》、水蕨《ミズワラビ》に鈴懸草《スズカケソウ》と、筆先はおのずと精緻《せいち》を極《きわ》める。村の友人たちは皆、この仕業《しわざ》に舌を巻く。目の前に草木がなくとも記憶だけで再現してのけるからだ。富太郎にすれば、驚く方が不思議だ。いったんこの手によって切り取り、掘り取った者たちなのだ。紙に挟んで標本にする前にも、細部までとくと観察して写生している。ゆえに掌《て》が憶《おぼ》えている。

「旦那《だんな》様、別の紙をお持ちしましょうかね」

顔を回《めぐ》らせば、和之助だ。犬がくしゃみを我慢しているような顔つきで覗《のぞ》き込んでいる。気がつけば手許《てもと》の帳簿が花だらけだ。「やあ、ついつい」と笑い濁《にご》せば、相手も眉《まゆ》を下げて「はい、はい」とうなずく。和之助は猶《なお》より一歳下だというので、富太郎の四歳も下になる。随分《ずいぶん》と若い番頭だが、祖母様いわく極めつきの忠義者で賢才、世が世であれば小大名の家老職も務まっただろうとのことだ。まあ、家老にしては温厚が過ぎるかもしれぬ。

丁稚《でっち》に紙を持てと言いつけるのを、「もう、えい」と止めて腰を上げた。

「ちっくと用を思い出したき、出てくる」

昼前まで神妙に坐っちょったき、今日はもうかまんろう。

「いずこへお出かけですか。蔵でご学問ですろうか」

「ああ、いや」と三和土《たたき》に下り、雪駄《せった》に足を入れた。さて、今日はどこへ採集に出ようと考えるだけで口許が緩《ゆる》んでくる。まずは蔵に戻って着物を替える。採集では裾丈《すそたけ》が膝《ひざ》までの着物に唐木綿《とうもめん》の白帯、山中では虫や蛇にもやられやすいので股引《ももひき》に脚絆《きゃはん》もつける。


そして肩から斜め掛けにするのは、肩帯が麻で袋が革《かわ》製の胴乱《どうらん》だ。以前は洋物のブリキ箱を大中小と揃《そろ》えて採集物を入れていたがやたらと喧《やかま》しく、音を立てぬように抜き足差し足で歩くので畑の作物泥棒と間違われる。土佐の山伝いに愛媛《えひめ》まで足を延ばした際には地元で言い慣《なら》わしている植物名を教えてもらおうと近づいた途端、鍬《くわ》を振り上げて追いかけられた。撲《なぐ》り殺されてはかなわぬので這《ほ》う這《ほ》うの体《てい》で逃げた。難儀するうち、高知の市中でこの胴乱を見つけた。その昔は戦野《いくさの》を駈《か》けた武士が火縄銃《ひなわじゅう》の火薬を入れた袋であるらしく、御一新《ごいっしん》後、外国人が珍しがって買ったのを機に日本人の間でも流行しているのだと、店の親爺《おやじ》は自慢げに説明したものだ。

「旦那様」と背後から猶の声がして、振り向けば内暖簾《うちのれん》の前に立っている。

「昼餉《ひるげ》のご用意ができましたき、どうぞ」

どうぞと言いながらも富太郎が目を合わせた途端に首から上を赤黒くして、頰《ほお》を強張《こわば》らせるではないか。

「今から出るき、飯は要《い》らん」

つい、放り出すような言い方になった。「さようですか」と猶の声もくぐもり、しかし「堀見先生のお宅にお行きにならんですろうか」と訊《き》いてくる。

「克禮《かつひろ》んとこか。行ってもえいが」

「ほんなら、ちっくとお待ちくださいい。到来物をお分けいただいたので、その返礼を。ちょうど、お干菓子《ひがし》を取り寄せたところですき」

「それはおまんが届けちょいて」と、羽織を脱ぐ。

「わし、高知に行ってくる」

「高知ですか。今から」

「ん。書物を購《あがな》わねばならん」

そそくさと戸口の敷居をまたぎ、暖簾をかき分ける。

猶とのやりとりが面倒になって高知と口にしたのだったが、いい思案が泛《うか》んだものだ。

何日か前、高知市中で師範学校の教師を務める永沼小一郎から文《ふみ》がきて、丸善書舗《まるぜんしょほ》から『小石川植物園草木図説』の第二巻が上梓《じょうし》されたらしい。編者のひとりが、伊藤圭介翁《おう》だ。

伊藤翁や博物局の小野職愨《もとよし》には、今もたびたび質問書を送って教えを乞《こ》うている。採集した植物の全景図に花弁や雄蕊《ゆうずい》雌蕊《しずい》、葉の詳細図、茎《くき》の断面図なども添え、さらに文章で詳細を述べ、産地、開花の候も記《しる》す。そして問う。

この花の和名、学名はなんですろうか。科名は間違《まちご》うておらんでしょうか。

すると、朱字で加筆されて返ってくる。胸を躍《おど》らせて何度も読み、「なるほど」と小膝を打ち、しかし時にはうぅんと文机に頬杖を突いて考え込むこともある。

昨年のやりとりであったか、富太郎が「野牡丹科《ノボタン》」と推《すい》した箇所に「柳葉菜科《アカバナ》」と朱が入り、和名は「ヤナギラン」「キソヤナギソウ」との返答だ。伊藤翁の見解ではあるがこれがどうにも腑に落ちず、もう一度調べて検討を尽くし、手紙を返した。

――熟考いたしましたが、これはやはり「柳葉菜科」の「ヤナギラン」ではなく、「野牡丹科」の植物ではないですろうか。

するとしばらく経《た》って、返書があった。

――再考のところ、「野牡丹科」の一新種也《なり》。洋名は Osbeckia stellata, Don. ならん歟《か》。

そして「クサノボタン」と、伊藤翁によって新たに命名されたのである。手紙を手にしたまま蔵の階下へと半分落ちるように段梯子《だんばしご》を下り、外の通りへと飛び出した。

「やった、やったぁ」

踊りながら走り、息が切れるまで腕を振り回した。往来の村の者も慣れたもので、「なんじゃ、岸屋の若旦那」「ありゃ、いつでも奇妙」と受け流す。村はずれの梅林に行き当たって、ようやく足を止めた。草の上に腰を下ろし、息を弾《はず》ませながら追而書《おってがき》にも目を通す。

――多忙のため、「ヤナギラン」と間違えたことをお詫《わ》び申します。もう一度調べたところ、貴殿の申される通り「野牡丹科」の一奇草であり、日本では新種のものと考えられます。これまで外国人が日本で採集したことがなく同定もされておらぬもので、Osbeckia stellata, Don. に該当するのではないかと考えるに至りました。さらに、野生の植物で名称を同定できぬものがあれば益友《えきゆう》である露西亜《ロシア》の植学者、マクシモーヴィチ先生にお訊《たず》ねすることも可能です。

篤太郎《とくたろう》の署名を最後に見つけて、ふいに顔を上げた。春空の下に梅の若枝が伸びている。

伊藤先生の仕事をここまで助《す》けておるがか。

堂々たる見解と、誤りを率直に訂正して詫びる態度に、胸のすく思いがした。これぞ科学《サイエンス》に携《たずさ》わる者じゃ。さすがは伊藤先生のお孫、手応《てごた》えがある。

小野からも数度に一度は返事がきて、先だっても「次の上京の折には、ぜひ東京大学理学部を訪ねたまえ」と勧《すす》めてくれていた。

――植物学教室がある。教授陣のほとんどが御雇《おやとい》外国人であるなか、珍しく日本人が教授している。

その文言《もんごん》を思い出して引き返し、暖簾から顔だけを突き出した。

「わし、近いうちに上京するき、祖母様にそう言うちょいて」

猶と和之助は不意討ちを喰《く》らったかのように突っ立っている。が、富太郎はにいと笑ってみせた。

我ながら、えい思いつきが続く。

高知では永沼を訪ねて共に本屋へ足を運び、思うさま購入し、宿で語り明かした。佐川に戻ったのは三日目の夜になっていた。

腹が減っていたが、家人はもう寝静まっている。台所の板間に入って湯漬《ゆづ》けをかき込んでいると、湯帷子《ゆかた》の上に薄い綿入《わたい》れを羽織《はお》った祖母様が入ってきて向かいに腰を下ろした。

「帰ってきたか」

「ただいま」

祖母様も白湯《さゆ》を飲んだり布巾《ふきん》を畳《たた》んだりしていたが、つと「富さん」と小声で呼んだ。「なんです」と飯粒を啜《すす》り、香《こう》の物を齧《かじ》る。口の中でやけに音がする。

「えいかげん、落ち着いてくれんかねえ」

「わしは落ち着いちょります。落ち着いて学問に励みゆうがです」

「いつまで放っちょくつもりで」

思い当たることがあるような、ないような、とぼけてまた香の物を口に放り込む。

「もう二年になろうというに富さんがいつまでもよそよそしいき、お猶は途方にくれちゅうがで」

富太郎は祝言《しゅうげん》の翌日から以前と変わることなく蔵で寝起きをし、朝夕の膳《ぜん》の時だけ母屋《おもや》の座敷に坐る。朝から握り飯を拵《こしら》えさせて方々《ほうぼう》に採集に出て、夜が更《ふ》けてから帰る日も多い。つまり、月のうちほとんどは家にいない。よほど観念して見世之間《みせのま》に坐っても昼までが限界だ。

「あの子の立場も、ちったあ考えちゃらんとね。可哀想《かわいそう》に」

猶の部屋をいっこう訪ねぬことを暗に指しているようだ。おそらく、未《いま》だ子を生《な》していないことも含めて、猶の面目《めんぼく》を祖母様は案じている。

「別に、存念があってのことやないですき。学問をしよったら時があっという間に過ぎて、気がついたら夜が明けちゅうだけで」

言い訳めいたが本当のことだ。家の内は猶が祖母様に成り代わって諸事万端、切り回して安泰だ。しかしかつての、どこで過ごしてものびのびと明るかった母屋ではなくなって、どうにも足が向かない。猶が疎《うと》ましいとか嫌いだというわけではない。幼い頃から同じ家にいた。いるのが当たり前の従妹《いとこ》、当たり前過ぎて眼中になかった。妹のようなものだ。今さら夫婦《めおと》になれ、女房として扱えと強《し》いられると気が重くなる。

「ご馳走《ちそう》さん」膳の上に箸《はし》を置いた。

「気ぃつけて行ってきや」

「は」と顎《あご》を上げると、祖母様が「東京よね」と瞼《まぶた》を押し開くようにしてこちらを窺《うかが》う。

「また上京すると聞いたが」

「ああ、そうです。おおきに」

祖母様はゆるりと立ち上がり、「おやすみ」と告げて板間から出て行った。近所でも竹を割ったようなと感心されてきた性分《しょうぶん》で、富太郎に限らず奥の女中らにもくどくどと説教をしたことがない人だ。しかしこの頃は案じ顔が増え、今夜のように諭《さと》したりする。牧野家の血筋の者を娶《めあ》わせて、祖母様はようやく肩の荷を下ろしたはずだった。だが描いた絵図の通りに事が運ばない。それは猶のせいではないし、むろん祖母様のせいでもなく、たぶんわし自身のせいでもない。

富太郎はそう思っている。それよりも東京じゃと板間を抜け、台所の裏口から裏庭へと出た。蔵の屋根の上に菜種色《なたねいろ》の濃い月が懸《か》かり、やけに大きかった。

念願の再上京を果たしたのは四月で、此度《こたび》の連れは佐川の友人だ。二人とも大学予備門受験を目指しての上京で、富太郎は飯田町《いいだまち》の表長屋の二階に下宿を定めた。

晴れた日には地図を片手に方々へ出かけ、板橋《いたばし》の小豆沢《あずさわ》や江戸川《えどがわ》沿いの小岩村《こいわむら》でも採集した。雨の日には下宿で写生し、標本作製に明け暮れるのは郷里にいる時と変わらない。気がつけば夜が明けていて、少し横になってからまた出かける。東京には洋書も豊富な本屋が何軒もあり、植木屋の並ぶ界隈《かいわい》があり、上野の博物局に赴《おもむ》けば小野とも会える。

本郷には伊藤翁と篤太郎がいる。と思って本郷真砂町を訪ねたら翁は留守、篤太郎は英国のケンブリッジ大学に留学したのだと女中が玄関先で告げた。肩透《かたす》かしを喰らわされたような気がして、鼻白《はなじろ》んだ。

なんじゃ。せっかく研究の成果を語り合おうと思うちょったに。留学するならするで一筆よこさんか。黙って行きおって。留学か。留学、えいなあ。わしもぼやぼやしとらんと、一つ考えないかん。

微《かす》かな落胆を梃子《てこ》にして、勇ましく腕まくりをした。

そして七月に入った今日、神田の一ツ橋《ひとつばし》に向かっている。いよいよ、東京大学の植物学教室を訪ねるのだ。それで仕立て下ろしの亀甲絣《きっこうがすり》の白大島《おおしま》に濃紺《のうこん》の袴《はかま》をつけたので、下宿の婆《ばあ》さんが「おや」と目を丸くしていた。

「牧野さんってば、よく見たら眉目秀麗《びもくしゅうれい》ってやつだねえ」

ふだんはザンギリ頭も蓬々《ほうほう》と伸び、百姓と見紛《みまご》う形《なり》でうろうろしているので別人に見えるらしい。足許も新しい雪駄で、草木の標本は紋《もん》入りの縮緬《ちりめん》の風呂敷に包んである。これは祝言の内祝《うちいわい》で祖母様が配ったもので、佐川から送ってきた行李《こうり》の中にいつもの綿の大風呂敷に添えてあった。荷作りは猶がするので、たぶん猶が入れたのだろう。素木《しらき》の薄い箱を開いた時、香《こう》の匂《にお》いと共に溜息《ためいき》がぷんと立ち昇ったような気がした。

飯田町を南下して九段坂下《くだんざかした》で左に折れ、俎橋《まないたばし》を渡ってそのまま外濠《そとぼり》沿いに南東へ進む。整備された道は無闇に広く、空地《あきち》では法被《はっぴ》姿の男らがもっこで土を運び、材木を積み上げている。かと思えば突如として洋館が現れ、鉄柵《てっさく》沿いの敷地には樅《モミ》の若木が直線状に植えられているのが見える。若い兵隊が上官の命《めい》で無理に並ばされているようで、ポツリと不自由を思う。が、民権運動からはすっぱりと身を引いたので、それ以上は考えを進めない。大名屋敷の跡らしい土地は土を入れ替えたのか緑がまるで見えず、土色だけが広がっている。稀《まれ》に樹冠《じゅかん》の広い榎《エノキ》や松の大木が独《ひと》り残されており、その樹下を通り過ぎる時だけは青い風が吹く。いくつめかの木蔭《こかげ》に入って足を止め、懐《ふところ》から地図を取り出して付近を確かめてみた。

地図は博物局の小野がくれた走り書きで、昨今の東京は官庁の移転や名称変更が凄《すさ》まじく、市販の地図では間に合わないだろうとの配慮だった。

客待ちをする人力車が増えてきたと思ったら、道から家一軒分ほど高い丘に延々と鉄柵が巡っている。笠《かさ》をつけた俥夫《しゃふ》らに「兄さん、行きやすよ。どちらまで」と声をかけられるが聞き流し、門扉《もんぴ》を見つけて階段を上がった。広大な土地に建物が立ち並んでいるが、やはり樹木の類《たぐい》はお粗末だ。

もう少し行くと、つい先だってまで大隈重信邸であった、塔がある和洋折衷《せっちゅう》の屋敷が濠向こうに見えてくるので、その先を左折せよと書いてある。右手に現れる東京外国語学校に沿って進み、それが途切れた先が東京大学のようだ。ようよう辿《たど》り着いて門の守衛に小野が書いてくれた紹介状を見せ、敷地内に入った。

学舎はいずれも二階建ての洋館で白く塗られてあり、ただし切妻《きりづま》屋根には瓦《かわら》を葺《ふ》いてある。入口も唐破風《からはふ》で、しかしバルコニイと呼ばれる西洋風の露台も備えている。窓も洋風の、上下に開閉する方式のようだ。訊《たず》ね回って、別館の理学部植物学教室に行き着いた。

窓の多い廊下を進むと、英語らしき声が朗々と響いて流れてくる。さすがは大学じゃと背筋を伸ばし、角から現れた人影に近づいた。

「矢田部《やたべ》先生はおいでですろうか」

またも紹介状を見せると、筒袖《つつそで》に袴をつけた男は「矢田部先生に面会?」と呟《つぶや》き、

「そういえば、何日か前にそんなことをおっしゃってたな」と心得顔《こころえがお》になる。

「今は教授中だから、待ってもらうよ」と洋扉を開いた。

教授室の正面には赤みを帯《お》びた細長い洋机がどっしりと構えられ、その背後は腰壁

と縦長の窓だ。富太郎が坐る椅子《いす》の周囲には天井まで届く書棚が巡り、夥《おびただ》しいほどの背表紙が並んでいる。和書の棚もある。

一刻《とき》ほども待って現れた矢田部教授は三十半《なか》ばの齢頃《としごろ》で、洋装がいかにも身についた紳士だ。富太郎と対面する洋椅子に坐って快活に身振り手振りをまじえ、じつに機嫌よく話をする。

「露西亜のサンクトペテルブルクで万国園芸博覧会が開催されるというので、我が校からも出品することになってね。四月にようやく腊葉《さくよう》三百六十種を発送したんだが、その件で博物局の小野先生の許へもしばしば相談に伺《うかが》ったのだよ。それで、ミスタマキノ、君の話が出たというわけだ」

小野の手紙によれば、矢田部良吉《りようきち》は父は蘭学者《らんがく》、母方は沼津《ぬまづ》藩士という家の出で、幼い頃から英学と数学を学んだという。外交吏《り》として亜米利加《アメリカ》に渡り、コーネル大学で学ぶも教授の勧めによってボタニー、つまり植物学を修《おさ》めた。たぶんそのはずだと、矢田部の口許を懸命に見つめる。たぶんというのは、しばしば流暢《りゅうちょう》な英語が交じるからで、斜め向かいに坐した松村任三《まつむらじんぞう》という助教授や壁際に立っている教室員らが声を上げて笑うと富太郎も追うように笑顔を繕《つくろ》う。

内心では情けなかった。佐川では理学はもちろん和漢、英学でも他人に引けを取ることがなく、いつも先頭を歩いてきた。学問仲間を集めて学術を研鑽《けんさん》し合う場を開き、辞書を片手に英語で論じ合うことも少なくない。しかし本物がこうも聴き取れぬとはと、冷汗《ひやあせ》の出る思いだ。もっと英学にも本腰を入れねばならんと、胸の中にまた旗を増やした。

「土佐に向学心旺盛《おうせい》で有望な青年がいると小野先生から聞いた時、僕は懐《なつ》かしいような気持ちになったものだ」

思わぬことを言い出して、なおとまどった。

「元治《げんじ》元年の、十四の時だったかなあ。学問を志《こころざ》して沼津から江戸に出てきたんだが、英語は土佐の人に習ったんだよ。中浜万次郎《なかはままんじろう》という先生だ」

思わず前のめりになった。

「中浜先生に英語を習われたがですか」

漁師の家に生まれた万次郎は足摺岬《あしずりみさき》の沖合で強風に流されて遭難した末、伊豆《いず》諸島の鳥島《とりしま》付近で亜米利加の捕鯨船《ほげいせん》に救助されたという人物だ。命は取り留めたものの、当時の日本は国を開いていなかったので故郷に帰ることができない。そのまま亜米利加へと向かわざるを得ず、上陸後は船長の養子に迎えられて英語や数学、航海術などを学んだと、新聞の記事で読んだことがある。数奇な運命はそこで終わらなかった。幕末には帰国し、長期間に亘《わた》って幕府の取り調べを受けた後に帰郷を許され、土佐藩で士分に取り立てられた。英語に堪能《たんのう》で海外の知識を豊富に携えている万次郎はやがて幕府に招聘《しょうへい》され、直参《じきさん》旗本の身分と姓を与えられたのだ。訃報《ふほう》記事には接しておらず、しかし高知で暮らしているとは聞いたことがないので今も在京かもしれない。

「この東京大学の前身であった開成《かいせい》学校では、英語教授を務められたのだよ」

矢田部は上機嫌らしく、目を輝かせている。しばらく留学時代の話になったが、急に「エクスキューズミ」と発した。富太郎が膝の上に抱えている風呂敷包みに目を留めている。

「それはもしや、君の標本かね」

「おわかりになりますか」

説明しようと口を開いたその隙《すき》に、「小野先生だよ」と先を越された。

「土佐の植物をあれほど標本しておる者は他にあるまい、独学にもかかわらず大したものだと評価しておられたのでね」

促《うなが》されるまま包みを開いて披露《ひろう》すると、周囲も富太郎を囲んで手に取り始めた。

「これは素人《しろうと》の仕事じゃないね」と助教授の松村が呟き、教室員の青年に「君の仕事よりよほど丁寧《ていねい》だ」とからかうような口調を遣《つか》う。矢田部も立派な口髭《くちひげ》を指でさすりながら感心しているふうだ。爪《つめ》の先が綺麗《きれい》に整《ととの》えられ、表面が艶々《つやつや》と光っている。

いつものように一席打《ぶ》とうと息を整えるうち、また矢田部だ。

「標本作りは労力がかかるし、研究の材料に過ぎぬと軽視する学生もいるが、標本はいわば生きた本草《ほんぞう》図譜だ。ヨーロッパでは二百年以上も前から乾いた庭園などと呼ばれてきたが、私は別の言い方が好みでね」

顔の前で指を立てた。

「ウインタアガーデン、冬の庭園だ」

胸の中で「ウインタアガーデン」となぞってみる。なんと美しい言葉なのだろう。

そして矢田部を見返した。

心底、植物が好きで、植物学に真摯《しんし》なお人ながじゃなあ。

えいぞ。今度の上京も人物運がえい。

嬉《うれ》しくて、ぷほぷほと笑いながら部屋の中を見回した。廊下側の窓辺に置かれた長机にも書籍と紙の山、文具や植木鋏《うえきばさみ》、そして浅緑の野草が小瓶に生けてある。標本を作る準備中のようだ。つと立ち上がり、目を凝《こ》らした。イヌノフグリかと判じたが、いや待てよとさらに目を近づける。

イヌノフグリは春に赤みを含んだ小さな青花を開く。それがやがて実をつけて夏を越すのだが、その実の形が犬の金玉《ふぐり》に似ていることから、こんな気の毒な名がついている。が、ここにあるのは見慣れたそれより一回り大きく、細部も異なっている。

「先生、これはイヌノフグリとは別の植物ですろうか」立ったまま問うていた。

うぅんと咽喉《のど》の奥を鳴らすように唸《うな》ったのは矢田部ではなく、助教授の松村だ。細《ほそ》面《おもて》の三十前後で、やはり洋装だ。ひどく姿勢がよいので、この御仁《ごじん》も武家の出なのだろう。

「違いがわかるのかね」

「これは花弁の青が勝っておって、雄蕊の色と形も違います。イヌノフグリの雄蕊は白いですけんど、これは群青色《ぐんじょういろ》です。しかも茎が直立しよります」

松村助教授は「よく見ているね」と富太郎に目を合わせてきた。

「おそらく渡来植物だ」

「ほな、外国の？」

「近頃、多いのだよ。移入品と共に港から続々と入ってくる。しかし旧来の本草学者らがそう指摘し、僕もそうではないかと睨《にら》んでも断定はできない。我々はまだまったく、自国の植物相《フロラ》を把握できていないからね。君が初めて目にするだけで、太古からあった植物かもしれんのだ。わかるかね」

首肯しつつ、「これはどこで採集されたがですか」と訊いていた。

「大学の敷地内で学生が採集したものだ。君の言った通り茎が直立しているゆえ、タチイヌノフグリと我々は呼んでいる。永楽町《えいらくちょう》の土堤《どて》辺りでも見られるとの報告も受けている」

町名を聞いても見当がつかないが、帰りにさっそく行ってみようと決めた。すぐに手に入れたい、標本に加えたい。

「ご指南有難うございます。わしは浅学ですき素性のわからんものが多うて、まっこと難儀しよります。丸善からやっと、『日本植物名彙《めいい》』という書物が出ましたろう。今、本屋に取り寄せを頼んじょりますが、待ち遠しゅうてならんがですよ」

松村は矢田部と顔を見合わせ、互いに微笑を泛べた。松村が静かに腰を上げる。松村の洋机は和書の棚脇にあるようで、矢田部の机とは鉤形《かぎがた》になる恰好《かっこう》で据《す》えられている。机の上にも堆《うずたか》く書物が積まれてあり、しかしすぐに戻ってきて椅子に腰を下ろした。

「これかね」

洋卓《テーブル》の上に差し出されたのは、今、まさに口にした書物だった。表紙には東京大学教授矢田部良吉閲《えつ》、東京大学助教授松村任三編纂《へんさん》とある。

「先生がたのご編纂でしたか」

飛び上がりそうになった。

「刊行したばかりの書物を土佐の青年が知ってくれているとは心強い。さようですな、矢田部先生」

「いかにも。これは日本人の手になる、最初の日本植物総覧だからね」

「有難《ありがた》いです。仏蘭西《フランス》の『日本植物目録』を繰《く》って調べたいと思うても郷里では手に入りませんき、苦労しておったがです」

「君は、あの書物のことも心得ておるのか」

仏蘭西のフランシェとサヴァチェという学者が日本に産する植物について著《あらわ》した大著が『日本植物目録』で、十年ほど前に刊行されたものだ。サヴァチェは横須賀《よこすか》製鉄所で働く仏蘭西人のために来日した医師で、日本滞在中に本草家と親しく交際し、採集した植物の標本を大量に母国に送ったらしい。医師は薬効の研究から植物に造詣《ぞうけい》を深めることが多く、それはどの国でも同様の傾向だ。その収集品を研究したのが巴里《パリ》の博物館員で植物学の研究者であったフランシェで、サヴァチェとの共著で目録を刊行するに及《およ》んだ。刮目《かつもく》するのは岩崎灌園《かんえん》の『本草図譜』や飯沼慾斎《いいぬまよくさい》の『草木図説』が引用され、和名も記されていることだ。

すなわち我が国の先達《せんだつ》が残した植物図から姿形を照合でき、和名を手がかりにして素性を辿れる。

「実は手前も土佐の植物の目録作りに取り組んじょりまして、なんとしても完成させたいと励んじょります」

とっておきの志《こころざし》を告げた。富太郎にとっては一途《いちず》、一念ともいうべき取り組みで、博物局の田中と小野にこの志を打ち明けるとそれは頼もしがってくれた。ゆえに小野は今も親身になって、なにくれとなく援《たす》けてくれるのだろう。

「伊藤圭介先生にも教えを授かったがです。植学は実物相手の学問ですき、テーブル・ボタニーになってはいかん、と。野山を歩き、日本人の手で日本のフロラを明らかにすべし、です」

ところが矢田部は感心も関心も見せぬ無表情な顔つきで、松村など眉間《みけん》を険しくしている。

「はて。旧幕時代の本草学で日本のフロラを明らかにできるかな」

誰にともなく独り言のように呟き、組んだ脚《あし》を小刻《こきざ》みに動かした。

「羅語《ラテン》で記してあるのが世界で用いられている学名だ。この学名を得て初めて、日本の植物も世界に目見得《めみえ》を果たせるわけでね。欧米《おうべい》の植物学を修めず、ただ思いつきで採集して回るだけではますます世界に後《おく》れを取る」

松村が説明してくれたが、学名についてはとうに承知している。気になるのは嫌悪を露《あら》わにした物言いだ。内心で首を傾《かし》げながら、目の前の『日本植物名彙』を手に取った。洋書に倣《なら》った左開きで、文字も横組みだ。頁《ページ》を繰ると羅語の文字列の下にはタラノキなどと和名が片仮名で記され、さらに漢字での表記もすべてではないが付されている。

「掲載した植物は二千四百六種に上《のぼ》る」

大変な仕事だ。だが『名彙』はいわば辞書であるので植物図は掲載されておらず、特徴についてもまったく言及がない。和洋の名が照合できるだけだ。

「日本の植物学は、これからが勝負なのだよ」

矢田部が咳払《せきばら》いをした。富太郎の落胆を見透《みす》かしたような言いようだ。

「自国の植物名を同定するのに、外国の植物学者の許に標本を送って調べてもらわねばならない。それもすぐには返事がこないから、標本室には正体不明のものが山積みだ」

「標本室もあるがですか」

「さっきも言っただろう。私は標本を重視しているし、採集のために全国を行脚《あんぎや》してもいるのだよ」

その言葉にほっとした。松村が暗に採集を批判しているような気がしたからだ。

「後で誰かに標本室を案内させよう」

「拝見してもえいがですか」

「シュア」矢田部はうなずき、磊落《らいらく》な笑い声を上げた。

「書物も好きに閲覧したまえ。土佐の好学の士を東京大学植物学教室は歓迎する。とはいえ、教授陣は僕と松村君を含めて五名、学生は本科、選科を合わせて十一名というスモウルファミリイだがね。ウエルカム、ミスタマキノ」

富太郎は「サンキュウ、サー」と腰を浮かせ、差し出された手を握った。つるりと、おなごのように柔らかい手だ。

硝子《ガラス》窓の向こうはもう暮れかかっている。

祖母様、東京大学の植物学教室に出入りを許されたぞ。あなたの孫は、山間には埋もれんきね。

黒々と影になった枝越しに、夕陽の赤が見えた。

「相変わらず、汚《きたね》えなあ」

市川延次郎《いちかわのぶじろう》と染谷徳五郎《そめやとくごろう》が二人して、呆《あき》れ声を出した。

「まったく、人間が住んでるとは思えない。これは動物の巣だよ」

書物と標本、そして窓辺や壁には採集した植物を束にして吊るしてある。畳の上には古新聞が重なり、土や泥がこびりついて方々が色を変え、乾いた葉の小片や粉は障子《しょうじ》窓を引くたび舞い上がる。「ちったあ掃除しろよ」と苦笑しながら市川は書物を適当に動かし、染谷も新聞紙を手で払いのけて隙間に尻を置いた。

「家主のおかみさんから狸の巣のようじゃ、虫が涌《わ》いたらどうしてくれると叱《しか》られゆう。大学は青長屋《あおながや》で下宿は狸の巣、おまんらとちょうど釣《つ》り合いがとれちょらあ」

富太郎はおどけて腹を叩《たた》いた。

市川と染谷は植物学教室の学生で、教室に出入りを許された夏から一年が経っているが去年は盆の頃に帰郷したので、二人と親しくなったのは再び上京した先月、六月半ばだ。きっかけは植物学教室の移転で、その準備を手伝ううちに口をきくようになった。

本郷の本富士町《もとふじちょう》に建てられた新学舎に理学部も移ることになり、九月からの新学期はそこで迎えるはずだったようだ。理学部はそもそも、化学科と工学科、数学物理学および星学科、地質学採鉱学科、そして生物学科の五つに分かれ、生物学科の中に動物学と植物学の専攻がある。学生の専攻が分かれるのは四年の在学期間の最後の一年のみで、いつか矢田部教授が話した通り学生数は至って少ない。ところが学舎の建設が進まず、医学部附属の病棟として建てられた建物にとりあえず移転することになった。壁で仕切られた室がずらりと並んでいるさまはいかにも病棟で、富太郎も啞然《あぜん》と辺りを見回したものだ。しかも植物学教室は、そのうちの三室しか与えられていない。

三室は教授室と講義室、実験室で、学生自身が手を動かしたり顕微鏡を覗いたりする場は用意されていない。どうやら廊下に机を並べて取り組むことになるらしく、誰が言い出したものやら、「青長屋」と呼ばれているのだ。

実験に使う植物は大学附属の小石川植物園から運ばれてくる。富太郎は初上京以来、すでに何度も訪ねている。前身の幕府御薬園《おやくえん》から二百年ほど経ているだけあって敷地は四万八千坪を超え、専任の園丁《えんてい》や大工も抱えている。そこで白髪白髯《はくはつはくぜん》の姿を見かけると、辺り構わず大声で駈け寄ってしまう。

「先生ッ」

伊藤翁《おう》は数人の助手らを従え、いつも草や土の上にしゃがみ込んでいる。白麻の着物に濃紺の裁着袴《たつつけばかま》、頭に手拭いの時もあれば、洋帽、洋装の時もある。「牧野君だ。土佐人」と毎回、助手たちに紹介してくれるが手を止めるのがもどかしいのか、すぐに掘り取り作業に戻る。辺りに棲《す》んでいる猫が近づいてきて、尾を立てて震わせながら翁の脚に躰をこすりつけても、されるがままだ。翁の耳には、相対する草花の声しか耳に入っていないのだろう。邪魔をしてはいけないと早々にその場を離れるのだが、うっかり手許を覗き込んでしまった日がある。

「それ、亜米利加《アメリカ》苧環《オダマキ》ですろうか」

日本の山地でみられるものではなく、赤花《アカバナ》短弁だ。「ん」と、やはり短く答えるのみだ。

「また、ご自宅にお邪魔しますき」

返答はない。けれど翁に会えただけで富太郎はめでたい気分になる。そのまま園内を張り切って歩き回り、門前で市川らと合流するや堰《せき》を切ったように翁のことを喋り散らすので厭《いや》がられる。

教室の移転作業では、二三人で荷車も牽《ひ》いた。荷役夫《にえきふ》を雇っているものの、書物や標本を乱暴に扱われて傷《いた》めたり紛失されてはかなわない。膨大《ぼうだい》な量を分類しながら和紙と油紙で包んで木箱に詰め、荷車にのせるのは学生の掛《かかり》だった。富太郎はみずから手伝いを申し出た。本郷へは上り坂が多いので牽くのも押すのも一苦労、汗みずくになった。

その日の帰りに一緒に湯屋へ行き、すると市川は家に誘ってくれた。千住《せんじゅ》大橋の袂《たもと》にある酒屋の息子であるらしく、富太郎の生家もかつては造り酒屋だったのだと話すと、嬉しそうに「そうか」と小膝を打つ。「ただし下戸《げこ》じゃ」と言い添えると、「つまらねえなあ。下戸は帰れ」と手で追う振りをして笑わせた。

母親が洗い立ての湯帷子《ゆかた》を出してくれたので欄干《らんかん》に出て涼めば、川風が随分と心地《ここち》よかった。軒先《のきさき》に吊るした軒忍《ノキシノブ》と風鈴にも江戸の風情《ふぜい》があった。

移転先の標本室で作業をした日には、思わぬことを聞いた。標本の充実を富太郎が憧憬《しょうけい》まじりに口にした時だ。

「教授はまっこと凄《すご》いお人じゃなあ。己がいかに井の中の蛙《かわず》であったかを思い知らされゆう。ともかく土佐の植物目録を早《はよ》う完成させせんといかん」

「いや、ここのほとんどは、松村助教授がお作りになったものらしいぜ」

「けんど、標本作製を最も重視していると矢田部教授は仰《おお》せじゃったに」

「その通りだよ」と、染谷がおっとりと引き取った。

「重視しておられるし、講義でもその点は強調される。ただし、ご自身の手は動かされない」

採集に熱心で全国行脚というのも法螺《ほら》ではないのだが、持ち帰った植物にはほとんど興味を示さず、標本作製は松村助教授に任せきりだという。

「教授ってのは、めったやたらと忙しいんだよ。講義の他の公務も多いんで論文の執筆に集中できない教授も多いらしい。それにユーシーは講演も引き受けてるし、音楽教育や女子教育の向上にも取り組んでいるからな」

ユーシーは矢田部教授の綽名《あだな》で、学生に「ユーシー、ユーノウ？」と念を押すのが口癖《くちぐせ》であるかららしい。富太郎は講義を受けられる身分ではないので、まだ直《じか》に言われたことがない。

「それから羅馬字《ローマじ》学会の創立だろう。新体詩運動にもかかわってると聞いたよ」

近頃、漢字廃止論が活発で、学者から政府高官も巻き込んでの論争になりつつある。

「そしてユーシーが最も熱心なのが」と、市川が役者のように綺麗な眉を上げた。

「鹿鳴館《ろくめいかん》での舞踏会。夫妻で招かれて踊ってるそうだぜ。そりゃ、ベリビジイにもなるさ」

「なるほどなあ。わしは西洋の踊りはわからんが、向後はなんでもローマ字で記すことにする。英語で記す努力もしよったが、ローマ字記述の方が断然速《はよ》うて確実じゃ」

かといって、幼い時分から漢籍に親しんできた身としては、漢字廃止論には肯《うべな》えない。文字も草木も捨てるのは簡単だが、いざ取り戻そうとなれば恐ろしく時がかかるだろう。取り返しがつかない可能性もある。

「ユーシーに心酔してるねえ」

市川と染谷が顔を見合わせて笑った。

「そりゃあ、教室への出入りを許してもろうた恩があるき」

「やめろやめろ、君のように図太い人間が恩などと、似合わねえや」

「仰せの通り、その通り」とおどけて返したが、大学の標本や文献を調べることで疑問がたちまち氷解し、誤謬《ごびゅう》を正せたことも多い。たまに貸し出してもらえる書物もあって、何日もぶっ通しで読み通した後、筆写する。毎日のように、新しい知の種が増えてゆく。

市川、染谷の二人とは彼らが夏季休暇に入ってもしじゅう集まり、採集にも出かける。市川の家では出された酒をとうとう断り切れず、酌《く》み交わすうちにしたたかに酔った。民権運動に身を入れている頃は嫌悪すら感じていた高歌放吟《こうかほうぎん》をやらかし、三人で鹿鳴館を想像して踊った。

「なあ、この三人で植物雑誌を出そうじゃいか。もっと自由に研究成果を発表できる場を、我々自身の手で作ろう」

踊りながら富太郎が言うと、「そいつぁいい思案だ」と市川が腕を振り上げ、「やろう」と染谷も足を踏み鳴らす。

「いつか板行《はんこう》しようぜ」

「いつかじゃ、いかん。すぐにやらにゃ、明日、馬車の馬に蹴《け》られたら終《しま》いぜ」

「土佐っぽは江戸者より気が短いときてらあ」

「負けず嫌いと言うてもらいたい」

実は地元の友人らと共に学術雑誌を出板《しゅっぱん》しようと企《くわだ》て、郷里出身の文学士に序文までもらったのだ。しかし仲間のうちから一人、二人と東京に遊学する者があり、富太郎も土佐と東京を往来している。そのまま出板には漕《こ》ぎつけず、日の目を見ない論文原稿が葛籠《つづら》の中に山と溜《た》まっている。

「さて、印刷をどうするかじゃなあ。筆写しよったんじゃ、百部用意するにも日数がかかり過ぎる」

「当たり前だろう。だいいち、筆写で百部も用意できん」

「いや、郷里でやったことがあるがよ。学問仲間の集会に使う冊子を、あれは三十部ほどじゃったが書いて書いて書きまくった。腕が上がらんようになったが」

　市川と染谷はポカリと口を開いたままだ。

「しかし植物雑誌となれば、ぜひとも植物画を掲載したい。同じものを百部も描きよったんじゃ、論文に手が回らんようになるがは必定《ひつじょう》じゃ」

「そりゃあ、画師《えし》に描かせて刷《す》った方が賢明だねえ」と、染谷は富太郎の文机から描きかけの一枚を手に取った。染谷自身も筆を持つのが好きであるらしく、下宿に来れば勝手に画を見ていることもしばしばだ。

「うちの近所に浮世絵師《うきよえし》が住んでるが、当たってみるかい」

　市川が目玉を上に向け、手を打ち鳴らした。

「その伝手《つて》で書肆《しょし》を紹介してもらえばいいってことだ。印刷から発行まで書肆がやるもんだろう」

「いや、植物画は自分で描いたものを載せたい。植物をわかっておらん者に描かせたら、必ずどこかで間違うき」

　佐川でも請われて教えたことがあるが、葉の形状や実の膨《ふく》らみ方が少しでも異なればそれが誤謬になるというのに、絵心がある者に限って無神経な描き方をする。しかも厄介《やっかい》なのは細部をいかに正しく描写しても、その木、その花に見えぬ代物《しろもの》になる場合が多いことだ。なぜそうなるのかはわからず、富太郎は指導に難儀した。そんな話を打ち明ければ、染谷が「そうだな」と声音《こわね》を改めた。

「君のように描ける者は滅多《めった》といやしない。何年くらい、画師についたんだい」

「いや、誰に教えられるとものう写生してきた。しいて言えば、本草書や洋書、博物図の絵が先生じゃったかな。ま、わしはなんでも独学じゃ」

「てっきり、玄人《くろうと》に習ったものと思い込んでたよ」染谷は目を丸くしている。

「いや、小学校も途中で止《や》めた口じゃ。知っちゅうことばかり教えるき、馬鹿馬鹿しゅうなってな。その後、どうしてか小学校の授業生《じゅぎょうせい》を拝命して教えよったこともあるけんど」

二人ともひどく驚いている。そうも驚くことかと、こちらがまた驚いた。

「こいつぁいいや」と、市川が仰《あお》のいて笑う。

「中卒の選科生に小学校中退の三人が植物学の雑誌を出すって、痛快じゃねえか」

よくわからずに首を傾げると、染谷が「知らなかったかい?」と胡坐《あぐら》を組み直した。

「僕らは本科ではなく、選科の学生なんだよ」

「その名称はしじゅう耳にしよったけんど」

べつだん気にも留めていなかった。

「しじゅう区別されてるんだよ、僕たちは」

本科は予備門を卒業していなければ入学できないが、選科は中学校卒でも入学を許されている。ただし規定の課程の一部しか学ぶことができず、大学の図書室の閲覧に制限があり、学士号も授与されないらしい。

「本科、選科は身分が違う。今時は、学歴と言うんだったか」

「そんなもの、学問の出来そのものとはかかわりがないろう」

「本質的にはね。だが官費で運営されている大学では厳然としてあるんだよ。学生の中にも派閥《はばつ》があるし、旧幕の士族の流れを汲《く》む派と新政府側の出身国の派もあって、まあ、どのみち選科生の僕らは留学でもしなけりゃ学者としての将来はない」

身分だの学歴だの、富太郎には信じられなかった。今はもう明治十八年ではないか。いや、自由民権を獲得するための運動でも派閥争いがあったことを思い出した。意地や面目のために内輪揉《うちわも》めを繰り返すさまに嫌気が差した。肚《はら》の底が動いて、熱い一筋が胸を突き上げてくる。

「ならなおのこと、己の道は己で拓《ひら》こうじゃいか。雑誌を出そう。そこにわしらの論を載せて、どんどん世の中に問うていくがよ」

そういえばと富太郎は片膝を立てて半身をひねり、背中の後ろで柏巻《かしわま》きにした蒲団《ふとん》の上へと手を伸ばした。新聞紙の何枚かを摑《つか》み、記事に目を走らせる。

「ないのう。今朝、目にしたばっかりやに。染谷君、君の膝脇のを取ってくれんか」

「何を捜してる」と、市川に訊かれた。

「今、流行《はやり》の石版《せきばん》印刷屋よ。その宣伝記事を見た気がしたがやけんど」

「これかい」と、染谷が三人の膝の真ん中に置いた。

「そうじゃ、これよ。玄々堂《げんげんどう》」

二人も覗き込み、ふうんと鼻息を洩らす。

「彩美、廉価《れんか》、大量印刷、よろず承《うけたまわ》る、か」

「わし、ここに行ってみる」

「廉価とはいえ、それなりに掛かるんだろうなあ」染谷は懐を心配するような面持《おもも》ちだ。本所《ほんじょ》の実家の話をあまり口にしないので実情はわからないが、身形《みなり》は市川に比べてはるかに質素であるし、家に遊びに来いと誘われたこともない。

「部数をもっと少なくして、筆写を手分けするか」

「いや、染谷君、諦《あきら》めるのは早い。わし、印刷所に頼んで石版印刷の技術を教えてもろうてくる」

「教えてもらう？」

「そうよ。昔ながらの木版刷りは彫師《ほりし》や摺師《すりし》が分かれちょって何年も修業せんといかんろうが、石版は近代最新鋭の機械を使うがやき。給金は要らんから手伝わせてくれ、その間に技を習得させてくれと頼んだら、なんとかなるろう」

「じゃあ、そこの機械で刷らせてもらおうってえ寸法かい。そう簡単に問屋が卸《おろ》すかねえ」

「印刷機はわしが買《こ》うて土佐に送る」

思いついたと同時に口にしていた。

「ほいたら、郷里におっても着々と刷れるじゃいか。おまんらが教場で講義を受けゆう最中でも、わしは土佐でせっせと刷れる」

「ちょっと待てよ。印刷機を買うって、君がか」

「そうよ」

「こいつぁまた、豪儀な話になったなあ」と市川は歯を見せて笑い、染谷はきょとんとしている。

「技術と機械さえあったら此度《こたび》の雑誌だけやない、土佐の植物目録も自分で刷れるきね」

そうじゃ、いつか日本の植物目録も印刷しちゃる。

研究の成果は広く知らしめてこそ、共有の知になるはずだ。周囲を啓発して植物への理解を喚起してこそ学問だ。それに、大学の図書室にはあれほどの洋書が並んでいるではないか。日本人も印刷物として発行するべきだ。今の日本はなんでも海の外から移入するのに懸命だが、日本の植物のことは日本人が一番詳《くわ》しくて当たり前なのだ。日本の植物学がやがて海を渡り、欧米の植物学者の書架を埋め尽くすさまが目に泛ぶ。

背中で折り畳んでいた羽が動いて、音を立てそうだ。

「ともかく、市川君と染谷君は論文執筆に専念してや」

二人は顔を見合わせている。

「ユーシーの許可を取りつけておいた方がよくないか?」

「ん。無断はまずいだろうな」

「ほんなら、それはおまんらに頼む。今年は八月じゅうに帰郷せないかんき、新学期になってからでえい。よろしゅう願い上げてくれ」

「承知した」二人は神妙な面持ちで引き受けた。

帰郷した後、さっそく雑誌の草案を練《ね》っては東京に送る。二人も矢田部教授に申し出たようで、快諾を得たと市川から返事がきた。

——結構なアイデアだとお歓《よろこ》びで、東京植物学会にはまだ機関誌がない、その雑誌を学会の機関誌にしようと仰せになって候《そうろう》。瓢簞《ひょうたん》から駒《こま》とはこのこと、じつに愉快也。

冬に入って、染谷から絵入りの手紙が届いた。港から出帆《しゅっぱん》する大きな船が描いてあり、十二月に松村任三助教授が独逸《ドイツ》に留学されると記してあった。

翌年五月、富太郎はまた佐川を発《た》って東京に入った。

佐川にいれば東京が恋しくなり、東京にいれば故郷が気になるのだ。東京には日本の最高学府による植物学の最先端があり友垣《ともがき》がいて、佐川には土佐の植物譜編纂という目標と学問仲間、幼い頃からの友人がいる。いずれもわしの両輪じゃ。一方だけでは走れん。そうと思い決めて、行っては戻りを繰り返している。祖母様と猶はもはや匙《さじ》を投げてか、「上京する」「印刷機を買う」と告げてもびくともしない。さすがは土佐の女だ。

富太郎は石版印刷の技を身につけるべく、上京してすぐに印刷所を訪ね回った。

「給金はほんまに要らんがです。いいえ、教えてもらうがですき、わしが束脩《そくしゅう》をお支払いする立場ですろう。ともかく郷里の土佐でも石版印刷ができるようになりたいがです」

どう考えても、まったくの妙案に思えた。ふだんは金子《きんす》に頓着《とんちゃく》していないが、東京は諸式高で何ヵ月もの下宿代や購入した書物の送料も馬鹿にならず、月に何度も「カネオクレ」と電報を打たねばならない。実家であれば広い土間に機械を置いて悠々《ゆうゆう》と刷れ、刷り上がったものを乾かす場所にも困らないだろう。絵具を使って線描に彩色《さいしき》すると乾くまで時間がかかって、下宿ではその干し場を作るのにさえ難儀している。

しかし玄々堂など有名な工房はまったく相手にしてくれず、門前払いもされた。困り抜いていると小石川植物園で話をすれば、渡部《わたなべ》という画工が「紹介してやろうか」と言った。首に巻いた手拭いで顔を拭きながら、いとも気安い口調だ。渡部は矢田部教授に重用《ちょうよう》されているようで、富太郎は自身の植物画を見せたことがある。感心も腐《くさ》しもされなかったが、植物園で顔を合わせれば立ち話をする間柄にはなった。おおむね、富太郎が一人で喋るだけだが。訪ねたのは神田錦町《にしきちょう》の小さな工房で太田《おおた》石版店といい、主《あるじ》の太田も画師、噺家《はなしか》のような物言いをする。

「奇特なお申し出だ。よござんす、気に入った。しっかり会得《えとく》しなせえ」

画工と技手が五人ほどいて、富太郎とおっつかっつの齢頃もいれば五十過ぎの年季の入った顔もある。

「おい、皆、新入りだぜ」

背中を押され、その日からさっそく手伝い仕事だ。粘《ねば》って妙な臭いのする液体の入った桶《おけ》を運んだり筆を洗ったり、印刷機の把手《とって》の汚れを拭き取ったりなどの下働きを黙々とこなし、しかし常に画工らの手許を覗いては頭に叩き込む。版木《はんぎ》を小刀で彫ってその凸面《とつめん》に絵具を刷《は》いて刷る木版画と異なって、石版印刷は平らな石に筆で直に描く。描画に用いるのは解き墨《とずみ》だ。蜜蠟《みつろう》や牛脂《ぎゅうし》、石鹸《せっけん》、油煙《ゆえん》などを混合して固めた、主に仏蘭西製の墨を水で溶かしたものだという。

迂闊《うかつ》に声をかけては手許が狂うのは注意されなくてもわかるので、様子をよくよく窺って脇に立つ。

「石の厚さがいろいろですけんど、使い分けゆうがですか」

とろりとした手触りの白石はいずれも大変な重さで、土間に立てて並べてある。画工は「木版と同じ理屈だあな」と応《こた》える。

「使用済みの版木を平らに削《けず》って使い直すのと同じで、石版でもこうして金剛砂《こんごうしゃ》を振りかけては鉄盤で研《と》ぎ上げる。新品の石は厚いが、使っては削りを繰り返すんでだんだん薄くなるってことだ」

「なるほど」

「面白《おもしれ》ぇかい」

「はい、まっこと面白いです」

するとと画工は照れたように、ふと笑う。夜業の日も居残って手伝うので、やがて「牧ちゃん」と呼ばれるようになった。

「草花の学問をしてるっていうし、躰も細っこいからすぐに音《ね》を上げて来なくなるんじゃねえかと思ったが、いやいや、よく続くよ」

休憩の合間には車座になって、麦湯《むぎゆ》を飲みながら話をする。画工のほとんどは東京生まれではなく、加賀《かが》や仙台《せんだい》、紀州《きしゅう》の出だという者もいる。言葉はほとんど訛《なま》りがなく、かといって江戸弁とも違う。幕末に浮世絵師の許で修業し、御一新後に洋画塾で学んだという男もいて、今も自身の絵を描きながらの勤めであるらしい。勤めは喰うため、女房子供を養うためであるが、それだけでもないようだ。石版印刷でどこまでできるか画工として試したい、そんな意欲がある。

「まったく。どれだけこき使ったって息も切らさねえんだからな」

山野を駈け巡り、十里《り》を歩き通すこともあるから足は丈夫だ。胃痛頭痛を知らず、風邪もひいたことがない。怖いのはコレラだけだ。

「口数が多いのと声のでかいのには閉口するがね。筆を遣ってる最中にいきなり鼻息を荒くしやがるんで、描き損じちまうよ」

「これは何じゃと思うたら、つい口に出てしまうがです」

がははと、首筋に手をやった。

「で、東大にも出入りしてるんだって？」

「今は休暇に入っちょりますき、行ってませんけど」

今年三月に公布された帝国大学令によって東京大学は帝国大学と改称され、理学部は理科大学となった。そして生物学科が動物学科と植物学科に分かれた。これまでの植物学教室よりも一段格上げとなったのだ。

七月の下旬になって、工房は夕方からの通いにさせてもらった。『植物学雑誌』に掲載する論文と画の準備に取りかからねばならないからで、富太郎は日本産ひるむしろ属についての論文を執筆中だ。市川はすっぽんたけという茸《キノコ》の生長を採《と》り上げ、染谷は花と蝶の関係について論じるつもりだという。他の学生も何人か寄稿に乗り気を見せ、心強いのは大久保《おおくぼ》三郎《さぶろう》という助教授も書いてくれることだ。矢田部教授は東京植物学会に了解を取ってくれ、『植物学雑誌』としての船出は約束されている。

ところが論文原稿はなかなか集まらず、市川と染谷も「書いている」と言うだけだ。しかも染谷は矢田部教授の採集旅行のお供で越後《えちご》に出かけてしまった。佐渡《さど》の植物も採集する計画で、八月の上旬までは帰京しないようだ。学生も加わって六人ほどの連《れん》で、染谷は植物画を描けるので記録掛《がかり》も兼ねての参加であるらしい。むろん富太郎に声がかかるはずもなく、市川も母方の郷里へ帰っている。工房が休みの日には独りで道灌山《どうかんやま》に登り、信濃《しなの》や伊香保《いかほ》、武蔵秩父《むさしちちぶ》にも足を延ばして採集した。

八月、蟬が鳴く夕暮れにまた工房に入ると、太田が筆を持たせてくれた。

「かまんがですか」

「説明するより躰に憶えさせねえと、始まらねえんでね」

石にとりつくようにして、筆を運んだ。緩やかな曲線で花弁を描き、茎を伸ばす。俯《うつむ》きかげんの花から雄蕊を出し、葉は笹《ササ》の形に似ている。花弁に細い筋を入れ、葉にも入れてようやく息を吸い、大きく吐《は》いた。描く時はいつも息を詰めてしまう。周囲が一斉《いっせい》にざわめいた。

「魂消《たまげ》たなあ。こんなに描けるとは、素人じゃねえよ」

「お前《め》ぇ、ほんとに誰にも習ってねえのか」

富太郎がうなずくと、誰かが鉢と刷毛《はけ》をよこした。

「やってみろ」

遠慮なく持たせてもらう。

「ああ、そうじゃねえ、もっと刷毛を倒しねえ」と寄ってたかって教えられ、塗った液体が乾くのを一緒に待ち、今度は水で表面を洗い落とす。さらに油で洗うと、絵はみるみるうちに消えた。

「牧ちゃん、びっくりしねえな」

誰かがからかったが、化学反応を起こしていることは理解できるので腕組みをして待つ。それをまた水で拭き取り、渡されたルーラーという太棒でインクを盛るとたちまち線が復活してくる。さらに調整作業を教えられ、いよいよ試し刷りだ。印刷機にのせた版面に水を与えてインクを盛り、紙を置き、機械の一部をかぶせてレバーを動かす。部品ががっちりと嚙《か》み合う音がした。

「ハンドルを回せ。そうだ、そのまま」

ゆっくりと版盤が移動して、刷られた紙が姿を現した。

笹百合《ササユリ》だ。

夜も更けてから、太田に誘われた。他の画工らも一緒で、富太郎は後ろから従《つ》いて歩くだけだ。

初めて印刷した興奮が続いていて、腹も減っている。

「牧ちゃんは土佐だから、随分と呑《の》むんだろう」

「あいにく下戸ながです」

土佐の出というだけでいつもこのやりとりをしなければならないのは、なかなか面倒だ。どうしても呑めと言われれば呑むが、下宿に帰ってから寝てしまうのが厭《いや》だ。酒のせいで一晩の学問をふいにするのはかなわない。

一行はやけに賑《にぎ》やかな界隈に入った。二階建ての町家が道の両脇、四辻《よつつじ》にも並び、軒にはずらりと提燈《ちょうちん》だ。一階と二階の格子窓《こうしまど》は華《はな》やかに明るく、三味線《しゃみせん》や小唄《こうた》が流れてくる。

太田は慣れた足取りで角を曲がり、柳の木が植わった小体《こてい》な家の暖簾を潜《くぐ》る。

「いらっしゃい。おや、旦那、お久しぶりでござんす」

下足番らしい老人の声がして、皆も次々と暖簾を潜る。とまどって頭を掻《か》くと、指先がインクで真っ黒だ。

「牧ちゃん、どうした」

画工の一人が振り返り、「なんだ、お前ぇ、三番町《さんばんちょう》は初めてかい」と笑う。

「ええと、ここは料理屋ですろうか」

辺りを見回せば、軍服姿の男らが多い。

「ま、そんなとこだ。軍人相手の芸妓屋町《げいぎやまち》でな。いや、親爺さんが花乃家《はなのや》に連れてきてくれるってのはよほど上機嫌な時だぜ」

袖を引かれて中に入り、下駄《げた》を脱いだ。

酒と膳が少し進んだ頃合いを見計らったかのように芸妓の数人が座敷に入ってきて、三味線で踊ったり唄ったりしてから酌《しゃく》をして回る。

「おひとつどうぞ」と勧められても、富太郎は膳の上に盃《さかずき》を伏《ふ》せた。

「すんません。わし、まっこと吞めんがです。吞んだら息が止まる性質《たち》ですき」

「嘘《うそ》つけえ」

皆は笑うが、芸妓は「ご無礼申しました」と無理強《じ》いをせず、「梅酒はいかがです」と訊く。

「頂戴《ちょうだい》します」

襖《ふすま》の向こうに消えた姿を顎で指して、上座《かみざ》で胡坐を組んだ太田が「上品だろう」と目を細める。

「この町の芸妓は、元は御旗本や御家人《ごけにん》の家の生まれだというおなごが多くってね。

うるさくないのがいいんだ」

芸妓に注《つ》がれて口に含んでみれば、やけに爽《さわ》やかな味がする。

「これは旨《うま》いですのう」

芸妓がくすりと口許に手をあてた。やっとくつろいで、肴《さかな》を摘《つ》まみながらいつもの調子で盛んに喋る。植物学の雑誌を創刊するのだと言うと、誰かが「詳しいはずだ」と言った。

「あれは花をよく知った者でねえと、描けない画だ」

すると太田は「知ってるだけじゃねえな」と、芸妓の酌を受けながら目配《めくば》せをする。

「好きなんだ。草木も描くことも。牧ちゃん、あんた、貫《つらぬ》きなせえよ。いくら好きだっつっても、その才に恵まれるかどうかってのは別の話なんだ。好きなものに長じれるってのは誰にでもあることじゃねえ。だから、しっかり気を入れてやんな」

ところが「勘弁してくだせえよ」と、誰かが茶々を入れる。

「これ以上気を入れられたら奇人ですぜ。おれたちがたまったもんじゃねえ」

ひとしきり笑って手水《ちょうず》を使おうと廊下に出ると、中庭がある。

夜風が通り、小さな石燈籠《いしどうろう》のいくつかに蠟燭《ろうそく》がともって揺《ゆ》れている。月明かりもあるので、株立ちの楓《カエデ》や山萩《ヤマハギ》の姿が見て取れる。雪隠《せっちん》に入って廊下を引き返すと、中庭で白い人影が動いた。白地に大きく赤や黄の花火を描いた湯帷子で、柔らかそうな紫の帯を胸高《むなだか》に締めている。

ふと目が合えば、手を重ねて辞儀をよこす。「いらっしゃいませ」と聞こえ、「や、こんばんは」と応えた。今度は小さな笑い声が聞こえた。白い袂《たもと》がひらりと動き、沓《くつ》脱石《ぬぎいし》で下駄を脱ぐ音がする。廊下に上がったのは十三、四と思《おぼ》しき女の子だ。明らかに芸妓ではない装《よそお》いで、しかしさっきはちゃんと挨拶《あいさつ》をした。

「こんばんはは、可笑《おか》しかったか」

訊ねてやると女の子は富太郎の真正面に立ち、まっすぐに見上げてくる。瓜実顔《うりざねがお》の肌は抜けるように白く、涼しい目許をしている。

「お客様じゃないみたい」

「そうか。まあ、客のようなそうでないような、わしは連れてきてもろうただけじゃき。金魚のフン」

するとまた笑い、小さな粒の揃った歯を見せた。唇が赤いので、紅《べに》を差しているのだろう。

「可笑しいかや」

女の子は小首を傾げるようにして、うなずく。そうかと思い当たって、「おまん」と呼んだ。

「ここの娘さんか」

またうなずいてそのまま俯き、手の中のものをいじっている。竹蜻蛉《たけとんぼ》のようだ。

「そうか。庭にそれを落として、捜しよったがか」

しかし今度ははっきりと首を横に振った。

「捜しとったんじゃろう？　その竹蜻蛉を」

「違う。いつもあの木の下にたくさん落ちてるの」

富太郎に竹蜻蛉を見せる。

「こんな翼がついた葉っぱ」

翼果《よっか》のことを言っているのだと気がついて、破顔した。

「あれは葉っぱやのうて、楓の実じゃ。今の季節はまだ緑色をしちゅうき、夜の庭では見つけにくいろう。秋になったら赤い竹蜻蛉になるき、もうちょっと待っちょり。ええと、おまんの名は」

「スエ」

富太郎は肩に手を置き、「スエちゃん」と小腰を屈《かが》めた。

「秋になったら風に乗ってくるくると舞《も》うて、それは美しい景色じゃ。見ちゃってや。楓が歓ぶき」

だが黙って、じっと富太郎を見つめるのみだ。

廊下を取って返して襖を引き際に振り返ると、少女はもう姿を消していた。


せせらぎの音を聞いたような気がして、ふと足を止めた。

草を踏み分けて近づけば、やはり小川だ。水の匂いがする。富太郎は「ほう」と目を細めて屈み込んだ。

おまん、こんな所でも暮らしよったかや。

鬚《ひげ》のごとき細長い葉を靡《なび》かせているのは、龍鬚藻《リユウノヒゲモ》という水生植物だ。蛭莚《ヒルムシロ》の仲間であるので、先達は龍鬚眼子菜《ヒルムシロ》と記してきた。海に近い沼沢地で採取してきたので論文にも生息地をそう記したが、こんな内陸部でも見られるのかと、総身が弾む。

今年、明治二十年の二月、念願の『植物学雑誌』第一号は発行をみた。そこで「日本産ひるむしろ属」と題した論文を発表したのだ。この龍鬚藻についても紹介し、以前、自身で採取した土州《どしゅう》長岡《ながおか》郡五台山村《ごだいさんむら》を産地として挙げた。海に注《そそ》ぐ川の河口近くの村だ。

こんな内陸部でも、しかも佐川のこんな近所で生息しちょったとは。こりゃあ、産地に追記が要るなあ。

論文に瑕疵《かし》を生じたとは思わない。植物は思いも寄らぬところで生きている。新しい出逢いのたび帳面に補記すればよいことであるし、詳細を究《きわ》められればなお熱が入る。雑誌を手にした人々が異なる特徴や生息地を知らせてくれれば、より有難いというものだ。

植物世界は広い。その深遠さに富太郎は感動し続ける。未《いま》だ探索の途中なのだ。日本産の蛭莚がいったい何種あるのかさえ、
さっそく胴乱をかたわらに下ろして採取にかかった。指先に注意して水面《みなも》に手を入れる。近在の百姓らが手ずから作った流れなのだろう、側面や浅い水底も石積みだ。透《す》き通った水の中で、緑に宿る光の粒が弾《はじ》けては流れていく。

五月は動く季節だ。木々の葉や花の蕾《つぼみ》は日ごとに開き、風が吹き、柔らかな影が揺れる。野山もこんな村外れも旺盛で鮮やかだ。そして流れる水の中は冷たく清い。龍鬚藻は土の下の茎から一節《せつ》おきに水中へと茎を出して群生している。これがよく枝分かれし、水の中で糸のように細長い葉を泳がせる。真夏には花をつけるがまばらで、花茎《かけい》も水面に横たわって流れに身をまかせる。ゆらゆら。

着物が濡《ぬ》れるのにもかまわず、その場で古新聞に挟んで手早く押し、野冊《やさつ》に挟み入れた。野冊は竹で編んだ板を二枚合《あ》わせたもので、採取した植物を傷めず持ち歩くのに重宝《ちょうほう》する。数年前までは古新聞に包んで持ち帰って標本にしていたが、現地でこうして下拵《したごしら》えをしておけば野山にあった状態を保ちやすい。

こういう採取方法ももっと工夫して世間に広めるべきかと、手を動かしながらまた「急務」を増やした。

書物を読んで知を得、その知を深く識《し》るためには己の足で探索し、己の目と手、いや、持てるものすべてを使って観察することだ。するとなにかしらに気づく。葉の形状の些細《ささい》な異なりもゆるがせにはしない神経が通る。そんな点ほどの小さな気づきの集合が、日本の植物学の土台になる。『植物学雑誌』においても、富太郎はその信念を説いた。論文の後ろに「附言《ふげん》」を記したのである。

日本植物の探索は、じつに不充分のことと言わざるを得ない。いかなる植物のいかなる地に生ずるや、世人の眼を経ぬものの多いは明らかなる事実だ。顕花《けんか》植物のごときさえも、日本に産するものの数を正しく確示することを未だ一人もできておらぬではないか。精察細審を要する隠花《いんか》植物においては、なおのことだ。

今日《こんにち》これらの種類を探究するは甚《はなは》だ大切、急務と言うべきであろう。世に本草家と称する者は、採集貯蔵せる植物を、その図なり説なりを世に公《おおやけ》にすることだ。かの『本草啓蒙《けいもう》』や『本草図譜』、『草木図説』のごとき書物は弘《ひろ》く後進の徒に益し、今日に至るもなお深く世人に重んじられている。ひとたびこれらを閲《けみ》するにあたれば著者に向かって謝意を表し、追慕の念を生じぬ者がいるだろうか。

しかし昨今は往時と異なり、自《みずか》らの成果を自ら楽しむだけに留《とど》める。それは世の開明の潮流にあって一睡するも同然のこと、眠りから覚《さ》めれば周囲は寂《じゃく》として潮《しお》の影もすでに去っていることだろう。むなしく老舟にとり残されては、竿《さお》さすこともできぬではないか。

我が東方より日の出《い》で、なお燈火を掲《かか》げようと欲する者は、己の蓄《たくわ》えるところを公にすべし。後進の徒に資し、自らその功を保すれば一学両得、世に役立つこともできよう。皆が公にして、後進の徒はそれを参考にし、いよいよ学ぶ所を増進して、やがて日本の植物探索の不完全なるを補い、研究の瑕疵なるを正すに至れば、愉快に感じ、慶賀《けいが》しない者があろうか。

私が、皆が蓄えている成果を公示することを切望してやまぬのは、ただ、これが為《ため》のみである。

「派手にぶち上げたもんだ。こいつぁ附言というより、でっけえ宣言じゃねえか」

原稿を見せた時、仲間の市川はそう言って苦笑したものだ。染谷は「むしろ挑戦的だ」と、案じ顔になった。

「誰かを批判しているように読まれはしないかい。学会の機関誌として出してよしと、矢田部教授のお墨付きもいただいたんだぞ。つまり、東京植物学会編輯所が発行する冊子だ」

「染谷君、それは杞憂《きゆう》というものさ。熱が過ぎる慨嘆《がいたん》調の箇所もあるにはあるが、これくらいは問題になどならねえだろう」

市川はそう窘《たしな》めつつも、言葉とは裏腹な面持ちになった。

「そうか、ちと漢文調が過ぎたか」

富太郎は盆《ぼん》の窪《くぼ》を掌《て》で叩いた。

かつて自由民権運動の集会で演説していた際にも気づいていたことだが、幼い頃から身につけた文章の作法ではどうしても大袈裟《おおげさ》な言い回しになってしまうのだ。もっとすらりと率直《そっちょく》に伝えたいと思うものの、筆が走るのだからしかたがない。新しい時代にふさわしい新しい文章なるものを自ら発明できればよいのだろうが、あいにく才が追いつかない。英語をもっと学んで習熟し、論文も英語で書く方が意図を伝えやすいのかもしれぬと思う日もある。

だが、「附言」で述べたことに嘘はない。すべて本心だ。

富太郎は「なんちゃあないろう」と二人を順に見て、胸を張った。

「確かに批判めいちゅうが、相手は特定の人間じゃないきね。今の日本の植物学界の遅れそのものを、わしは憂《うれ》えゆうがよ。しかし我々もこうしてようやく、論考や図を発表する場を得た。在野《ざいや》の植物家も学者も手許でじいっと研究成果を温めよらんと、どしどし発表せよ、ほいたら後進も育つ、その研究で自身の研究も進む。そうやって日本人まるごとで学問に臨《のぞ》まんと、いつまで経っても西洋の植物学に追いつけんぜと、旗を掲げただけじゃき」

そうだ。志という標《しるし》をつけた旗を。

染谷はなお心配そうにしていたが、刊行後は誰からの非難や指導もなく高い評価を受けた。ただしそれは件《くだん》の「附言」ではなく論文でもなく、蛭莚の図についてだ。自筆の写生図を自らの手で石版印刷にかけたのであるから、「精確だ」と植物学科の面々に感心されても珍しい心地にはならなかった。幼い頃から、絵の腕は褒《ほ》められ慣れている。

二月も半ばになり、祖母様が卒中で倒れたという電報を受けた。

下宿のなにもかもをそのままにして帰郷の準備をしていると、矢田部教授の自邸に招かれた。

「よくやった。とくに図が素晴らしい。今後に期待しているよ」

西洋人のように両肘《りようひじ》を上げての賞讃だ。広々とした西洋間にはピアノまで置かれている。教授は日本の音楽教育にも熱心で、政府に音楽学校設立の建議書を提出しているという。

「小学校にも一校に一台、オルガンを置くべきだね。ピアノは途方もなく高価で調律も必要だが、オルガンなら生徒に無理なく西洋音楽を身につけさせることができる。いつまでも土臭い童唄《わらべうた》をうたわせておっては、近代国家を担《にな》う日本人が育たぬよ。牧野君、そう思わんかね」

「同感です。まっこと、さように思います」

富太郎は紅茶を飲みながら、高知の市中で触れた鍵盤《けんばん》の感触、音色《ねいろ》を思い出した。いつだったか、永沼に誘われて一緒に弾奏法《だんそう》も習ったことがある。

教授は口ずさみ始めた。

「小学校の唱歌として採用した『蝶々《ちようちよう》』『花鳥《はなとり》』は独逸《ドイツ》の民謡だ。それから『蛍《ほたる》』は蘇格蘭《スコットランド》、『菊』は愛蘭《アイルランド》。民謡も欧羅巴《ヨーロッパ》はじつに美しいものが多いね」

小事にこだわらぬ教授はあらゆることに識見が広く、気がのれば談論風発《だんろんふうはつ》して、富太郎にも隔《へだ》てをおかない。

「妻がいればピアノを弾《ひ》かせるんだがなあ。あいにく舞踏会用のドレスを新調するのに裁縫師が訪れていてね、ご無礼するよ」

「とんでもないことですき」と富太郎は頭を下げ、またも教授の鼻歌に耳を澄ませ、憶えのある唱歌は一緒に口ずさんだ。何用で自宅に呼ばれたのか見当がつかず、しかも一人で来いとの命であったので首を捻《ひね》りながらの訪問であったのだが、なんのことはない、雑誌の創刊をねぎらってくれているのだろう。

しばらく唄った後で、矢田部教授は葉巻をくゆらせながら「ところで」と言った。

「はあ」と、富太郎も気軽に坐り直した。

「先だって、文部省に行って手島《てじま》館長に会ってきた。東京教育博物館の館長だ」

手島館長は教授の二歳上で沼津藩士の子息であるらしい。教授の母も沼津家中《かちゅう》の出であるので、親しい間柄なのだと言い添えた。

「それで、君の処遇をなんとかできんかと掛け合ったのだよ。此度の雑誌は植物学会の機関誌として出したのであるし、論文を発表している牧野富太郎君が学会の一員でないどころか本学の学生でもないというのはいかがなものかという意見が一部から出たものでね」

そんな声が出たのかと富太郎はまた尻を動かし、今度は背筋を立てた。

「で、植物学科の特別聴講生として処遇してやれまいかと考えたのだが、はっきり言うよ。大学としてはやはり、君の学歴ではどうにもならんとの見解に至った。それで君の熱心さを見込んで提案するのだが、第一高等中学校を経て本学に入る気はないかね」

第一高等中学校といえば、以前の大学予備門だ。

「つまり、真っ当な道筋を通って帝大の学生になれとの仰せですか」

それにしてもと、目をしばたたいた。すでに知悉《ちしつ》していることを初歩から学び直す？　学歴なんぞというもののために？　学問の目的は世渡りのためか？

馬鹿な。そんなこと、わしは小学校で見切った。

「もしくは私のように欧米の大学に留学して、向こうで研鑽を積んでくることだ。伊藤篤太郎《とくたろう》君のことを知っているだろう。彼も本学に入らなかったが、ケンブリッジに留学中だ」

留学への憧憬は今もあるが、それは帝大に入るためではない。学歴を作るためでもない。まして今ではない。今、何年も日本を空ければ日本の植物の全容解明が遅れる。

「お言葉ですが、ただでさえ時が足りぬのに、植物以外のことに力を費《つい》やすのは遠回りが過ぎますき」

「受験せぬと言うのかね」

首肯したものの、ふと頭の隅に不安が差した。

「学生でない、在野の一書生でしかないわしが大学に出入りするのを禁じられたりせんでしょうか」

あそこには欧米の専門書、論文雑誌がある。それらは町の本屋よりも格段に速く届く。そして標本群がある。出入り禁止は困る。断じて困る。

すると教授は眉を下げ、苦笑いしている。

「なんという気弱な顔をするのだ、牧野君らしくもない。此度の件は君の将来を思えばこそであってだね、よし、わかった。これは二人の胸にしまっておこう。学会でとやかく言う者があっても私が制するよ。君は今まで通り大学に出入りするがいいし、雑誌の次号もよろしく励みたまえ」

富太郎はぎくしゃくと頭を下げ、屋敷を辞した。

佐川への帰途、車中でも胸が重い。こんなこと初めてじゃと、己を持て余す。列車に揺られながら窓外をぼんやりと眺め、祖母様の容態をあれこれと考えながら『花鳥』を口ずさむ。けれど気がつけば、教授の言葉が耳に戻ってくる。どうやら、帝大の人間ではないというだけで業績を真っ当に評価されぬらしい。今のわしの、どこが不足ながやろう。学歴や留学経験を持っとらんでも、時として教授や助教授よりも植物の実際を知っとろうが。

思いも寄らぬものに、行く手を塞《ふさ》がれているような気がした。窓硝子《ガラス》に映った己の顔を見る。

二十六歳の牧野富太郎がこなたを見返した。頭は寝癖で方々が草のごとく跳ね、目は大きく見開いている。双眸《そうぼう》の光は強い。不精髭の顎を撫み、己相手に「そうじゃ」とうなずいた。

頼りにすべきは、わし自身。他にはおらんきね。

よしと、口の両端を上げ、歯を出した。笑ってみる。

書物を出して世に問おうと、小声で己に言う。雑誌に発表しているだけでは、この先百年あっても足りない。あれこれと考えを広げるうち題が泛んだ。伊藤翁の『日本産物志』に倣《なろ》うて、日本のフロラを明らかにする『日本植物志』。

よし、刊行してみせよう。今度は誰をも誘わず、わし一人でやる。

そうじゃ、それがえい。

我ながら立ち直りが早い。


帰郷してのち、山々が日に日に青む。

今日は横倉山に登り、日が暮れて闇が深くなる寸前まで採集をした。佐川に戻った時には夜空に星があるのみになっていたが、往来のかなたがぼんやりと明るい。首を傾げ、足を速めた。岸屋の塀《へい》が見えてくると、ずらりと白提燈《しろぢようちん》が掲げられているではないか。もしやと思って首を伸ばせば、玄関先が広々と開け放たれていた。線香の匂いがする。

そうかと足を止め、湿った溜息を一つ落としてから土間に足を踏み入れた。帳場格子の中に番頭の和之助が坐しており、目を合わせるなり立ち上がった。口から、「だ」と洩れるように言う。

「旦那様」

「とうとうか」

「へえ」と和之助は頭を下げる。

「お昼過ぎに。方々に丁稚らを走らせて旦那様をお捜し申しましたが、よう見つけんかったがです。まっこと申し訳ございません」

「ちっくと遠出しちょったき。いや、取り込み中に雑作《ぞうさ》をかけた」と、奥暖簾を野冊で払って身を入れた。

「ついさっきまで村の衆も大勢、手を合わせに来てくれちょりましたが、今はお内儀《かみ》さんと女中らだけにござります」

和之助が後から従いてきて、遠慮がちに言葉を継《つ》いだ。

「お寺とも相談しまして、御通夜は明日、葬儀は明後日に執《と》り行なうことになっちょります。大お内儀のご生家筋にも電報を打ちまして、ご親類は明朝、お着きになるとのご返事がさきほど届きましてござります」

「そうか」

奥の座敷に入ると、祖母様が北枕で仰臥《ぎょうが》していた。顔には白布がかかり、蒲団の胸《むな》許《もと》には錦の袋に入った守り刀がのせられている。素木《しらき》の台の上では香炉に線香が立てられ、白い一筋がゆるりと揺れている。その脇には鈴《りん》と湯呑《ゆのみ》に入った水、枕飯に枕団子、そして燭台《しょくだい》に立てられた蠟燭だ。素焼きの瓶子《へいじ》には、樒《シキミ》がたっぷりと盛られている。

樒は山林の中に生える常緑の小高木《しょうこうぼく》で、この岸屋の裏山でも昔から目に馴染《なじ》んできた。墓所などにもよく植えられているのは実が猛毒を持ち、山犬が土葬した遺骸《いがい》を掘り返すのを防ぐためだと、昔、祖母様に教えられたことがある。猛毒ゆえに「悪《あ》しき実」と呼ばれ、いつしかアが脱落してシキミという音《おん》になったらしい。今では墓守り、死人の枕飾りのごとき役割を担っているのだから、人と植物の縁はじつに不思議なものだ。

いや、あれは祖母様ではなく、書物で読んだのだったか。記憶力は大学の助手や若い学生らにも負けぬが、なぜか頭の中は曖昧模糊《あいまいもこ》としている。

樒の互生《ごせい》の葉は鬱蒼《うっそう》と繁《しげ》り、爪で少し傷つけると香気が立つ。花は四月であるのでもう終わっており、萼片《がくへん》は下男が綺麗に取り除いたのだろう。

猶が富太郎を見上げ、口を動かしているのに気がついた。亡くなった時の様子を話しているようだが、これも判然としない。耳のそばを通り過ぎるだけだ。

富太郎が帰郷したのは二月十九日で、床に臥《ふ》した祖母様はもう以前の祖母様ではなかった。

「祖母様、富太郎さんですよ。お戻りになりましたよ」

猶が声をかけても、瞼《まぶた》が微《かす》かに動くのみだ。以来、猶は下《しも》の世話まで女中まかせにせず、夜も祖母様の自室につききりだった。それを目の当《ま》たりにしたわけではなく、富太郎が野山や学問仲間との集まりから帰るたび和之助から聞かされたことだ。

富太郎は外出《そとで》をする際に少し枕許に坐るだけで、それもほんの五分ほどだ。猶からはもっと傍《そば》にいてやってくれ、話しかけてやってくれと勧められたが、適当な返事をしてすぐに寝間から出る。すると、耳は聞こえておられるはずながですと、諫《いさ》め口調が繰り出される。

いつも、旦那様のことだけをお気にかけておいででしたがですよ。

そんなことは富太郎自身がいちばんわかっている。だからどうだと言いたいのだ。

泣きの涙で祖母様にとり縋《すが》り、共に甲斐甲斐《かいがい》しく世話をしろと言いたいのだろうかと訝《いぶか》しんだ。

祖母様、牧野浪《なみ》は富太郎の祖父の後妻に入って、義理の娘とその婿《むこ》の病臥《びょうが》に遭《あ》い、最期を看取《みと》った。亭主も病で喪《うしな》った。その間も後も岸屋の間口を減らすことなく守り抜き、家格を保った。そして血の一滴もつながらぬ孫を育て、武士の子がほとんどである名教義塾にも通わせた。

であればこそ、わしは野山に出るがやき。学問を続ける。育ててくれた人への恩を思うということは、そういうことじゃろう。

「枕経《まくらぎよう》はもう上げていただきました」

猶の声がようやく耳に入って、「そうか」と呟き、蒲団の前に腰を下ろした。

尻の辺りで鈍い音がして、胴乱を斜め掛けにしたままであったことに気づく。麻の肩帯を外そうと首を曲げて肘を動かすと、猶が黙ってそれを手伝う。野冊も手にしたままであったようで、それは背後から和之助が「お預かり申します」と引き取った。

軽くなった身を据え直して、胡坐を組んだ。黙って白い布を見つめる。

いつしか猶と和之助が姿を消していて、富太郎は蠟燭を替え、線香を立て直す。そして顔にかかった白布をはずした。覚悟をしていただけに、その顔を目にして胸を撫で下ろした。なんのことはない。あれほど気強く、常に凜然《りんぜん》とした佇《たたず》まいを失わなかった祖母様が様変わりをしているのを直視する勇気がなかったのだ。今頃、己の小心に気がついた。

祖母様の死に顔は安らいでいる。眉間に深く刻まれていた皺《しわ》もやわらぎ、鷹揚《おうよう》な、品のよい口許をしている。富太郎はいつもこの顔を見て育った。

富さん、悲しむことはなんちゃあないがよ。おまさんの両親は幼い子を残して亡《の》うなったき、それは無念じゃったろう。けんど、私は七十八や。天寿をまっとうさせてもろうたきね。務めは果たした。

頬に手をあててみると、なめし革《がわ》のようになめらかだ。冷たい。己の手の熱さと祖母様の冷たさに、彼岸《ひがん》と此岸《しがん》の間に流れるという川を思った。祖母様はもう旅立ちつつある。

わかっちゅう。草木も次の代へと生命《いのち》をつないで枯れていくがやき。そういえば、祖母様はおなごじゃというのに大樹みたいなお人じゃったなあ。その葉に宿した雨露をわしは吸い、木蔭で寝《やす》み、木漏《こ も》れ陽《び》の中で遊ばせてもろうた。

さまで見事に生き通した祖母様の死を誰が悲しむろう。ただ、敬慕の念をもって見送るのみじゃ。

正坐に直り、手を合わせていた。

祖母様、おおきに。まっこと、お世話になりました。

満中陰《まんちゅういん》の四十九日までは七日ごとに法要がある。

富太郎もさすがに最初は神妙にして勤めていたが法事にもだんだんと慣れるもので、僧侶の読経が終わるや蔵に駈け込み、羽織袴を脱ぎ捨てて採集に出かけるようになった。

すると猶に襟髪《えりがみ》を摑まれる。

「旦那様、これからお客様に膳をお出しするがですけんど」

法要に訪れる親戚や村の衆はいつも五十人を下らず、もてなしはどうするのだと言いたいらしい。「おまんに頼む」と返せば猶の顔色は赤黒く変じ、不服げに頬が張る。

「祖母様の供養においでくださってるがですよ。旦那様が主になって冥福《めいふく》を祈るが道理じゃないですろうか。私だけでは礼を失します」

「和之助がおるじゃいか。おまんが指図して、あんばいよう図らえ」

面倒になって口早に命じ、振り切るように通りへと出るのが常だ。

猶の言うことは正しいのだろう。それは承知している。しかしその正しさはいつも、富太郎の胸の裡《うち》を逆撫《さかな》でする。

学問を停滞させぬこと、それがわしの偲《しの》び方じゃ。なんでそれがわからん。

祖母様が亡くなってからこっち、猶は以前にもまして富太郎を家に留めようとする。本人にそんなつもりはないのかもしれぬが、そう感じられてしかたがない。いつだったか、東京で注文しておいた石版印刷機が届いた際も、奉公人らが珍しがって取り囲むのを尻目に大仰《おおぎよう》な溜息を吐《つ》いていた。

しかしひとたび外に出て山野を歩けば、なにもかもを忘れて夢中になる。太陽の下で植物に相対すれば、ささくれだった気持ちがたちまち生気を取り戻す。

やれ、愉快、愉快。楽しい、楽しい。

山々に入り、渓谷《けいこく》の岩壁をも登る。羊歯《シダ》植物の仲間である箒蘭《ハハキラン》に出逢って写生し、木天蓼《マタタビ》や梅擬《ウメモドキ》、花弁の模様が夜明けの星空に似る曙草《アケボノソウ》も採取した。仁淀川《によどがわ》の岸はむろん、秋には下名野川《しもなのかわ》周辺にも頻繁に足を延ばし、村の庄屋の家に滞在して早朝から暮れきる時分まで歩き回った。

谷麝香草《タニジャコウソウ》や裏白空木《ウラジロウツギ》、珍しい果実も写生して採取し、観察し、標本を作り続けている。むろん植物画の腕を上げることも忘れていない。野山では全体図を、そして帰宅するやほとんど横にもならずに詳細図を描く。

目指しているのは、帝大の蔵書の中にあるマクシモーヴィチ氏の植物画だ。論文の中に図版が挟み込まれており、植物の全形に解剖図が詳細に付されている。

マクシモーヴィチ氏は露西亜のサンクトペテルブルク帝立植物園で研究する学者で、東亜細亜《アジア》の植物の権威だ。富太郎は伊藤圭介翁の孫、篤太郎からその名を教えられた。翁が氏と懇意《こんい》で、篤太郎も十五、六歳の頃から直《じか》に質問状を送っていたようだ。

日本の植物はツュンベリイ、シイボルト、そしてマクシモーヴィチ氏ら外国人研究者によって学名を与えられている。

そもそも、植物の素性を明らかにするということは、その名を同定し、分類するということだ。開国以降、近代の博物学が日本に移入され、今では植物分類学として独立しつつある。同定、分類するには採集した植物を精密な顕微鏡で調べ、かつ世界各地で刊行されている大量の文献をすべて調べ上げねばならない。どこにも記載がなければ論文を書き、それを学術書なり学術雑誌なりに発表して初めて世界に「新種」として認められる。ところが文献も標本も、日本では未だ十分に揃わない。ゆえに、これぞと思うものは標本をマクシモーヴィチ氏に送って同定してもらっているというわけだ。

いつまでも海外に頼っておっては、帝国の植物学は開明できん。だいいち、回答に時間がかかり過ぎる。

矢田部教授が嘆《なげ》いていたことがあるが、本人も松村助教授も西洋の植物学には詳しいが植物の実物には疎《うと》い。東京大学草創期にすでに齢《よわい》七十五であった伊藤圭介翁が員外教授に任じられたのも、生きた植物についての膨大な知識が恃《たの》みとされたようだ。

これぞと思うこと。

その閃《ひらめ》きは、生きた野山をいかほど歩いたか、その経験によって培《つちか》われるのだろう。

七月半ばになって、富太郎も丸葉万年草《マルバマンネングサ》の標本を送ってみた。蔵の二階で辞書を引き引き英語で質問状を認《したた》め、植物学教室に頼んでサンクトペテルブルクに送付してもらったのだ。祖母様の初盆を終え、やがて野山が秋の色に染まった十月、返信の書簡が東京から転送されてきた。英語で「標本を確かに受け取った」と記してあったのみだが、植物学の泰斗《たいと》の律儀《りちぎ》さに感激して、何度も何度も読んだ。ゆえに今では、植物の図もマクシモーヴィチ氏のそれを範として描くようにしている。植物のありようを伝えるのに文章だけでは足りぬのだ。図で説く方が遥《はる》かに理解しやすく、専門の文言を知らぬ者も特徴を摑みやすい。『日本植物志』では解説図を豊富に載せたいと念願し、夜を日に継いで描いている。同時にこの郷里の『土佐国羊歯《シダ》植物図編』第三編にも着手し、これは年内、遅くとも正月には仕上げるつもりだ。

グルグル。おまんのことを、世界に披露目《ひろめ》しちゃるきね。

山を歩けば枯葉が降り積もって足首が埋もれるが、歩は緩めない。乾いていながらどこか湿って、辺りはしんと静かだ。裸木《はだかぎ》の枝先で枯れ残った蔦《ツタ》の葉も、楢《ナラ》や橡《ツルバミ》も川も沼も、なにもかもが死んだように眠っている。けれど土や氷の下で鼓動は続いていて、生命の匂いを発する。

青みを帯びた水の匂い。

冬の庭園と称される標本も同じ匂いがする。

# 五　ファミリイ

目覚《めざ》めると、窓外がもう明るい。

背筋に寒気がきて、寝てしまったかと手の甲で瞼《まぶた》をこすった。夜っぴて絵筆を揮《ふる》い、文机《ふづくえ》の前でそのまま仰向《あおむ》けになったらしい。褞袍《どてら》をはおってもまだ寒気がする。こんなことは珍しいと訝《いぶか》しめば、立て続けにくしゃみだ。階下に下り、裏口から井戸端に出て歯を磨《みが》き、顔を洗う。洟《はな》が出る。首を傾《かし》げながら手拭《てぬぐ》いで顔を拭《ふ》いていると、家主の家の女中が桶《おけ》を手にして出てきた。互いに挨拶《あいさつ》を交《か》わし、裏口から台所の板間に上がって自身の箱膳《はこぜん》の前に坐《すわ》った。火鉢《ひばち》には味噌汁《みそしる》の鍋がかかっており、これを自《みずか》ら椀《わん》によそい、目刺《めざし》と香《こう》の物で飯をかきこむ。

奥はしんとしているので、家主はもう勤めに出ているのだろう。富太郎がこの下宿に移ってまだ七日ほどであるので妻女とは滅多《めった》と顔を合わさず、口もほとんどきいていない。

正月を迎え、三日には『土佐国羊歯《シダ》植物図編』第三編をまとめ上げた。そして一月末、四度目の上京を果たし、下宿はここ三番町に移した。

去年の二月、祖母《ばあ》様が倒れたという電報を受けて取る物も取りあえず郷里へ帰ったため、中六番町《なかろくばんちょう》の下宿は梅雨《つゆ》時に虫が涌《わ》いて難儀をしたのだと家主に抗議された。指折り数えれば、十月《とつき》ほども不在にしていたのだ。もはや手狭《てぜま》でもあったので、隣町のここに引き移った。市川は生家の酒屋の荷車を牽《ひ》き、染谷も駈《か》けつけてくれた。夜は礼をかねて銀座《ぎんざ》のミルクホールに繰《く》り出した。牛乳や珈琲《コーヒー》、かすていらや豆菓子も置いてあり、富太郎は珈琲があまりに美味であることに感激して五杯も飲み、腹を下して便所から出られなくなった。奴らは薄情にも、未《いま》だにそれを種にして笑う。

箸《はし》を置いて箱膳を板間の隅《すみ》に寄せ、二階に上がっていつもの支度《したく》をしてから階下へ引っ返した。

「出てきますき」

裏庭で洗濯物を干す女中に声をかけると「夕餉《ゆうげ》はいかがしましょう」と訊《たず》ねるので、「外で済ませますき、要《い》りません」と応《こた》えた。賄《まかな》いつきの家賃であるが、夕餉を食したのは最初の二日だけだ。女中は一人前が減ったとばかりに愛想《あいそ》笑いを泛《うか》べ、腰巻を叩《たた》きながら「行ってらっさいませ」と訛《なま》りのある言葉で言った。今のところ、この家は気軽だ。

外を歩けば思った通り、陽射《ひざ》しがあるぶん家の中よりもはるかに暖かい。

瓦《かわら》をのせた土塀《どべい》、板塀が続く。番町は旗本や御家人《ごけにん》が住んでいた界隈《かいわい》で、御一新《ごいっしん》後、最後の将軍であった慶喜公《よしのぶ》に従って駿府《すんぷ》に移ったので多くが空家《あきや》になっていたらしい。ゆえに今も、この町には貸家や下宿屋が多い。下宿している家の主人も元は旗本の子息であったらしく、一家で駿府に供をしたものの明治の御代《みよ》になってから東京に戻った口であるらしい。今は役所に勤め、二階を富太郎に貸しているというわけだ。八畳と六畳の二間で押し入れもついているので、大変に暮らしやすい。

散策の道すがら軍服姿が増えてきて、騎馬の軍人も行き交う。靖國《やすくに》神社の鳥居《とりい》と大燈籠《おおどうろう》が見えてきて、参詣《さんけい》している主《あるじ》を待っているらしい馬車や人力車が塀際に連《つら》なっている。幼い子供をつれた女房姿や芸妓《げいぎ》衆、横浜から物見遊山《ものみゆさん》に訪れたのか、辮髪《べんぱつ》の清国人《しんこくじん》の姿もある。境内《けいだい》には庭園が築かれて噴水もあるらしいので、賑《にぎ》やかさが通りにまで溢《あふ》れている。

いかなる草木が植えられているのか気を惹《ひ》かれて富太郎も鳥居を潜《くぐ》りかけたが、まだ喪中の身であることを思い出して前を素通りした。寒気がおさまらないので明るい陽溜《ひだ》まりを選んで歩くうち神社をぐるりと回り、やがて憶《おぼ》えのある通りに入った。

いつぞやの夜とは異《こと》なって静かだが、それでも三味線《しゃみ》の調子を合わせる音がどこからともなく聞こえてくる。太田石版店の主に連れて来てもらった町だ。そういえばここも三番町だったかと、富太郎は辺りを見回しながら歩く。上京してからまだ工房を訪ねるようになっておらず、明日は大学に行くつもりであるので帰りに神田に行ってみようと心組《こころぐ》む。

柳の木を見つけ、こんな季節であるので葉はすっかりと落ちて裸木《はだかぎ》になっているが、間違いない。あの日は夜目であったが樹木の姿は見誤らない。入口に暖簾《のれん》はかかっておらず、ただ、柱に表札が掲《かか》げられているのを見れば墨書《ぼくしょ》してある。たしか花乃家という家に上がったはずだったが、まるで違う屋号だ。首をひねりながら裏手の路地に入ってみると、話し声がした。まだ十過ぎくらいの丁稚《でっち》の横顔が目につき、なにかを一心に見ている。「御菓子」「金平糖《こんぺいとう》」などと染めた小さな店先暖簾が揺《ゆ》れていて、どうやら品定めをしているようだ。

「お待ちどおさま。落雁《らくがん》と薄荷糖《はっかとう》、それから胡麻練《ごまねり》ね。ちっと重くなっちまったから、転ばないようにお帰りよ」

若い女の声がして、「しょうきっちゃん」と呼んだ。

「何が気に入ったんだい」

すると丁稚は店先の木箱に覆《おお》いかぶさるように背中を丸めた。

「これ、綺麗《きれい》だな」

「どれのこと。お魚かい、お花かい」

「お魚さ」

「じゃあ、ひとつ持っておいき」

丁稚は「え」と顔を上げ、頭《かぶり》を振る。「銭《ぜに》なんぞ持ってないや」

「だからお駄賃だよ」と言いながら、下駄《げた》の音を立てて出てきた。紙包みを丁稚に渡し、木箱からなにかを摘《つ》まみ上げ、懐《ふところ》から懐紙を取り出して包み、丁稚の手に握らせている。「ありがとよ」と丁稚は声を弾ませ、くるりと踵《きびす》を返した。

「こちらこそ、まいど有難う。女将《おかみ》さんによろしくね」

丁稚は振り返らぬまま「あいぃ」と返事をし、通りを急ぎ足で行く。その姿を見送ってから富太郎も店先を覗《のぞ》いた。見た途端、「なるほど」と吹き出していた。

「菓子屋かと思うたら、魚や花も売りゆう」

それらは細工物の砂糖菓子で、金魚や花、縁起物の福助《ふくすけ》も並んでいる。明日、大学や工房に持っていってやろうと、「わしにもこの菓子を五つずつ、それから」と他も見回した。

「かすていらも扱いゆうがか」

「あいすみません、今日は」と家の中に上がってきた女が顔を上げ、「あら」と言った。「いらっしゃいまし」と、しおらしく辞儀をする。首を傾げたものの、白い瓜実《うりざね》顔《がお》はなんとなく見覚えがある。

「あんた、今、あらと言わんかったか」

するとは切れ長の目を細め、小さく笑い声を立てた。

「申しました」

「なんで」

「また会えると思っていたら、本当に会えたから」

「やっぱり、会《お》うたことがあるろう。いや、わしもそんな気がしよったがよ」

指を立て、互いの顔を交互に指した。

「どこで会うたんやったかのう」

「この家の中庭ですよ。竹蜻蛉《たけとんぼ》のお兄さん」

季節がゆっくりと遡《さかのぼ》った。

「まさか、あの時の女の子か」

目瞬《まばた》きをしても、なにやら化《ば》かされているような心地《ここち》がする。

ようやく思い出した。八月の夜風が吹く中庭で、竹蜻蛉を持って捜し物をしていた。物言いはしっかりとしていたものの、見目はまだ少女であったのだ。しかし目の前で富太郎を見上げているのは、あどけなさの抜けた女だ。いや、女と言うには若過ぎる。けれど少女や娘でもなく、その間《あわい》でたゆたっているようだ。

「おまんの名をわしは訊ねたのう。たしか、ス」と口にしたが、やはり失念している。

「スエにございます」

「そうじゃ、スエちゃんじゃった。それにしても、ようわしのことを憶えちょったこと」

感心すると、スエは懐から何かを取り出した。鈴のついた、守り袋ほどに小さな布袋で、細い指先でそれを開いている。鈴が鳴る。

「またおいでになったらお見せしたいと思って」

楓《カエデ》の翼果《よつか》だ。緑と赤のふた色を取り合わせてある。

「押し葉にしたがか？」

コクリと首肯《しゅこう》する。

「上手にできちゅう」

思わず見惚《みと》れてしまい、目が逸《そ》らせなくなった。翼果ではなく、スエからだ。どれほど見つめていたものか、スエの白い頬《ほお》が茹《ゆ》で上がったような色になっている。

「いや、失敬」

詫《わ》びつつも言い訳のしようがなく、まごまごと頭を掻《か》いているうちに大きなくしゃみが出た。


「それで、こんなに菓子があるのか」

市川はにやついて、染谷にわざとらしい目配《めくば》せをする。

「好きなだけ喰《く》うてえいぞ。かりん糖もある」富太郎は紙包みを膝前《ひざまえ》に押し出した。

「随分《ずいぶん》と通い詰《つ》めてるじゃないか」

「近所やき。べつだん、深い意はない」

「そうかなあ。その娘の母親は留守なんだろう?」

市川はかりん糖の包みを開き、口に放り込む。「お、なかなかいける」と、染谷に袋を渡している。

「京都に長逗留《ながとうりゅう》しよるらしい。もともと向こうの出で、彦根《ひこね》の御家中に見初《みそ》められて東京に出てきたのか、こっちで出逢《でお》うたのかは知らんが、御一新後は陸軍の営繕《えいぜん》部に勤めよってスエちゃんも屋敷住まいじゃったらしい。父親が落馬が因《もと》で亡《の》うなって後、番町に越してきたと聞いた」

兄と姉がいるらしいが腹違いであるのか、それも判然としない。生まれ育ちについて根掘り葉掘り訊《き》けるものでもなく、スエが口に上《のぼ》せたことを総合して推《すい》するのみだ。いずれにしろ家督と財産は長子が相続するので、母親は夫の没後にスエを連れて家を出たということだろう。

「それで母親が、その、花乃家とかいう家を開いたというわけか」

染谷は目玉を天井に向け、推測を口にした。

「これは本人やのうて、石版所の太田さんに聞いたことじゃが、花乃家はえい家じゃったが、どうやら他人に騙《だま》されたらしい。土地はもともと借地じゃし、仕方なく店を手放して、下足番の爺《じい》さんを住まわせよった路地の家に大工を入れて菓子屋を開いたんじゃと」

「武家の娘の落魄《らくはく》は珍しいことじゃねえが、独《ひと》り留守を守って菓子商《あきな》いをしているとは、けなげだのう」

「そうじゃ、まっことけなげじゃ」

富太郎は思わず声を高めて、二人を交互に見た。

「にもかかわらず、朗《ほが》らかじゃ。それに植物の話を、それは楽しそうに聞いてくれる」

二人は「ほう」「ほう」と、また顔を見合わせて笑う。「笑わば笑え」と、富太郎は舌打ちをした。

「じゃあ、今日の帰りにちっと顔を拝《おが》みに寄ってみるか。で、その娘はいくつだ」

「十六じゃ」

「若いなあ」と、染谷が両の眉《まゆ》を上げた。

「けんど、もっと大人びて見えるき。わしも最初は十八、九に見紛《みまご》うたくらいじゃ」

「女の子はいきなり変わっちまうもんなあ。近所の幼馴染《おさななじ》みも急に口をきかねえようになったと思ったらみるみるうちに綺麗になって、内側から発光してるみたいだったもんなあ。なんとかできねえかと手ぐすねひいているうちに嫁《とつ》いでしまいやがった。惜《お》しいことをした」

市川は音を立てて茶を啜《すす》り、別の包みを勝手に開いている。

あの佇《たたず》まいは、これまで富太郎が知っているおなごの誰にも似ていなかった。ういういしい清さがあるかと思えば、すっぱりと捌《さば》けたところもあり、そこはやはり番町の娘なのだろう。

再会した日の夕方、富太郎は熱を出した。うなされながらもスエの顔や声が泛んでは消え、そんなことは初めてだった。床上げをしてすぐ、菓子屋に向かった。

店の前に立つなり「風邪を引いちょったき」と告げると、スエは「やはり」と目瞬きをした。

「心配していたんです。またおいでになるような気がしていたのに、お越しがなかったものですから」

スエも待っていたのかと、舞い上がった。店に上がり込み、一緒に店番をしながら喋《しゃべ》りに喋った。生《お》い立ちや祖母様のこと、物心ついた頃からこの世のさまざまへの好奇心やみがたく、とりわけ植物学に淫《いん》する身であること。一書生として植物学を究《きわ》めんとの志《こころざし》を高々と掲げ、郷里は番頭と従妹《いとこ》にまかせて一意専心《いちいせんしん》、日本の『植物志』を刊行せんと準備を進めていること。

「草木がお好きなんですね」

スエはそれをさも嬉《うれ》しそうに、この世で最も大切なことのように言う。

猶《なお》のことは従妹だとしか言わなかったが、スエは「女房《おかみ》さんですか」と訊いた。じつに自然な、含みのない言い方であったので、「ん」と認めた。他には何も言わずにおいたが、名を訊かれた。なぜ名など知りたいのかと思ったが、それも正直に教えた。

「お猶という。しっかり者じゃ」

「ご安心ですね」

スエは微笑《ほほえ》んでいた。女房のおる男がなにゆえこうも足繁《しげ》く通ってくるのかとそっぽを向くでなし、花街では当たり前のことと訳知り顔になるでもない。ただ、そよぐように笑《え》んでいた。

そうだ、あの時だ。富太郎ははっきりと自覚した。今では三日も会わずにいると、居ても立ってもいられなくなる。

会いたい。どうしようもなく恋しい。

かりん糖を口に入れながら、わしはまた発熱しゅうのかと額《ひたい》に手を当てた。

長火鉢の前で、母親は「じゃあ」と言った。

「よろしゅうござんすね、産ませても」

スエは富太郎のかたわらで俯《うつむ》いて身じろぎもしない。富太郎は即座に、対面する母親に目を合わせた。

「むろん」

なんの迷いもない。

「子孫を生《な》すは、生きとし生けるものの根源たる営《いとな》みですき。花が雄蕊《おしべ》と雌蕊《めしべ》を持っちょるのも、ただただわが命を次代につなぐため。風や蝶、動物の力をうまいこと借りて結実させるがです。まっこと、植物の生きようはうまいことできちょります」

「草木じゃなくって、人間の話をしてんですけどね」

呆《あき》れたような口ぶりに、スエがくすりと笑うのが聞こえた。富太郎はなにやら励まされて、なお声を高めた。

「わかっちょります。産んでもらえたら、これほど嬉しいことはないですき」

母親は片眉を上げ、火鉢の抽斗《ひきだし》を引いているようだ。煙管《キセル》を取り出し、刻《きざ》みを詰め始めた。

「牧野さん、土佐に帰ったり上京したり、随分とお忙しいんでしょう。太田さんに伺《うかが》ったら、ご実家は大変な素封家《そほうか》なんだとか」

「親爺《おやじ》さんに、いつ」

昨日も工房で印刷の手伝いをしていたのだが、何も言っていなかった。そういえば帰りがけに、「ま、しっかりやんな」と背中を叩かれた。

「花乃家のお座敷に出てた芸妓が、あの旦那のお世話になってんですよ。落籍《らくせき》はしてもらってないけど、そのうち一軒を持たせてもらうってねえ。そういうご縁もあって、ちょいと聞き合わせをさせてもらいましたのさ」

遊びはするが艶《つや》っぽいことには無縁に見えたあの親爺がと、富太郎は内心で恐れ入る。そういえば、応接室の壁に芸妓の画がたくさん飾られている。あれは親爺が描いたものか。

母親は齢《とし》に似合わぬ真紅の紅《べに》をつけ、勝気そうな目をして流し目をくれる。意図がわからぬのでこっちは黙っている。「で、どうなんです?」と苛立《いらだ》たしげに促《うなが》されても不得要領だ。「やだ、とぼけないでおくんなさいよ」と、煙を盛大に吐き出した。

「この子の身の上をどうしてくださるおつもりなんですかと、伺ってんです。土佐にご本妻様がおられるのは承知でスエもこういうことになっちまったんだから、それに私も花柳界《かりゅうかい》は長《なご》うござんすからね、無粋《ぶすい》なことは申しませんよ。まあ、政府のお偉方の奥方も元は芸妓の出という方が多うござんすから、お座敷にお見えになる軍人さんにでもいずれ見初められるんじゃないかって、そんなことを期待してたんですけどね。それが、あなたみたいな、みょうちきりんな学者見習いとは」

みょうちきりんな学者見習い。このばばあ、なんたる言いようをしてくれる。

富太郎が反撃に出ようとするや、敵もさるもの引っ掻くもの、「この子の父親は」

と機先を制された。

「由緒のある武家でしたもんでね、陸軍にも奉職しておりましたし」

つまり、娘の相手として不足だと言いたいのかと口を開けど、立て板に水は止まりそうにない。

「だから、この子は欲がなくっていけない。今は落ちぶれちゃったけど、商いは水ものでしょう。ええ、私はいずれ必ず花乃家を再興してみせますとも。その暁《あかつき》にはスエが女将ですよ。ね、そうでしょう。なのにこんな細々《こまごま》とした菓子屋商いが性《しょう》に合うなんて申しますし、牧野さんにも伝えずに産むなんて言うから、ちょいと待ちな、ともかくご本人にお知らせしてからだと、こうしてお出ましを願ったわけなんです」

まだ喋り通しているが、頭の隅で考えた。身の上をどうするか、それを問われているということだ。まっこと、それはきちんとしてやらねばスエが不憫《ふびん》じゃ。

母親がようやく息を継《つ》いで煙管の吸口《すいくち》を咥《くわ》え直したので、富太郎は今じゃとばかりに身を乗り出した。

「家を構えますき。実は、東京にもっと腰を据《す》えてかからんといかんと思いよったところです。石版印刷機も購《あがの》うて土佐に送ったものの、出版はなんちゅうても京阪《けいはん》、それに東京ですき。今年じゅうには『日本植物志』を上梓《じょうし》すると決意して、今、版下図をひたすら描きゆうがです」

それから演説めいてきて、そうなると己《おのれ》でも口が止まらなくなる。

気がつけば、母親はうんざりとした顔つきで長火鉢の猫板《ねこいた》に頬杖をついている。

「や、話が逸れてしもうちょりましたか」

何をどこまで話したものやら、己でもわからない。

「大丈夫かい。このお方は浮世離れしていなさるよ。物狂いだよ。やってけるかえ」

問われたのはスエだ。「はい」と応え、富太郎にゆっくりと顔を回《めぐ》らせた。繭《まゆ》が内側から照るような微笑だ。ふと、有難いと思った。

「牧野さん。さっき、家を構えると仰《おお》せでしたかね」母親が訊ねた。

「構えます。ちっくと時がかかるかもしれませんけんど、どこかに家を見つけて借りることにします」

「じゃあ、東京においでの間は一緒に暮らしてくださる。それとも、時々のおいでをお待ちする別宅というご料簡《りょうけん》ですかえ」

そうか、これは条件交渉なのだとようやく気がついた。

「むろん一緒に暮らします」

「土佐の奥方にはお話しになる、それとも」

「近いうちに郷里に帰って話します」

「お怒りになったらいかがなさいます。愁嘆場《しゅうたんば》になるかもしれませんよ」

「それはないですろう。あれは、賢《かしこ》いおなごですき」

母親は「賢夫人であられるんですか」と、これは含みのない言いようだ。むしろほっとしたような面持ちに見える。娘の名を呼んで、「しっかりおやり」と言った。

「向後は盆暮れの挨拶やらなにやら、ご本宅とのおつきあいが出てくるんだよ」

本人はコクリとうなずいた。

「いや、このままがえいです。おっとりと優しいのが、スエさんのえいところですき」

とりなすつもりではなく、本心だ。

「おや、わかってらっしゃる」と、母親は真紅の口をおっぴろげた。

四月も二十日過ぎに帰郷し、村の有志を集めてオルガンの弾奏法《だんそう》を教えた。

「そうそう、その意気じゃ」

ドレミの音階からして珍しいものであるので唱歌の一曲を弾《ひ》けるようになるまで何年かかるだろうと訝しみながらも、ともかく褒《ほ》めて褒めて場を盛り上げた。

オルガンは富太郎が東京で購って郷里の小学校に寄贈したもので、日中は久しぶりに校舎の廊下を歩いた。子供らの声や白墨《はくぼく》の匂《にお》いも懐《なつ》かしく、花壇に咲く花の名を教えてやるうち、いつのまにか生徒らに囲まれていた。瞳も頬も明るく、知る歓《よろこ》びが肩や手足からも溢れんばかりだ。そのさまを目にすれば、こちらもいよいよ嬉しい。わしはひとに教えることが無類に好きなようじゃと、内心で苦笑した。

知ることと、知ったことをひとに伝えること。

物心ついてからずっと、その愉《たの》しさ、嬉しさで歩んできた。そのおかげか、子供も大人も身の回りに集まり、試しに弾かせてみるとまったく頓狂《とんきょう》な音しか出ぬのだが、「牛のあくびのような音じゃのう」と誰かが言っただけでまた大笑いをする。

友人や知人が宴《うたげ》の用意をしていると誘ってくれたが、それは辞した。

「あいにく、今夜はちっくと用がある。また顔を出すき」

「いつまでこっちにおるが？」

「祖母様の一周忌《き》を済ませたら、上京する」

「慌《あわ》ただしいのう。ま、採集に出る時は誘うてや。お供をするき」

友人の中には富太郎が東京にいる間も山野に入り、腊葉《さくよう》標本にして送ってくれる者がいる。標本の作り方もすでに心得ていて齟齬《そご》を生じないので、土佐周辺の植物についていえば富太郎ほど標本を持っている者は日本のどこにもいないだろう。

日の暮れかかる道を歩いて蔵の二階に荷を置き、奥へと入った。

猶と差し向かいで夕餉の膳を摂《と》るも、互いに黙々と箸を遣《つか》うのみだ。二人でこんなふうに飯を喰うなど初めてのことで、祖母様の没後も猶は給仕だけをして、後で一人で食べているようだった。自室か台所の板間であるのか、富太郎は知らない。二人ともが食べ終えたのを見計らったかのように女中が渋茶を運んできて、廊下を引き返す足音が遠くなってから切り出した。

「実は、子ができた」

湯呑《ゆのみ》を持ち上げた手が止まり、膳の上に置き直している。ややあって、「さようですか」と呟《つぶや》く。と、膝で退《すさ》り、居《い》ずまいを正してから手をついた。

「おめでとうござります」

富太郎は「ん」と返すのみだ。猶はすぐに頭を上げ、また膳の前に戻って湯呑を手にする。

「帯祝いの儀はいつですろうか」

「なんじゃ、それは」

「安産を祈願する御祝いですよ。身籠《みごも》って五ヵ月目頃の戌《いぬ》の日を選んで腹帯《はらおび》を巻くがです。オルガンをお弾きになれるのに、こうも大事なことはご存じないがですね」

賢夫人はいつもながら、皮肉の一撃を忘れない。オルガンは価格が四十五円ほどして、そこに運搬料もかかったので、請求書を和之助《わのすけ》に渡した際は目を白黒とさせていた。小学校に集まった連中の言うことには、今の小学校教員の初任給の月俸は五円だそうだ。それでもピアノに比べたらオルガンは安価だ。楽器の輸入会社に問い合わせれば最低でも千円はするらしい。しかも定期的に調律が必要で、その費《つい》えが十円ほどもかかるという。

猶は和之助から請求書をすでに見せられているのだろうが、それには言及せず、茶を啜っている。

「腹帯は、牧野家よりの御祝いとしてお贈りします」

「そうか。祝《いお》うちゃってくれるか」

猶に限ってと思ってはいたが、スエの母親が愁嘆場云々《うんぬん》などと口にしたので少しばかり心配ではあった。

「さすがはお猶じゃ、頼もしい」

小膝を打ち、「いやあ、めでたいのう」と躰《からだ》で拍子《ひょうし》を取る。

「ほたえな」

低い声が聞こえて、見れば猶が上目遣《うわめづか》いで睨《にら》んでいる。子供みたいに図に乗るな、騒ぐなと言い放たれて絶句した。

「お子が男の子なら岸屋の跡継ぎです。その筋を通すまでのこと。ともかく日にちが決まったらお知らせください。住所とお名前も」

「今、家を探しゆう最中じゃき、そのうちな。いや、今の下宿はそのまま借りておくことにするき、下宿に送ってくれたらえい」

我ながら情けない、途切れ途切れの言いようだ。

「おいくつですか」

「な、何が」

「お相手の方ですよ」

富太郎は「ああ」と、声を繕《つくろ》う。

「十六じゃ」

「一回りほどもお若い」

「そういえば、そうかのう。意識したことはないけんど」

「旦那様、長生きなされませ」

それはどういう意味かと訊ねる暇《いとま》もなく、猶は手を打ち鳴らして女中を呼んだ。

「ご馳走《ちそう》さん。旦那様がお湯に入られるき、支度を」

命じて、再び富太郎に向かって頭を下げた。

「和之助から帳面改めを頼まれておりますき、お先に失礼申します。どうぞごゆるりと」

「や、おおきに」

座敷を出ていく猶に、思わず礼を言った。


十月、スエは早産ではあったが無事に女の子を産んだ。

富太郎は園《その》と名づけた。我が子を得た歓びは想像を遥《はる》かに上回っていた。まだ猿のごとくで赤くひ弱な声でしか泣かないが、絶世の器量よしに思える。

「祖母様に似ちょる。この鼻筋の通っちゅうところなんぞ、そっくりじゃ」

口にしてから、祖母と血のつながりがないことに思いが至るようなありさまだ。猶にまた「ほたえな」と叱《しか》られそうだ。しかし有頂天《うちょうてん》にもなろう。スエが身籠ってからというもの吉事が続いているのだ。

マクシモーヴィチ氏だ。富太郎は氏に五百七点の標本を送った。標本の番号を記《しる》したノートを同梱し、自身で同定できるものは学名を記し、不明のものは空欄にしておく。すると氏は行間に赤字で回答をくれる。

——新種と思われるが、さらに花と果実の標本が必要だ。

——標本が若過ぎて、しかと同定できない。

そんなやりとりを重ねるうち、丸葉万年草《マルバマンネングサ》が新種と認められたのである。学名は「Sedum makinoi Maxim.」、すなわちセダム・マキノイ・マクシム。牧野の姓が使われていた。「マクシム」はこの学名の命名者がマクシモーヴィチ氏であることを示している。学会への発表はまだだが、それにしても我が名が学名に献じられるとは大変な栄誉だ。世界の植物学界に自身の名を知らしめるのみならず、未来永劫《えいごう》、牧野の名がこの植物に刻まれる。

富太郎に先立ち、三月には矢田部教授の許《もと》にもマクシモーヴィチ氏から書簡が届いた。

四年前の明治十七年に戸隠山《とがくしやま》で採集した戸隠草《トガクシソウ》、これを小石川植物園に移植して二年で開花を見たのである。本来は初夏の橅《ブナ》林の沢沿いなどで咲く植物で、淡い紫の花であるという。標本から察するに、長い茎《くき》の先に葉と花を同時につけ、俯き加減で咲く。

矢田部教授はその標本を送ってマクシモーヴィチ氏に鑑定を仰《あお》いでいたようで、

「これはメギ科の新属であると考えられる。Yatabea japonica Maxim. との属名を新しく付けたいが、正式発表をする前に花の標本をもう少し追加で送ってほしい」との回答だった。

植物学科は助教授や講師、学生も一緒になって大歓声を上げた。

矢田部教授、「ヤタベア・ヤポニカ・マクシム」との献名、おめでとうございます。

富太郎はその快挙に続いたのだ。矢田部教授に握手を求められて、市川や染谷は祝いの一席を設《もう》けてくれた。

九月には根岸《ねぎし》の御院殿跡《ごいんでんあと》でほどよい離屋《はなれ》を借り受けることが決まり、スエと水入らずの所帯を始めた。猶は腹帯のみならず、京の呉服商から羽二重《はぶたえ》を何匹も送らせてきた。スエは大きな腹を抱えてただ有難がるばかりだが、三番町からたまに訪ねてくる母親は反物《たんもの》が立派な品だと上機嫌で、子供の宮参り用の装束《しょうぞく》やスエの留袖《とめそで》を作ろうと算段していた。

そしてこの十一月には、ついに『日本植物志図篇』の第一巻第一集を刊行するに及《およ》んだのである。初めて世に出した自身の著作物で、天地一尺《しゃく》ほどの大判だ。紙の手触《てざわ》りも新しいそれを手にして、鴨居《かもい》の上に掲げた額を見上げた。「繇條書屋《ようじようしょおく》」と横一行の揮毫《きごう》は伊藤圭介翁《おう》によるもので、初めて真砂町の家を訪ねた翌年、佐川の家に送られてきた。

枝や草が空へ地へと伸び繁る、書斎。

あるいは、書物に満ち、深く伸びやかな知が息づく家。

その墨色は齢《よわい》八十を思わせぬ雄渾《ゆうこん》さで、紙も幅三尺を超える大きさだ。ゆえに此度《こたび》の上京では自ら大事に抱えて運んできた。むろん「群芳軒」の扁額《へんがく》もこの家に飾ってある。目にするたび、百花が群れて揺れる匂いがする。

伊藤翁は二年前に非職身分となり、すなわち大学の教授職から引退した。なにしろ八十四歳であった。昨冬には勲章を受け、今年明治二十一年の五月にはわが国で初の理学博士の称号を受けた。昨年には篤太郎《とくたろう》が英吉利《イギリス》から帰国したので身辺も充実、いっそう矍鑠《かくしゃく》として見える。

篤太郎は東京府内の中学校で教鞭《きょうべん》を執《と》るかたわら、今も翁の研究を助けている。むろん現役の植物学者であり、富太郎と同じく帝大の植物学教室に出入りしている。文献にあたって緻密《ちみつ》に推理、論考を重ねていく頭脳には富太郎も敬服すること、しばしばだ。ケンブリッジで学問を修めているのでいずれ帝大の講師か助教授として迎え入れられるのだろうと、富太郎のみならず市川や染谷も目していた。それが尋常な道筋だからだ。

ところが先月の十月、事件が起きた。事もあろうに矢田部教授の戸隠草を巡っての悶着《もんちやく》だ。

聞けば篤太郎は矢田部教授の数年前、すでに戸隠草を小石川植物園に植栽していたという。そして標本をマクシモーヴィチ氏に送っていた。氏はこれを「メギ科ミヤオソウ属の一種」と同定、サンクトペテルブルクの学会誌に発表した。学名には伊藤篤太郎の「T. Ito」が含《ふく》まれていた。それが明治十九年のことだ。篤太郎の胸は誇らしさにいかばかり膨らんでいたことだろう。

だがその経緯を知らぬ矢田部教授が同じ植物を標本にしてマクシモーヴィチ氏に送ったところ、「メギ科の新属であろう」との見込みが示され、新しい属名に教授の名が献じられるという。この動きを知った篤太郎は驚愕した。

人間のすることであるから、鑑定に揺らぎがあるのは致し方ないことだ。まして学問も生きもの、日々研究が進み、知見は更新され続ける。しかし発見者にとっては公の業績にかかわる。篤太郎のそれは風前の灯《ともしび》だ。さぞ焦慮《しょうりょ》に駆られたはずだが、篤太郎は唸《うな》るほど見事な一手を打った。年を跨《また》がぬうちに、英吉利の植物学雑誌に突如として発表に及んだのだ。

まず自身の名を含んだ属を新たに創って提唱し、その属にマクシモーヴィチ氏に与えられた学名を移し、そのうえで新しい組み合わせ名として「Ranzania japonica（T. Ito ex Maxim.）ランザニア・ヤポニカ」として発表した。「ランザニア」はおそらく小野蘭山にちなんだものだ。

矢田部教授の「Yatabea japonica Maxim.」つまり「ヤタベア・ヤポニカ」はその後塵《こうじん》を拝することになるので、もはや無効だ。世界の植物学界では、学名は先に発表したものを採用するという決まりがある。

誰が最初か。誰が先んじていたか。

植物学界のみならず、科学の世界ではこの優先性《プライオリティ》が非常に重要視され、学者としての序列にもかかわる。当然のこと矢田部教授と助教授陣は激怒し、篤太郎を植物学教室の出入り禁止処分とした。戸隠草の実物を見れば、じつに日本らしい可憐《かれん》な花だ。しかも向後は「日本人自身によって初めて学名をつけられた植物」と語られ続けるだろう。だが大学の教室では秘かに「破門草《はもんそう》」との名が奉《たてまつ》られている。

まったくもって下らぬことだ。すんでのところで若い学者に先を越された教授には同情を禁じ得ないが、篤太郎は自らの手で業績を獲得した。面目《めんぼく》を潰《つぶ》されて出入りを禁じてしまうなど、狭量が過ぎないか。助教授や助手は自らの研究に取り組むにも教授の気息を窺い、神経を磨《す》り減らし、商家の手代《てだい》のように揉み手をせねばならなくなるのではあるまいか。

それでは大義を見失う。

富太郎は『日本植物志図篇』を手にして縁側に移り、腰を下ろした。小春日和《こはるびより》であるので、スエは庭に蒲団《ふとん》を干している。背中に赤子を背負い、なにやら唄っている。むろん西洋音楽のそれではなく座敷でかかる端唄《はうた》のようだ。しかし声がよいので、耳に心地よく響く。富太郎は昨夜も気がつけば夜なべになり、横になったのは明け方だ。雀《すずめ》らが盛んに鳴いていた。

冬陽の中で、表紙をつくづくと見返す。飾り罫《けい》で囲んだ中に題名を右から横書きにし、その上には「牧野富太郎著」と著者名を記してある。さらにその上には英語で書名を記し、表紙の中心には華やかな八重の桜の画を配した。学者のみならず在野《ざいや》の植物家にも手に取ってもらおうと、西洋の書物の趣《おもむき》を添えたのだ。版下画はすべて自身の手で描き、英文も書いた。製版も太田に相談しながら行ない、印刷は呉服橋《ごふくばし》にある刷版屋《さつぱんや》だ。販売を引き受けてくれたのは神保町の敬業社《けいぎょうしゃ》という書肆《しょし》で、ただしこの出版にかかった費《つい》えはすべて自らの懐から出している。

巻頭は、土佐に産する上臈杜鵑《ジョウロウホトトギス》の図を掲載した。これも昨年、郷里の横倉山《よこぐらやま》で発見してマクシモーヴィチ氏に標本を送っていたもので、和名すらまだなかったので富太郎が付けた。上臈は禁裏《きんり》で仕《つか》えるおなごの中でも位階の高い女房のことで、花も葉もその気品と典雅さを思わせる。

むろん当初の志通り、文章のみの説明に終始せず全体の姿図、部分図、解剖図を充実させた。

留学先の独逸《ドイツ》から帰朝したばかりの松村任三《じんぞう》助教授は、大学の廊下で顔を合わせるなり、この出版を非常に讃《ほ》めてくれた。助教授は専《もっぱ》ら植物解剖学を専攻しており、分類学は独逸で学んできたばかりだ。「この書物をぜひとも弘《ひろ》めよう。いずこかで、批評の筆を執ることにするよ」と約束してくれた。そして西洋人のように高らかに腕を突き上げた。

今日只今《こんにちただいま》、日本帝国内に、本邦植物図志を著《あらわ》すべき人は、牧野富太郎氏一人あるのみ。

今もあの時の声が胸を轟《とどろ》かせる。

まったく、苦心の結晶といえる出版だった。しかしまだ第一巻第一集、とば口だ。日本の植物学界のみならず世界の学者をアッと驚倒せしめる矜《ほこ》りあるものを、必ずや打ち立てる。

「お園や、おむつが濡《ぬ》れてるねえ。替えようね」

赤子の世話や家のことに追われてスエも寝が足りていないだろうに、朗らかな声だ。こんな温《ぬく》もりは初めてだ。祖母様との暮らしは今も懐かしく、田舎《いなか》にしては典雅であった。今は広い座敷の一つもないが、積み上げた書物の中で額と肩を寄せ合って生きている。

まさに親子三人の巣、わがファミリイだ。

今日は牛鍋《ぎゅうなべ》でもするかと、富太郎は立ち上がった。

「おおい、肉を買いに行くが、他に要るものはないかえ」

少し間があいて、「あいすみませんが、じゃあ、梨か柿を」と返ってきた。

「よっしゃ、心得た」

下駄に足を入れて家主の庭を横切り、裏木戸を押し開いた。

その文言《もんごん》が目に入った時、声に出して笑った。

お猶と和之助が理無《わりな》い仲になっちゅうじゃと？

阿呆《あほ》なと、富太郎は膝の裏を掻いて坐り直し、村の友人らが連名でよこした手紙に再び目を落とした。仲間内で相談し、迷いに迷った末のことと断りながらも、二人についで村で噂《うわさ》になっているので折を見て帰土《きと》してはどうかと勧《すす》めている。

庭に目をやれば、花の盛りだ。緋色《ひいろ》の濃い葉と花を開いている大山桜《オオヤマザクラ》は春空に梢《こずえ》が高く、純白の豆桜《マメザクラ》も愛らしい。ほんの半月前、三月中旬まで郷里の佐川村で過ごしていたので、方々《ほうぼう》の花を見、青む草を踏みながら東へ上ったことになる。相も変わらず東京と土佐を行ったり来たりの生活で、それというのも昨年「佐川理学会」という会を立ち上げたからだ。いつだったか、小学校の理科授業を参観して、その内容の粗末、遅れに驚き、心細くなった。教師自身がまともな実験器具を扱ったことがなく、ろくな書物を蔵していないらしかった。

このままじゃあ、日本の子供はいつまで経《た》っても理科の面白さに触れられんじゃいか。

富太郎は実験用の器具類を調《ととの》え、参考書も東京や高知から取り寄せて地元の青少年らを集めた。シャーレーやフラスコの扱いを教え、顕微鏡も覗かせた。最初は恐る恐るであっても、皆、やにわに躰を膨らませる瞬間がある。

先生、これ何？

葉っぱの中が網みたいになっちゅう。

なんで？　何が動きゆう？

その疑問を発する顔を見るや、目尻《めじり》が下がる。

生きちゅうきねえ。さて、一緒に考えてみようか。

昨十二月には写真師を高知から呼んで記念の写真を撮った。着物の肩上げも取れぬ子供から大人まで、四十一人いた。そんな会合を催《もよお》し、むろん採集にも毎日のように出歩くので猶とはろくに顔を合わせていなかった。

ただし、この手紙の主らとは何度も集まっている。富太郎はちょうど理学会の記念写真を撮った頃に『日本植物志図篇』の第一巻第二集を刊行し、今年の一月には続く第三集を出版した。郷里には学問に親しむ仲間が今も多いので、富太郎の刊行物や論文が掲載されている雑誌を披露《ひろう》がてら招集をかけるのが慣《なら》いになっている。

しかも今度の『植物学雑誌』第三巻第二十三号には、格別の論文が掲載されている。新種の「やまとぐさ」という小さな草についてで、これを初めて土佐で採集したのはかれこれ五年ほど前の初冬だ。花がついておらず、土に伏《ふ》している茎葉から、富太郎はこれをアカネ科の「はしかぐさ」だと同定していた。ところがその二年後、土佐から送られてきた標品の中に花のついた状態のものがあったのだ。花の形状は極《きわ》めて珍しく、三枚の花弁が上向きに反《そ》り返り、雄蕊《ゆうずい》が突出して長い。しかもその柄《え》の部分が糸のように細く、それが束《たば》になって垂《た》れ下がっている。

送り主は仁淀川沿いの名野川という土地で小学校の教員を務める渡辺《わたなべ》荘兵衛で、富太郎の熱心な協力者だ。標品の仕上げ方も精確極まりなく、時に百点近くも送ってくれる。

富太郎は山地の森林の下で俯き加減に風に吹かれている姿を想像して、これは「はしかぐさ」ではないと判じた。まだ名を持たぬ、新種の植物ではないかと直感した。

しかもおそらく世界にはない、日本固有の草花だ。

花の咲き方にも国柄なるものがあって、日本の草本類《そうほんるい》は天道《てんとう》を真っ向から見据えるのではなく、ひっそりと俯くように花を咲かせるものが多い。たぶん雨が多い気候のためだろう。花粉が雨に流されぬように、そして受粉した果実が雨で腐《くさ》らぬようにと、己の身を守る。

富太郎は突き動かされるようにして標品を携《たずさ》え、帝国大学植物学科の教場に走った。事の次第を話すと、助教授の大久保三郎が大いに興味を持ってくれた。大久保は東京府知事も務めた旧幕臣、大久保一翁《いちおう》の子息だ。安政《あんせい》四年生まれと聞いたから、富太郎の五つ年長になる。大久保と共に研究を重ね、やはり新種に間違いないと結論した。

村の仲間にその話を披露してやると、感嘆しきりであった。

「やまとぐさとは、えい名じゃのう」

「そうよ。日本固有の草じゃき、大和草じゃ」

「富さんが、この学名をつけたがか？」

「世界共通の学名は別にある。和名がやまとぐさじゃ」

正式には「Theligonum japonicum Okubo et Makino」であり、すなわち大久保助教授との共同研究であったので、学名には二人の名を併記してある。

「大変な偉業を成し遂《と》げたもんじゃ」

「世界共通の学名については外国の植物学者に標本を送ってお伺いを立てて、新種かどうかを判定してもらうのが常じゃ。日本の植物じゃというに学名も付けてもらいゆう。いや、此度の快挙は日本人が、まず日本の学術雑誌に発表したことにあるがよ。これは大きな前進じゃ」

破門草事件に刺激を受けてか、教室では発表の媒体を広げつつある。日本の学術雑誌であっても羅語《ラテン》の学名をつけ、英語と日本語の論文を併載すれば優先性は担保される。

「わしらの論文を世界の学者が読むんやき。外国にはわしのことを見込んでくれる御《ご》仁《じん》もおって、世話になりゆうがよ。露西亜《ロシア》の学者でな。日本に著書や雑誌を送ってくるにつけても、今じゃ大学に一部、この牧野に一部という具合じゃ」

「富さん、露西亜の学者に見込まれちゅうがか」

皆、仰天《ぎょうてん》している。

「まっこと、世界を相手にするようになりゆうがやのう」

富太郎は褒められても恐縮したことがない。誰かの賞讃は、それがたとえ素人《しろうと》によるものであっても力になる。

もっと褒めてくれ、どんどん石炭をくべてくれ。ほいたらわしは、もっともっと走れる。

夜が更《ふ》けても酌《く》み交わし続けた。富太郎はいつものごとく酒は呑まず、持参の珈琲粉砕機で豆を挽《ひ》いて淹《い》れた。粉砕機はハンドルをグルグルと手で回す方式で、上野の黒門町《くろもんちょう》で店開きした可否茶館《かひさかん》に足繁く出入りするうち、店主と親しくなって入手したものだ。

それにしてもと、面々の顔を思い返して口中が苦くなった。

あの日、あの晩も会うちょったくせに、なんも言わんかったじゃいか。

文面から察して、猶にまつわる噂はとうに出ていたようだ。皆で示し合わせて口を閉じちょったかと気を巡らせば、要らぬ心配をかけたとも思う。

と同時に、常日頃は慕《した》わしい山間の村の、旧《ふる》き固陋《ころう》を思い知らされる。何代も、互いの竈《かまど》の中まで知り尽くすような交際の中で生きてきたのだ。何代前の誰の妹がどこに嫁ぎ、誰がいつの祭でしくじったか、嵐の夜に勇敢に振る舞ったのはどの家の次男坊だったか、腰抜けは誰か。それこそ、坂本龍馬《さかもとりょうま》が脱藩する際にこの家の前を通った、水を恵んで差し上げたという古老も方々に生きていて、まるで昨日のことのように話すのだ。そして互いの家の慶事弔事を扶《たす》け合い、諍《いさか》いを仲裁し合う。それが村人の務めだ。その「目」は、時に牽制《けんせい》の役割も果たしてきた。皆に後ろ指を指されぬよう非難されぬようにと襟《えり》を正し、すんでのところで踏み止《とど》まる。しかしひとたび口の端《は》にかかってしまえば、推量に悪意があろうとなかろうと瞬《また》く間に知れ渡る。

岸屋のお猶さんは、げに気の毒じゃのう。富さんはほとんど留守で、どうやら東京におなごがおるらしい。子もできちゅう。

まあ、あの富さんじゃき、それには驚かんが、お猶さんが立派よのう。

いや、番頭がよう仕《つか》えよらあよ。いっつも仲よう、帳場に坐っちゅうろうが。

墓参りも一緒に行きゆう。そういや、祭も並んで見物しよったのう。うちの婆さんなんぞ、夫婦《めおと》みたいな睦《むつ》まじさじゃと感心しよったが。

ひょっとして、ひょっとするがやろうか。ん、怪しい。臭う。

ひそひそ、ひそひそひそ。

それは野火《のび》よりも速く村じゅうを駈け巡る。

手紙を封筒に戻し、フウムと鼻から息を吐いていた。

「どうかなさったんですか」

縁側のスエが園を両手で支えながらこちらを見ている。生後五ヵ月ほどになった園は不安定ながらも支えがあればしばらく坐っていられるようになり、アーアーと唇を揉んで小さな舌を見せる。富太郎は胡坐《あぐら》の横に封筒を置いて立ち上がり、縁側に出て片膝をついた。園がこなたに向かって手を伸ばすのでその指先を握ってやると、総身を上下に弾《はず》ませるようにして握り返してくる。

「土佐から、なにか？」

もう一度訊かれたが、「なんちゃあない」と園を抱き上げて胡坐の中に置く。

手の空いたスエは笊《ざる》を引き寄せ、豌豆《エンドウ》の実を剝《む》き始める。東京で出回る旬は四月であるので、早生《わせ》の品種が出たのだろうか。豌豆の類は欧州が原産で、紫の花が咲くものは赤豌豆、白は白豌豆だ。笊の中は青々と丸いグリーンピースであるので、明治に入ってから普及した輸入ものの栽培品種だろう。豌豆や蓮華草《レンゲソウ》など、豆科の植物は水田の裏作に用いられることが多く、それというのも土を肥沃《ひよく》にする働きを持つからだ。蜜蜂《みつばち》や蝶も好んで利用し、花から花へと飛び回ってせっせと蜜を吸う。蝶の肢《あし》が蠢《うごめ》くさまが怪しげに泛んで、肚《はら》が斜めになった。

つまらん噂を立てられて、それが東京まで届くとは。

お猶ともあろう者が、何をしようらあ。

富太郎にとっては、いつまで経っても親しめぬ女房だ。しかしスエと水入らずの居を東京に構えたことで、猶との間柄も変わった。不思議なことに頼もしく、やりとりに手ごたえすら感じることもある。先だってなど、いつものごとく金を送れとの電報を打ったところ、富太郎とスエの袷《あわせ》を仕立て、園の小さな浴衣《ゆかた》も一緒に送ってきた。その包みに手紙が添えられていた。

――この岸屋は旦那様の御所有にござりますゆえ、算段を重ねて調え申すのが私の務めと料簡致しまして候《そうろう》。なれどかくも大金に次ぐ大金の御言いつけが重なりましては、さしもの岸屋も工面が追いつきませず、此度はどうぞご寛恕《かんじょ》くださりますようお願い申し上げ候。

それは困る、まったく困ると、富太郎は小筆をひっ摑んで書き、すぐさま送った。

『日本植物志図篇』は自費での刊行だ。版元の敬業社、刷版《さっぱん》屋にも速《すみ》やかに支払いをせねば次の刊行に障《さわ》りが出よう。第五集の構想はすでにまとまり、下絵にもかかりつつある。

皆々、上梓を待ってくれゆう。日本の植物学を弘《ひろ》く顕揚《けんよう》するがは、このわしじゃき。岸屋ほどの身代《しんだい》があって、あのくらいの金子《きんす》をなにゆえ工面できん。送金をきっぱりと拒《こば》むなど、以前には考えられない仕儀だ。ゆえに堂々と催促してやった。

にもかかわらず送金してこず、挙句《あげく》がこの不始末。

いや、まさか。お猶に限って。

「スエ」と呼んで、園を返した。

「ちっくと土佐に用ができた。今度は長《なご》うなるかもしれん」

白い瓜実顔がもの問いたげに、桜の色を映している。

「ま、秋には戻れるろう」

「半年ですか」

「土佐の植物目録も編成しようと思いゆうがよ。高知の新聞社にも挨拶しておきたい」

昨冬、地元の友人を介して高知日報《にっぽう》と土陽《どよう》新聞に『日本植物志図篇』の刊行と頒布《はんぷ》の広告を掲載してもらった。むろん広告料は払い、広告文も自身で考案したものだ。これからの書物は宣伝が肝要《かんよう》だと富太郎は思っている。昔のように好事家《こうずか》の間で小部を貸し借りして筆写しているだけでは、知識は広がらない。

体格も軍備も欧米《おうべい》に劣る日本人が世界に肩を並べるには、頭脳、学問しかなかろうが。

「書物を出しただけでは仕事の半分じゃき」と、富太郎は言葉を継いだ。

「人々の手にあまねく行き渡って、読んでもろうてこそ。いや、それで知識をしかと養《やしの》うてもろうてこそ」

ゆえに富太郎は出版にこだわる。

「日本植物志、土佐の植物目録、このくらいで留《とど》まるわしやないき。まだまだ出す。自慢じゃないが、日本の植物学に携わっちゅう者の中でわしほど標品を持ち、正しゅう描き、深《ふこ》う研究できる者は他におらんき。わしが先陣を切って世界に打って出るがじゃき」

いざ口に出せば、矢田部教授や松村助教授、伊藤篤太郎にも負けぬと思う。だんだん口調に熱が入り、自画自賛が止まらなくなる。スエは腕の中で園をあやしながら耳を傾けている。

「牧ちゃん」

スエは子を生《な》した後も、富太郎を「牧ちゃん」と呼ぶ。

「手紙をくださいね。私とお園のこと、忘れないでね」

「当たり前じゃ」

肩を抱き寄せようとして、その拍子に笊がひっくり返って縁側に豆が散らばった。

神戸と高知を経由して道々は採集に勤《いそ》しんだので、佐川への帰郷は四月五日になった。

猶には噂を糺《ただ》せないまま、いつしか梅雨が明けた。帰った当初は少し身構えて帳場の和之助と世間話、奥では猶の様子を横目で盗み見るも、いっこう変わった様子がない。よそよそしいかと思えば甲斐甲斐《かいがい》しく、つまり富太郎は気詰まりだ。いつものごとく。

和之助も神妙に奉公して、後ろ暗さがまるで感じられない。二人を怪しむ己がやがて馬鹿らしくなった。まったく、まともに取り上げるも阿呆らしい噂だ。祖母様が生きていたら、一笑に付すだろう。

富さん、かりにも岸屋の内儀と番頭ぞね。お猶は女学校を出た賢夫人、和之助も律儀《りちぎ》が羽織《はおり》を着て帳場に坐りゆうような男で、お猶よりも年若じゃいかね。ましてこの二人は石部金吉金兜《いしべきんきちかなかぶと》の堅物《かたぶつ》じゃき、浄瑠璃《じょうるり》のごとき洒落《しゃれ》た仲になんぞなりようがない。

ホホと笑いのめす声まで聞こえて、富太郎は採集に気を入れ直した。

蟬《せみ》の声が降る野山を歩き回り、横倉山の林床ではまた珍しい蘭に出逢った。岸屋の蔵に取って返し、植え替えをして観察、写生を続ける。一枚の中央に花序《かじょ》の拡大図を置き、その左下には実物大で生長過程の異なる四個体を描く。花の向きも左右の側面、背面も明らかにし、さらに緻密な解剖図を添えた。この形式は欧州の著作物に学んだもので、富太郎は新種の発見かもしれぬという期待のみならず、図の出来をもマクシモーヴィチ氏に見てもらいたいと思った。そこで図と標本を揃えて東京の植物学教室に送った。大学からサンクトペテルブルクに転送してもらい、見解を仰ぐのだ。

朝夕が涼しくなって、仁淀川の渓谷《けいこく》にも入った。付近の山々は錦秋《きんしゅう》の頃が素晴らしく、空から川面《かわも》までが赤や黄、金の色とりどりに冴《さ》え渡る。名野川にも出向き、やまとぐさの標品を送ってくれた渡辺にも会った。互いに固い握手を交わした。

霜《しも》が降りるようになった頃、富太郎は猶の給仕を受けながら朝膳を摂っている。岸屋の紋《もん》入りの脚つき膳の上には茸《きのこ》と里芋《さといも》の味噌汁に大根の煮物、香の物とは別に手長海老《てながえび》の佃煮《つくだに》も添えられている。祖母様から猶へと代がかわってもここの台所は何一つ変わらず、味も長年馴染んできたものだ。根岸ではたまに富太郎自身が牛鍋を仕立ててスエに振る舞ったりしているが、そんな姿を猫が目にしたら魂消《たまげ》るだろう。この家では台所の板間にさえほとんど足を踏み入れない。

「ご馳走さん」

珍しく「うまかった」と口にして箸を置くと、「お粗末さまにござりました」と湯呑が出てくる。

「旦那様、そろそろ東京にお帰りにならんでえいがですか」

「いや、まだやることが残っちゅう」

「おスエさん、赤子を抱えてさぞ心細いでしょうに」

心配されて、そういや、秋には戻ると言ったような気がする。

「母親も東京におるき、どうにかなるろう」

「暮らしの入用《いりよう》は、ちゃんと送っておられるがですろうね」

「いや、べつに」

「べつにって、なら、どうやって暮らしておられゆうがです」

「いつぞや渡したもんがある。手紙にも息災《そくさい》じゃとしか書いちょらんき、気にせんでかまん」

「いつぞやって、いつですか。まさか東京を出立《しゅったつ》したときじゃないですろうね」

「そうよ」と、茶を啜る。

「呆れた。もう十一月じゃないですか。それはいけませんき、すぐに送金します」

湯呑に口をつけたまま目玉をそっと動かすと、猶の頰が赤黒く変じている。長いつきあいであるので察しはつく。機嫌を損ねたり気に入らぬことがある時、決まってこんな色になる。

「おスエさんも苦労なこと。理学会とやらには大枚《たいまい》を注《つ》ぎ込みなさるのに、別宅は放りっぱなしとは。将来《さき》が思いやられる」

口の中でブツブツと零《こぼ》している。帰郷してから和之助に直談判《じかだんぱん》して出させた金のことを皮肉っているのだ。と、猶は手を高く打ち鳴らして奥女中を呼んだ。

「わのさんに、奥に来てもろうておくれ」

奥女中は「ただいま」と辞儀をして、引き返していく。

わのさんて、誰じゃ。

まもなく障子《しょうじ》の向こうで足音が近づいてきて、「お呼びですろうか」と現れたのは和之助だ。

「至急、別宅に送金しておくれ」

「かしこまりました。して、いかほど」

猶は膝で和之助に近づき、口許《くちもと》も近づけて命じている。和之助は「それでしたら、向井《むかい》さんを呼びましょう。その方が早《はよ》うござりますき」

「ほな、さように。あ、それから電報も。旦那様の名前でオクルと、それだけでえい。私は米や柿を荷にして、手紙を添えるゆえ」

阿吽《あうん》の呼吸でたちまち諸事が整《ととの》い、和之助が富太郎に軽く辞儀をして姿を消した。

「あ、そうそう、わのさん」

猶は何を思いついてか急に腰を上げ、座敷を出てゆく。富太郎は「へえ」と、障子の白を見た。

わのさん、ねえ。

湯呑を傾けたが空《から》になっていて、間の抜けた息の音がした。

そろそろ東京に帰ろうか。

列車が新橋ステーションに着いた日、暦《こよみ》は師走《しわす》に入っていた。

# 六　彷徨《ほうこう》

今日は柳の実を採《と》ろうと根岸の家を出て、大川《おおかわ》を渡り、南へと下る。

当所《あてど》は江戸川沿いの伊予田村《いよだむら》で、しかし先年、明治二十二年に町村制が施行されたことで、伊予田もいくつかの村と共に南葛飾《みなみかつしか》郡小岩村にまとめられた。土地といい学校といい、政府による改編が頻々《ひんぴん》だ。

若葉の風が吹き、ふと妙な言葉が過《よぎ》る。数日前の夕方、市川延次郎《のぶじろう》と共に教場を出て学内を抜ける道すがらだった。理学部植物学教室は未《いま》だ自前の教場を持たず、医学部の病棟として建てられた「青長屋」に仮住まいしている。

「ユーシーもこのところ、御難続きだな」

深刻な口ぶりではなく、西洋人のような仕種《しぐさ》で前髪をかき上げる。洒脱《しゃだつ》で粋《いき》なところは変わらず、大変な能筆家でもある。『植物学雑誌』の題字も延次郎の手によるものだ。

「何かあったが？」

延次郎は昨年、植物学科を卒業したが、大学に残って学問を続けるために家業を弟に譲《ゆず》り、姓も市川から田中になった。研究はことに菌類に注力しており、一昨年には日本人で初となる変形菌《へんけいきん》についての論文を発表した。この菌は植物と動物、双方の振る舞いを併《あわ》せ持つ曲者《くせもの》で、かつては動菌《どうきん》、菌虫《きんちゅう》とも呼ばれていた。つまり動物学と植物学のどちらで取り扱うかも混然としていたのだが、延次郎は「変形菌」という名称も創案して論文を発表した。

互いに下駄《げた》の音を立てながら、なだらかにうねる道を歩く。

「去年、小説にやられたじゃねえか。ユーシーは訴訟を起こしたんだぜ」

「去年は春からほとんど土佐で過ごしたからのう。それにしても訴訟とは穏《おだ》やかでないの。小説って、戯作《げさく》か」

「新聞の連載小説さ。君は土佐でも何紙か取り寄せているんだろう？　読んでねえのか」

「小説なんぞ荒唐無稽《こうとうむけい》の嘘《うそ》八百、面白可笑《おもしろおか》しゅう虚言《そらごと》を並べ立てちゅうだけじゃろう。わしゃ好かん」

十代の頃にはいくつか読んだが、まったく時間の費消《ひしょう》だった。あんなものを読むくらいなら、世界地図を眺める。

「その小説がどうした」

「ユーシーをモデルにした小説だったんだ。むろん姓名は変えてあるが、明らかに東京高等女学校の校長だ。それに夫人も」

「後妻さんの方か」

ピアノを弾《ひ》く妻女は二年半ほど前の秋であったか、亡くなったのだ。八月に次男を出産したばかりで矢田部《やたべ》教授の悲嘆も相当なものであったと耳にしたが、大学ではふだんと変わりなく意気軒昂《いきけんこう》の様子だ。だが、あの立場と交際において男やもめというわけにはいかないのだろう、その年のうちに裁判官の令嬢を後添えに迎えたらしい。

「夫人が高女《こうじょ》の女学生だったもんでね。校長を務める理学博士と女学生の醜聞《しゅうぶん》小説に仕立て上げられちまったのさ。道徳を説きながらその裏では教え子相手に、ってな具合でね」

理学博士で女学校の校長といえば、この日本で矢田部良吉《りょうきち》しかいない。

「なんじゃ、それは。下劣極《きわ》まりない小説じゃ。誰が書いた」

思わず立ち止まり、弥生《やよい》門の前で大声を上げていた。延次郎は辺りに目をやり、待てと掌《て》を立てる。門を潜《くぐ》って通りへ出てから、「改進新聞《かいしん》さ」と教えた。

「結局、新聞社から詫状《わびじょう》が届いたとかで、ユーシーも訴訟は取り下げたらしいがね。表向きは一件落着ってことだが、その小説のおかげで女子教育を非難する風潮が高まっちまったのが御難さ。おなごに学問なんぞつけたらろくなことにならねえ、縁談にもかかわるって非難囂々《ごうごう》、その世評を受けてかどうかは知らねえが、この三月、女学校の廃校が決まっちまった」

通りに落ちている馬車馬の糞《ふん》をよけながら延次郎は歩く。時折、背後から角帽《かくぼう》をつけた学生が颯爽《さっそう》と追い抜いていく。富太郎と延次郎は無帽の袴《はかま》姿だ。

「ユーシーは廃校の当日、官報の号外で事を知ったらしい。文部省は事前に諮問《しもん》も通達もしなかったんだとよ。信じられるか？　己《おの》が奉職する学校がなくなっちまう、校長職も廃官になるというのに、当の本人は蚊帳《かや》の外に置かれていたんだぜ」

矢田部教授はよほど腹に据《す》えかねたのだろう、兼任していた東京盲唖《もうあ》学校長の辞表を即刻、文部省に叩《たた》きつけたらしいと、延次郎は言い継《つ》いだ。

「最近、精彩を欠いていると思わんか」

「いや、なんも感じちょらんかったが」

「政治的生命が終わっちまったんだぜ」

ふうんと、富太郎は小鼻の脇を掻《か》いた。

「ユーシーはそもそも森《もり》大臣の覚えがめでたかったんだ。森氏の文政改革に沿って教育の欧化に尽力してきた。だが、大臣が暗殺されちまっただろう」

暗殺の件は承知している。明治二十二年二月十一日、近代国家日本にとって実に重大な日だった。

かつて自由民権運動にかかわった土佐の者が、もちろん富太郎自身もあれほどこだわった大日本帝国憲法が発布された、その式典が催《もよお》されたのである。文部大臣である森有礼《ありのり》は式典に出席すべく官邸を出て、凶事に遭《あ》った。脇腹を短刀で刺されたのだ。下手人《げしゅにん》は欧化主義を憎む国粋《こくすい》主義者であるらしく、このところ政府の欧化に対する反動の波が大きくなっている。急進的な欧化政策は富太郎も首を傾《かし》げることがままあるものの、森有礼が日本の学校教育の礎《いしずえ》を築いたことは紛《まご》うことのない功績だ。少年の頃、教室に掲《かか》げられた「博物図」に胸を躍《おど》らせた、あの感激は今も忘れない。洋書に地図、顕微鏡、石版《せきばん》印刷、オルガンに珈琲《コーヒー》と、富太郎自身、手当たり次第に西洋を呑《の》み込んできた。植物の学名、新種の同定においては、今もマクシモーヴィチ氏の世話になっている。

森大臣が脇腹に受けた傷は深く、翌日、死亡した。まだ四十半《なか》ばにもなっていなかったはずだ。

「旧幕時代でもあるまいに、やることが気に入らんからちゅうて逐一《ちくいち》殺しよったら、日本はしまいに人材が払底《ふってい》してしまう」

「いかにも。とまれユーシーは、強力な後ろ盾《だて》をなくしたってことだ」

「なら、向後は植物学に専心なさるろう。これまでは校長の兼任に舞踏会と、お忙し過ぎたき」

本人の落胆をしのびつつ、励ますような声音《こわね》になっていた。

「教授はなんちゅうても東京植物学会の会長やきね、これからは著述や講演にも力を注《そそ》いでくださるろう」

「そうだな。いや、君の捉《とら》え方が健康的だ」

しばらく黙って歩いて、富太郎は路傍《ろぼう》の草花に目を留める。紋白蝶《モンシロチヨウ》の二匹が縺《もつ》れ合うように飛び交《か》っているので、子作りか。

「そういや、染谷《そめや》君はどうしゆうが？　今月も寄稿せんかったろう」

「僕も無沙汰《ぶさた》している。大学で顔を合わせねえと、なかなか」

染谷徳五郎《とくごろう》は矢田部教授の引きもあってか、卒業後は女学校の教諭になっていた。『植物学雑誌』の創刊時から花と蝶の関係について論じ、花の構造についての論考もある。富太郎は後の展開を楽しみにしていたが、昨年の五月と六月、八月に書いたきりだ。

「同じ学究の徒同士、雑誌に寄稿さえしよったら、土佐におろうと健在は察せられるんじゃが」

　根岸の家には多くの学生、仲間が出入りするが、染谷はしばらく訪れていない。

この頃は池野成一郎《いけのせいいちろう》という学生がとくに足繁《しげ》く通ってくる。彼は初対面の時から富太郎に隔《へだ》てをおかず、親切な男だ。標本室や書庫で探し物をしていても、気がつけば「これでしょう」と悪戯者《いたずらもの》めいた目をして立っている。頭脳は明晰《めいせき》極まりなく、英語はもちろん仏蘭西《フランス》語もよくできる。そしてなにより、植物に対する観察力が優れている。それで東京にいる間は共に採集に出かけ、根岸の家にも顔を出すようになった。

「まあ、どうにかして喰《く》ってはいるだろう。そのうち、下宿を訪ねてみるさ」

　延次郎はそう言うが、富太郎は黙っていた。来る者は一切《いっさい》拒《こば》まぬ主義、去る者の深追いもしない。縁があればまた会えるだろう。

　柳の若緑が見えてきて、富太郎は土堤《どて》を駈《か》け下りた。伊予田には田んぼに水を配するための池があり、その周辺に柳の類《たぐい》が繁茂している。さっそく実のついた柳の枝を折りつつ、ふと根許《ねもと》近くの水面に目を落とした。ん？　と、柳の幹《みき》を摑《つか》んで身を乗り出した。

こりゃあ、奇怪《きっかい》じゃ。

一瞬、緑色の生きものが泳いでいるのかと思った。獣《けもの》の尾にも見える。しかしどう目を凝《こ》らしても水草だ。中央に一条の茎《くき》が通り、たくさんの葉が輪生《りんせい》している。足許《あしもと》の枯れ枝を拾って手にし、水面に向かってさらに足を踏み出した。水底に根を下ろしていないようで、簡単に掬《すく》い取れた。

おまんは誰じゃ。

持参していた小桶《こおけ》に池の水を入れながら、総身がざわついた。

翌日、さっそく植物学教室の皆に見せると青長屋じゅうがどよめいた。

「西洋のブラシみたいじゃないか」

「大きな毛虫だ」

「いや、狸の尾っぽだ」

口々に言い騒ぐ。延次郎も腕組みをして、「こいつぁ珍物だ」と感心しきりだ。池野などは興奮を隠さず、顔を真赤にしている。

「牧野さん、これは大発見かもしれませんよ」

首を回《めぐ》らせ、「教授」と呼んだ。見れば矢田部教授が幾冊《いくさつ》かの書物を小脇に抱え、コツコツと西洋靴の音を立てて入ってくる。皆で一斉《いっせい》に辞儀をして、そして数人が躰《からだ》を開くようにして机の前を空《あ》けた。水桶の中を教授が覗《のぞ》く。

「これは？」

「牧野君が採集したものです。奇妙な水草です」延次郎が説明した。教授は眼鏡《めがね》の蔓《つる》を指先で持ち上げて裸眼で水桶の中をとっくりと見つめ、顔を上げぬまま命じた。

「書庫からダアウィンの、……を持ってきてくれたまえ」

アメリカに留学していた教授は発音が素晴らしく、つまり富太郎はしばしば聴き取れない。池野が「……ですね」と身を翻《ひるがえ》し、書庫に向かう。やはりわからないが、語尾に「プランツ」が含まれていることには気がついて、延次郎と顔を見合わせた。ややあって池野が書物を抱えて戻ってきた。教授がそれを隣の机の上で繰《く》っていく。

「プランツということは、やはり植物なんだろうな」

延次郎が額《ひたい》を寄せてきて言い、富太郎はウウンと咽喉《のど》の奥を鳴らした。

「根がないがよ。どこから養分を摂《と》りゆうがやろう」

植物は太陽の光によって二酸化炭素を取り込み、葉緑体《ようりょくたい》の中で澱粉《でんぷん》を作って生きていることは独逸《ドイツ》の学者が解き明かしている。しかし土からも水分や養分を摂取しており、富太郎がこれまで採集してきた水生植物も根を持っている。

「光だけでこうも大きゅうなるとは、腑《ふ》に落ちん」

「諸君」と教授が声を上げたので、皆でその周囲に移った。教授の広げた書物は開かれたままになっており、人差し指の先でその頁《ページ》を指した。

「これはアルドロヴァンダ・ベシキュロサ、食虫《しょくちゅう》植物かもしれんぞ」

富太郎は前のめりになって、机越しに教授と相対した。

「あの、石持草《イシモチソウ》の類ですろうか」

問う声が上ずる。石持草は葉が粘液を分泌《ぶんぴつ》して虫を捕らえる陸上の食虫植物で、その粘液の強さは凄《すさ》まじく、草を抜いて地面に触れると葉に小石が付いてくるほどだ。

「さよう。印度《インド》で発見され、その後、欧州と濠太剌利《オーストラリア》の一部でも発見されているはずだ。しかし、まさか我が日本でも産しておったとは」

教授は腰に手を置き、「牧野君」と目を合わせてくる。

「検証はこれからだが、もしこれが間違いなく食虫植物であれば大発見だよ。世界的大発見だ」

演説のように両腕を広げた。富太郎は皆に背や肩を叩かれ、揉みくちゃにされた。

今日も雨だ。校舎の中も蒸《む》し暑い。

首筋に手拭いを巻き、汗だくになりながら窓際の水槽《すいそう》の中を観察し続けている。欧州の植物学者はまだアルドロヴァンダ・ベシキュロサの開花を確認できていない。薄緑色の蕾《つぼみ》が出るには出るが、一向に咲かないらしい。富太郎は伊予田に走ってさらに数個体を採取し、なんとしてでも開花させ、その花を図解して発表するつもりだ。水草は夏に花を咲かせるものが多いので、これからが勝負になる。

わしは写描の巧《たく》みながが、まっこと助かる。

己《おのれ》の腕を恃《たの》み、勢い込んだ。去年、マクシモーヴィチ氏に送った蘭も新種だとの返事がきて、しかも富太郎の図の精密さを絶賛してくれていた。

食虫の実態は教室の皆で目撃した。葉片《ようへん》が袋状になっており、蛤《はまぐり》のように自在に開閉するのだ。水中の小虫がそこに入るとたちまち葉を閉じてしまった。虫を消化して養分とするのだろう。ゆえに根は不要であるので備えていないというわけだ。

「おお、おお、貉藻《ムジナモ》のやつ、虫を喰っちまった」

笑いまじりの歓声が上がった。

富太郎は発見直後に、この和名を考えついていた。貉《ムジナ》は狸や穴熊《アナグマ》といった獣を指しており、まさにその尾を思わせる。

「牧野君、教授がお呼びだ」

助手が顎《あご》をしゃくるようにしたので、富太郎は窓際から離れ、教授室に向かった。ノックをして扉を押し開いた。

「お呼びですろうか」

教授は立派な髭《ひげ》をいじりながらこちらを一瞥《いちべつ》し、立ち上がった。机の前から出てきて洋椅子《ようい　す》に腰を下ろし、富太郎にも坐《すわ》れと手で示す。「は」と一礼してから尻を落ち着けた。

「ミスタマキノ、君は植物学教室に出入りするようになって何年になるね」

「たしか、サンクトペテルブルクで万国園芸博覧会が開かれた年やったじゃないですろうか。初めて教授にお目にかかった時、その話をなさったように記憶しちょります」

矢田部は「一八八四年だね」と遮《さえぎ》るように、西暦を口にした。

「もう六年になりますかあ。東京と土佐を往来して六年、『植物学雑誌』も順調に号を重ねよります。そうそう、貉藻についてはは十一月刊行の第四巻第四十五号の誌上で正式に発表する構えでおります。むろん手前で刊行しよります『日本植物志図篇』にも掲載しようと」

「その『日本植物志』だがね」と、教授はまた言葉を挟んだ。

「実は植物学教室でも日本の植物志を刊行すべく版元に打診していたんだが、先方も乗り気でね」

「それはおめでとうございます」

「前々から計画し、準備も進めてはいたのだ。しかし公務が夥《おびただ》しい。なかなかスタートできずにいたが、やっと具体的になった」

「もちろん、わしもお手伝いさせていただきますき」

「いや、帝国大学理学部植物学教室として刊行するんでね。ついては向後、標品や書物の閲覧《えつらん》は遠慮してくれたまえ」

教授は葉巻に火をつけている。

「遠慮とは、どういうことですろうか」

「西洋では、一つの研究が仕上がるまでは他の者に見せんのがルールだ」

つかのま意味がわからなかった。ようやく言われたことが呑み込め、しかし趣味の悪い冗談だと富太郎は笑みを泛《うか》べた。

「わしは教授の研究を盗んだりしません。そんな人間でないことは、教授もご存じですろう」

「私はこの仕事に集中したいのだよ。君は本学の学生でも教員でもないじゃないか。

市中の部外者に好き勝手に出入りされては、今後の研究の秘匿《ひとく》性にかかわる」

話の接穂《つぎほ》が見つからない。紫煙の向こう、教授机の背後の西洋窓が雨に濡れて幾筋も流れている。

「それは、出入りするなということですろうか」

「以前、君に本学への入学を勧《すす》めたことがあったはずだ」

「むろん憶《おぼ》えちょります。教授はあの時、一書生の身分であっても帝大への出入りは禁じたりせんとおっしゃいました」

「だが君は出版するようになった。牧野富太郎の名で刊行している。大学の書物や標品をさんざん用いて研究した成果をね」

ぴしゃりと言い、声を低めた。

「まだわからんのか。まったく厚顔にもほどがある。これまで君の活動には充分、助力してきてやっただろうと言っておるのだ。むろん博物局や伊藤先生の後押しがあってのことだ。ゆえに君が我が物顔で教室の文献を掻き回しても大目に見てきた。もういいだろう。向後は独《ひと》り立ちをして、自前でやりたまえ」

教授は苛立《いらだ》ちを露《あら》わにして、葉巻を手にしたまま立ち上がった。

「話は以上だ。下がってよろしい」

命じられるまま腰を上げた。扉の外に出て廊下を歩く。

えらいことになった。

板壁によろりと背をつけ、頭を抱えた。雨の音が激しくなっていた。

教室への出入り禁止を通告された後、富太郎は貉藻を小桶に移して持ち帰った。他にも、土佐での採集標品や自著など大量に教室に持ち込んでいたので、荷車で根岸に運んだほどだ。手伝いは誰にも頼まなかった。

「どうなすったんですか」

スエが驚いたが、「なんちゃあないき」と口が歪《ゆが》む。それから来る日も来る日も縁側で貉藻を観察していると、「今日は大学にお行きにならないんですか」と訊く。訊かれるだけで小腹が立って、「行かん」と声が荒くなる。園が泣き、スエは富太郎を見やりながらも腰を上げて奥に引っ込む。園をあやし、やがて台所で包丁を遣《つか》う音を立て始めた。

わしに構わんでくれ。もう、なんもかもわからんようになっちゅうがやき。

いったい、どうしたら出入り禁止を解いてもらえるが？

時分時《じぶんどき》になっても、箸がいっこう進まない。スエは黙っていて、だが園に飯を食べさせながら顔色を窺《うかが》っている。それも鬱陶《うっとう》しく、視線を払いのけたくなる。

戸口で訪《おとな》いを問う声がして、スエが手を止めて出た。

「田中さんと池野さんがおいでです」

その背後に二人はもう立っていた。「やあ」と延次郎が手を上げ、池野はスエに手土産《みやげ》らしい包みを渡している。富太郎は黙ったまま二人を見上げた。

「散らかっておりますけれども、どうぞ」スエは慌《あわ》ただしく箱膳《はこぜん》を片づけ、招じ入れている。

「なんでえ。流罪《るざい》を命じられた菅公《かんこう》みてえな顔つきだなあ」

延次郎がわざとのように芝居がかった声を出し、富太郎の向かいに腰を下ろした。池野もその隣に坐る。

「楽しゅうはないきね」

「皆も困ってるさ。牧野がおらんと不便で仕方がないってね」

延次郎はふざけた言い方をするが、ふいに眉を下げて真顔になった。

「相当参ってるな。君のこんな風情《ふぜい》、初めてだ」

同情を寄せられると、ますます肩が落ちる。

「実は何人かで教授に直談判《じかだんぱん》した」

富太郎は顔を上げた。

「ほな、また出入りできるがか？」

「いや、知っての通り、教授には逆らえんのでね。どうにもならなかった。勘弁してくれ」

胡坐《あぐら》の上に手を置き、小さく頭を下げる。教授の権威は絶大だ。無理もないと、頭《かぶり》を振った。

「その代わりと言っちゃあなんだが、池野君が農林学校に掛け合ってくれてね。貉藻の観察に顕微鏡を使わせてもいいとの返答だ」

池野を見れば、うなずいて返す。

「東京農林学校が帝大に合併吸収されて、九月からは帝国大学農科大学となることが正式に決まりました。教室は駒場《こまば》のままですがね」

「それは助かる。わしの顕微鏡はもう古うて役に立たんきね。新しいのを買《こ》うたら済むことじゃが、帝大のものほど精度のえいのは独逸《ドイツ》から最新の物を取り寄せないかん。今から横浜の商社に注文しても半年はかかるろう。器具や道具、書物も大学ほどに揃えるとなると、雑誌に載せようと思いよった論文が間に合わん」

そこでハタと、厭《いや》な予感が頭を擡《もた》げた。

「もしや、雑誌に寄稿するのも罷《まか》りならんとおっしゃってるのか」

「いえ。それは承諾を得ました」と、池野が応《こた》えた。「大丈夫だよ、牧野君」と、延次郎も言い添える。おそらく二人で説得してくれたのだと気がついて、咳払《せきばら》いをした。

スエが麦湯《むぎゆ》と菓子を運んできて、見れば大福餅《だいふくもち》だ。さっそく口に入れ、すぐに二つめも放り込んだ。久しぶりに腹が減った心地《ここち》がする。

「まったく、思いも寄らん仕儀じゃ。わしの刊行、それが教授の気をああも損ねることか？　わしはただ、植物学を究《きわ》めたいだけじゃ。そのために雑誌を起こし、書物を自費で刊行した。それは、日本の植物学の向上にも貢献するはずじゃろう？」

延次郎が麦湯を啜《すす》り、目だけを上げた。

「ユーシーにはもう植物学しかねえのさ。ここで世界的な研究成果を出して、政府に対しても存在価値をアッピールしておきたいのだろう。武家で生まれ育ったお歴々は、面目《めんぼく》が何より大事だ」

「それと、例の破門草《はもんそう》事件も尾を引いているような気がしますね。伊藤さんも帝大出身者ではありませんでしたし」

「考えたら、あれも教授の御難だったたな」と、延次郎は鼻から息を吐いた。

「伊藤さんも悪いですよ。矢田部教授の裏をかくような真似《まね》をして」

「そんなら、あれは手前がすでに学名を授かってる植物ですと真っ当に申し入れたら、矢田部教授は引いたか？　考えられんね。泣く子と教授には逆らえないじゃねえか。教授に話すということは、自身の手柄ごと差し出す肚《はら》を括《くく》らなきゃなんねえんだぞ」

「そもそも、マクシモーヴィチ氏が伊藤さんの戸隠草の属を判定し損じたのが発端ですよ」

富太郎はムッと、腹から噴《ふ》き上がるものを感じた。

「池野君。それはお門《かど》違いというものじゃ。同定は難しい。ありとあらゆる標本と記録を照合して、時間と手間も膨大《ぼうだい》にかかる。じゃが、外国人の手を借りねば、日本国内には自国の植物に関する記録、標本が整《ととの》っておらんだろう。一刻も早く外国人へのお伺《うかが》いをせずに済ませたいんなら、自前の同定力を確立せねばならん。そのために、わしは刊行しゆうがぜ」

園がまたぐずって泣いている。スエは気を遣ってか、あやしながら外へ出る気配がする。

「日本の植物学も変わりつつある途上だということだあな」と、延次郎が大福餅を咥《くわ》えた。

「これまでは銘々が自由に研究していたけれども、こと発表となると競争だ」

富太郎は「延次郎、言葉の使い方を間違《まちご》うちゅうぜ」と目を据えた。

「誰もが希求し、誇ってよいもの。それが自由じゃき」

再び憤《いきどお》りがこみ上げて、ゴシゴシと拳《こぶし》で額をこすった。

怒っていなければ悲しくなる。


池野の尽力で九月から農科大学の林学科に通い、貉藻発見についての発表もなんとか間に合わせた。十一月刊の『植物学雑誌』においてだが、内容は和名とごく簡単な説明に留《とど》まらざるを得なかった。植物学教室の文献を引けないからだ。英吉利《イギリス》の植物学雑誌も自前で入手するには時がかかり過ぎ、たちまち後れを取るような焦燥《しょうそう》に駆られる。

やっぱり、諦《あきら》めきれん。

公孫樹《イチョウ》が緑から黄へと変じるようになった十一月二日の午後、富太郎は思い切って矢田部教授の自邸を訪ねた。この日は大学で講義がなく、自邸で執筆に専念するらしいと、池野から聞き及んでいた。かつては歓待を受けたこともある西洋間に通され、しばし待たされた。結城《ゆうき》の紬《つむぎ》に対《つい》の羽織《はおり》をつけた教授が現れ、ほっとした。門前払いはされなかったし、まもなく女中が茶を運んできた。だが面持ちは硬く、「何用かね」と口調も重い。富太郎はすぐさま切り出した。

「教室への出入りを禁じられて、甚《はなは》だ困窮《こんきゅう》しちょります。以前のように、標品や書物を閲覧させてもらえんですろうか」

「つまり、君がいかほど教室の物を参照してきたか、認めるのかね」

「それを否定したことはいっぺんもないですき。お世話になりよったことはよう承知しておったので、これまでどんなお手伝いもさせてもろうてきたつもりです」

「しかし、あくまでも君自身に必要があって大学に来ていただけではないか。教員や学生は決まった時期に通学して論文の下調べや講義の準備を手伝い、私の採集旅行にも同行する。いいかね。君の研究のために莫大《ばくだい》な官費を投じて標品や書物を揃えているわけではないのだぞ。ひとえに植物学教室のため、すなわち矢田部教室のためだ」

ひょっとしてと、富太郎は訝《いぶか》った。教授への仕《つか》え方が足りぬと言いたいのだろうか。

「今は一丸となって事に当たらねば、『植物学雑誌』の学術性を世界の水準にまで引き上げることはできんよ」

教授は富太郎が貉藻について原稿を寄せた『植物学雑誌』第四巻第四十四号の巻頭で、英文の論文を発表していた。標題は日本語で言えば「泰西《たいせい》植物家諸氏に告ぐ」と、宣言めいたものだ。

——東京植物学会会長として、海外の研究者に向けて申し上げる。これまでの努力により、帝国大学にも多少の標品と文献が備わった。いまだ少々の不足はあるかもしれぬが、あえて欧米の研究者に頼ることなく、日本植物の記載を本誌上にて始める。

「お志《こころざし》はわしなりに心得ておるつもりです。しかし今の日本に植物家がいかほどおりますろう。卒業生、在野《ざいや》の好事家《こうずか》を含めても、正しい知識を備えた者は百人にも満たんのではないですろうか。その中の一人を圧迫して封じるようなことをなさっては、日本の植物学にとっての損失ですろう」

「自惚《うぬぼ》れが過ぎる」

鋭く遮られた。しかし富太郎は目を逸《そ》らさない。

「教授の業績のために、助教授以下が心を一つに研究を仕上げる。それも日本の植物学向上には必要な布陣ですろう。しかし研究者としては相身互《あいみたが》い、大将は配下を引き上げ、引き立てるのも務めじゃないですろうか」

「私に訓示を垂れるのか。図に乗るのもたいがいにしたまえ。そもそも君は長上への敬意と謝恩の心が欠けておる」

茶碗が硬い音を立て、茶托《ちゃたく》の上に茶が零《こぼ》れた。教授が洋卓《テーブル》に掌を打ちつけたのだ。

「敬意も謝恩の心もここに、しかと持っちょります」

富太郎も負けじと、己の胸を叩いた。

「なら行動で示したまえ。大学の物は好きに使《つこ》うて私家出版に役立てる、しかし己の物は提供せぬ。それでは通らんのだよ。土佐の標本を一揃い、大学に納めたまえ。これが最後通牒《つうちょう》だ」

ようやく思い当たった。今月十日刊行予定の雑誌で、教授は全国の在野研究者に呼びかけている。それは活字になる前の段階を池野が写してきてくれたので、富太郎はすでに読んでいた。

——現地の植物を積極的に帝大に送ってほしい。それが植物学教室に全国の植物標品を完備する助けとなり、大学の授業並びに研究に有益になる。

そう説き、腊葉《さくよう》作製の要点まで記してあった。意図に否《いな》やはない。むしろ、富太郎も同じ考えを持って臨《のぞ》んできた。

「私の意図を正しく汲《く》めるのであれば、出入り禁止を解くことも検討してみよう」

真っ向から「ユーシー？」と念を押され、うなずいてしまっていた。

「『日本植物図解』の出版は、丸善書店が引き受けてくれそうだ」

「図解を出されるんですか」

「植物は図を添える方が、正しく論じられる」

白々《しらじら》しい声で言い放った。


帰り道、闇雲に歩いていた。ふだんはすぐに足を止めてしまう木々や草にも目が行かず、首から上だけが熱い。

教授が『日本植物図解』を丸善書店から出す。

頭の中でその事実が飛び回って、羽音がする。

なら、わしの『日本植物志図篇』はどうなるろう。同種のものが丸善から出たら、全国にそれがたちまち行き渡る。想像してぞっとして、いや、わしほどの植物画を描ける者がどこにおるとすぐに打ち消す。いや、画工の渡部はいい仕事をしている。もう、かまん。標品の一揃いくらい、どうということはないき。一つの植物につき、いくつも作っておくのが常じゃ。よこせと言うなら、あの教室に山と運び込んでやる。吐き捨てても、肚はおさまらない。我が天命とも思い、寝ても覚《さ》めても取り組んできた植物学の道が足許からぼろぼろと崩れてゆく。

生まれて初めて失望していた。

気がつけば神田川の岸辺に立っていた。枯れ草の揺《ゆ》れる川沿いの土堤、そして大きな玉葱《たまねぎ》形の屋根と高塔が見える。駿河台《するがだい》で長年普請《ふしん》中であった露西亜《ロシア》の耶蘇《ヤソ》教の聖堂だ。足場が取れたのは昨年だったか、正面は南面しているらしいのでここからは建物の背面になる。それでも幾層もの屋根や窓の飾りは意匠《いしょう》が尽くされ、白壁も美しい。

マクシモーヴィチ氏のことが泛んで、彼の厚意がいつにも増して慕《した》わしく感じられた。遠い国の学者であるのに富太郎の研究を率直に認め、描画の腕を評価してくれる。どんな問いにも英語で懇切丁寧《こんせつていねい》に答えてくれ、時々、日本滞在中に憶えたらしき「ハイケイ」や「サヨナラ」が英文字で記されていたりする。

いっそマクシモーヴィチ氏の研究を手伝わせてもろうた方が、よほど道が開けるがやないろうか。このまま教授に屈服させられるよりは、標本のなにもかもを持って海を渡る方が。

聖堂は鬱蒼《うっそう》とした森や家々を従えるように聳《そび》え建っている。やがて晩秋の夕陽の中で、静かに染まり始めた。

翌日、玉葱形の屋根と高塔を目指して坂道を上った。

木立と家々を抜けると、目の前が一気に開ける。塀《へい》が延々と巡らされているのに、なんとも不思議な意匠なのだ。黒く細い鉄棒が繊細な線を描いて連《つら》なるだけで、敷地の中を隠そうともしていない。広々と開放的な境内《けいだい》を見ながら足を運ぶと、一歩ずつ異国に近づく心地がする。

やがて門に行き着いた。純白の門柱は左右に二本ずつで、門扉《もんぴ》はやはり開け放たれている。小脇の風呂敷包みを抱え直し、敷地へと足を踏み入れた。大聖堂は足場が取れているものの、法被《はっぴ》姿の職人がそこかしこで立ち働いている。風に乗って木槌《きづち》や鋸《のこぎり》の音、西洋の塗料の匂いも流れてくるので、今は堂内を普請しているのだろう。

黒の僧服らしき男らが何人も足早に往来しているのを見て取って、その中の一人に声をかけてみた。

「ご住持《じゅうじ》にお目にかかりたいがですけんど、今日はおいででしょうか」

漆黒《しっこく》の髭をたくわえた男は明らかに日本人の面貌《めんぼう》だ。

「ニコライ主教様のことでしょうか」

当てずっぽうで住持と呼んでみたのだが、肩書は主教のようだ。しかし相手の口調に咎《とが》める風はなく、素直に首肯《しゅこう》した。

ニコライの名は東京ではつとに有名だ。函館《はこだて》の露西亜《ロシア》領事館に赴任したのは御一新《ごいっしん》前の幕末で、日本各地で布教し、今やかほどに立派な聖堂を駿河台に建設するに至ったと、新聞で読んだことがある。耶蘇教の大立者《おおだてもの》だ。しかし畏《おそ》れるというよりも、どこかしら近しい気持ちがある。帝国大学植物学教室では長年サンクトペテルブルクのマクシモーヴィチ氏を頼り、富太郎も教示を受けてきた。ゆえに露西亜そのものに隔《へだ》てを感じない。

「今日はお約束ですか」

「いいえ。初めてお訪ね申しました。折り入って、どうしてもお願いしたい存念を持っちゅうがです。身上書も持参しとります」

髭の僧侶は風呂敷包みに目を留め、「少しお待ちいただくことになるかもしれませんが、それでもよろしければ」と言う。

「かまいません。会ってもらえるがやったら、明日まででもお待ちしますき」

急《せ》き込むように訴えた。

「ご用件とお名前を　承《うけたまわ》りましょう」

「植物学をやりよります牧野富太郎と申します。生国《しょうごく》は土佐、仔細《しさい》あって露西亜行きを念願しちょります。サンクトペテルブルクのマクシモーヴィチ先生にはかねてより一方《ひとかた》ならぬ誼《よしみ》に与《あずか》っちょりまして、手前、このたび一念発起《ほっき》いたして彼《か》の地に渡り、先生の御許《おんもと》で学びたいと思いゆうがです。つきましては仲介の労を執《と》っていただけぬものかと、罷《まか》り越しました」

一気に話した。最初はマクシモーヴィチ氏に直《じか》に頼もうと、英文の手紙を書いたのだ。下書きをして清書までしかけたものの、このやり方ではどうも拙《まず》いと思い直し、洋筆《ペン》を擱《お》いた。これまではあくまでも帝国大学を通じての交誼《こうぎ》なのだ。万一、マクシモーヴィチ氏から矢田部教授に問い合わせが入れば、またも激怒を招くは必定《ひつじょう》だ。今度こそ息の根を止められるような気がした。

ならば一《いち》か八《ばち》か、耶蘇教のニコライ氏に掛け合ってみようと思いついた。昨夜遅くに身上書をしたためて家を出てきた。

昨年家移《やうつ》りをして、また麴町《こうじまち》三番町に住まっている。ともかく書物と標品が多いので、元は武家の隠居屋敷であった古家の店借《たなが》りだ。

「どうぞ。こちらへ」

男は静かな面持ちを微塵《みじん》も崩さず顎を引き、導くように歩き始めた。

案内されたのは聖堂の向かいに建つ木造の洋館で、階段脇の部屋だ。六畳ほどの板間には小さな木の椅子が壁沿いに並び、七、八人ほどの先客があるのに少し驚いた。じっと目を閉じて坐している若者や古びた羽織をつけた老人、長屋の女房らしきおなごの姿もある。富太郎はその隅《すみ》に腰を下ろした。火鉢に手をかざしながら言葉を交わし始める男らもあって、しわぶきの合間に聞こえてくる話から察するに、入信希望者や神学校への入学希望者がここで面会の順番を待っているようだ。

一人、二人と呼ばれて部屋を出て行き、しかし富太郎の後にも次から次へと入ってくる。中には女学生らしい若い娘や子供連れの女もある。

ふいにスエの白い胸乳《むなち》が泛んで、いかんいかんと目を瞑《つぶ》る。

植物学教室に出入りを禁じられ、農科大学の教室の一隅で細々と研究を続けさせてもらっている件は一切《いっさい》、スエには話していない。話したところでどうなるものでもなく、今日も朝餉《あさげ》を済ませて早々に腰を上げた。田中延次郎や池野成一郎ら仲間が心配して訪ねてきたので、富太郎の身に変事があったらしきことは察しているかもしれない。が、何を小耳に挟んでどこまで解しているか、知れたものではない。

行ってらっしゃいませ。ほら、お園、お父ちゃんに行ってらっしゃいませだよ。

娘を抱いて門外まで出て、娘の顔と亭主の顔をかわるがわる見ながら見送っていた。ふだんは出がけに園の顔や手足を撫《な》でさすり、時には頬ずりもして、あまりの愛《う》いさに口許まで緩《ゆる》んでしまうのだが、今日は伸ばしかけた手を引っ込め、その代わりに包みを抱え直して踵《きびす》を回した。かつて討ち入りに出た侍の朝はこんな心持ちであったかと柄にもなく胸の裡《うち》を湿らせ、足を速めて家から遠ざかった。

膝の上の風呂敷包みをきつく抱え直した時、また扉が開く音がした。

「牧野さん」

立ち上がり、戸口に向かう。階段を上って招じ入れられた小部屋には人いきれが残っているものの誰もおらず、またしばらく待たされそうだ。部屋の中は壁から天井に至るまで簡素な装飾で、けれど殺風景ではない。薄青色と白で塗り分けられた壁は清らかに静謐《せいひつ》だ。長方形の木の洋卓は長年使い込まれたものらしく角が丸みを帯《お》び、何脚か並んだ背凭《せもた》れつきの木の椅子も小学校の教員室を思い出す。

富太郎は腰を下ろさず、窓辺に立った。硝子《ガラス》窓の向こうには聖堂の高塔が望め、大小の鐘《かね》が下がっている。どうやら鐘楼《しょうろう》のようだ。

留学したら、わしも耶蘇教に帰依《きえ》せんといかんろうか。それとも、ここで仲介を頼むとなれば、先に信者になれと言われるかもしれん。

いや、かまんと、富太郎は顔を上げた。

学問の道を閉ざされたわしに門戸を開いてくれるんなら、何の信者にでもなってやる。

音がして振り向くと、日本人の僧侶が恭《うやうや》しく扉を開けている。洋靴の音がして、見上げるほど大きな異人が入ってきた。がっしりとした肩幅を持つ偉丈夫《いじょうぶ》で、袖《そで》と裾《すそ》の広い黒の僧服だ。藁色《わらいろ》の長髪を後ろに撫でつけ、頬から顎にかけても同色の鬚《ひげ》をたくわえている。齢《とし》の頃は五十半ばだろうか。胸には大きな十字架の首飾りを下げている。

このおひとが、かの有名なニコライ氏か。

気を呑まれた。挨拶《あいさつ》の一言も発することができず、形ばかりの辞儀をした。

「お掛けください」

通辞らしい日本人の僧侶に勧められ、おずおずと椅子に尻を置く。用件を確認され、境内で話したことを再び、今度は詳細に打ち明けた。

「手前はどうあっても、植物学への志を捨てられんがです。どうか、マクシモーヴィチ先生に留学を仲介してくださいませんろうか。手前の発見した植物の標品もお送りして鑑定を仰《あお》いで、目をかけていただいて参りましたき。手前の植物画についても格別のお褒《ほ》めに与っちょります」

昨年、明治二十二年に土佐の横倉山で発見した蘭《ラン》の標本に図を添えて送ったところ、「実物の通りの図だ、大変精密だ」との返事がきた。唇弁《しんべん》の色と薄さから連想して蟋蟀《コオロギ》の羽に見立て、富太郎は和名を「こおろぎらん」とつけた。

その話を披露《ひろう》しながら風呂敷包みを卓の上に出して結びを解き、これまで発行してきた『植物学雑誌』や『日本植物志図篇』の第一巻第一集から第六集までを並べた。植物画も併せて持参しており、その中の一枚を取り出してニコライの前に差し出す。

「これが、こおろぎらんですき」

近々刊行を予定している『日本植物志図篇』の第一巻第七集に掲載するつもりの下絵だ。

ニコライは大きな手で紙を持ち上げ、じっと目を落としている。窓からの陽射《ひざ》しを受け、長い睫毛《まつげ》が金色に光る。

「土佐の深山の、降り積もった腐葉《ふよう》の中に生《は》えちゅう蘭で、それは珍しいもんです。背丈が一寸半ほどしかないですき、人知れずひっそりと咲いておるような草花です」

ニコライはまだ黙している。富太郎は少しばかり焦って、かたわらの日本人僧侶へ眼差《まなざ》しを投げた。いかなる料簡《りょうけん》か、いっこうに通弁してくれる気配がない。

するとニコライがゆるりと顔を動かした。青い瞳が富太郎をまっすぐに見つめ、頬《ほほ》笑《え》んでいる。

「美しいべな」

魂消《たまげ》た。日本語を喋《しゃべ》りゆう。

「大丈夫。お前《め》さんの話したことさ、全部わかっとるよ。私が日本に来て、かれこれ三十年近いべな。それにしても土佐の者はよう喋るね。パウェル澤邉《さわべ》君も、若い時分から能弁であんしたよ」

隣に「なあ、イアコフ」と笑いかけ、二人で笑み合っている。イアコフと異人風の名で呼ばれた僧侶が、富太郎に目を合わせてきた。

「澤邉さんは日本人で初めて司祭に叙聖《じょせい》されたひとですよ」

「そのお方が、土佐人ながですろうか」

「さようです。ニコライ主教と初めて会った時には、筋金入りの尊王攘夷《そんのうじょうい》の志士でね。たしか、あの坂本龍馬の従弟《いとこ》か、その子だったはずです。いろいろと経緯《いきさつ》があって東北を彷徨《さまよ》った果てに辿《たど》り着いたのが北海道の箱館で、しかし当時はすでに開港していましたから露西亜帝国の領事館が建ち、ニコライ主教も来日されていました。澤邉さんは神州日本に異教の害毒を流し込む西洋坊主、あるいは日本侵略のための探索かと激し、一刀両断に斬り捨てるつもりで主教の住処《すまい》に踏み込んだとか」

その後を待ったが、イアコフはもう語ろうとしない。「喋り過ぎた」とばかりに目の縁《ふち》を朱《あか》くして口を噤《つぐ》んでしまった。意気込んで張りつめていた糸がいつのまにやらほぐれ、背筋が緩んだ。

ニコライは懐《なつ》かしいような目をして富太郎を見ている。

「牧野さんと申されたかね」

「はい」と首肯する。

「お前《め》さんのように草木のことに詳《くわ》しゅうて、一途《いちず》な者のことを私は知っとるよ。元は東北の百姓で、マクシモーヴィチ先生の家の薪割《まきわ》りや風呂焚《た》きに雇《やと》われたんだども、そのうち植物採集を手伝うようになってね。ダニイル・チョウノスキーというべな」

どこかで耳にしたことがあると思って頭の中を繰《く》った。チョウノスキー。そうだ、植物学教室で何度か耳にしたことのある名だ。

「マクシモーヴィチ先生の手紙にも、ちょくちょくとその名が出てきよりました。てっきり露西亜人のお弟子の名かと思い込んじょりましたが、東北の百姓ということは日本人ながですろうか」

「ダニイル須川長之助《すがわちようのすけ》さんとおっしゃって、私どもの間ではパウェル澤邉師と同じくらい尊敬を集めているお方です」と、イアコフが答えた。

「長之助が、チョウノスキー」

「開港当初、外国人は開港場から十里《り》より外に旅をすることを禁じられていましたからね。マクシモーヴィチ先生は長之助さんを連れて函館の臥牛山《がぎゅうざん》に入っては採集の要領を伝授して、何をどう観察すべきかもお教えになったようです。彼は期待以上に働いて、マクシモーヴィチ先生はチョウノスキーと呼び、それは信頼されたと聞いております。文久元年にはセントルイス号に乗り込んで横浜へ、翌年には長崎にも上陸しましてね。九州各地で相当な量の採取を行なったはずですよ。長之助さんはその旅でもずっと助手をお務めになりました」

すべてが腑に落ちた。それで、マクシモーヴィチ氏は日本植物の泰斗《たいと》であるのだ。

「先生は元治元年に帰国されましたが、その後も長之助さんに採集を依頼してこられ、長之助さんもそれに応えて押し葉というんですか、それを作って送り続けたと聞いています。今も岩手で息災《そくさい》におられますよ。来年の三月に大聖堂の成聖《せいせい》式を執り行なうことになっていますから、久方ぶりに上京なさるかもしれません」

　膝の上の指が微《かす》かに震えた。

　マクシモーヴィチ先生はかつての助手を忘れず、折に触れて後学の徒に伝えようとしておったがやろうか。わしはその意をまったく解してなかった。そんな日本人がマクシモーヴィチ先生を支えていたなど、想像したことすらなかった。けんど、今度はわしが先生の弟子になる。故郷と草木。いくつもの縁が一筋の道を拓《ひら》いてくれゆうがじゃき。ちまちまと狭量なことを吐《ぬ》かす日本の教授など、もうどうでもえい。

「身上書ですき、お検《あらた》めのうえ、どうか仲介を願います」

膝の上に両の拳《こぶし》を置き、がばと頭を下げた。ややあって、「問いがあります」とイアコフの声がした。

「なんですろう。なんでもお訊《たず》ねください。そこにも書いてあります通り、世間でいう学歴はありません」

「いいえ。もう少し実際のことと申しましょうか、渡航の費用はお持ちですか」

船賃を調べもせずにここに来ていることに、今頃気がついた。返答に迷う。生半可《なまはんか》な額でないことは想像がつくが、佐川の猶《なお》に送金を依頼しても、さて、すぐによこすかどうか。以前にまして渋くなっているのだ。この頃は印刷費の支払いや書物の購入資金にも詰まり、質屋《しちや》や金貸しの暖簾《のれん》をしじゅう潜《くぐ》っている。

最初はスエの手引きだったのだ。気軽に着物を質屋に持ち込んでは、日々の足らずを調達してくる。十二、三の頃からの母親仕込みで、「江戸者には当たり前のこと」と悪びれる様子もない。なるほど便利なものだと富太郎も利用するようになって、しかし支払いの期日に金が間に合わない。質草は流れ、借金の利息は膨らみ、金貸しの手代《てだい》が家にまでやってくる。それで今度は違う店で借り、利息払いに充《あ》てる。借金の総額がいかほどになるのかもはや不明、スエも帳面に付けている様子がない。家賃も溜《た》めに溜め、交渉して少しだけ納めて、あとは夜逃げ同然に家を移った。

まあ、なんとかなるろう。所詮《しょせん》は金じゃ。金のことで頭を悩ませるなんぞ、馬鹿馬鹿しい。

目瞬《まばた》きをして、ニコライとイアコフを順に見た。

「渡航費用は、手前で用意しますき」

「露西亜《ロシア》での滞在費は」

途端に返答に窮《きゅう》し、そうか、滞在費が要るのかと息を吐く。つかのま、嘘を作ろうかと頭を働かせたが、それはよすことにした。

「滞在費はありません」

この二人に対して虚言を弄《ろう》すれば、きっと後悔する。なぜか、そんな気がした。

「向こうでなんでもします。植物採集の手伝いはむろん、先生が顧問をしとられる植物園でも働かせてもらいます。それではいかんですろうか」

「それは、マクシモーヴィチ先生が決めることであんすよ。お前さんの申された通りに、私は書状を書ぐのみだ」

ニコライが答えた。

「では、仲介してくださるので」

「するよ。露西亜で学びたいという人を送り出すのは、私も嬉しいべな」

「よろしゅう願います」

総身が熱くなってくる。

イアコフはまだ身上書に目を落としている。つと顔を上げた。

「牧野さん、お身内は」

「身内」

「独り者ですか。それとも、ご妻女がおられる？」

そういえば、家族のことは記さずにいた。身上書にはこれまで何を研究し、いかなる論文を発表し、何を刊行してきたかを書き記してきたのだ。それだけで英吉利《イギリス》製の便箋《びんせん》がびっしりと埋まった。

「妻女はおります。土佐に、妻が一人」

言い方が少し奇妙になった。冗談だと思ったか、イアコフは可笑《おか》しそうに目尻を下げている。

「お子は」

猶に子はない。

「ありません」

「露西亜にご妻女をお連れになりますか」

「いいえ。滞在費用を工面できぬ身ですし、妻は土佐を離れられるおなごじゃないですき」

そこまでを言い、「これまでも」と言い継いだ。

「わしが上京して学問に励むのを、家を守りながら援《たす》けてきてくれたおなごです」

「そうですか。立ち入ったことを伺いました。不明な点があれば、どちらへお訊ねしたらよろしいですか」

口を開きかけ、まずい、スエがいると言葉を呑み込んだ。咄嗟《とっさ》に、以前の下宿先の住所を述べた。今も郵便物が届くことがあって世話をかけるので、女中には時々、甘い物を差し入れている。

「小島《こじま》という家で、手前は採集で下宿を空けておることが多いですき、女中に言伝《ことづて》をしてくだされば手前がこちらに参ります」

「わかりました。では、次の面会者がお待ちですので、今日はこれまでにさせていただきましょう。主教様、よろしいですか」

ニコライはうなずき、おもむろに立ち上がった。富太郎も腰を上げると、手を出された。

大きな掌《てのひら》に包まれる。

「お前さんに神のご加護があるように」

「有難うございます。よろしゅう願います」

夢を見ているようだ。ニコライに会えたことも、仲介を快《こころよ》く引き受けてもらえたことも、ああ、夢のようだ。

門を出るなり、飛び跳ねていた。

マクシモーヴィチ先生の許で本式の植物学を学べたら、わしはどこまででも行ける。わしの舞台は、日本なんぞではなかったがよ。

世界ぜ。海南《かいなん》土佐の一男子、世界で植物学を究める。

薄い陽射しの中で、富太郎を見送っていたスエと園の姿が過った。それを胸の中で、ぐいと押しやる。嘘は吐《つ》いていないと己に言い聞かせた。妻女と訊かれたら、猶を挙げるしかないのだ。

そうじゃ。スエはつべこべ言わん女じゃ。わしが露西亜留学を果たしたら、きっと歓《よろこ》んでくれるろう。

わずかな屈託もたちまち晴れ、神田の市中を目指して歩き始めた。

世界のマキノ、牧野トミタフスキー。

露西亜語の辞典を買おうと、思いついていた。

明治二十四年が明け、節分が過ぎ、まもなく雛《ひな》の節句を迎える。

採集と執筆に精を出す毎日を送りながら、マクシモーヴィチ先生からの返事を一心に待ちわびている。まだ誰にも打ち明けぬままで、スエには一言なりとも伝えておかねばと思いつつも言い出せない。

いつもの胴乱《どうらん》を肩から斜めにかけ、採集道具や風呂敷包みを手に持って縁側に立った。スエは前垂《まえだ》れをつけて井戸の水を汲んでいるので、洗濯をするのだろう。園はそのかたわらにしゃがみ、春草を引っ張ったり弄《もてあそ》んだりしている。俯《うつむ》いた園の額は明るく、切り下げ髪は光の輪をかぶっているようだ。四歳の女児にしては鼻筋が通り、瞳はつぶらだ。己の顔立ちにどんどん似てくるような気がして、思わず目尻が下がる。

「お園や、行ってくるき」

するとと立ち上がり、よちよちと縁側に向かってくる。

「お父ちゃん、だいがく」

「おお、よう知っちゅう。大学に行ってくるきね」

ただし以前の帝国大学理科大学ではなく、駒場の帝国大学農科大学だ。天気がよければ伊予田や荻窪《おぎくぼ》、千葉の市川《いちかわ》にまで足を延ばして草木の採集を行なうが、雨が降れば神田に出向いて露西亜関連の書物を着々と買い込んでいる。帰りは人力車だ。なにしろ走り賃が安いので、荷の多い時は俥《くるま》に限る。

「えい子にしちょれよ。えい子にしちょったら、お土産を買うてきちゃるき。今日は何がえい?」

意味がわかってかどうか、園はにこと笑って富太郎を見上げる。スエはその背後で立ち上がり、「行ってらっしゃいませ」と辞儀をした。

「牧ちゃん、今日は早く帰ってきてね」

子供と同じようにあどけない笑顔で、濡れた手を振って水気を払っている。滴《しずく》が飛んで光る。早く帰ってくれなど、珍しいことを言う。黙って先を促せば、「ちょいと、お話があって」と口許に指をあてた。

「昨夜はずっと家におったに、言わんかったじゃいか」

「だって。言い出しにくくって」

小首を傾げ、上目遣いをする。可愛《かわい》い女房だ。つくづくとそう思い、わしはこの女房と娘を捨てて行くんじゃなと、目を逸らした。

いや、捨てるがじゃないき。向こうの暮らしに目鼻がついたら、きっと呼び寄せてやる。

「あのね、牧ちゃん。預けたお金が戻ってこないんですよ」

「金？　今、金と言うたか」

「そう。近所のおばさんに頼母子講《たのもしこう》に誘われて、そういえばうちのおっ母さんも入用《いりよう》ができた時に頼母子講で工面してたなあと思って毎月ちっとずつ預けてたんだけど、講元が夜逃げしちゃって戻ってこないみたい」

「笑いながら言うことじゃないろう。さっさと駐在所に行け」

「それはもう、近所で連れだって行ったみたいです。でも預けたものはたぶん戻ってこないだろう、講元は端《はな》から騙《だま》すつもりだったんだろうって」

「なんぼ預けた」

「たぶん、一円くらい」

朝の、しかも出がけにこんな話を聞かされるとはと、チャッと舌打ちをした。

「そのくらいの被害で済んで、まだよかった。向後は旨《うま》い話に乗ったらいかんぞ。お前が金子《きんす》を増やそうと思うこと自体、無理ながじゃき」

「それで、あの。お猶様からの分はまだ届きませんか。今月も随分と払いが溜まってます」

「わかっちゅう」

にわかに気持ちが急《せ》いて、沓脱石《くつぬぎいし》の上に揃えられた下駄に慌ただしく足を入れた。

「今日も着かんかったら、お前の名で電信を打って催促しちょき。お猶は、お前には甘いき」

気乗りのしない声で曖昧《あいまい》な返事をするのを背中で聞き、そのまま庭を突っ切った。

裏木戸を出て椿《ツバキ》の垣根沿いに歩くと、向こうから女中らしき者がやってくる。

「牧野さん。ちょうどよろしゅうございました」

富太郎と気づいてかすぐに足を速め、近づいてくる。以前下宿していた家の女中だ。胸許から洋封筒を取り出した。

「これをお預かりしたんですよ。なんですか、書生さんのようなお若い方で、牧野さんにお渡しくださいって」

胸の中で小さな羽音がした。ニコライの遣いに違いない。

「いつ来たが?」

「昨日の昼過ぎだったんですけど、あいにく外に出る用が作れなくてね。今朝、やっと」

「手数をおかけしたのう」

懐《ふところ》から銭入《ぜにい》れを出し、女中にいくばくかを握らせた。「どうも、いつも相すみません」と小腰を屈《かが》め、すぐさま道を引き返していく。

富太郎は封筒を手にしたまま、思わず辺りを見回した。

この辺りは三番町も外れの長閑《のどか》な界隈《かいわい》で、鄙《ひな》びた隠居屋敷や大店《おおだな》の別宅らしき屋敷の垣根が続く。こんな時間は豆腐売りも市中に引き上げてしまい、肥汲《こえ》みの百姓に行き会うくらいだ。誰に何を咎められるはずもないのに富太郎は足を速め、蔬菜《そさい》の生《お》う畑地へと出た。小川が流れ、畑の向こうには梅林が広がっている。畦道《あぜみち》の草の上に腰を下ろし、封筒を膝の上に置いた。差出人は先だってのイアコフという僧侶だ。目を通すや、心ノ臓が不穏な音を立てた。

——マクシモーヴィチ先生が天国に召されました。

再び一行目から読み返す。夫人から知らせがあったことがまず記されており、亡くなったのは二月半ば、性質《たち》の悪い風邪で高熱を出したことが原因のようだった。

——牧野氏の渡露希望を夫は大変歓び、ぜひ迎え入れたいと申しておりましたのに、残念でなりません。夫人はかように書いておられます。

便箋を握り締《し》めたまま畦道に突っ伏《ぷ》した。
わしを認め、褒め、受け容《い》れてくれようとした先生が逝《い》ってしもうた。
ほんなら、わしはどこへ行ったらえいが？
草の中に顔を埋《うず》め、わァと吼《ほ》えた。声にならなかった。

# 七　書《ふみ》読め吾子《わがこ》

四月に入ってまもなく、小石川の植物園に出向いた。

かつて幕府の薬園《やくえん》であった小石川御薬園は明治元年にいったん東京府の所有となり、その後幾度《いくど》も管轄《かんかつ》と名称の変更を経て、五年前から帝国大学理科大学植物園とされている。

五年前、富太郎は当時の東京大学に出入りしながら石版印刷技術の習得に励んでいた。あの頃は、青雲の志《こころざし》で躰《からだ》がはち切れんばかりだった。まだ二十五歳だったのだ。一晩中ろくに寝ずに読んで書いて描いて。それでも朝陽の野山に出れば駈《か》け回った。毎日、新しい発見に胸が躍《おど》った。

園内を歩き、李《スモモ》や彼岸桜《ヒガンザクラ》の花枝を手折《たお》り、草叢《くさむら》に膝《ひざ》をついては小菫《コスミレ》や葵菫《アオイスミレ》を採集する。

「牧野さん、やってますね」

振り向くと、毬栗《いがぐり》のごとき剛毛の頭が見えた。池野だ。この頃は洋装で口髭《くちひげ》もたくわえ、俊英らしい貫禄《かんろく》が出てきた。延次郎《のぶじろう》が言うには、今の講師身分から助教授に引き上げられるのもまもなくだろうと周囲に目《もく》されているらしい。富太郎はちょうど『日本植物志図篇』第一巻第七集を刊行したばかりだ。それを渡しがてら、この園内で落ち合う約束をしていた。広大な植物園だが、池野は富太郎がどの辺りの植物に気が向くか、ちゃんと心得ているらしい。

一緒に肩を並べて歩く。

「世はまさに花盛りですなあ」

池野は朗《ほが》らかに顎《あご》を上げた。吉野桜《ヨシノザクラ》に鶯神楽《ウグイスカグラ》、藪山査子《ヤブサンザシ》、更紗蓮華《サラサレンゲ》、どれもこれも花を咲かせている。

「牧野さん、お耳に入ってますか？　矢田部教授が非職身分になったこと」

足が止まった。

「何があった。引退されるにはまだ若過ぎるろう」

「免職ではありませんからね。非職はすなわち休職で、籍はまだ大学にありますよ。とはいえ、穏やかな話でもない。此度《こたび》も女学校の時と同様、突然、自宅に書簡が届いたらしいですよ。帝国大学理科大学教授の非職を命じる、とね。どうやら、菊池《きくち》先生との権力争いに敗れたとの噂《うわさ》が専《もっぱ》らです」

「菊池先生て、あの、貴族院議員のか」

「はい。菊池大麓《だいろく》理学博士。おそらく総長の座を巡っての前哨戦《ぜんしょうせん》だったんでしょうが、いやあ、ユーシーは鹿鳴館に新聞小説と、物議を醸《かも》し過ぎました。森大臣が殺されて後ろ盾《だて》を失いましたし、反矢田部派としてはここぞ天王山《てんのうざん》とばかりに動いたんでしょう。悲しいかな、ユーシーは学内の人望もからきし無かったですからね」

「そうか」

「浮かぬ顔だなあ。牧野さんらしくもない。敵が自滅したんですよ、正直に快哉《かいさい》を叫んだらどうです」

池野はからかうように眉《まゆ》を下げている。

「この頃、生気が減退していませんか。それとも、重大な屈託でもあるんですか」

声音《こわね》が少し低くなったので、「屈託ならある、ある」と返した。

「借金で首が回らん」

戯言《ざれごと》にしたつもりだったが、池野も笑い損ねたような顔だ。何の捻《ひね》りもない現実そのもので、富太郎の口からは滓《かす》のような息だけが洩《も》れる。

マクシモーヴィチ先生の死去が、露西亜《ロシア》行きの夢が断たれたことが未《いま》だにこたえていた。植物学教室にもむろん訃報《ふほう》が入り、ちょっとした騒ぎになったらしい。露西亜に渡るつもりであったことは、延次郎や池野にも言いそびれたままだ。話が弾《はず》まぬまま、池野が大学に戻る時間になった。約束の『日本植物志図篇』を渡した。手と手の間で印刷インキの匂いが立ち昇る。池野は「拝読します」と表紙を大事そうに撫《な》でた。富太郎はいつも献呈するつもりであるのに、池野は自宅を訪れた際に黙って包みを置いていく。中には十冊分に相当する金子《きんす》が入っている。もう長年のつきあいだ。富太郎も改まった礼を述べたことはない。

「此度は英文も付したき」

「存じてますよ。その英文の校正をしたのは僕ですからね」

やっと小さく笑い、植物園の門外で別れた。

独《ひと》りになって春空の下を行く。とぼとぼと、己《おのれ》でもしょげた歩き方だ。

矢田部教授がおらんようになったからというて、わしには行く当てがないがよ。

花盛りというのに、どうにもならん。

富太郎は『日本植物志図篇』の第一巻第八集を五月に刊行し、「野路菊《ノジギク》」を発表した。海岸に近い山の麓《ふもと》や崖《がけ》に生《は》える草花で、以前に土佐で採取したものだ。中心にこんもりとした黄色の筒状花《とうじょうか》を持ち、白く細長い花弁があけっ広げに開く。旺盛《おうせい》な繁殖力を持ち、人の腰ほどの高さに伸びて繁茂《はんも》する群れもある。

そして今月の六月五日には第九集を刊行、第十集も来月の半《なか》ばには出す予定で、原稿と図版はすでに入稿してある。

毎月刊行とは、凄《すさ》まじい勢いだなあ。

やはり常人じゃありませんね。

延次郎と池野は目を丸くしていた。

学問をしている時だけが自由なのだ。先の見えぬ不安や焦りを忘れられる。

今夜も文机《ふづくえ》の前に坐《すわ》り続けている。周囲は買い込んだ書物の山で、尻の下の畳も傾《かし》ぎそうだ。梅雨《つゆ》時というのに夜風は洗い立てのごとく爽《さわ》やかで、緑の匂いが濃い。背後で気配がして振り向くと、スエが敷居際に坐している。膝脇に盆があるので茶を運んできたのだろう。

「いつまでかかるかわからんき、先に寝《やす》め」

文机に向かって胡坐《あぐら》を据《す》え直したが、隣室に引き取る気配がしない。

「牧ちゃん、今日、産婆《さんば》さんにかかってきました」

振り返ると、スエは俯《うつむ》いて両の掌《て》の指先を編《あ》むように動かしている。

「産婆て、できたのか」

「そうらしいです。三月《みつき》に入っているようで」

「なんでそれを早《はよ》う言わん」

富太郎は立ち上がり、スエの肩に手を置いた。「そうか、そうか」

「産んでもいいんですか」と、まだ顔を上げない。

「当たり前じゃ」

「でも、やりくりが大変じゃありませんか」

「情けないことを言うな」と屈《かが》み、片膝をついた。スエの両腕を摑《つか》み、「気をしっかり持たんか」と声を強めた。

「この牧野富太郎、いかに逼塞《ひっそく》しておっても女房子供は養《やしの》うてみせるき。子が一人じゃろうと二人じゃろうと、費《つい》えは大して変わらん。一緒じゃ」

不思議なものだ。女房を励ましながら己を励ましている。

「牧ちゃん、有難う」と、まだ伏し目のまま呟《つぶや》く。

「それで、ついでと申してはなんですが、私を京都に遣《や》ってもらえませんか」

「京都。何用で」

訊くなり、すいと顔を上げた。灯《あか》りは文机の洋燈《ランプ》だけであるので面持《おもも》ちは不明瞭《ふめいりよう》だ。しかし膝を前に進め、「実はね」と急に意気込んでいる。

「おっ母さんが長いことかかって、彦根の兄さんにお願いしてきた件があるんです」

厭《いや》な予感がした。富太郎はスエの母親がどうにも苦手で、この数年はほとんど顔を合わせていない。口舌《こうぜつ》は江戸前だが年寄りの小便のように切れ目のない喋《しゃべ》り方で、常に一方的だ。スエもそれを察してかどうか、富太郎の留守中にここに呼んだり、母親が住まう長屋まで出向いているらしい。菓子屋はとうに閉めてしまい、今は料理屋の仲居をしていると聞いたことがある。

「それがようやく片がつきそうなんですよ。花乃家の再開もこれで目鼻がつくってんで歓《よろこ》んでるんですけど、おっ母さんはなにせ脚気《かっけ》でしょう」

「花乃家、まだ諦《あきら》めてなかったのか」

脚気を患《わずら》っていることも初耳だ。

「そりゃあ、おっ母さんの悲願だもの。でも京都まで足を運ぶのはとても無理だし、ここは一つ、おスエに出張ってもらいたいって先《せん》から頼まれてはいたんですけど、この頃、ほら、牧ちゃん、なんだか塞《ふさ》ぎ込んでたし、私も胸が悪くっておまんまがいただけなかったでしょう。今日、もしやと思って産婆さんに行ったら、おめでたですって。帰りにおっ母さんちに寄ったらえらく歓んでくれて、さっそくで悪いけど、おめでた続きで京都に行っておくれでないかって拝《おが》まれちまって」

ふだんは無口な女なのだ。しかしこの頃は時々、堰《せき》を切ったように話をすることがある。母親は立て板に水を流すがごときだが、スエの場合はたどたどしい。しかもまったく要領を得ない。

「彦根の兄さんってのは、お前の腹違いの兄さんのことか」

「そう。おっ母さんが京都で芸妓《げいこ》に出てた時分に、父上とそういう仲になったんですよ。その時はご本宅に奥方がいらしたから、腹違いの兄上です」

「彦根の藩士だったか」

たしか、小澤《おざわ》とかいう家だ。

「ええ。おっ母さんの若い頃の写真が一葉《よう》だけあって。そりゃあ綺麗《きれい》でしたよ」

「綺麗だろうが不細工だろうが、どっちでもえいがじゃ。ともかく、その兄さんに、おっ母さんは何を交渉しておったんじゃ」

問いながら、「さては、金子か」と継《つ》いでいた。

御一新《ごいっしん》後、スエの母親は一緒に東京に出て、本妻が病没後、後妻として迎えられたのだと聞かされたことがある。スエの父親は新政府の陸軍営繕《えいぜん》部に奉職して羽振りも良かったらしいが、スエが十歳にならぬ頃に落馬が因《もと》で急死した。それで一族は彦根に戻ることにしたのだが、スエの母親は慣れぬ土地に移る気にはなれず東京に残ることにした。スエを抱えながら左褄《ひだりづま》を取って赤坂《あかさか》一の売れっ妓《こ》として名を馳《は》せ、政財界の名士とも浮名を流したらしい。そして後ろ盾があったものか、やがて三番町に花乃家を開いた。

母親当人がそう主張しただけであるので、どこまで真《まこと》であるのかは知る由《よし》もない。

その後、スエが話を前後左右させながら言うには、母親が東京に残ることにした際、離縁金とスエの扶育《ふいく》料を受け取った。だが先方の懐《ふところ》事情としてはすべてを一括でというわけにはいかず、先祖代々、彦根に持っていた田の収穫を何反《たん》か分、毎年、為替《かわせ》に換えて送るということで談合が成った。旧幕時代、武家にとっての俸禄は米であったので、同じ感覚での取り決めだったのだろう。

ただその約定《やくじょう》では、収穫量を現地に確かめに行かぬ限り、「不作だった」との理由で減額するのも自在だ。実際、済《な》し崩しに送金が履行《りこう》されなくなって久しいという。

「おっ母さんも花乃家が繁華な時には米代なんぞ督促《とくそく》するのも面倒で、大した金額でもないので放っておいたって言うんです」

今になって、急に惜《お》しくなったらしい。

「証文《しょうもん》は」

「それはまだ持ってるらしいのよ。でも文《ふみ》を出してもなかなか取り合ってもらえないんで、花乃家のお客さんだった代言人《だいげんにん》さんにちょいと訊いてみたんですって。そしたら、あまり欲張っちゃいけない、この際、十年以上遡《さかのぼ》るのは諦めて、これを限りとしてまとまったものをお願いする方が得策だって諭《さと》されたって言うんです。で、全部ありのままに書いて文を遣《や》ったんですって。法律に詳しいお方にご相談申したら、かくかくしかじかとご指南をお受けいたしましたって。そんなら、こっちまで受け取りに来てくれって返事が来たらしいのよ」

先方にすれば法律を持ち出されて、脅しめいた文句に読めたのだろう。

「なら、その代言人に行かせたらえいじゃいか」

「そんなお銭《あし》があれば苦労はないって、おっ母さんが言うんです。この頃は足が痛んで、仲居奉公もほとんど休んじまってるしって」

「それでお前を、彦根に代参させようという料簡《りようけん》ながか」

「彦根の本宅には来てくれるな、京都に着到したらこちらから訪ねるってことらしいです」

安く見られたものだと小腹が立ったが、スエはどうとも思っていないらしい。それにしてもあの母親はと舌打ちをした。身重の娘をよくもそんな遣いに出す気になったものだ。

「汽車の長旅はえらいぞ。万一、お腹の子に障《さわ》ったらどうする気じゃ」

「そんなにきついんですか」

「揺れて揺れて、背中と尻が痛《いと》うなるき」

「でも私、お園がお腹にいる時も、重い漬物石をいくらでも持ち上げて運んでいましたよ。家移《やうつ》りの時だって、この書物や標本を運んだじゃありませんか」

「お園はどうする気じゃ」

「連れて行こうと思ってますけど」

「それはならん」

「じゃあ、おっ母さんに預かってもらいます」

「いや、それも堪忍《かんにん》してもらいたい。そんなら子守りを雇《やと》うき」

あの母親に数日も預けたら、世俗塗《まみ》れにされて帰ってくる。

「じゃあ、すみませんけど、よろしゅうお頼み申します」

この期《ご》に及んで、もう止めようがない。

六月も半ばを過ぎて、スエは新橋ステーションから汽車に乗った。富太郎は園を抱いて見送った。変な成り行きだ。マクシモーヴィチ先生が亡くなっていなければ送られるはずの身の上であったのに、こうして女房を見送っている。

「行って参ります。お園をよろしく。牧ちゃん、お元気で」

汽笛《きてき》が鳴って、スエは窓から身を乗り出して手を振っている。園はいつまでも「お母ちゃん」と泣いてぐずって、難儀した。


梅雨が明けて七夕《たなばた》を迎えても、スエがいっこうに帰ってこない。

数日で用を済ませるつもりで本人もいたであろうし、むろん富太郎も同様だったのだ。ところが彦根の兄に会えないままでいる。滞在している宿屋を文で知らせても返事も訪れもなく、電信を打っても梨の礫《つぶて》であるらしい。

周囲に知った人間がいるわけでなし、スエの母親が昔、京で芸妓をしていた頃に可愛がっていた半玉《はんぎょく》が今はきみという名で旦那《だんな》を持って暮らしているので、いざとなればその女を頼れと母親に言い含められていたらしい。スエは兄に会えぬまま宿代が続かなくなり、結局はきみという女の家に厄介《やっかい》になっている。だがなかなか当たりがきついようで、スエが金を持っていないと知るや早く出て行けよがしの態度を取られると、文で訴えてくる。

兄からは連絡が来ず、きみの家は身の置き所がなく、さりとて空手《てぶら》のまま帰ったのでは汽車賃や宿賃を浪費しただけになる。それで京都を動けないでいる。その手許金《てもと》も母親から預かったものではなく、スエが着物を質《しち》に入れて工面したもののようだと、文面で察しをつけるありさまだ。

そもそも家のやりくりはスエにまかせきりで、富太郎も印刷屋や本屋への支払いに困ってから猶《なお》に電信で送金を依頼している。このところはまた家賃も滞《とどこお》りがちで、子守りの娘に約束の賃金を払えば小銭入れさえ音がしなくなる。仕方なく書物を抱えて古書屋に行き、「きっと買い戻してやるき」と泣きの涙で別れを告げて工面をつけ、差し迫《せま》っている払いを済ませる。スエからも遠慮がちにではあるが「いくらか融通《ゆうずう》してくれませんか」と頼んできて、英語の辞書を売った。売ると決めた前の夜は舐《な》めるように頁《ページ》を繰《く》り、文字を浚《さら》った。しかし売ったその店でまた出逢ってしまうのだ。新しい辞書や植物学の古書が富太郎を「へい、へい」と呼ぶ。結句、それは月末払いの約束をして家に持ち帰る。家に帰れば、また京都から文が届いている。

私も他人の洗濯でもして、また衣服でも仕立てたりして小銭だけでも稼《かせ》ぐようにするつもりです。ただ、知らぬ家なら洗濯しても恥ずかしくはないけれども、おきみさんの家ではそうもできず、相すまぬことながら金子のこと、なにぶんよろしくお頼み申します。

読み書きがさほど得手《えて》でないことは承知していたものの、これだけのことを頼むのに何十行もくどくどしく費《つい》やし、園や富太郎の躰を何度も案じる。富太郎も珍しく腹を壊して外出もままならなかった。それで手紙の返事につい「病で臥《ふ》した」と書いてしまったのが悪かったようで、介抱できぬことをそれは仰々しく詫《わ》びていた。

御身《おんみ》お大切に、御養生《ごようじよう》専一にあそばされたく。なにとぞお園をよろしく願い上げます。私はけんこうゆえ、ご安心くだされませ。

園を気遣う心が切なくもあり、なにゆえこんな事態に陥《おちい》っていると思えば母兄もろともに腹立たしく、読み終えると溜息《ためいき》が出る。どっと疲れる。

末尾の自身の名は「壽衛《すえ》」と記してある。いつの正月だったか、富太郎が自身の母の名、久壽《くす》の一字を取って漢字を当ててやったのだ。筆を持って手習《てならい》に励む姿を見たことはあったが、よもやこんな形で目にすることになるとはと、口の端《は》が下がる。亭主が出稼ぎに出て帰ってこぬのはよくある話だが、あべこべなのだ。しかもスエはだんだん腹が膨《ふく》らんできているだろう。救いは根が明るいことで、さんざん世話になっているきみの愚痴《ぐち》を書き散らしながら、一緒に祇園祭《ぎおんまつり》を見物してもいる。そして文の最後には、いつもこう記してある。

牧チャン江

あっけらかんとしたものだ。亭主としては情けないやら可笑《おか》しいやら、妙な気持ちになる。

七月も下旬にさしかかり、園を子守りの娘、たかによくよく頼んで駿河《するが》の富士山へ採集に出た。

家に帰ったのは八月一日だ。

「先生、また文がたんと届いておりますよ」

たかが麦湯《むぎゆ》を運んできて、文机の上を目で指した。園の面倒だけでなく、いつしか台所や掃除、洗濯までさせることになったのだが、骨惜しみをせずによく働く。このまま女中として雇ってやってもよいかと思うほどだ。着替えを済ませて湯を使い、園を膝の上に抱き上げて夕餉《ゆうげ》を摂《と》った。留守の間に郵便物が溜《た》まるのはいつものことで、給仕についたたかに命じて郵便物の封筒に鋏《はさみ》を入れさせる。

「先生、こちらにお置きします」

たかは富太郎を偉い学者だと思い込んでいるようで、いくら訂正しても「先生」と呼ぶのでもう放っている。箸《はし》を遣いながら郵便物を検《あらた》め、『植物学雑誌』の五巻五十三号を左手で開いた。「雑録」に「矢田部氏新著植物書」という一報が載っている。

読み進めれば、矢田部は長年計画してきた著述物として三書を挙げ、それぞれに説明を寄せている。

――『日本植物図解』は本邦産の植物について英和両文で解説、その精図を載せる。大部《たいぶ》の書であるが、まずは第一冊第一号を丸善商社から刊行するべく、只今《ただいま》、印刷中である。

やはり出るのかと、噛《か》んだ古漬《ふるづ》けを呑み下した。

まさにその『日本植物図解』こそ、富太郎が刊行を続けている『日本植物志図篇』と同じ意図を持つ書物だ。初めてそれを矢田部から聞かされた時は目前が暗くなった。同種のものが丸善から刊行されれば、富太郎の私費出版物などたちまち世の隅《すみ》に追われるような気がした。しかし今は、大学を追われた著者を丸善が見捨てなかったことを、その意気や良しと思う。しかも富太郎の『日本植物志図篇』は四月に第一巻第七集の刊行に至っており、さらに五月から六月、七月と毎月立て続けに刊行している。

どのみち、わしは負けん。内容も図も、わしの『日本植物志図篇』は負けんき。

「おたか、おかわりじゃ」

茶碗を差し出すと、「大丈夫ですか。またお腹を壊されませんか」と笑う。

「かまん。猛然と腹が空いてきたがよ。飯が旨《うま》い」

口の端から飯粒が飛ぶ。何杯目かをかき込み、煮しめの小鉢《こばち》もおかわりし、茄子《なす》と胡瓜《きゆうり》の古漬けだけになってもまだ腹がくちくならない。

「そうじゃ、明日は久方ぶりに牛鍋じゃ。田中と池野も呼んでやろうかの。なあ、お園」

園は胡坐の外へと這《は》い出しており、畳の上に封筒をカルタのごとく広げて遊んでいる。口に咥《くわ》えて涎《よだれ》で濡らしたりもするが、富太郎は叱《しか》らない。数え四つで可愛い盛りなのだ。つと富太郎を見上げ、「お父ちゃん」と呼んだ。

「何じゃ、お園。お父ちゃんは、ほれ、ここにおるぞ」

「お母ちゃん、キョウト」

眉根をぷくりと膨らませ、ひしと見つめてくる。キョウトが何かはわかっていないはずなのだが、母親の留守とキョウトは結びついているようだ。ああ、もうすぐ帰ってくると答えそうになって、開きかけた口を閉じた。幼児相手といえどもその場限りのことを言うのは、かえって酷《こく》というものだ。園の袖《そで》の下に見慣れた文字があるのに気がついて、富太郎はそれを引っ張った。やはりスエからの文だ。同じ体裁《ていさい》の封筒が園の尻の下や膝脇にもある。何通も出てきて、それを消印の順に読んでいく。相変わらず読み辛《づら》い手紙だと頭を掻きながら目を走らせるうち、咽喉《のど》から奇妙な音が洩れた。

胸が腫《は》れ痛み、目を患い、一時は腫れ塞がり、医者を呼び寄せました。医者の薬代が現金ゆえ私の衣服でやりくりをつけ、日々払いおりますけれども。

「なんじゃと」

うろたえた頭の中で、スエの声が響く。

なにぶん兄の処《ところ》よりは一報の返事なく、真《まこと》に困っております。なにとぞ、恐れ入りますけれども、金子ご都合つき次第、お送りくだされたく願います。一昨日は咽喉から血がよほど出ました。日々おたよりお待ちしております。

「スエ」

叫びながら立ち上がっていた。末尾に記された日付は「七月二十三日朝」となっている。

「えらいことになっちゅう。おたか、今日は何日じゃ」

「八月一日でございますが」と、不思議そうに見上げている。富太郎は「ああ」と、地団駄《じだんだ》を踏んだ。もう十日近くも日を経ている。かほどに切羽《せっぱ》詰まって弱って、亭主がこの世でただ一人の頼りであるというのに、富太郎は富士山の頂《いただき》まで登っていたのだ。石楠花《シャクナゲ》や高嶺茨《タカネイバラ》、苔桃《コケモモ》。いつものごとく、抱えきれぬほどに採取した。青い瑠璃鶲《ルリビタキ》の囀《さえず》りを聞きながら。

スエ、迎えに行くき。死んだらいかんぞ。

「明日の朝一番の汽車で、京都に行く」

便箋《びんせん》を持つ手が震えていた。

牧ちゃん、お金を送ってください。

助けてください。

八月の京都は暑い。しかも蟬《せみ》の鳴きわめく油照り、スエが世話になっている家を人力車に乗って探し当てた時には、総身が汗みずくになっていた。路地を入った奥の仕舞家《しもたや》はかつては粋《いき》であったらしい格子《こうし》が窓や戸口に嵌《はま》っているものの、雨垂《あまだ》れの筋が埃《ほこり》まじりに残って薄汚れている。朝顔や糸瓜《ヘチマ》の鉢も水切れを起こしてうなだれ、無残極《きわ》まりない。

そんな家で遠慮しながら臥《ふ》していたスエは、もっと無残だった。陽《ひ》も差さぬ小部屋で腹を庇《かば》うように横臥《おうが》して、哀れな幼虫のごとき態《てい》だ。

「牧ちゃん」

富太郎を見るなり蒼白《あおじろ》い顔を震わせ、重苦しそうに頭を擡《もた》げる。その途端、切れ長の目許に涙が膨れ上がった。

「堪忍してください、ごめんなさい」

薄い蒲団《ふとん》からは饐《す》えた臭いが立ち、浴衣《ゆかた》の胸許《むなもと》には血の痕《あと》らしき茶色が点々と散っている。

「もうわかったき、詫びんでえい。東京に帰ろう」

スエの背中に手を回すと、背後で気配がした。

「やっと来てくれはりましたんか。ほんまに、えらいことどしたんえ」

顔だけで見返れば、障子の脇に女がぞろりと立っていた。白粉《おしろい》も刷《は》かぬ素顔で、若い時分はさぞ華やかであっただろう造作《ぞうさく》だが、片頰《かたほお》に蛾《が》の形に似た染《し》みがあり、細い鼻筋にも険《けん》がある。

「おスエちゃん、血ぃなんぞ吐くんやもの。胸の患いと違うかて、うちの旦那《だん》さんも気味悪がらはるし、おかげでこのところお出ましも間遠になって、毎日、陰気臭いことどしたわ。お兄さんたらいう人も来る来る言いながら、いっこう顔を見せはれへんし、電信を打っても返事もよこさはれへん。埒《らち》が明かんから東京にいったんお帰り、早う牧ちゃんに迎えに来てもらいて諭すのに、この子、意外と頑固《がんこ》どすのや。私の言うことなんぞ聞きいれへん」

　これがきみという女であるらしいと察しをつけたが、黙って頭を下げるに留《とど》めた。衣桁《いこう》に掛けられた薄物を手で引き落とし、スエの肩に羽織《はお》らせる。手ずから、しっかりと前を合わせてやる。

「俥《くるま》を表に待たせてある。立てるか」

　スエはコクリとうなずいて腰を上げた。けれど足が萎《な》えたかのように空《くう》を踏んでよろける。仕方なく躰の向きを変えて中腰になり、スエを背に負《お》った。

「荷物はどうしてくれますのん」

「東京に送ってもらえんですろうか」と、スエの尻の下で己の手を組み合わせた。

「送れって、また気軽ぅに頼んでくれはること。朝昼晩とおまんま食べさせてお湯《ぶう》にも行かせて、挙句《あげく》にはお医者はんの薬代も手持ちがないと泣きつくからそれも立て替えたんどっせ。眼病《めや》みもひどうて針仕事一つでけへんし、それもお医者はんを呼ばんとならん。ほんま、とんだ疫病《やくびょう》」

　と、ふいに口を噤《つぐ》んだ。富太郎がスエを背負ったまま睨《ね》めつけたからだ。後ろに回していた右腕を前に戻し、自身の懐に差し入れた。用意していた紙包みを取り出し、きみの面前に片手で突き出す。

「お納めください」

およそひと月半の宿代のつもりで三十円を包んできていた。それが見合っているか否《いな》かはわからない。が、家を出る時、ようようかき集めた金子だ。相手は包みを手にしてまだぶつぶつと呟《つぶや》いているが、もう耳を傾けるつもりはない。こんな家から一刻も早くスエを出さねばならんと部屋の外の板間に出て、土間に下り立つや雪駄《せった》に足を入れた。見覚えのあるスエの下駄を摑《つか》み上げる。

「世話になりました。もう二度と世話にはならんと思いますき、ご安心を」

大声で言い捨ててスエを人力車に乗せ、自《みずか》らはその後ろをひた走りに走った。汽車の中でもスエはぐったりとして、ほとんど瞼《まぶた》を閉じたままだ。たまに目を覚ませば「牧ちゃん、堪忍」と詫びるので、「もうえいがよ」と宥《なだ》める。

「泣いたらお腹の子に障《さわ》る」

東京に着くまで、スエの手を握り締めていた。

三番町の家に担《かつ》ぎ込むなり、子守りのたかに命じて医者を呼んだ。スエは園を抱き寄せ、またか細い声を洩らして睫毛《まつげ》を濡らした。医者は脈を取るなり「弱いねえ」と言った。

「奥さん、かなり弱ってるよ」

「血も吐いたようながです」

伝えると、胸許を開いて聴診器を当てる。

「咳《せき》もするかい？　乾いた、ケサケサした音の咳だ」

その音は知っている。両親とも胸の病で若死にした。富太郎は幼かったし祖母は胸の病だとは決して口にしなかったけれども、母が臥せっている離屋《はなれ》の窓下にそっと忍び寄り、耳を澄ませたことがある。母恋しさではなかった。恋しがるほど一緒に過ごさなかったのだ。

富さん、離屋には決して近づいちゃいかんぜ。

祖母に禁じられて、かえって好奇心をくすぐられただけだ。だが母は介抱人からそのことを聞いたらしく、窓を薄く引いて鏡をかざし、我が子の姿を見つめていたらしい。それは後に、古い奥女中から聞かされた。

「咳はしとりません。おスエ、どうじゃ、京都で咳に苦しんだか」

スエは「いいえ」と首を振る。

「そんなら食道か、胃ノ腑《ふ》からの出血だろう」と、医者は診立《みた》てを告げた。

「ともかく躰の弱りがひどい。身重でもあるからね、大事を取って入院させた方がよかろう。しかるべき病院に紹介状を書くが、いかがする」

富太郎が答える前に、スエが小さく「厭《いや》」と言った。

「どこにも行きたくありません。後生《ごしょう》です。牧ちゃん、ここにいさせて。お願いします」

富太郎に目を向けて懇願《こんがん》する。園は富太郎の胡坐の中にいたが、「お母ちゃん」と身をくねらせて両手を伸ばす。その指先をスエは握って放そうとしない。

「先生、お腹の子が流れる心配はないですろうか」

「私は産科は専門ではないが、今日のところは別状ないように見受けられるがね」

「なら、家で面倒みます」

決心を告げると、医者も強《し》いて勧《すす》めなかった。

古い借家の中は採集標本とそれに用いる古新聞がそこかしこに山をなし、障子の方々《ほうぼう》は破れ、古畳には枯葉や小枝が散らばっている。おそらくこの医者よりも多いであろう蔵書は奥の部屋に積んであるので、それは見えない。何で喰《く》っているのかよくわからない家だ。しかし手許不如意《ふにょい》であろうことはわかる。ゆえに入院費が厳しくて家での養生を選んだと、察しを巡らせたような気がした。

「しばらくは粥《かゆ》や雑炊《ぞうすい》で様子を見て、かなうならば牛乳なども温めて摂らせてやりなさい。そもそも滋養《じよう》が足りておらんのだ。倹約《しまつ》も大事だが程《ほど》があるよ。眼病みも、そもそもは日本の湿気と不衛生がいかん。汚い手でこすっているうちに黴菌《ばいきん》が入ったんだろう。蒲団と枕をよく干して、清潔を心がけるように」

医者の目はやはり古畳の枯葉に注がれている。留守中、たかは一度も掃除をしなかったらしい。

「胃ノ腑はどうですろうか」

「触《さわ》ってみたところ腫物《はれもの》はないゆえ、爛《ただ》れておるだけだろう。薬を出すから後で取りにきなさい。しかし、よくせき気に病むことがあったとみえるね。しばらくは安穏《あんのん》を心がけて、しかと養生させるように。いいかね」

女房の気苦労は亭主が因《もと》だとばかりに、富太郎に念を押した。元はと言えばこの女房の母親と兄、そして不人情な京都の女のせいだと弁明するわけにもいかず、医者を見送った足で口入屋《くちいれや》を訪ね、介抱と家事のできる年寄りを頼んだ。たかも雇ったままだ。園の世話をする子守りが要《い》るし、スエの留守中に標本作りの手伝いを仕込んだりして、これがまた思いのほか役に立つ。下婢《かひ》の給金など高が知れているので、とりあえずは二人を家に住まわせることにした。家の事にそれ以上わずらわされるわけにはいかない。

折しも『日本植物志図篇』の第一巻第十一集の刊行を十月九日に控えており、昼夜を分かたず校正作業を続けねばならなかった。

縁側にぽつりと、酒桶《さかおけ》が置き去りになっている。

庭の水やり、それとも拭き掃除にでも使ったものか。朱漆《しゅうるし》のそれには、岸の字に丸の屋号が白で描かれてある。酒桶にしては嫋《たお》やかなその道具を、富太郎は幼い頃から目にしてきた。

庭の桜葉は錆朱《さびしゅ》に色づき、桂《カツラ》は鮮やかな黄だ。秋風に吹かれては舞い落ち、土の上でかさこそと戯《たわむ》れる。手水鉢《ちょうずばち》の際《きわ》の南天《ナンテン》は、今年も重いほどに深紅《しんく》の実をつけた。

「聞いておられますろうか」

猶の声に引かれるようにして顔を戻した。富太郎は床の間を背にして胡坐を組んでおり、猶と和之助《わのすけ》は並んで対坐している。富太郎の胡坐と彼らの膝の間には、秋草図を蒔絵《まきえ》で施《ほどこ》した古い硯箱《すずりばこ》だ。その横には七つもの紙束《かみたば》が並んでいる。厚みが三、四寸ほどもある証文だ。

腕を組み、「へえ」と洩らした。

「なにが、へえ、ですろうか」

猶が慳貪《けんどん》に訊いてくる。

「いや、ようもこれだけ借りたなあと思うたまで」

「他人事《ひとごと》ですか」

「いや、お前に工面させたがはこのわしじゃ。わかっちゅう」

「平気ですか」

「お猶。そうも矢継《やつ》ぎ早《ばや》にクエスチョンを繰り出すでないよ。落ち着きたまえ」

東京弁をわざと織り交《ま》ぜてみた。意外と巧《うま》いもんじゃと己でも気に入って笑ったが、猶の頰はくすりとも緩まない。数瞬時を置いてから、「旦那様」と目を据えた。

「なんじゃ、怖い顔をして」

「送金のお申し越しがあるつど文をお返ししました通り、岸屋の蓄《たくわ》えは払底《ふってい》してしもうております。それでも至急との電信を受け取れば放っておくわけにもいきませず、親戚縁者、方々にお願いして回って、どうにか工面してまいりました。それが積もり積もって、この証文の山です」

是非とも御帰宅なされて話し合いを持たねば、これ以上の金策は致しかねます。

いつにも増して強く帰郷を促す文が届いたのは、九月も末のことだった。

「わかっちゅう。じゃから、こうして帰ってきたじゃいか」

「遅過ぎます。文を差し上げても梨の礫《つぶて》で、そうこうするうちまたカネオクレの電信です。しかも、それだけじゃありません。諸国の宿屋や東京の本屋、印刷屋から矢のように請求書が届くがですよ。郵便配達夫が戸口に立つたび、私は心ノ臓が跳ね上がる思いをしよります」

「学問には金がかかる」

いつもの理屈を持ち出した。

「金子を惜《お》しんでは学問など続けられん。論文も日本各地をこの足で歩いて採集してこそ書けるがよ。汽車賃や宿代、平素の書物代もつきもの、酒造りで申せば米と麴《こうじ》、水のごときもんじゃ」

「酒を造ったら、それを売れますろう」

「わしは日本の植物学に取り組みゆうがぜ。今すぐ銭になるとかならんとかをちまちま考えよったら、学問なんぞできん」

声を強めたが、猶は目を逸《そ》らしもしない。

「今さら、学問をとやこう申しておるのではございません。こうも荒い汲《く》み方をされたんでは、井戸も涸《か》れ上がると申し上げゆうがです。それが道理というものでしょう。違いますか」

黙り込むと、和之助が顎を前に突き出した。

「草木も種や根があってこそ。種も根も食べ尽くしたんでは花もつくまいと、お内儀《かみ》さんはおっしゃりゆうがです」

思わず口の端が下がった。

「譬《たと》えは要らん。わしも科学者の端くれじゃき、わかっちゅう」

なんのつもりじゃ、二人がかりで。子供に説くみたいに。

和之助はたちまち目を伏せて「ご無礼を申しました」と頭を下げるが、猶は動じる気配をまったく見せない。

「旦那様のお志は、私なりによう心得ておるつもりです。なればこそ、親戚に叱られようが説教を受けようが、ご所望《しょもう》に沿い続けてきたがです。それだけでは間に合わんで、利息のつく金子でご都合をつけたことも一度や二度じゃございません。返済金に事欠く折には新たに借りてそれを回すような工面で、岸屋をお預かり申している私としてはご先祖様にも祖母《ばあ》様にも申し訳が立ちませんき、どうか費消《ひしょう》のほどを思い留まっていただきたいと何度もお願いしてまいりました。事情も包み隠さず、文にしたためてきました。それでも旦那様はお遣いになる。百円が五十円のごとき遣い方で、近頃ではおスエさんからも五円、十円と言うてきなさる。しかもご病気とあれば私も知らぬ顔はできませんき、また無理な算段を重ねてまいったがです」

猶にしては珍しく、最後は愚痴をまじえた弁舌になった。ほとほと難渋したとばかりに、蟀谷《こめかみ》に指をあてている。富太郎もつられて長々と息を吐いた。

「おスエはほんまに病気じゃったがよ。いや、あれには参った」

「その後、おかげんは？」

猶に目を戻し、富太郎はうなずいた。

「もう本復《ほんぷく》したき、心配は要らん。お腹の子も順調らしゅうて、正月の松が取れた時分には産まれるじゃろうと聞いちゅう」

スエはさすがに若いだけあって盆過ぎには顔色を取り戻し、九月に入って床上げをした。せっせと牛肉を購《あがな》って喰わせたのだ。当人はまだ匂いが辛《つら》いと口にせず、大半は富太郎が平らげたのだが、それを満足そうに笑《え》んで見ていた。

こうして一家揃ってまたお膳をいただけるなんて、夢のようです。

また大袈裟《おおげさ》なことを。

でも、もう駄目だと思っていたのよ。このまま死んじまうのかって。

おスエには、牧ちゃんがついちゅう。

そんな言葉を交わす間に園がぺろりと二、三枚を食べていた。口の周りから頬まで脂《あぶら》でぬらぬらと汚し、それを母親に拭いてもらうたび嬉《うれ》しそうに小さな歯を見せた。

　空高く、百舌《もず》が鳴いている。

「それならようござりましたけれども、次のお子が男の子ならこの牧野家の跡取りにござりますき。一家で佐川に帰ってこられる気は寸分もお持ちゃないがですか」

「ほんなら、お前はどうするが？」

　すると、仏頂面《ぶっちょうづら》がたちまち赤黒く変じた。

「己の身の振り方は己で決めます。覚悟はとうにできちょります」

　猶の左側に和之助が並んでいる。その膝脇には古い大算盤《おおそろばん》だ。畳の目ときっかり直角に置かれている。

　律儀《りちぎ》な二人だと思った。古く広いこの家に、旧幕時代さながらの佇《たたず》まいで坐している。その真《ま》っ直《す》ぐな律儀さが、富太郎を圧迫してくる。

「お前も大事にせいよ。躰」

　思いつくまま話柄《わへい》を変えた。猶はきょとりと顔を上げる。

「お珍しい。私を案じてくださるなんぞ、雹《ひょう》が降りそうな」

　言う通りだ。わしはこの妻女を一度たりとも心配したことがない。いたわったことがない。富太郎は「いや」と、笑いに紛《まぎ》らわせた。

「藤岡《ふじおか》の伯父《おじ》さんがおるろう。亡くなった親父《おやじ》の在所の、兄さんじゃ」

「はい、藤岡の伯父様。今も盆暮れのご挨拶《あいさつ》は続けさせてもろうてますけんど」

「東京見物に出てきたついでにうちに立ち寄ったはえいが、腹を壊してのう。そのまま寝ついてしもうた」

「それはまた、おスエさんにご雑作《ぞうさ》をおかけすること」

「そうよ。ようやく安穏を取り戻したと思うたら、また病人ぜ」

ただし、高知までの旅費はその病人に頼んで工面をつけたのだったが、それはここでは言うまい。

「ともかく、わしは東京を離れんき、そのつもりでおってくれ」

証文の束を見返し、ついと顎をしゃくった。

「痩《や》せても枯れても岸屋ぞ。どうにかなるろう」

「どうにもなりません。観念するしかありません」

また、鋩《きつさき》を突きつけるような物言いに戻っている。

「観念」と、鸚鵡《おうむ》返しにした。

「この岸屋の家屋敷、家作に田畑すべて、一切合財《いっさいがっさい》を投げ出さんことには負債はなくならんと申し上げゆうがです。もうそこまで来ちゅうがです」

「それは、売るということか」

「いくらで売れるものか、値打ちのつけようは相手との押し引きも要りますき、ひょっとしたらなんもかもを売っても負債は残るかもしれません。今はなんとも申し上げようがありません」

さしもの岸屋の命運も、とうとう尽きたか。

「そうか」

「旦那様がここにお戻りになるつもりがおありなら、ご親戚一同に頭をお下げして家屋敷だけでも残せんものかと考えよったがですけんど、それは詮無《せんな》いこととわかりましたゆえ、お覚悟を願います」

茶碗を持ち上げ、口中を湿《しめ》した。無性《むしょう》に珈琲《コーヒー》が飲みたくなる。あとで蔵に戻って淹《い》れることにしようと心組む。庭に目をやれば、空の青が薄く曖昧《あいまい》になっている。この季節は日暮れが早い。

今日は高知に戻れんかなあ。

「売り立てについては旦那様の印鑑が要りますき、買い手が付くまでは留まっていただかねばなりません。あいにく奥女中らがおりませんきご不便をおかけしましょうが」

「わしは高知に宿を取っちゅうき、世話は要らん」

神戸から高知港に着いた足で市中の旅館に投宿したのだ。長い交際になる永沼小一郎らと共に過ごしやすく、旧知の本屋にも赴《おもむ》ける。そういえば昨日も書物を買い込んで、払いを岸屋に回したばかりだ。和書に漢書、『和英字林《わえいじりん》 いろは別』に英米の文学書と、いつものごとく目につくままを手代《てだい》に申しつけ、同道していた永沼が呆《あき》れ半分に感心していた。

牧野君が入った本屋は、蝗《イナゴ》の襲来に遭《お》うたごとくだなあ。

「けんど、女中らはなんでおらんが？　藪《やぶ》入《い》りの季節でもないに」

「奉公人を奥に置ける家では、のうなっております」

そういえばこの茶も猶自身が運んできたんだったかと、茶碗を見る。金襴《きんらん》手兎《でうさぎ》図の伊万里《いまり》だ。

「岸屋もか」

「ご覧の通り、わのさんだけ残ってもろうてます。一人で、何人前もの仕事をしてくれよります」

奇特なことだと、和之助を見た。

「和之助、お前、嫁取りは済んじゅうがか」

「いいえ、滅相《めっそう》もございません」

恐縮してか、なお肩をすくめた。よくよく見れば眉目《びもく》の秀でた顔貌《がんぼう》で、洋装の方が似合いそうだ。

「最後までいろいろ世話をかけるが、よろしゅう頼む。今夜は蔵に泊まるが明日は旅館に戻るき、始末のつけようが決まったら、あっちに電信を打ってくれ。すぐに帰ってくるき」

「お泊まりはどちらで」

「延命軒《えんめいけん》」

ふと、猶の視線が動いたような気がした。黙って先を促したが、何も言わぬままだ。

「夕飯は近所のどこかでよばれてくるき、気遣いは無用じゃ」

この佐川に残っている友人たちも所帯を持ち、家業の医者や履物《はきもの》屋や百姓を継いだり、教師もいる。そのどこかを訪ねればいつでも歓待してくれる。東京の話に誰もが目を輝かせて聴き入る。

「かしこまりました」

二人は膝前に手をつかえて、声を揃えた。

己の代で、岸屋を仕舞う。

その実感は蔵で珈琲豆を挽《ひ》いていても、いっこうに湧《わ》いてこなかった。

指揮棒を持ち上げると、ピアノがぽろんと前奏に入った。

富太郎は三十人の合唱隊を「まだまだ」とばかりに左手で制し、ピアノの音に合わせて「いざ」と指揮棒を振り上げた。

――霞《かすみ》か雲か　はた雪か　とばかり匂う　その花ざかり

えいぞ、その調子と、合唱隊の皆を見回す。頭がすっかり白くなった永沼、そして永沼の縁で知り合った代言人の光森徳治《みつもりとくじ》も胸をそらせて口を開け閉めしている。

富太郎は今日、高知市中の高野寺《こうやじ》の講堂を借りて「音楽大会」を開いている。ふだんは檀家《だんか》の寄合に使われる建物であるので畳を敷いてあるのだが、それを上げて光森家のピアノを持ち込み、聴衆のためだけに畳を残した。出演の半時間前にはすでに芋《いも》の子を洗うかのような人出があり、開け放った窓の外にも黒い頭が鈴なりだ。高知ではまだ西洋音楽が珍しく、耳にすることも稀《まれ》なのである。酒席では昔から唄《うた》い継がれてきた俗謡が専《もっぱ》らで、ゆえに訪れた人々は聴衆というよりも、物珍しさが手伝っての見物衆といったところだろう。

――霞は　花を　へだつれど　隔てぬ友と　来て見るばかり

合唱隊は男女が入り交じっての混声で、下は十五の学生から果ては六十過ぎの老女だ。その様子を写真師が撮影している。新聞社の若い記者が連れてきた写真師だ。音楽大会開催の契機はこの新聞記者だった。富太郎が高知に滞在する際は宿に知人友人が集まるのが常で、こちらも『日本植物志図篇』の進捗《しんちょく》状況や日本の植物学の今後を語りたい、相手は東京の様子を聞きたいといった具合で、毎夜のように誰彼となく訪れる。その中に記者がまじっていて、そもそも『図篇』の広告を出すなどして新聞社とは何年もの交誼《こうぎ》がある。ある夜、何の話の流れだったか、記者が面白いことを口にした。

「師範学校がついに西洋音楽教育を始めたがですよ。女子の、分校の方ですがね」

「西洋音楽。ほう、それはえいことじゃ」

岸屋の後始末はいっこうに進まぬまま明治二十五年が明け、桜の春も過ぎようという時分のことだ。東京では二月一日にスエが出産した。また女の子との文が来て、富太郎は香代《かよ》と名づけて返信した。まだ一度も顔を見ていない。園はもうお辞儀ができるようになったらしい。

「牧野さん、西洋音楽にも精通しておられるがですか」

「帝大の教授が多才な人でな。西洋音楽にも造詣《ぞうけい》が深《ふこ》うて、日本音楽会の設立にもかかわったと聞いちゅう。邸《やしき》にはピアノがあった」

ユーシーこと、矢田部教授のことをつい口に出していた。邸に招かれていた頃、『蝶々』や『花鳥』、『蛍』や『菊』をよく口ずさんでいたのだ。日本の歌の旋律とはまるで異《こと》なる響きに富太郎もたちまち魅了され、共に歌ったこともある。

矢田部は非職の立場でありながら、大学にも時々顔を見せていることは池野からの手紙で承知している。著作活動も活発で、この三月には『日本植物図解』の第一冊第二号が丸善から出た。文部省の依頼によって『日本植物編』なる書物も著述するらしく、専門の画工まで雇ったらしい。富太郎のように、自身で絵を描ける学者は他にいない。

頭と手がバラバラでいかなる書物ができるのか、お手並み拝見じゃ。

あの時の絶望は、まだ黒い塊《かたまり》のまま躰に残っている。まるで犬の子のように、気軽に追っ払われた。あの日の矢田部の顔つき、冷淡な声を思い出せば、今も塊が動いて肚《はら》を抉《えぐ》る。ふだんは忘れたふりをして、恨《うら》みや怒りを懸命に手懐《てなず》けてきた。「負けるはずがない」と、己の尻を叩いてきた。しかし音楽となると、もともと西洋の文物に目がない性分《しょうぶん》とはいえ、矢田部が引いてくれた水筋を泳いでいる。これについては己でも不思議なほど分けていて、矢田部に可愛がられた頃の明るい、西洋の匂いへの限りない憧憬《しょうけい》だけを思い出す。

それで記者に案内されて学校へ見学に出かけたのだが、指導の女性教師は音楽の教授をすべく赴任してきたというのに、たちまち落胆した。

「拍子《ひょうし》の取り方からして違《ちご》うちゅう。あんな教え方では間違《まちご》うた西洋音楽が土佐に広まりますぞ」

由々しきことだと校長に進言したが、相手は間違いすら判別できぬようで、まったく耳を貸そうとしない。

なら、わしがやるまでじゃ。

さっそく記者に同志を募《つの》らせた。初めは二十人ほどが集まり、その中の一人、光森の家にはピアノがあるというので、そこで勉強会を始めたのである。富太郎は東京から楽譜を取り寄せ、亜米利加《アメリカ》製のオルガンも購った。ベビーと呼ばれる携行用の小型であるので旅館で練習し、光森邸にも持ち込んだ。

合唱隊の面々は、最初はまるで歌えなかった。ひどいものだった。歌おうという意志があるのだから、なにがしかの心得はある。しかしいざ口を開けばそれがかえって妨げとなり、義太夫《ぎだゆう》や常磐津《ときわず》のごとき節回しになる。

「唸《うな》るんじゃのうて、素直に腹から声を出せばえいがよ。ドー、レー、ミー」

富太郎は男としては声が高く大きく、伸びもある。見本を示して素直な発声を教えた。

――山ぎわ白みて　雀《すずめ》は鳴きぬ　はや疾《と》く起きいで　書読《ふみ》め吾子《わがこ》

皆を導くように歌っていると、ふと胸が一杯になってくる。

――書読め吾子　書読む暇《ひま》には　花鳥愛《はなとりめ》でよ

この『花鳥』の原曲は独逸《ドイツ》のウェルナー、作詞者は不明だ。しかしなんと優しい旋律であることだろう。そして、なんと己に重なる詞であることか。

――書読む暇には　花鳥愛でよ　鳥鳴き花咲き　愉《たの》しみ尽きず
　愉しみ尽きず　天地《あめつち》開けし　始めもかくぞ

園にもこの歌を教えよう。そして父たる己がベビーオルガンを弾《ひ》いてやるのだと胸に思い描きながら、合唱隊を教え導いた。

そのまま夏を迎え、この秋に至っても高知で過ごしている。岸屋の後始末がまだ結着しないからだ。しかし富太郎が暇をかこつことはない。西洋音楽の練習をつけ、野山や川、海辺、時には安芸《あき》にも足を延ばして採集している。滞在している延命軒の部屋はたちまち床の間にまで標本が堆《うずたか》く積み上がったが、高知でも指折りの宿だけあって番頭から女中までが行き届き、「先生」と呼んで世話をしてくれる。

五月には植物学教室から「高知の植物を採集して標本を送れ」との依頼がきて、さっそく作って東京に送った。まもなく、松村任三《じんぞう》教授から文が届いた。

大学に入れてやるから、至急上京したまえ。

目を疑ったが筆跡は見覚えがあり、サインもしたためられている。悪戯《いたずら》ではなさそうだと見返して、これはやはり教室での矢田部の力が減じた証《あかし》だろうと思った。

また出入りしてもえいということか。あの教室に戻れるがか。

教室に出入りさえできれば、貴重な書物に触れられる。英吉利《イギリス》や仏蘭西《フランス》、露西亜の学会の動向を摑め、論文も読める。

捨てる神があれば拾うてくれる神があるとは、真やった。

有難くて、手紙を頭上にかざして拝んだ。一時間ほどもただぼんやりと坐して何にも手がつかず、なかなか寝つけなかった。嬉しくて胸が騒いで、寝返りばかりを打っていた。

しかし翌朝、筆を手にした途端、今度ばかりは生家を放り出して上京するわけにはいかぬことに思いが至った。猶の顔が赤黒く煮え滾《たぎ》って、「此度ばかりは」と押しとどめる。

家の整理がつき次第、上京します。よろしくお頼み申します。

短い返事を松村教授に書いた。

いったんは切れたはずの縁がこうして向こうから近寄ってきたことが、富太郎の屈託を晴らした。その後、池野からまた文がきて、「君の上京を待っていますよ」と記されていた。池野は昨年の九月から農科大学の助教授に就任しており、今日も駒場の教壇に立っているだろう。

「君はつくづく、教えることに向いてるなあ」

いつだったか、練習の後、永沼の家で飯を馳走《ちそう》になった。頭は白くなっているが、闊達《かったつ》さはいささかも減じていない。今も高知師範学校で博物学の教鞭《きょうべん》を執《と》り、高知県病院の薬局長も兼任しているという。土佐暮らしが長いせいか、酒が強くなっている。猪口《ちょこ》の中を放り込むようにして、たちまち一升瓶《いっしょうびん》を空けてしまった。

「己ではわかりませんが、教えることは好きですね」

富太郎は夫人が淹れてくれた紅茶でつき合う。

「そのうち、帝大の学生らに教えることになるんやないか」

「いや、わしの学歴では教授にはなれんのです。でも、かまわんがです。植物学さえ続けられたら本望《ほんもう》ですき」

あの時はそう返したのだが、こうして指揮棒を振っているとつくづくと思う。

己の中にあるものを弘《ひろ》めることが、わしは好きながや。歓びながや。

五曲を披露《ひろう》し終えても、講堂の中は静まり返っている。

こういう時、手を打ち鳴らして「拍手」をするのが西洋の礼儀だと、ものの本で読んだことがある。それとも、これも矢田部に教えられたのだったか。どちらでもいい。次は皆にそれを指南しようと思いながら躰を回し、聴衆に向かって辞儀をした。

誰も彼もが口を半開きにして、ぽかんと富太郎を見上げている。しかし頬を紅潮させ、満面に笑みを泛《うか》べている者もいるのに気がついて、胸を撫で下ろした。

合唱隊の面々は、この聴衆の面持ちを終生忘れないだろう。

背後で音がするので振り向くと、合唱隊の最後列にいる永沼と光森の二人が盛んに手を打ち鳴らしていた。


猶から延命軒に電信が届いて、佐川に帰った。ようやく家財の整理がついたらしい。一年前と同じ座敷に入ったが、床の間には軸《じく》も掛かっておらず、香炉と花入れも消えていた。

「負債は残らずに済みました。まだ残務がありますゆえ私は後しばらくこの家に留まりますが、買い手はつきましたき、早晩、出ていくことになります」

「そうか」と、天井を見上げる。見慣れた景色でこれまでさして気に留めなかったが、木目の通った銘材が張られた格天井《ごうてんじょう》だ。腕のいい大工の仕事だと思った。檜《ひのき》の柱はよく磨《みが》き上げられ、底光りしている。襖絵《ふすまえ》は祖父が京の表具師を呼び寄せて造作させたもので、縁は黒漆《くろうるし》、端麗《たんれい》な筆致で菊が描かれた水墨画だ。

岸屋の酒は「菊乃露《きくのつゆ》」、牧野家はかつて藩の御用を務め、名字帯刀《みようじたいとう》を許された家柄だった。何人もの番頭に手代、丁稚《でっち》、杜氏《とうじ》らがいて賑《にぎ》やかで、米と酒の匂いがいつも漂っていた。奥には女中に乳母《うば》、そして祖母の浪《なみ》がいた。

祖母様、とうとう岸屋を潰《つぶ》しました。六代目のわしが、喰い尽くしてしもうたがです。

視線をはがし、猶と和之助を順に見た。

「世話んなった」

礼を述べると、二人は黙って頭を下げた。

「旦那様には米十石《こく》料をお渡し申します。それでご諒解《りようかい》いただけますろうか」

十石といえば金子にしていくらになるのか、富太郎にはわからない。百円ほどだろうか。

「相わかった。家の引き渡し一切、よろしゅう頼む」

「はい。もとよりそのつもりにて、しかと承《うけたまわ》ります」

猶と目が合った。若い時分は丸顔であったのに、頬に翳《かげ》が落ちている。齢《とし》はいくつになったのだろう。三つ下のはずであるから、そうか、もう数え二十八かと気がついた。

「ちと咽喉《のど》が渇いたき、お茶をくれんか」

猶はとまどったかのように目瞬《まばた》きをしたが、「かしこまりました」と腰を上げた。足音が遠ざかるのを待ってから、和之助を手招きした。膝行《しっこう》してくる。

「いや、もうちっと近づいてくれ」

膝を突き合わせた。

「時がないき、手短に言う。お猶とは離縁しようと思う」

和之助は両の眉を持ち上げた。

「もっと早《はよ》うにするべきやった。あれには夫婦《めおと》らしいことを何もしてやらんと、苦労ばかりをかけた」

和之助はふいに目を伏せ、しかし黙したままだ。膝の上の拳《こぶし》を握り締めている。

「あれは賢《かしこ》うて気《き》甲斐性《がいしょう》もある。そのくらいは、わしもわかっとる。が、夫婦にはどうにもならん組み合わせというものがあるき。松に梅を接《つ》ごうとしても無理な話やったがよ。気の毒なはお猶じゃ。嫁《とつ》ぐ相手が違《ちご》うたら、あれは笑《わろ》うて暮らせたろうにと思う。もっと朗らかに生きられた」

和之助は遠慮がちに、ぽつりと言った。

「心根の真っ直ぐな、お優しい方です。奉公人には、それがようわかりますき」

「なあ、和之助。あれと一緒にならんか」

ひと思いに切り出した。

前年の十一月、この座敷で二人を見た時に萌《きざ》した思案だ。いや、本当はもっと前からだったのかもしれない。二人の仲をとやかく言う噂が立った時から、まさかと思いながらも可能性はどこかで考えていた。そうだ。しかしあの頃はまだ手放す気になれなかったのだ。和之助と一緒になる方がはるかに倖《しあわ》せではないかと気づきながら、岸屋は猶が守っている、その事実が安心だった。

いや、真《まこと》は惜しかったのかもしれない。顧《かえり》みることのなかった女房がいざ他人のものになると想像したら、妙に落ち着きを失った。あれは、惜しかったのだ。

「身勝手な申し出とは承知しとる。けんど、考えてみてくれんか。わしはお猶になんもしてやれんかったき、せめて将来《さきゆき》だけでもと思うがよ」

「おからかいにならんでください。手前なんぞとんでもない。身分違いですき」

あんのじょう、首を左右に振る。唇の端を震わせている。

「この明治の御世《みよ》に身分も何もないろう。よう考えて、お猶とも話し合《お》うてみてくれんか。わしからあれに言うたら、お前に厄介払いするように取りかねん。それは違うきね。心底、お前らなら、えい夫婦になると思うき頼むがよ」

「本気で仰《おお》せですか」

襖の向こうに耳を澄ませたが、猶は茶を運んでこぬままだ。

富太郎は首肯した。

「お前さえよかったら、お猶を頼む。お猶がえいと言うたら、あれの実家、それから牧野の親戚にも、わしから話をする。こういうことは、こっそりと運んだらろくなことがないがよ。一気に打ち明けて披露して、そのまま高砂《たかさご》やを唄うがえい」

それでも世間はあれこれと言うだろう。

しかしこの二人はきっと、苦楽を分かち合える。これまでそうして、岸屋を支えてきてくれた。

和之助の咽喉がゆっくりと上下に動いて、頭を深々と下げる。「恐れ入ります」と呟いた。

まるで頃合いを見計らったかのように、襖が少し動いた。

「よろしゅうございますか」

「ああ。えいよ」

猶が座敷に入ってくる。膝前に置かれた茶碗は安手の瀬戸物で、父祖伝来の器《うつわ》はすでに古物屋に引き取らせたのだろう。近頃は外国人が好んで買っていくと、船中で耳にしたことがある。

手に取って口に含むと、やはり温《ぬる》くなっている。

「美味《うま》い。お猶の淹れる茶は、ほんに美味いなあ」

猶はなぜか、目の中を真赤にして潤《うる》ませていた。

正月も延命軒で迎えた。

松村教授に家の整理がつき次第上京すると返事をしたためたが、大学はまだ冬季休暇中である。もうしばらくは高知に留まるかと決めて音楽会の皆と新年会を催し、採集に励み出したら止まらない。昨夜も夜通し洋燈《ランプ》を灯《とも》して標本を作り、目が覚めたのは十一時を過ぎていた。湯を使ってから部屋に戻ると朝昼兼用の膳が調《ととの》えられている。

中庭を見やれば、細い雨だ。青木《アオキ》の葉がうなずくように揺れている。

「この降りようじゃ外に出られんなあ」

今日は部屋に籠《こ》もって植物画を仕上げようと手拭いを縁側に干し、膳の前に坐った。

「先生、郵便は文机の上でよろしいですろうか」

女中が手にした封筒を見せるので、「こっちでもらう」と手を差し出した。

「後で、珈琲を頼む」

「かしこまりました」と女中は引き取って、静かに部屋を出て行った。よほど躾《しつけ》がいいのか、長逗留《ながとうりゅう》に馴《な》れて物言いを崩すことがないのが助かる。こちらも喋り出したら止まらぬ性質《たち》なので、宿屋によっては番頭や女中と話し込んで一日をふいにしたことが何度もあるのだ。

郵便物は十ほどもあり、飯を喰いながら目を通していく。独逸《ドイツ》からの手紙もある。植物学教室で親しくしていた三好学《みよしまなぶ》で、一昨年の八月に出発した。

わしはもう留学なんぞ、できんのやろうなあ。

そう思うと、一月の雨がいっそう寒い。手焙《てあぶ》りを引き寄せて、また他の手紙を開く。最後に残ったのが見慣れた文字だ。スエからの便りである。その拙《つたな》い字を目にするたび、気が重くなる。

文面がたどたどしいのは相変わらずで、しかも用件のほとんどが金の催促だ。遠慮しいしい書く気持ちはわからぬでもないが、その合間に拗《す》ねたような文言《もんごん》がくっついているから厭な気になる。富太郎が帰郷してまもない頃だったか、近所で富太郎の噂を聞いてきて、「鬼にひびけた左官屋の別嬪《べっぴん》ゆえ、実に私は磯《いそ》の鮑《あわび》の片想い」などと記してあった。

スエが京にいる間、色町の女と何度か深間《ふかま》になって、それを「あれは左官屋の娘だ」「別嬪だ」などと言挙《ことあ》げする輩《やから》がいるのだから始末に負えない。女房が家を空けているのだから、健全たる男子がそういう見世《みせ》に上がって何が悪い。ごく自然の摂理だ。それをまたスエも聞き流す術《すべ》を持たぬのが情けないというのだ。端唄《はうた》めいた文言にのせて皮肉ったり、情に訴えんとする心根が透《す》けて見える。

しかもその合間に、婆《ばあ》やとたかが手に負えぬとの愚痴を挟んでくる。婆やはスエが若いと侮《あなど》ってか、いっかな言うことを聞かず、しかも「口が腐《くさ》れている」のに己の口中で嚙んだ干柿などを園に与えるらしい。いったん咀嚼《そしゃく》したものを子供の口に入れてやるという昔ながらの与え方だ。挙句、園が口内炎を起こして難儀したようだった。

その薬代が四、五月頃から溜まって八十銭、さらに借金取りの返済の催促もやかましく、「何をどう申し開いても実に話の通じぬひと」と嘆《なげ》く。そして、「近所がうるさい」との繰言《くりごと》だ。どうやら子守りのたかとも不仲のようで、近所の誰かは知らぬが、スエが留守中に富太郎と妙なことになったと吹き込んだらしい。たかもまたスエに対して態度が悪く、「早くあれに暇を取らせ、関係のなきようにあそばさねば、あなた様のお顔汚しにございます」とまで書いてくる。そして追而書《おってがき》がまた、くどい念押しだ。

一日も早くお帰りあそばされ、お園または三番町の娘を喜ばせてくださいますようお願い申し上げます。

三番町の娘とは、スエ自身のことだ。要は、金がなく、使用人には手を焼き、他の女の影にやきもきさせられて辛いから、どうぞ早く帰ってきて、だ。ゆえにどうにも返事を書く気になれないのである。目の前にいれば可愛くてならない女房であるのに、手紙にはほとほと嫌気が差す。実際、上京を一日延ばしにしているのもこの気ぶっせいのせいだ。旅館は静かで快適だ。誰も拗ねず愚痴らず、美味い飯と清浄な寝床が常に用意される。学問が捗《はかど》る。

去年の十二月にはとりあえず為替を組んで二十円を送った。今日の手紙はその礼だろうと味噌汁《みそしる》を啜《すす》り終え、思い切って便箋を開いた。

留守元は一同、無事に相暮らしておりますので、ご安心ください。

それはなにによりと、梅干の一粒を口の中に放り込んだ。送金の礼が遅れたことをまず詫びており、園が病気だと書いてある。「病気？」と、目を凝《こ》らした。

お園病気にて、去年より風邪をひき、昨年の三十一日よりよほど悪くなり、未だ全快いたさず、米粒は一切食べず、実に痩せ、昨夜も熱に浮かされ、お父ちゃん、お父ちゃんと申して可哀想《かわいそう》で堪《たま》りなく、真に心配いたしております。お香代も躰に出来物ができ、夜がな夜っぴて泣き通し、お園も泣き、困り果てております。あなた様にもご用済み次第、一日も早くご上京あそばされたく。私もまだ眼が治らず、病人だらけで困ります。またお猶様より源六《げんろく》様に衣服お送り下され、私にもお園にもお手紙下され、有難くお礼申し上げます。なにぶん子供らが病気ゆえ、あなた様からよろしくお礼を申し下されたくお願いします。そしてあなた様からもどうぞどうぞお文を下されたく、願い上げます。

梅干の種をかりりと噛んだ。うぅんと、頭を掻く。

あいつ、まだおるがか。

源六は猶の父方の縁戚にあたる若者で、富太郎が帰郷している最中に上京し、しかし何をするでもなく毎日遊び暮らしているらしい。スエは文中で「気楽な方ですね」と愚痴まじりに呆れている。それにしても案じられるのは、子供らの病だと、富太郎は一枚目の便箋を見つめ返す。スエの知識不足のために大袈裟になるのだと、これまでは読み流してきた。富太郎自身も幼い時分は病弱であったたし、子供なのだから口内炎にもなろうし風邪もひこう。むしろ富太郎を早く帰らせたいがために子供を持ち出しているように思えて鼻についたのだ。しかし此度はひっかかる。園が何も食べず、痩せ衰え熱も出しているとは、尋常ではないような気がする。そう思うとにわかに気が急《せ》いて日付を見返した。一月十日となっている。今日は十七日だ。一年以上も家を空けている。

スエももはや限界かと湯呑を持ち、「よっし」と腰を上げた。帳場に足を運んで番頭に声をかける。

「急なことですまんが、明日、出立《しゅったつ》する」

「かしこまりました」

番頭は落ち着いた面持ちで顎を引き、「荷作り、手伝わせましょうか」と申し出た。「助かる。後で東京に送ってくれ」と頼んだものの、「今日の船は」と訊いていた。

「今日も、午後の三時出航かと思います。問い合わせてみましょうか。このくらいの雨なら定刻通り出ますろう」

部屋に取って返し、大事な書物を鞄《かばん》に詰め込めるだけ詰め込んだ。あとの荷作りは頼み、慌《あわ》ただしく延命軒を出立した。港に向かう道すがら、妙に落ち着かなかった。園と香代の病が気になって胸が重く、しかし宿代の払いを済ませば財布の中には二十円ほどしか残っていない。オルガンや楽譜を買い、大勢で呑み喰いし、しかも高知きっての旅館に長逗留したのだ。締めて八十円ほどを費消していた。ゆえに、すうすうと躰が薄くなったような気がする。

なんとかなるろう。

己にそう言い聞かせつつも、岸屋も猶ももういない。

小雨の港に降り立った時、躰が斜めに傾いだ。

一月二十日、谷中天王寺《やなかてんのうじ》に墓地を構え、午後三時に葬式を執り行なって、家に帰ったのは夜だった。

スエは腰も立たぬほど泣き崩れて、しかし富太郎は躰を支えることをせず、目も合わせなかった。いかほど詫びられようが一言も口をきいていない。池野ら友人にも知らせなかったので、弔問客《ちょうもんきゃく》は口さがない近所の女らがほとんどで、神妙な悔《く》やみを述べるかと思えば茶を飲んでまた噂話に花を咲かせていた。

あくる日、富太郎は婆やとたかに暇を出した。

「そんな、お園ちゃんの亡くなったのが私らの落度みたいじゃありませんか」

たかが勝気な抗弁をしたが、取り合わなかった。

「お前らを雇うておく余裕は、もうこの家にはないき」

最後の給金を渡すと、二人は不満を露《あら》わにしながら荷をまとめ、ろくな挨拶もせぬまま出て行った。スエも二人に対しては無言を通し、茶ノ間で香代に乳を飲ませていた。やがて寝息を立て始めたので籠《かご》の中に入れ、長火鉢の鉄瓶で茶を淹れている。猫《ねこ》板《いた》の上に富太郎の湯呑を差し出し、後《おく》れ毛《げ》を指で掻き上げた。

「あの二人に暇を出してくださって、清々しました。ようやっと水入らずの暮らしに戻れます」

刹那《せつな》、富太郎は立ち上がっていた。

白い頰を平手で張り、火がついたごとく叫んでいた。

「清々じゃと。お園を死なせておいて、水入らずじゃと」

スエは己の頰を手で押さえ、ただ茫然《ぼうぜん》と富太郎を見返している。目瞬きもせず、しかし目頭《めがしら》に涙が膨れ上がって幾筋も流れ落ちてゆく。

「すみません、余計なことを申しました」

「お前に使用人を使う器量がないき、向こうが無礼《な》めてかかるがやろう。馬鹿者が、つまらん近所づきあいに惑わされおって、挙句が子を死なせたか」

怒りと哀しみが湧いて渦巻いて抑《おさ》えられない。頭の中で、あの歌が鳴っている。

——書読め吾子　書読む暇には　花鳥愛でよ
お園、お父ちゃんを待っていたろうに。すまん。すまんかった。

スエの肩を引き寄せて抱き締めた。互いに両膝立ちのまま泣き続けた。

# 八　帝国大学

園の四十九日も済ませぬうちに同じ麹町区の上六番町《かみろくばんちょう》に家移《やうつ》りを果たし、二月に入ってまもなく本郷の植物学教室を訪ねた。

大久保助教授が悔《く》やみを述べてくれたので、池野から聞いたのかもしれない。池野はちょうど引越しの用意をしている最中に訪ねてきて、それで打ち明けることになった。

「そうかい。残念だったな。お園ちゃん、可愛かったのになあ」

壽衛《すえ》にも「力を落とされんように」とねぎらいの言葉をかけ、位牌《いはい》に手を合わせていた。翌日また訪れて、香典を差し出した。

教授室に通されてしばらく待ち、やがて松村教授が入ってきた。いつもながら黒髪を綺麗に後ろに撫《な》でつけ、髭《ひげ》も整《ととの》えられている。洋装の上下は黒、蝶ネクタイは濃い灰色だ。

「ご長女は気の毒なことだったね」

松村の瘦《や》せぎすの頰《ほお》が引き締まる。立ち上がり、「恐れ入ります」と辞儀をした。

「家の整理がつき次第上京すると手紙に書いてあったが、つまり国許《くにもと》の家を仕舞ったということかね」

「はい。土佐植物の研究は続けますが家はもうありません。これからは東京に腰を据《す》えます」

松村は「かねてよりの懸案だったんだが」と、洋机の上で両の手を組んだ。

「君を助手として迎え入れようと思うんだが、どうかね」

「助手ですか」

洋椅子を目がけ、ぴょんと跳ねるように坐り込んだ。

「さよう。月俸は十五円。辞令は新年度の九月に下りる。それまでは教室の雑務や採集を委嘱《いしょく》したいが、どうかね。むろんそれは別勘定で手当を支払うよ」

手紙にあった「入れてやる」は、職員としてであったのだ。望外の待遇だ。これからは石版《せきばん》印刷屋で働きながら学問を続けようと考えていた。なんとしてでも己《おのれ》の手で稼《かせ》いで、壽衛と香代を食べさせていかねばならない。

岸屋を仕舞い、猶《なお》とも離縁したことを壽衛に告げたのは上六番町に移ってからで、胸を衝《つ》かれたような顔をしていた。

そうですか、お猶様と。そうですか。

涙ぐむので、いずれ和之助《わのすけ》と一緒になることを親戚一同にも納得させたのだ、媒《ばい》酌人《しゃく》も自《みず》ら務めるつもりだと言い添えるとしばし小首を傾《かし》げ、ややあって「安堵《あんど》しました」と洟《はな》を啜《すす》った。

松村に向き直り、頭を下げた。

「教授、有難くお受け申します」

「よろしく頼むよ。皆、君の手腕を買っている」

三角の山形の眉がくいと動いた。

三月、六月、七月と大学から委嘱を受けて標本整理と採集を行ない、四月から五月にかけては土佐の植物採集をせよとの出張命令を受けた。讃岐《さぬき》、伊予《いよ》と回り、六月の下旬まで土佐で採集に明け暮れた。高知市に立ち寄った日は、延命軒で永沼らと飯を喰った。出張費は潤沢とはいえぬので、宿はもっと安いところを選んでいる。延命軒は教授らが投宿する格の旅館だった。

出張中、壽衛はくだくだしい文《ふみ》をよこさなかった。嘱託《しょくたく》を受けるつど十五円、三十円などと手当を受け取っているので、金貸しや質屋《しちや》の工面もついているからだろう。

ただ、それだけではないような気もしている。いつからかは知れないが、顔つきと物腰が落ち着いた。亭主に頼るばかりであった幼さが抜け、自らの枝葉を広げつつある。時折、はっとするほど美しい横顔を見せる。

逆に宿屋で独《ひと》り標本を作っているとふと人恋しくなり、壽衛に手紙を書いたりする。触れれば悲しいだけだとわかっていながら、つい園を偲《しの》ぶ文面になる。

九月十一日、正式な辞令を受け取った。

牧野富太郎、帝国大学理科大学植物学科助手を命ずると、墨書《ぼくしょ》してある。


向こう脛《ずね》を揺り動かされて、瞼《まぶた》を持ち上げた。

「旦那、着きやしたぜ。旦那」

半纏《はんてん》に捩《ねじ》り鉢《はち》巻《ま》きの俥夫《しゃふ》がこちらを見上げている。

「小石川の植物園でげすよ」

「もう着いたがか」

背を起こし、目頭《めがしら》を擦《こす》った。膝上《ひざうえ》に置いた風呂敷包みを脇に抱えて降り立ち、俥賃《くるまちん》を払う。

「俥の上でよくも、グウスカ寝られるこった」

　起こすのに難儀したらしく、呆《あき》れ顔で梶棒の向きを変えている。顔馴染みの門衛が

「おはようございます」と、近づいてきた。

「揺られながらお眠りになったらいかんですよ。落っこちて馬車に轢《ひ》かれでもしたら大事《おおごと》じゃありませんか」

「逆じゃ。寝られるから俥を使うがよ」

　このところ毎日、文机《ふづくえ》にかじりついているうちに夜が明けている。

「秋晴れじゃなあ」青く澄《す》んだ空に向かって笑《え》んだ。もうすっかり目が覚《さ》めた。

「池野君、来てるかい」

　農科大学の池野成一郎と園内で待ち合わせをしている。「とうにおいでですよ」と、門衛はなだらかな上り坂に顎《あご》を向けた。

「平瀬《ひらせ》さんがブリキのバケツを両手にいくつもお持ちでしたから、たぶん銀杏《ギンナン》採《と》りでしょう」

「平瀬さんも来てるの？」

　門衛は「はい」と、両腕を腰の後ろに回した。

池野と平瀬という取り合わせが奇妙であったが、ともかく園内を北へと歩いた。

学生らと何度もすれ違い、園丁《えんてい》も富太郎の姿を認めては頭を下げる。「牧野先生」と呼んで挨拶《あいさつ》をする者もあれば、「さん」付けの者もいる。敬称にはこだわらぬし、助手という立場は以前から曖昧《あいまい》だ。しかし今年、明治二十六年に帝国大学官制が公布され、助手は「判任官」と定められた。すなわち下級官吏《かんり》だ。「教官ノ指揮ヲ承《ウ》ケ学術技芸ニ関スル職務ニ服ス」と規定されている。助手に任じられた者は富太郎の他にも何人かおり、門衛が口にした平瀬作五郎《さくごろう》は画工上がりの技手で、助手に格上げされた口だ。研究と教育を行なう大学では多様な人間が必要で、学生が卒業後に大学に残って研究室の手伝いをする無給の助手もいれば、富太郎や平瀬のように大学出身者でない者も少なくない。

林の中の小径《こみち》を抜けると、空に届かんばかりの梢《こずえ》が見えてきた。夏の間は鮮やかな緑で、今はちょうど黄葉《こうよう》を始めて秋陽《あきひ》に輝いている。

風格やなあ。

黄葉する樹木は世にごまんとあるが、公孫樹《イチヨウ》はその中でも際立って美しいものだ。しかもこの植物園の大公孫樹は樹高六十五尺を超え、幹《みき》回りは三抱えほど、樹齢に至ってはおよそ二百年と推《すい》されている。ここが幕府の御薬園《おやくえん》であった頃、御薬園奉行であった岡田利左衛門《おかだりざえもん》の屋敷内に植わっていた木で、小石川養生所《ようじようしよ》のすぐそばだったという。だが御一新《ごいっしん》後に御薬園は廃止され、周辺の樹木についても「期限内に伐《き》った者の所有として良し」という達しが下された。新政府としては幕府の遺物など残しておきたくなかったのだろう。御薬園周囲の木々は材木や薪《まき》として伐採されて運び出されたが、この大公孫樹だけは残った。

あまりに幹が太うて、鋸《のこぎり》の歯が立たなかったらしいですよ。期限内に伐採できずに難を逃《のが》れたのだとか。

古株の園丁から聞いたことがあるが、真偽のほどはわからない。しかし幹には確かに、鋸歯の痕《あと》らしきものが残っている。痛々しいというよりも雄々《おお》しい刀瑕《かたなきず》に見え、そこに瓦解《がかい》した徳川幕府の面影《おもかげ》を重ねる者もいるようだ。富太郎には、それは感傷が過ぎるように思える。ただ、運命《さだめ》のようなものは感じる。歴史や自然の過酷に晒《さら》されてなにもかもを喪《うしな》ったような古い土地には、なぜか一本の古木、大木が残っていることが多い。松や樅《モミ》、桜、そして公孫樹だ。土地の魂《たましい》なのだろう。

それにしても随分《ずいぶん》と騒がしい。

「平瀬君、痛いよ。もっと注意して落としてくれよ」

「あなたがぼやぼやしているから、いかんのです」

大公孫樹の幹には高く櫓《やぐら》が組まれ、そこから霰《あられ》のように実を落としている。銀杏だ。桜ン坊のように柄《え》が長く、三個から六個くらいがまとまって枝につく。皮が黄色に変じて地上に落ちるのは晩秋なので、今はまだ淡い緑色を帯びている。

洋装に白衣をつけた池野はせっせと実を拾ってはバケツに入れ、樹上の平瀬はどんどんと摘《つ》んでは落とす。

こりゃ、面白そうじゃ。

富太郎は包みを草の上に放り、羽織《はおり》を脱いで着物を尻端折《しりはしょ》りした。

「助太刀《すけだち》しますき」

声をかけると、「やあ、おはよう」と池野は腰を伸ばす。「すみませんなあ」と上から声が降ってきて、見上げれば平瀬も尻端折りで股引《ももひき》姿だ。「なんの、なんの」と、草の上を這《は》い回る。まもなく四つのバケツが一杯になった。

「牧野君、猿も顔負けの仕業《しわざ》だなあ」

「このくらい、わけもない。屈《かが》んで摘んで拾って、歩いてはまた屈むは、わしの本業やき」

平瀬が櫓から幹に移り、するすると手足を使いながら下りてきた。

「猿がもう一匹おる」

富太郎がからかうと池野は吹き出し、平瀬はのんびりと頭を掻く。髭《ひげ》が濃いらしく、頰から顎にかけて青いほどだ。齢《とし》は富太郎の六つ上、池野からすれば十歳は上になるが、子供のようにクリクリと目玉を輝かせている。

三人各々《おのおの》にバケツを提《さ》げ、園内を歩く。

この植物園は貞享《じょうきょう》の頃というから、今から二百年以上も前になろうか。犬公方《いぬくぼう》として有名な徳川綱吉《つなよし》公が五代将軍の座に就《つ》く前に住んでいた白山御殿《はくさんごてん》、その跡地に幕府が開いた御薬園が始まりである。幕府の御薬園そのものはその五十年以上も前から江戸の北と南にあり、麻布《あざぶ》南薬園をこの御殿内に移したという。

八代将軍、吉宗《よしむね》公の頃には薬園内に養生所を開設したので、今も当時の井戸が大公孫樹の近くに残っている。その後、町人であった青木昆陽《あおきこんよう》が町奉行であった大岡越前守《おおおかえちぜんのかみ》に抜擢《ばってき》され、ここで甘藷《かんしょ》の試作に挑《いど》んだとも伝わる。享保《きょうほう》の頃に上方《かみがた》以西で大飢饉《ききん》が起き、その救荒《きゅうこう》作物としてであった。

幕府の瓦解後、薬草園は東京府所轄《しょかつ》の大病院の管轄となったが、その後、所轄がめまぐるしく変わり、明治十年、東京大学の設立によって大学がかかわるようになった。だが当時は主管を巡って攻防があったらしい。「元は薬草園であるのだから医学部の附属とすべし」「いや、植物の研究を行なう理学部の所属とすべし」と主張が対立、法、理、文の三学部附属の植物園と位置付けられた時期もある。その頃、植物園の主管者となったのが矢田部良吉教授だ。紆余曲折《うよきよくせつ》を経て明治十九年の帝国大学令発令によって理科大学の管理となり、「帝国大学理科大学植物園」と改称されるに至っている。五年前には規則を改め、一般の入園者からは入園料を徴収するようになった。

富太郎はここを訪れるたび、白髪白髯《はくはつはくぜん》の伊藤圭介翁《おう》を思う。大学では講義を担当することはなく、専《もっぱ》らここで栽培される植物の分類について調査研究を行なっていた。翁は御一新前から泰西《たいせい》の学問に接していながら、紛《まご》うかたなき本草《ほんぞう》学者であった。園丁らと共に草木の栽培に従事し、調査研究を続けた。草木に近い人なのだ。梧桐《アオギリ》の葉を見上げて胸を膨《ふく》らませ、楊梅《ヤマモモ》の実を鳥がついばむのを飽《あ》くことなく眺め、足許の母子草《ハハコグサ》にそっと手を伸ばす。

数年前に自宅を訪ねたところ健康が優れぬと篤太郎《とくたろう》が案じ顔であったが、今年の春には講演も行なうほどに復活した。今や齢《よわい》九十を超えて白髪白髯はますます白く長く、篤太郎は『錦窠《きんか》翁九十賀寿《がじゅ》博物会誌』を刊行すべく編集に勤《いそ》しんでいる。

池野と平瀬の後に続いて崖《がけ》のように急峻《きゅうしゅん》な斜面を下ると、優美な曲線を描く池がある。さほど手を入れられてはいないが伝統的なしつらいの庭園で、遠州《えんしゅう》らしい造りだ。

　二人は集会所前の平場にバケツを下ろした。

　集会所は名主《なぬし》屋敷のように縁《えん》が長く巡った建物で、どの座敷も庭に面して明るい。明治十五年に東京植物学会の創立の会合が開かれたのも、ここであった。学会創立に尽力したのが伊藤翁、そして植物園の主管者であった矢田部教授ら有志である。ただし矢田部教授はほとんど植物園に足を運ばず、講義に必要な植物をここから教室に運ばせるのみだった。実際、富太郎はこの植物園で矢田部教授や松村教授の姿をほとんど見たことがない。教授らは学者としての筋目が伊藤翁と違うのだ。彼らは欧米で直《じか》に植物学や分類学を学んできた学者で、日本の本草学を学んでいない。とくに松村教授は本草学を旧弊と決めつけ、蔑《さげす》む節《ふし》さえ感じられる。

　だが富太郎が大学から離れていた三年ほどの間に、植物学教室もいろいろと変わった。松村教授も近頃はこの集会所を用いて研究実験や講義を行なうらしい。主義はともかく、本郷本富士町の教場は手狭《てぜま》だ。学生や助手も増えたというのに未《いま》だに医学部構内に居候《いそうろう》しているようなありさまで、一年生の実験場など以前の青長屋の時分と同じく廊下だ。

集会所は座敷のいくつかが板間に改造され、書棚や机が並んでいる。平瀬はバケツを縁に上げ、俎板《まないた》と小槌《こづち》を二組取り出した。

「平瀬さん、それは僕と牧野君が請け負《うお》うから、あなたはスライスしたらどうです」

「さようですか、ではお言葉に甘えます」

平瀬は膝をずらし、信玄袋《しんげんぶくろ》から小さな布包みを取り出した。剃刀《かみそり》だと見て取って、富太郎はすぐに察しをつけた。公孫樹の実である銀杏から種子を取り出し、その仁《さね》を薄く切ってプレパラートを作るのだろう。果たして池野は「その通り」と、口の端を上げた。

「僕は外種皮を剝《は》がして君に渡すから、殻《から》割りを頼む。流れ作業だ」

「心得た」

池野が取り出した硬い種子の尖《とが》った方を上にして、俎板に置く。左手で種子を固定し、つなぎ目部分を小槌で叩く。パカッと割れる。薄皮に包まれた仁が現れたのを、平瀬の膝横の平桶《ひらおけ》へと入れていく。

「この臭いはなかなか慣れんなあ」

池野が呟く。

「時期が早いから、まだましな方じゃ。熟したらまさに激烈、山猿や野鼠《のねずみ》も喰わんきね。

それにしても池野君が公孫樹の研究に取り組んじょるとは知らんかった。初耳じゃ」

「僕じゃない、平瀬君だよ」

顔を上げると、平瀬は念入りな手つきで仁の中心部をスライスしている。

「巧《うま》いもんですなあ」

思わず感心した。

「髭が濃いものでね。剃刀を使い慣れているんですよ」

またも大真面目《おおまじめ》に答える。そのさまが飄々《ひょうひょう》としていて、池野が親しくしているのもわかるような気がした。

池野は何ヵ国語も自在に読み書きする英才だが、なぜか富太郎と「馬が合う」と言う。平瀬もどこかしら職人めいている。富太郎が好き放題に植物学教室に出入りしていた頃は、画工としてひたすら植物画を描く姿しか目にしなかった。論文の執筆や植物採集、学生への授業においても植物画は不可欠だ。写真を撮るという手もあるが焼けるまで時間がかかるし、高価でもある。富太郎は高価であってもそれがよいと思えば取り入れるが、写真には他の景も一緒に写り込んでしまう。画であればその草木の特徴をしかと描き込め、花や茎根《くきね》、実の断面図まで一枚の中に収められる。合理的だ。

「平瀬君も画を独学されたのか」

同じ助手身分とはいえ、相手は齢上だ。言葉遣《づか》いが難しい。しかもこの頃は壽衛の言葉が徐々にうつり、東京弁めいた節回しになる。時々舌を嚙《か》みそうだ。

「いいえ。私は油画《ゆが》を学びとうて、郷里の藩校を出た後上京したんですよ。その後、岐阜《ぎふ》でしばらく教員をしておったんですが、上司に矢田部先生の知人がおりましてね。画工として推薦を受けて大学に入ったんです。私は平凡な人間ですからね。あなたのように独学では描けませんよ」

褒《ほ》められたような気がする。途端に気分が上向いて、小槌を揮《ふる》う手も軽くなる。

「郷里はどちらです」

「福井です」

池野が「福井藩士の子息だ」と、口を添えた。

「僕は員外学生のような、ようわからん身分だったですから、こうして口をきくのも初めてですなあ」

富太郎が言うと、平瀬は剃刀を遣いながら小さく笑う。

「私はあなたのことをよく知っていますがね。いつも火の玉みたいに教場を駈《か》け巡って、熱心にあれこれ喋《しゃべ》っているかと思えば瞬《またた》く間に図書室から書籍や雑誌を運んできて、ああでもない、こうでもないと大声で喋りながら筆写しておられた」

「牧野君は名物男だからなあ」と、池野は含み笑いだ。

「僕は有名か」

「そりゃ、そうだろう。土佐人はともかくよく喋る、独り言でも声が大きい」

富太郎は呵々《かか》と、仰《あお》のいた。平瀬はプレパラートを作り続けている。その邪魔をせぬように、池野に向かって「で」と訊いた。

「公孫樹の、何を研究しゆうが？」

池野も少し顔を寄せ、小声になった。

「欧州の植物学者の論文に触発されたんだよ。十月頃に成熟して落ちた銀杏には胚芽《はいが》が認められんので、受精していない種子であろうと考えていた。しかし三ヵ月後に再度調べたら、胚芽ができている。とすると落下後に精虫《せいちゆう》によって受精し、冬の間に胚が発育するのではないかという説を立てたんだな。平瀬君が、では本邦の公孫樹はいかがであろうかと周囲に話したら、助手の藤井《ふじい》君やうちの大学の石川《いしかわ》教授が、そんなら自ら研究してみてはどうかと勧《すす》めたらしい」

平瀬は「公孫樹は日本とかかわりが深いですからなあ」と、作業中の物言いも落ち着いて穏やかだ。

「欧羅巴《ヨーロッパ》に公孫樹が広まったのは、阿蘭陀《オランダ》東《ひがし》印度《インド》会社の医師であったケンペルが元禄《げんろく》時代の日本から持ち帰ったものが契機らしいですからね。ちょうどこの庭の主《あるじ》であった綱吉公の時代で、ケンペルは綱吉公に謁見《えっけん》しています」

ケンペルが日本から持ち帰った木は後に、維納《ウィーン》の植物園に残された。珍奇な植物として公孫樹は欧羅巴の人々に歓迎されたが、当時は葉色の美しさのみがもてはやされ、実の存在はほとんど知られていなかったらしい。樹木には雄《オス》と雌《メス》で個体が分かれるものがあり、公孫樹にも雄の木と雌の木がある。それは後世の学者によって発見されたことで、むろんケンペルは雌雄《しゆう》を意識して持ち帰ったわけではないだろう。

手の中の緑色を見つめれば、頭の中の知識が蠢《うごめ》きだす。

「花が咲いて種子を形成する裸子《らし》植物や被子《ひし》植物は、我々人間のような精虫を持っておらんというのが通説じゃな」

「いかにも。苔《コケ》類や羊歯《シダ》類よりも遅く出現したから、子孫を残すしくみで独特の進化を遂《と》げた。花粉が雌蕊《しずい》の頭につくと、花粉管を伸長させて雄の細胞を卵《ラン》に届ける。それが彼らの受精だ。世界の植物学者の常識だった」

風がなくなってか、鼻をやられそうな悪臭だ。

「ところが五十年ほど前、独逸《ドイツ》のホフマイスターが公孫樹の生殖器官の研究を行なった。裸子植物も一様ではなく、花粉に進化前の精虫を持つものがいるかもしれないとの可能性を示したのさ」

　富太郎の取り組んでいる研究は植物分類学の範疇《はんちゆう》であるので、発生学の最新研究については門外漢である。ただ、ホフマイスターが「植物の世代交代」を明らかにした学者で、植物発生学の重要な概念を提示した人物であることは承知している。

「ということは、平瀬君が読んだ論文は、ホフマイスターの示した仮説を証明しようとの取り組みか」

「そういうことだ。研究は進んでいるよ。露西亜《ロシア》のベリャーエフという学者が西洋櫟《セイヨウイチイ》の受精を明らかにしたし、独逸のシュトラスブルガーも公孫樹や蘇鉄《ソテツ》の受精を調査中だ。まだ精虫の確認はできていないが、公孫樹の花粉が雌の木に達し、そこで発達していく理論を図にまでしている。あとは証明するだけだ」

　公孫樹は四月から五月、雌雄別々の木に雌花と雄花が開花する。富太郎はそのさまを思い描いた。

「雄花の花粉の中に精虫がおることを証明するためには、受精がいつ行なわれるか、じゃな」

「然《しか》り。それで平瀬君は毎日、公孫樹の木に登って銀杏を採り続けているというわけだ。実の中に胚珠《はいしゅ》が確認されたら受精した、まだ胚珠ができていなかったら受精していない。その調査で、東京の公孫樹の受精最盛期は九月中旬であるらしいという仮説にまでは漕《こ》ぎつけた」

「なるほど。それで今、熱心に銀杏の胚を切り続けているというわけか。池野君も共同研究しているのか？」

「僕も興味はある。あるが、平瀬君ほど木登りが上手くない」と笑い、「そういえば」と眼鏡《めがね》をずり上げた。

「手伝わせちまって悪かったね。用があるのだろう、もう行ってくれていいよ」

「何を言いゆう。君が標本を貸してくれと頼んできたから、持ってきたんじゃないか」

　待ち合わせを失念しているようだ。富太郎は縁に放り出したままであった風呂敷包みを、「ほれ、この通り」と白衣のかたわらに差し出した。

「や、そうだった、そうだった。これは失敬」

平瀬がプレパラートを箱に詰めながら、「いけませんなあ、池野助教授」と咎《とが》め立てている。

　秋陽の中で、二人は夢中だ。この臭いプレパラートに日付を記し、大学に帰って一枚一枚、顕微鏡で覗《のぞ》いてゆくのだろう。受精の時期も仮説段階となれば、その作業を日々昼夜にかかわらず続けねばならない。しかもその中に精虫がいる確率は、砂浜で一銭銅貨を探すに等しい。まったく徒労に終わるかもしれぬ研究だ。しかし、世界の常識に真っ向から挑んでいる。まるで子供が遊んでいるかのような熱心さと明るさでもって。

いつのまにと、富太郎は庭へ目を投げた。東京から離れている間に、二人の背中が遠くなっていた。

町の方々《ほうぼう》で、喇叭《ラッパ》が吹き鳴らされている。

昨明治二十八年、日本は清《しん》国を相手取った戦《いくさ》で大勝利を収め、台湾《たいわん》を割譲された。数年前までは三番町の料理屋でも月琴《げっきん》を用いる清楽《しんがく》をよく演《や》っていたものだが、一昨年に戦が勃発《ぼっぱつ》するや敵国の音楽はけしからんと弾《ひ》かれなくなった。その代わりのように陸軍の楽隊が吹奏楽で軍歌を演《や》り、見物していた庶民の間でも流行した。軍歌は騒々しくて好みの旋律ではないが、西洋音楽が身近になったのは結構なことだと、富太郎も手足を勇ましく振り上げながら小石川区の上富坂町《かみとみざかまち》を歩く。

生家の岸屋を畳んで東京に居を定めてから三年になるが、最初は大学に近い本郷区の中で転々としていた。月末に家賃の工面がつかぬからで、それは今に始まったことではないが、以前は壽衛が大家に拝《おが》み手をすれば「しようがないねえ」とぼやきながらも待ってくれたものだ。しかし近頃の東京はすっかり不人情になった。たちまち追い立てを喰らって、大八車に一切合財《いっさいがっさい》を載せねばならない。今の家は四軒目だ。

大学の事情もある。昨年、独逸に留学していた三好学が帰国し、植物生理学講座が開かれてその教授に就任した。教授室や講義の教場がいっそう足りず、植物園での実験と講義がいちだんと増えている。「植物学科は早晩、植物園内に移転するらしい」との噂《うわさ》が真《まこと》になりそうで、ならその近くが簡便だとばかりに小石川で古家を探した。

見つけたのは豪壮な構えの家で、冠木門《かぶきもん》に板塀《いたべい》を巡らせてあり、訪ねてきた池野は「学長並みの屋敷だ」と呆《あき》れ半分に感心していた。助手の俸給に見合わぬ家賃であるが、書物と標本でまず二間はふさがる。書斎としてさらに一間は要《い》るので、自《おの》ずと大きな家を選ばざるを得ない。日々採集する草木を干して乾かし、新聞紙に挟むといった作業には茶の間を使い、壽衛にも手伝わせている。何を教えても一生懸命に聴いて真面目に取り組み、この頃は読み書きも習練して自身の名を漢字で記すことが専らになった。

通りから小路に入って角を曲がれば我が家なのだが、そこで富太郎は足取りを緩《ゆる》め、板塀に手を置いて頭だけを突き出す。まるで泥棒の下見だが致し方がない。

「さてさて、今日は？」

借金取りが訪れると、壽衛は見越しの黒松の枝に手拭いを吊るしておくのが慣《なら》いになっている。その合図のおかげで富太郎は難を逃れられるというわけだ。今日は何もはためいておらず風もなく、向かいの家の杉の木で蝉がツクツクスーイスイと鳴いている。

「進んでよぉし」

にんまりと肩を回し、大手を振って門の中へと入る。この季節のことで家じゅうの障子《しょうじ》を開け放しているので、赤子の泣き声がする。四月の末に生まれた長男だ。

「帰ったぞ」

声を張り上げて式台に上がると、さっそく「お父ちゃぁん」と次女の香代が出てきた。もう数えの五つだ。長女の園を死なせた年の秋に壽衛はまた女児を産んだが、その日のうちに死んでしまった。長男が生まれた時、どうか長生きしてくれと、名を延《のぶ》世《よ》とつけた。今のところは暑さ負けをすることもなく、乳もよく飲むらしい。

「お帰りなさいませ」と、壽衛が出てきた。香代も一人前に母親の真似《まね》をして、短い足を畳んで辞儀をする。壽衛に風呂敷包みを渡すと、香代はそれを持ちたがって手を伸ばす。

「お香代、いけないよ。これはお父ちゃんの大事なお仕事」と壽衛は窘《たしな》めながら茶の間を通り抜け、書斎へ入った。香代もとことこと一緒についてくる。

「だいがく」

「そう、大学のお仕事だよ」

壽衛に手伝われながら夏羽織と袴《はかま》を脱ぎ、浴衣《ゆかた》に着替える。

「僕の仕事をもう理解しゅう、しているのか」

土佐弁を東京弁に言い換える。「いいえ」と、壽衛は眉を八の字にした。

「大学がどういう所かはわかっていませんわ。大人の言葉を聞いて真似をして、でも毎日、新しい言葉をどんどん口にします」

園は数え六つになったばかりで亡くなったので同じ時期があったはずだが、家の整理で土佐にいたのでその頃をほとんど知らない。茶の間に移って坐《すわ》ると延世はまだ泣いているが、壽衛は動じない。台所に立ち、麦湯《むぎゆ》を運んできた。大福餅も二つ皿にのっている。

「まだ残っていたのか」

いつぞや、池野が手土産《てみやげ》に持ってきてくれたものだ。「大丈夫だと思いますけれど」

と壽衛は皿を持ち上げて鼻をひくつかせ、「どうぞ」と膝の前に置いた。さっそく一つを口に入れると、皮は硬くなっているが餡《あん》はまだ美味《うま》い。舌の上にまだ残っているうちにもう一つを放り込むと、香代と目が合った。じいと、恨《うら》めしそうに口を半開きにしている。

「こりゃ、いかん。全部、喰うてしもうた」

香代はべそをかいて母親の膝に縋《すが》る。壽衛は香代の背をさすりながら、「また池野のおじさんが持ってきてくださるから」と適当なことを言ってごまかし、腰を上げた。延世を抱き上げて浴衣の胸許《むなもと》を広げ、真白な乳房を取り出して乳首を含ませた。香代はぐずって、とうとう「お餅」と泣き声を上げる。「香代」と、富太郎は手招きをした。立ち上がり、手を丸めて口にあてる。プププと喇叭の真似をして、「行進」と歩き出す。

「それ、お父ちゃんに続け。行進、行進」

香代はわけがわからないながらも、とっと弾けるように立ち、父親の後をついてくる。庭に面した縁側に出て、茶の間に積んだ新聞紙の束《たば》の間をくねくねと歩く。

「こうしん、こうしん」

香代は頬を真赤にして、たぶん聞いたことのない喇叭の音の真似までしてはしゃぎ回る。富太郎が笑えば、躰《からだ》を折り曲げて一緒に笑う。ふと思い出した。

「また出張命令が出た」

壽衛に告げると、延世を抱いたままこちらを見上げる。

「今度はどちらですか」

「台湾だ」

「台湾？　日本の領土になったとかいう、あの台湾ですか」

「そうじゃ。植物調査をせよとの打診があった。正式な命令が下るのはまだ先になるが、十月に入ったら発《た》つ」

台北《タイペイ》という町に総督府《そうとくふ》が置かれて日本による統治は始まっているものの、治安については不安がある。とくに山地には原住民の集落があり、危険性もあると松村教授は言っていた。それでも「命令」とあれば否《いな》やはなく、まして足を踏み入れたことのない熱帯だ。

もちろん、お受けします。ぜひ、この牧野を台湾に遣《や》ってください。

勇み立った。領土とはいえ、初めての外国だ。

僕も負けてはおられん。

平瀬と池野の姿が胸の裡《うち》にある。平瀬は今年一月、昨秋に作製しておいたプレパラートを顕微鏡で観察中、ついに鞭毛《べんもう》を持った小さな虫らしきものを発見した。四月二十五日には東京植物学会の例会でそのプレパラートを展列、会員らの前で「公孫樹の受胎ならびに胚発育における研究の大要」を講説した。

平瀬の研究はすでに大学の中で注目を集めていたが、学会の反応は鈍《にぶ》かった。

寄生虫の死骸《しがい》じゃないのかね。

いずれにしろ、生きたものを示してくれんことには認めようがないよ。

だが平瀬は意気消沈の様子がなく、池野も同様だ。池野は蘇鉄が多く自生している鹿児島をたびたび訪れ、標本を研究室に持ち帰って観察しているらしい。蘇鉄にも公孫樹と同様のしくみがあり、精虫がいるのではないかとの仮説を証明するつもりのようだ。

二人を応援する気持ちは確かにある。と同時に、なぜか胸の裡がざらつく。理由はわからない。だが今朝、夢を見た。

平瀬が顕微鏡の前で肩を落とし、不精髭《ぶしょうひげ》がひどい。公孫樹に精虫などいなかったのだ。それを証明したのが露西亜のマクシモーヴィチ先生で、富太郎は池野と共に平瀬を慰《なぐさ》めた。慰めながら、どこかでほっとしていた。

ただの夢だ。マクシモーヴィチ先生はすでに亡くなっている。だいいち、わしも新種を発見してきたじゃいか。貉藻《ムジナモ》など、植物学の歴史に残る発見じゃ。わしは世界のマキノになる。

誰よりも、我こそが先頭を走りゆう。

そう自負して疑いもしないというのに、寝床の中で懸命に己を宥《なだ》めていた。明け方のことで、天井の木目もうっすらと見えている。けれど暗い井戸の底を覗き込んだようで、暗澹《あんたん》となった。

「お父さん」

壽衛に呼ばれて立ち止まると、香代が膝にまとわりついた。

「旅費はいかほど」

さっきから何度も訊いていたようで、延世はもう畳の上に寝かされ、壽衛は茶碗と皿を盆にのせて中腰だ。

「大学からは百円が支給されるらしい」

「百円も」と、目を丸くした。

「調査に費《つい》やすのはほぼひと月の予定やき、それでも足りんろう。用心のために短銃《ピストル》も携帯した方がえいと聞いたき、それも買わんといかん」

壽衛はしばし富太郎を見つめ、「わかりました」と顎を引いた。亭主が「工面をつけろ」と暗に命じた意を汲《く》んだらしい。

九月九日、平瀬はとうとう成功した。生《なま》の銀杏の薄片を顕微鏡で観察中、視界を横切ったのだという。接眼レンズに眼を押しつけるようにして確認すれば鞭毛を持った球状の小さな虫で、後ろに尖鋭《せんえい》な尾状のものを具有している。それを池野に見せた。

寄生虫かもしれませんが。

平瀬は慎重になっていた。しかし池野は「いや」と、口吻《こうふん》を熱くした。

君は大変なものを見つけた。

その後は互いに言葉にならず、固く手を握り合っただけだったと、富太郎は数日後に池野から聞かされた。

九月二十六日には学会の例会で発表し、十月二十日発行予定の『植物学雑誌』に論文を寄せることになった。「いてふノ精虫ニ就《ツイ》テ」という標題で、富太郎はそれを原稿の段階で読ませてもらった。

――精虫ガ花粉管ノ一端ヨリ飛ビ出シテ胚珠心ノ内面ニ溜レル液汁内ヲ自転シナガラ頗《スコブ》ル迅速ニ游進《ユウシン》セル状ヲ目撃スルコトヲ得タリ。

公孫樹は雌雄異株だ。春に新しい葉が出た頃、雄木《おぎ》で雄花が咲いて花粉を出す。花粉は風に乗って遠くへ飛散し、雌木《めぎ》の枝の端で咲く雌花と出会う。そこですぐ祝言を挙げるわけではなく、花粉はしばらく雌木で養われる。花婿も花嫁もまだ幼いからで、やがて時日を重ねて秋風が吹く頃、雄の花粉嚢《かふんのう》から精虫が躍り出る。雌の胚珠心の内に向かって游進する。子孫を残すために。

平瀬はまさにそのさまを目撃した。世界で初めての、裸子植物における精虫の発見だ。日本人による日本での大発見だ。

東京では受粉が四月末から五月初め、受精が九月から十月に行なわれることも明らかにされた。そして驚くべきことに、池野も蘇鉄の固定標本において精虫を発見したらしかった。形状は公孫樹とほぼ同じで、ただしまだ生きた状態では確認できていない。

十月に入って富太郎は台湾出張の命令を正式に受け、十三日に横浜を発った。乗船前には短銃と弾薬五十発を購《あがな》ったが、弾薬の購入には警察の許可が要るので事前に小石川警察署に願いを上げなければならなかった。十五日には神戸を出発、二十日に基隆《キールン》という土地に上陸、そこから汽車で台北に向かった。

同行したのは、小石川植物園に勤務する内山《うちやま》富次郎だ。以前から顔は知っていたが、「富太郎富次郎一座の道中じゃ」と門付芸人《かどづけ》めかして剽《ひょう》げれば、内山も「兄《あに》さん、ひとつよろしく」と応じて返す。汽車の中でも話題は植物で、種の尽きることがない。

台北の宿を本拠地にして、二人で方々を歩き回った。案内人には現地の者を雇い、片言《かたこと》ではあるが英語を喋れる青年だ。黄《コウ》という名で、頬骨が高く目は傷のように細く、表情がほとんど動かない。辮髪《べんぱつ》ではなく、ザンギリにしている。

目にする植物は緑が濃く滴《したた》らんばかりで、宿の中にも花の匂いが満ちている。ただ、料理に用いるらしい油と獣肉の臭いも強く、道の泥濘《ぬかるみ》を跨《また》げば肉の腐臭や糞尿《ふんにょう》の臭いが鼻腔《びこう》を刺す。覚悟していたよりは治安は悪くなく、町中では日本の軍人や欧米の商人らしき姿を見かけ、派手な色で飾り立てた人力車も盛んに行き交う。俥夫は台湾人で、半裸だ。日本でも見かける光景で、それは珍しくない。ただ、町の片隅《かたすみ》に浅黒い顔をした者らが蹲《うずくま》っている。犬や猫、鼠《ねずみ》の死骸も多く、放置されたままだ。

案内人の黄は町の何にも目をくれず、富太郎らに「ゴー」とだけ言って前へと進む。

疫病が流行《はや》っているので気をつけるようにと総督府の役人に命じられたが、日本では見ない疫病らしく、黄に訊いても説明が曖昧だ。すなわち注意のしようがないということらしい。

「それにしても大変な暑さだ。さすがに熱帯、十月末というのに真夏ですなあ」

内山は嘆息まじりに空を仰《あお》ぐ。人力車を雇って山地に赴《おもむ》き、そこで待たせたまま黄に案内させて一日じゅう歩き回るのだ。首に巻いた手拭いが汗ですぐに湿る。採集した植物を山と抱えてまた宿に戻るを繰り返すうち、根から掘り出した植物が蒸《む》れたような臭いを発し始めた。

「内山君、大変じゃ。腐《くさ》りゆう」

隣室に飛び込んで内山に告げると、西洋製の旅行鞄《かばん》を引っ張り出した。

「少々お待ちください。たしか、何かに載っていたような」

西洋机の上に積んだ書籍や雑誌も引っ繰り返し、寝台の上に広げる。

「あった、これだ」

内山が示したのは英吉利《イギリス》の雑誌で、目を走らせれば、かつて熱帯で植物を採集したプラントハンターの記録のようだ。英語なら辞書がなくとも大抵は読める。

「木箱の内側にブリキの板を張り、採集した植物は新聞紙に挟んで箱に詰める。アルコオルをその上から振りかけ、密封して母国に送った、か」

その方法で植物を安泰《あんたい》に守ったと記されている。顔を見合わせ、すぐさま階段を駈け下りて町へ出た。その日は黄を雇っていない日であったので二人で西洋人向けの店を訪ね歩き、何軒目かでようやく大きな木箱を見つけた。

「内側にブリキ板を張ってくれ。隙間《すきま》のないように頼むよ」

内山が英語で説明し、しかし台湾人の店主は仏頂面《ぶっちょうづら》だ。富太郎が紙に漢字と絵を描いてみせると、ようやく首肯《しゅこう》した。「我明白了」と紙に書いて返してきたので、思わず頬が緩む。

「内山君、筆談が間違いない。わしらには漢字がある」

店主の顔にも表情らしきものが表れて、「任せろ」と言うように胸を手で叩いた。アルコオルは内地から持ってきていたが、これも余分に買い求めた。宿に戻った時はとっぷりと日が暮れていた。

「シイボルトやツュンベリイ、マクシモーヴィチ先生らは日本の蒸し暑さに辟易《へきえき》したらしいが、その苦労が身に沁《し》みてわかる」

市場で買い求めた揚げ麵麭《パン》を二人で分け合い、腹を埋めた。大の男二人で侘《わ》びしい限りだが、ハンティングされるばかりであった日本の学者がこうして海の外に出て調査を始めている。戦は好かぬがこれも勝ってこそ、国力増強ゆえのことだ。強うないといかん。人間も国も。

頭の中で軍歌が鳴り響いた。

十一月の半《なか》ばも過ぎて二十六日、黄の案内で台北城近郊の埤角《ピークワ》という土地に採集に出かけた。

台北城は清国支配時に築かれた城郭のようで、完成したのは十数年前だと黄が言う。清国で有名な万里《ばんり》の長城のごときものらしいが面積は百四十一町《ちょう》を超え、坪にして四十二万三千五百という広大さだ。その城郭からさほど隔《へだ》たぬうちに人力車は鬱蒼《うっそう》とした森林に入り、しばらく木下闇《このしたやみ》を行くと突然、前が開けた。起伏のある原野で、そこで俥を止めさせて採集にかかった。胴乱《どうらん》に野冊《やさつ》、根掘り、写生用の画帖《がちょう》や鉛筆を携《たずさ》えて、いざ突撃だ。一草の前で屈んでは写生して掘り取り、また歩いて屈んでと、飛蝗《バッタ》のごとく巡る。

植物分類上、日本と台湾の近似や違いを明らかにするだけでなく、薬や食用、観賞用として有用なものであると確認できれば国の資源になる。そういう捉《とら》え方で、かつてのプラントハンターたちも日本を訪れたのだろう。だが富太郎にとっては、異国の植物との出逢いが咽喉《のど》が鳴るほどに嬉《うれ》しい。

おまんは、何の仲間じゃ。桑《クワ》の仲間か？　おまんは葵《アオイ》の仲間じゃな。

手許に影が落ちて、見上げれば黄が画帖を覗き込んでいる。

「黄君も、植物が好きながか?」

英語で訊《たず》ねると、肩をすくめて頭《かぶり》を振る。

「絵です。先生の絵、すこぶる巧い」

「絵か。そうか、君は絵が好きか。なら、描いてみるがえい」

画帖から一枚をちぎって渡し、画板と鉛筆を貸してやる。

「持ち方はこうじゃ。いや、そうもきつう握り締めんと、やわらこう持って。この草を描くがやったら、茎の形や葉の付き方をまずはよう観察してみよう。な、これとこれとでは同じ草でも全然違うろう? わしと君の顔が違うように草木もそれぞれじゃ」

とまどっているのか途方に暮れているのか、黄は小鼻をひくつかせるばかりだ。しかし草の上に尻を下ろし、膝の上に画板を置いた。

「ともかく初めは手を慣らすこと。紙も鉛筆もいくらでもあるき、ようけ描くがえい」

内山はちらりと眼差《まなざ》しをよこし、しかし何も言わぬまま動いて屈み込んだ。その背中のそばを通り過ぎ、また屈んでは立つを繰り返しながら歩き回る。やがて草原の端が見え、どうやら斜面になっているようだ。歩を進めると風に匂いがある。

見下ろすなり、叫んでいた。

「内山君、ミスタ・コウ」

「何事ですか」内山が剣呑《けんのん》な声音《こわね》でそばに来て、黄などは走ってきた。そして二人ともなにやら短く叫び、目を瞠《みは》った。富太郎も黙したまま数歩、斜面を下りる。

百合《ユリ》の大群落だ。背丈も高い。喇叭状の花も大きく、ちょうど満開の時季に出逢ったらしい。森で鹿や狸に出くわした時のように、そっと、驚かせぬように近づいてゆく。茎も太く、親指の爪幅ほどはある。ただし葉は細長い剣形《つるぎ》で、明らかに日本の百合とは異なる形状だ。そして花だ。うなじのごとく美しい流線形の外側は鮮やかな赤紫色を発している。

緑の中に、純白と赤紫の花が群れて揺れている。

芳香に酔いそうになりながら、台湾固有の百合だと直観していた。日本では古くからこの島を、「高砂島《たかさごじま》」と呼んできた。海の果ての宝の島だと。

まさに宝のような花だ。高砂の百合。

採集植物を収めた大箱は十二に及び、密閉して内地へと送った。

帰国は予定を大幅に過ぎ、十二月の中旬に出発することになった。その前日、台北の町を歩き、清国人が営《いとな》む小間物屋で花簪《はなかんざし》を買った。梅枝を象《かたど》った細い銀製で、先端には薄い石に白い花弁と薄紅色の花弁が細工されている。壽衛への土産だ。香代には西洋人向けの店でオルゴオルの置き時計を買った。内山も大量に買い込んだようで、荷作りに大わらわだ。ドアをノックする音がして、黄が立っていた。

「やあ、来てくれたのか」

英語で「中に入れ」と誘っても、相変わらず無愛想《ぶあいそう》なまま突っ立っている。

「世話になった。元気でな」

握手を交わすうち隣室から内山も顔を出し、礼を告げた。だが黄は立ち去ることなく、頬を掻いたり咳払《せきばら》いをし、ふいに何かを差し出した。

「あなた方もお元気で」

そう言い、階段を逃げるように下りていく。渡されたのは折り畳んだ紙で、手触《てざわ》りからして富太郎がちぎった画帖のものだ。「何ですか」と内山も覗き込む。紙を広げるや、呆《あっ》気《け》にとられた。

胴乱を斜めに掛けた着物姿で尻端折り、足許は草鞋《わらじ》に脚絆《きゃはん》、首には手拭いだ。右手に画帖、左にはあの百合を数十本も小脇に抱えている。眉は濃く髪も黒々と盛り上がり、歯をニッカリと見せて笑っている。

愉快、愉快。大収穫。

「これは、僕か」

「破顔一笑ですなあ」

内山は「それにしても」と唸《うな》った。「これ、生写《しよう》しじゃありませんか。まるで写真だ」

その通りだと、富太郎も己の首筋を叩いた。とんでもなく緻密《ちみつ》な線で描かれている。

「えらい妙手《みようしゆ》に指南してしもうた。わしが教えを請《こ》わねばならん相手じゃった」

振り返って窓に取りついた。身を乗り出し、宿の前の通りを見渡す。雑踏の中でザンギリ頭を捜すが見当たらない。馬に乗った軍人らが列になって通りに入ってきて、人波が二つの流れに分かれて道を空ける。乾いた土まじりの風が舞い、たちまち人で溢《あふ》れ返る。と、宿の向かいの店から出てきた男がいる。こちらを見上げた。

「ミスタ・コウ、サンキュウ」

叫ぶと、皆が一斉《いつせい》に窓を見上げた。黄は困ったように顔を振り、そのまま人波に紛《まぎ》れてしまった。


明治三十年六月、帝国大学が京都にも設立され、従前の帝国大学は「東京帝国大学」と改称した。小石川植物園も「東京帝国大学理科大学附属植物園」となり、植物学科はかねてよりの念願を果たした。教場を植物園内に移転したのである。

建物は新築をせず、取り壊しが予定されていた本郷の薬学教室の建物を移築した。木造平屋の洋館が二棟《むね》で、西南の棟の中央が玄関だ。玄関ポオチには白く塗られた四本の柱がすっくと並び、この部分の屋根だけは寺の唐破風《からはふ》のような意匠《いしょう》が施《ほどこ》されている。二つの棟は渡り廊下で結ばれており、玄関を擁《よう》する表の棟に松村教授室と植物分類学研究室、腊葉《さくよう》室や実験室が配され、奥の棟には三好教授室と植物生理学研究室、講義室、培養室や播種《はしゅ》室などが配された。

ただし一年生の実験場は廊下のままで、助手にも特定の部屋はない。その時々、教授の命《めい》を受けて標本を作り、講義の準備を手伝い、図書室で調べものをするためだ。

引越しを終えてもまだ整理に忙殺される。助手仲間数人で図書室の書物を棚に納める作業の最中、誰かが平瀬の名を口にした。

「聞いたかい。平瀬君、大学を辞《や》めるらしいね」

「ああ、そうらしいなあ」

富太郎は棚の隙間から顔を突き出した。

「辞める？　どういうことじゃ」

大声に驚いたのか、二人は顎を引いている。

「詳しいことは知らんよ」

「辞めてどうするんじゃ」

両腕で重い洋書を抱えたまま、棚を回り込んで二人の前に立つ。

「そうか、農科大学で助教授になるがか」

先回りして合点《がてん》した。昨年の平瀬の大発見は『植物学中央雑誌』という独逸《ドイツ》の速報誌に送られ、十月に受理されたらしい。しかし年内には掲載されなかった。台湾から帰国して耳にしたところによると、欧米の学者らは懐疑《かいぎ》的であったらしい。

日本はまだ開国してまもない国で、大学も発足して二十一年目ではないか。諸学問を西洋から移入するのに躍起だというのに、欧羅巴《ヨーロッパ》の学者でも追跡できなかった精虫を発見するとは信じがたい。

だが今年に入って件《くだん》の雑誌に短報が掲載された。池野の蘇鉄精虫発見の報がまず採り上げられ、次の号に平瀬の公孫樹の精虫発見の報が載った。亜米利加《アメリカ》のウェバーという学者が蘇鉄近縁のザミアという植物で精虫を確認したことで、欧羅巴の学会も池野と平瀬の発見を認めざるを得なくなったようだった。

「助教授？　とんでもない。どこかの中学校の教員になるらしいよ」

「馬鹿な」

髪の毛が逆立った。

「なんでじゃ。世界的な発見をした学者が、なにゆえ研究生活から身を引く」

しかし二人は頭を振るばかり、背を向けて作業を続けている。仕方なく持ち場に戻ったものの、またも頭に血が上る。洋書を重ねたまま箱の上に置き、廊下へと飛び出した。玄関ポオチを抜け、左右を見る。どこに向かおうとしているのか自身でもわからない。学生が通りかかったので、「平瀬君を見んかったか」と訊ねた。

「平瀬さんなら、さっき井戸の近くで見かけましたが」

すぐに閃《ひらめ》いた。井戸跡からいくらも離れていない場所に例の大公孫樹がある。富太郎は北へと走った。下駄《げた》の歯《は》がすぐに土を食んで足を取られそうになる。洋靴を買わねばならんなと、どこかで考えながら駈けた。果たして、その姿があった。池野も一緒だ。蟀谷《こめかみ》から汗が噴き出し、息が切れる。

「牧野君、血相を変えてどうした」

池野が暢気《のんき》な声を出すので、向かっ腹が立った。

「どうしたもこうしたも、ないろう。平瀬君、大学を辞めるというがは真《まこと》か」

平瀬は今日も髭剃《そ》り痕が濃い。青黒い顎を掻きながら首肯した。

「なんでじゃ。論文を書いとる最中だろう」

大学の紀要に寄稿すべく、詳細な論文に取り組んでいると聞いていた。平瀬は仏文、池野は独文で書くらしく、仏語にも精通している池野が平瀬に随分と助力しているらしいとも耳にしている。

「書いているよ。でも、ここからは去る」

そして公孫樹の梢《こずえ》を見上げた。

独特の青みを含んだ緑だ。台湾の植物を見てきた目には、つくづくと唐渡《からわた》りの樹木だと感じ入る。日本に自生している樹木の葉は黄色を含んだ緑で、こういう青系ではない。ゆえに黄葉も金色に見紛うばかりになるのだろうか。

平瀬も見上げている。大きな幹に掌《て》をあて、ぽんぽんと叩く。そして躰の向きを変え、池野と富太郎に「では」と小さくうなずいて、その場を離れた。

「待ってくれ。話は終わっておらんき」

追おうとしたが、池野に腕を摑《つか》まれた。

「無駄だ。彼はもう決意した」

「池野君、なんで引き止めん」

池野は何も言わず、公孫樹の根方《ねかた》に腰を下ろした。片膝を立て、もう一方の足を投げ出す。

胸の裡からせり上がるものがあり、「わしは」と吐き出すように言っていた。

「妬《ねた》ましくてならんかったがよ。肚《はら》の中に妬み嫉《そね》みの虫が棲《す》みついてしもうて、塞《ふさ》ぎの虫にまでやられた。わしは酷《ひど》いことを考えた。精虫なんぞ本当におるがかと疑い、いや、成功せんでくれ、精虫なんぞ見つからんでくれとも願《ねご》うた」

池野は目を瞠《みは》って富太郎を見つめている。

「どうじゃ、驚くじゃろう。わしも驚いた。己がこうも狭量《きょうりょう》な人間だとは知らんかったがよ」

「驚くに決まってるじゃないか。そんな本心、誰も打ち明けたりせんぞ」

「いや、聞いてくれ」と、池野の真正面に腰を下ろして胡坐《あぐら》を組む。下駄を脱ぎ、音が鳴るほど歯を強く合わせて土を落とした。

「己の底で頭を打って、ようやっと認めたんじゃ。じゃから、平瀬君にはこのまま進んでもらわんと困る。なあに、わしもすぐに追いついて追い越すき」

「どうやって、そんな心境になった」

「わからん。きっかけがあったわけじゃのうて、徐々に、ただただ己の研究に打ち込むうちに」

台湾への出張も風穴になったかもしれないと、喋りながら気がついた。あのまま日本にいれば、平瀬の研究の進捗《しんちょく》を耳にするたび胸の悪い思いをして苦しんだだろう。

「君、もしかしたらその齢になるまで嫉妬《しっと》心を持つことがなかったのか」

「初めてじゃ。初めは己でもようわからんかった。胸ん中がやけに黒々として、気がついたらいつも銀杏をスライスする平瀬君の姿を思い返している。ああ、これが妬みなるものかと発見して、いやあ、実にしんどいものだと痛感した」

「いくつだったっけ」

齢に何の関係があるのかと下駄をまた鳴らし、「三十六」と答えた。

「珍しい男だな。ほとんどの人間は十代、二十代で経験するぞ。己より優れた者に対して激烈なる嫉妬心を抱《いだ》いたり、いや、もっと幼い時分にきょうだいに対しても抱く。自分は親に可愛がられる分量が少ないのではないか、教師はあの同級生を贔屓《ひいき》しているのではないかってね」

「そうか」と、富太郎は目をしばたたいた。

「わしは親が早《はよ》う亡くなって、しかも独り子できょうだいがおらん。祖母《ばあ》様に猫可愛がりされて、村の連中からも富さん、富さんちゅうて大事にしてもろうてきたきね。それに学問でも何でも、ずっと一番やったがよ。負けたことがない。それが初めてへし折られた」

「なるほど」と、池野は薄く笑む。

「なあ、なんで平瀬君は大学を辞めるが？」

「言えんね」

「隠すがか」

「僕も聞いていないからだ。彼なりに考えた末に出した結論だろう。ただ、大学を離れても論文は書けるし、僕も助力は惜《お》しまないと伝えた」

長息した。あれほどそばにいて本心を知らぬわけがない。墓まで持っていくつもりなのだろう。

「周囲は、僕が指導して平瀬君に研究させたように言ってるよ。だが牧野君、事実はその反対だ。僕は平瀬君の研究に刺激されて、蘇鉄の精虫の発見者になった。彼が大学に奉職したのは九年半ほど、研究したのは四年と二ヵ月だ。彼は実に偉い人だよ」

たったそれだけの研究生活で世界的な発見を成し遂げ、そして何も言わずに去ろうとしている。

「生家は福井藩士じゃったか」

「そうだ」

腑《ふ》に落ちるものがある。申し開きを潔《いさぎよ》しとせず、談判もしない。どうしようもなく武士なのだろう。明治の御世《みよ》だというのに。

翌年の五月十二日、三女が生まれた。名を鶴代《つるよ》と付けた。子が増えるのはめでたい。が、またも家賃を滞《とどこお》らせ、引越さねばならなくなった。大学の俸給は上がらず物価は上がり、購いたい書物は増える一方だ。それで八月、同じ小石川区内の林町《はやしちょう》に越した。今度も大きな古家であるが、ともかく敷金は要る。壽衛は馴染みの金貸しから工面してきた。

しかし生活苦は抜き差しならぬ状態で、壽衛の着物は古びて継接《つぎは》ぎが目立ち、七歳になった香代や三歳の延世もふと哀れを催《もよお》すほどの身形《みなり》だ。それに痩せている。壽衛は食べるものも食べずに倹約《しまつ》して台湾の旅費の足らずを補い、今も借金の利息を払うために質屋の暖簾《のれん》を潜《くぐ》り続ける。夏に火鉢や蒲団《ふとん》を質入れし、冬に請け出すというやりくりだ。

もう少しましな着物を着せ、たまには大福も存分に喰わせてやりたい。そして僕は珈琲《コーヒー》だ。ああ、牛鍋《ぎゅうなべ》も長い間、口にしておらんなあ。

ジュッと肉の脂《あぶら》が焼ける音、葱《ねぎ》と味噌の香ばしい匂い。

そこで考えた。俸給が上がらぬ以上、己でなんとかするしかない。版元の敬業社に掛け合い、また書物を刊行することにした。

「小難しい専門書じゃなくてだね。素人《しろうと》が植物に親しめる図説を出すべきだ。親友の名を知らん者はおらんだろう。植物も同じだよ。どこの何某《なにがし》で誰の親戚か仲間か、いつ、どんな花を咲かせてどんな実をつけるのかを知れば、目の前の植物の見え方が変わる。他人に話したくもなる。感心されたら、なお詳しくなりたいのが人情だ。これは売れるよ。標題はもう考えてある。『新撰《しんせん》日本植物図説』だ。むろん植物画は僕が描く」

壽衛仕込みの東京弁でまくし立て、あまり乗り気でないのを説き伏せて来年の刊行を目指すことで押し通した。夜を徹して図を描き、詳細な説明を原稿に起こす。

大学の研究室では、松村教授から『大日本植物志』の編集に携わるよう命じられた。凪が暗雲を追いやり、辺りを照らし出されたような心地だ。教授室の大机の前で直立した。

「しかと承《うけたまわ》ります。必ずや、世界をあっと言わせるものを作ります」

そもそも日本の植物相《フロラ》を明らかにしたいと念願して、『日本植物志図篇』を自費で刊行し続けた身だ。しかし資金が続かず、第一巻の第十一集を出したところで中断している。一方、矢田部教授が同じ意図の書物を丸善から刊行した。しかも非職期間中に文部省の依頼によって、本邦産の植物を網羅する『日本植物編』の草稿もすでに脱稿していたと、松村は説明した。

「実際は矢田部さんが文部省に持ち込んだ話だろうがね。草稿は確かに文部省に渡しておられるし、原稿料も受け取っておられるようだ。非職の身分になられたのが明治二十四年、非職満期を迎えたのが二十七年だから、三年間、教授としての仕事から解放されて存分に著述に励まれたというわけだよ」

そういう捉え方もあるのかと、三角の眉を見返した。

教授は研究だけに専念できぬほど多忙だ。大学内の会議や文部省とのやりとり、学会の運営もあり、論文の精査もしなければならない。もちろん欧米の植物学雑誌にはすべて目を通し、昨今の研究成果や潮流は常に頭に入れ、留学していた大学とのつながりも親密に保っておく必要があるので手紙の執筆も頻繁《ひんぱん》だ。その皺寄《しわよ》せを蒙《こうむ》るのが学生への講義の準備で、助教授や助手が教授の意向に沿って用意を整える。

しかし矢田部は非職満期となって正式に大学を離れると、高等師範学校へ移った。

「それからは、あれほど熱心だった植物学の著述を行なわなくなられた。文部省から『日本植物編』はどうするのかとこちらに問い合わせがあったことだし、ここでいったん仕切り直してだね。『大日本植物志』として刊行しようとなったわけだ」

「矢田部教授はなにゆえ、著述をなさらなくなったのでありましょうか」

田中延次郎《のぶじろう》は今も矢田部と交誼《こうぎ》があるらしいが、過去の経緯《いきさつ》があるので富太郎には矢田部のことを口にしない。延次郎は昨年には独逸《ドイツ》のミュンヘン大学へ留学を果たし、今年からは菌類学者として理科大学の講師に就任している。

「矢田部さんは、前《ぜん》教授だよ」

松村はすかさず訂正し、椅子《いす》を少し後ろに引いて脚《あし》を組んだ。

「大学から正式に離れたお方だ。植物学教室が持っている文献や標本を使っていただくわけにはいかんだろう。その不便は君もよく知っているのではないのかね」

そういう事情かと、大机に積まれた冊子の山に目をやる。大学から放逐されていた間、執筆中に何度も歯嚙みしたものだ。今、調べたいと思った時にすぐさま文献を繰れない身の上は、学問をする者にとっては手足をもがれているに等しい。ゆえに家計を圧迫しているのを百も承知の上で、富太郎は書物を買う。元々の性分《しょうぶん》ではあるが、近頃はその癖が嵩《こう》じている。身の回りに資料を集めておかねば落ち着かないのだ。それも常に最新のものを揃えておきたい。この仕事でまた書物を買い込むことになるだろうと想像すれば、壽衛の顔が過《よぎ》る。が、すぐに大仕事への熱が湧いて張り切って、壽衛の顔を脇へ押しやってしまう。

なんとかなるろう。『新撰日本植物図説』さえ刊行されれば、必ず売れるはずだ。それで家計も息がつける。

「教授、『大日本植物志』の編集と原稿執筆、鋭意努めさせていただきます」

「よろしく頼むよ」

再び辞儀をして踵《きびす》を回し、扉に向かった。「牧野君」とまた呼ばれて、振り返る。

「君は大学から書物を家に持って帰って、返さんそうじゃないか。苦情が来ているぞ。『大日本植物志』はしっかりやってもらいたいが、他の者もそれぞれ研究や論文執筆に取り組んでいる。大学は君のために資料を揃えているわけではないのだから、少しは周囲を慮《おもんぱか》りたまえ」

思い当たる節がないこともなかったが、存外に厳しい言いようだ。しかし弁明の余地はないとばかりに松村は机に向かい、洋筆で書き物を始めた。


翌明治三十二年、夏季の休暇に入った。

富太郎は諸肌《もろはだ》脱ぎになって文机に向かう。書物に囲まれていると冬は暖かいが、夏は猛烈に暑い。破れ団扇《やうちわ》を片手に辞書を引き、隣の部屋に積んである標本を引っ張り出して詳細を確かめる。それでも不明な点が解決せず、袖《そで》に腕と肩を入れ、団扇を帯の後ろに突っ込んだ。

「行ってくるき」

洗濯物を干している壽衛に声をかけた。子供たちはそのかたわらに盥《たらい》を出してもらい、行水《ぎょうずい》だ。生垣に絡《から》ませた朝顔の青が清々しい。夏椿《ナツツバキ》の白に百日紅《サルスベリ》も白、芙蓉《フヨウ》は白と紅色だ。富太郎の手が回らないので勝手放題、徒《いたず》らに賑やかな庭だが、子供の声がよく似合う。

「行ってらっしゃいませ」

壽衛は「どこへ行くのか」とか「いつ帰るのか」とかを訊かない。そんな話を助手仲間にしたことがあって、妻帯者が驚いた。飯の支度《したく》があるから帰宅予定をしかと告げよと、やりこめられるらしい。そう言えば猶も訊かない女だったなと、思い出した。ただし気に入らないことがあると顔色を赤黒くした。

猶と和之助は家財の整理後、佐川を出て静岡に移ったらしい。今も壽衛とは手紙のやりとりがあり、子供らがたまにこざっぱりとした形《なり》をしていると思えば、猶が送ってきてくれたもののようだ。

油照りの道を足早に進み、植物園の裏門から入った。手入れをする園丁らと挨拶を交わしながら園内を通り抜け、玄関から入る。廊下を折れて図書室を目指した時、背後で声がした。後ろを見返ると、台湾で一緒だった内山だ。

「やあ。久しぶりだな」

だが内山は浮かぬ顔で近づいてきた。

「どうした」

「そう訊かれるということは、ご存じないんでしょうな」

言いながら、新聞を開いて見せる。「時事新報」だ。すぐに見出しが目に入った。

記事に目を通し、「信じられん」と頭《かぶり》を振った。

記事は矢田部が亡くなったことを報じていた。鎌倉《かまくら》の海岸で遊泳中に溺死《できし》したという。齢《よわい》四十九、六男二女があり、末の男の子は今年の二月に生まれたばかりであるらしい。

「僕は矢田部教授の引きで、大学に出入りさせてもらうようになったがよ」

「そういう人は多いですよ。辞められた平瀬さんも、矢田部さんの人脈につながる人でした」

目瞬《まばた》きを繰り返した。平瀬が大学を去った理由の一つに矢田部の失脚があったのかもしれないと、今頃になって気がついた。

「ユーシーには世話になった」

口の中で呟いた。学舎の外の木立で蟬が鳴き始めた。

明治三十四年の一月、伊藤圭介翁が数え九十九歳で逝去《せいきょ》した。没後まもなく東京帝国大学名誉教授の称号を贈られ、正四位、勲《くん》三等、男爵《だんしゃく》を授けられた。日本人の手で、日本のフロラを明らかにする。

まだ十代の頃に途轍《とてつ》もなく大きな旗を掲《かか》げてくれた大本草学者、明治の傑人《けつじん》であった。

そういえば初めて上京して面会を乞《こ》うた時、富太郎は手ぶらだったのだ。帰郷の挨拶に参じた時は手土産を持参した。袋入りの金平糖《こんぺいとう》だ。その一粒の赤を陽射しに照らすようにしていた翁の眼差しを思い出す。

葬儀は谷中《やなか》で神式だ。祖父をかたわらで支え続けた篤太郎は葬儀でもしごく立派であった。

# 九　草の家

男の胴間声《どうまごえ》が響き渡った。

「子供の遣《つか》いじゃあるまいし、待てと言われて、へい、さいですかって手ぶらで帰るわけにゃいかねえんだよ」

ただでさえ暑いというのに、ご苦労なことだ。

ややあって、壽衛《すえ》の細い声がぽそぽそと聞こえてきた。何を言っているのかはわからない。子供たちも息を潜《ひそ》めているのか、それとも上の三人は近所に遊びに行ったものかと、富太郎は文机《ふづくえ》の上の本に目を戻す。古書店で購《あがな》った『古事記伝《こじきでん》』だ。全四十四巻に上る大著で、本居宣長《もとおりのりなが》は三十五年もの歳月をかけて完成させた。大樹を仰《あお》ぎ、跪《ひざまず》く思いで古い紙を繰《く》る。

「奥さん。他人様《ひとさま》に受けた恩と借りたものはちゃんと返す。ね、そんなこたあ、竹林《ちくりん》の雀だって弁《わきま》えてまさあ。まったく、世も末さね。借りる時は神か仏かみたいに有難がるが、いざ返す段となったら逃げ口上、心の悪い奴ぁ、親の仇《かたき》みてえに憎みやがる。ましてお宅は大学の先生っていうじゃねえか。そんな偉い人がいけねえよ、こんなだらしのねえことじゃ」

この高利貸しにいくら催促されているのか、富太郎は承知していない。方々《ほうぼう》に借金があり過ぎて記憶していられないのだ。男の愚痴《ぐち》と脅し文句が縄を綯《な》うように続いて、「大変なお仕事にございますねえ」と壽衛の声が聞こえた。調子外れな言いようだが、心から同情しているらしい。男は「そう」と声を張り上げた。

「借金取りってぇと無闇に怖がられるけどね、あたしは意気に感じてやってんだよ、この仕事をね。何をしたっていいがお天道様《てんとさま》に顔向けできねえことはするなって、お袋にうるせえほど言われて育ったからさ。え、なに？　ああ、親一人子一人だ。親父《おやじ》の顔は知らねえ。え、お宅の先生もそうなの。幼い時分に、両親とも。へえ、そりゃあ苦労しなすっただろう。そうすると苦学して大学の先生におなりになったってか。それはお見それしやした。俺《おら》ぁ、てっきり金持ちの息子が学問道楽にはまっちまって、でもって実家は没落ってぇ口かと思ってた」

苦学したつもりは露ほどもないが、その後の推量は当たらずといえども遠からずだ。

財産を鷹揚《おうよう》に使い捨てるような費消《ひしょう》が癖といおうか、必要と思ったものは印刷機であろうがオルガンであろうが懐《ふところ》にかまわず手に入れてきた。こと経済については、後先を考えられぬ性分《しょうぶん》だ。大学から月十五円の俸給が出る身になりおおせたのは明治二十六年、助手の低収入ではあるが「これでなんとかなるろう」と壽衛の肩を叩《たた》いたものだったが、この十年、俸給は上がらぬままだ。いつしかまた高利貸しとの縁が復活して、ある日、借金の総額が二千円ほどになっていると壽衛に打ち明けられた。

さしもの富太郎も進退窮《きわ》まり、何度も夜逃げの段取りを考えた。ところがその窮状《きゅうじょう》をどこで耳にしたやら、法科の土方寧《ひじかたやすし》教授が動いてくれたのだ。土方教授とは同郷の誼《よしみ》があり、自費刊行の『日本植物志図篇』をかねてより献本していた間柄だ。教授はその本を誰あろう大学の浜尾新《はまおあらた》総長に見せ、「これほどの学問をしている男です。俸給を上げてやってはどうですか」と掛け合ってくれたらしい。大学刊行の『大日本植物志』、その編集と執筆を拝命したのも、どうやら浜尾総長の声がかりがあったようだ。松村教授は一言もそのことに触れなかったので富太郎は知らずにいたが、「特別の仕事を担当させれば昇給もさせやすかろう」との配慮であったらしい。しかも土方教授は同郷の宮内《くない》大臣田中光顕《たなかみつあき》公や、やはり土佐出身で三菱《みつびし》本家にあたる岩崎《いわさき》家にも働きかけてくれた。それで岩崎家が二千円の借金を片づけてくれることとなり、ひとまずは窮地を脱した。それが七年前、明治二十九年のことだった。

捨てる神あれば拾う神あり、持つべきものは故郷の縁だ。

しかし未《いま》だ昇給はなく、書物と子供は増えた。家計は元の木阿弥《もくあみ》だ。敬業社から刊行を始めた『新撰日本植物図説』こそが起死回生の一策であったがと、書斎の隅《すみ》に堆《うずたか》く積んだ包みを一瞥《いちべつ》する。

富太郎はその序文を思案している時、茶の間で高らかに演説を打《ぶ》った夜がある。

「私は日本の植物志の著述を終生の念願としておる者であります。一介《いっかい》の書生の身でその大望を遂《と》げんと自《みずか》らの貲《し》を擲《なげう》って『日本植物志図篇』を刊行いたしましたが、資金が続かず停止せねばなりませんでした。その後幸いにして東京帝国大学理科大学に助手として奉職し、大学でも新たに『大日本植物志』編纂《へんさん》の大業を起こすゆえ、牧野、君が尽力せよとの命《めい》を受けた次第であります。これぞ年来の宿望、ようやく果たすべき機を得たと、私は今、欣《よろこ》び奮《ふる》い立っております。『大日本植物志』は必ずや本邦新学術の精華を万国に発揚するに足るべきものとなるに相違なく、その大業を遂げるべく私は幾星霜《いくせいそう》を費《つい》やし、日夜精神と体力の限りを尽くしております」

茶の間を見渡せば、鼻の奥がじわりと湿った。壽衛と子供らは神妙な顔をして並び、富太郎を見上げていた。

「土佐の山間に生まれて幼時に父母を喪《うしの》うた我が身でありますが、好んで草木の道に入りて、ついに世襲の産を傾け申しました」

ここでなぜか、がはと笑ってしまった。

「今、我が家の冬は暖房にも事欠き、妻子は衣の薄きを訴え、米櫃《べいき》は常に乏しく、釜《ふ》中《ちゅう》は時に魚《うお》を生ずるありさまであります。この惨状を見るにつけ、心の千々《ちぢ》に乱れぬ亭主が世にありましょうや。しかし私は、俗塵《ぞくじん》の事に超然たるを得んと欲するのでありまする。ここに本邦所産の草木を図説したる『新撰日本植物図説』の刊行を成すのも一学両得、『大日本植物志』編纂にも資するのであります。これら植物志を著《あらわ》すは我が畢生《ひっせい》の任、かつ無上の愉楽、その他はなんの存念もないのであります」

己《おのれ》の弁に昂奮《こうふん》してきて、右腕を突き上げていた。

「我《われ》、富貴を望むに非《あら》ず、声名を望むに非ず」

壽衛は生まれたばかりの鶴代を腕の中であやしながらも、まるで芝居の役者を見るがごとき目つきで白い頰《ほお》を上気させている。喰《く》うものも喰わず着るものも着ず、ただひたすらに夫の学業を支え、どこからともなく金を工面してくる女房だ。子供らは演説の意味がわからないのだろう、次女の香代はきょとんと口を半開きにして、長男の延世は退屈そうに寝転んで足をぶらぶらさせていた。延世はその『新撰日本植物図

『説』を刊行した年の秋、四歳の可愛い盛りで病没し、翌年の明治三十三年に次男の春世《よ》が生まれた。二年後の明治三十五年には三男の百世《ももよ》が誕生、今は十二歳の香代を頭に、育ち盛りの子が四人だ。

はて、なんでいつもこうなるがやろう。

書物の費《つい》えがやはり尋常ではないのだ。俸給に相当する額の本を一度に買い求めることもざらで、請求書を見て己に呆《あき》れる始末だ。しかし書物は生涯の研究、大業の成《じょう》就《じゅ》に欠くべからざるもの、財布と相談して購うべきものではない。

こうして『古事記伝』や『万葉集《まんようしゅう》』を耽読《たんどく》するのも、日本の草木の素性《すじょう》を識《し》るためである。画家は万葉の時代を画題にしながら平気でそこに月見草《ツキミソウ》などを描くが、月見草は後代に日本に入ってきたもので万葉の頃にはまだ存在しない。そんな誤謬《ごびゅう》が生じるのも、日本植物を網羅、解説する書物が未《いま》だ成立していないゆえだ。

さりながら、『大日本植物志』の完成には尋常でない労力と歳月を要する。ゆえにそれまではひとまず、『新撰日本植物図説』を一家に一冊備えてもらいたい。さすれば日本人の植物知識も正しく向上するであろうし、本の売り上げは牧野家の衣食の資となり、壽衛から生活苦を取り除いてやれると、慣れぬ算盤《そろばん》を弾《はじ》いていた。だが図説の売れ行きはまったく捗々《はかばか》しくない。目算は外れ、またも方々の借金取りが三日にあげず顔を出す。応対は壽衛の受け持ちで、富太郎はこの書斎で仕事を続けるのみだ。

「うちのお袋ですかい？　まだくたばらねぇで生きてやすよ。寝ついて長いけどね。世話？　そりゃ、あたしは働かないと喰ってけねえから女房に任せてますよ。いや、そんな、奥さんが感心してくだすっちゃお恥ずかしいが、確かに、よくやってまさ。越中《えっちゅう》から出てきた女でね。奥さんみたいな別嬪《べっぴん》じゃないが働き者さ。ところがうちのお袋は生粋《きっすい》の江戸っ子で、田舎者《いなか》が大の嫌いときてる。嫁を馬鹿にして口うるせぇのなんの、女房はあたしに愚痴一つ零《こぼ》さないが、台所をしながらひっそりと泣いてまさあ」

よく喋《しゃべ》る借金取りだ。『古事記伝』がさっぱり頭に入らんと、廊下の向こうへ首を回《めぐ》らせた。壽衛がまた絶妙の間合いで相槌《あいづち》を打ち、男の舌はなお回る。

「あたしは見て見ぬふりを決め込んでやすよ。下手に庇《かば》おうものなら、お袋も余計に意地になるんでね。そうでしょ、奥さんもそれが賢明と思うでしょう。でもね、奥さん。因果応報ってぇけど、うちのお袋はよほど前世が善《よ》かったのかねえ。さんざっぱら苛《いじ》め抜いた嫁が、おまんまに薬、下《しも》の世話まで親切を尽くしてくれるんだから」

そこで壽衛はまた感心する。おそらく本気で感じ入っている。

「いや、己の女房を言っちゃあ笑われるけど、あたしも女房が黙々とお袋の襁褓《むつき》を洗ってんのを目にした日にゃ、大した女だと感心したりしてね。俺ならわざと硬い餅《もち》を喰わせてやるとか糞《くそ》まみれで放っておくとか、ちっとくれえ意趣返ししてやるけどね。だって、相手は動けねぇんだから」

壽衛が遠慮がちにほほと笑い、すると相手もますます語る。長い。牛の涎《よだれ》のようだ。いつぞや、松村教授に注意された言葉を思い出した。

富太郎の宿望たる『大日本植物志』、その第一巻第一集は三年前に世に出た。東京帝国大学理科大学植物学教室編纂、発行元は東京帝国大学だ。まさに乾坤一擲《けんこんいってき》の大業、その第一歩であり、標題の漢字は聖徳太子《しょうとくたいし》の直筆《じきひつ》と伝わる経文《きょうもん》の文字を写した。

それにしても、君の解説文はくどくていかんね。牛の涎のようにくどくどと、長いんだよ。

そう言われても、語句を節倹《せっけん》して誤解を生じるような文章では学究の徒に利することにならぬではないか。実際、松村教授の論文にもしばしば誤謬があり、それを指摘すれば眉と目を三角に揃えて睨《にら》み返される。

親切に注進に及びゆうがやに、なんでああも気を損《そこ》ねるがやろう。不思議じゃ。

とにもかくにも去年、明治三十五年には『大日本植物志』第一巻第二集の刊行に漕《こ》ぎ着け、向後も心血を注《そそ》ぐのみと、畳の上に尻を据え直す。

海内幾千《かいだいいくせん》の草木の詳説を経糸《たていと》とし、精図を緯糸《よこいと》として大著を編むのだ。生涯を懸けても成るか成らぬかの大仕事。かほどの大業、この牧野以外に誰ができよう。

「奥さんも苦労だねえ。あたしも喋り疲れちまったし、もう次の家に行かねえとならない時間だ。今日は退散するけど、次は勘弁しないからそのつもりでいてくださいよ。でも躰《からだ》にはお気をつけなすって。無理な算段をして躰を壊しちゃ、それこそ目も当てられないからね。え、ちゃんと食べてんの？　痩せ過ぎじゃないの。ならいいけどさ。じゃあ、また来ますよ。お茶、ご馳走《ちそう》さま」

からころと下駄《げた》の去る音がして、しかし壽衛は書斎に顔を出したりしない。借金取りを撃退してやったなどと手柄顔で口にするわけでなく、ともかく富太郎の研究の邪魔をせぬよう、心配をかけぬようと意を払うのだ。若い時分は何かにつけて「お金を送ってください」と悲痛な電報を旅先によこしたものだったが、今はやりくりで相談してくることがなく、しかし万策尽きてか差し押さえを受けたことも一度や二度ではない。ある時も論文の執筆中に執達吏《しったつり》が乗り込んできて、差し押さえの札《ふだ》をずかずかと貼って回ったことがある。富太郎はそのまま動かず、寸分たりとも著述の手を止めなかった。

台所で水音がするから、洗い物でも始めたのだろう。そのうち、にこにことしながら麦湯を運んでくる。あるいは井戸で冷やした西瓜《すいか》を切って縁側に呼ぶ。

西瓜は旧幕時代から盛んに作られていた作物で、『農業全書』には品種らしき名と「肉赤く味勝《すぐ》れり」との記述がある。奥州津軽《おうしゅうつがる》には白皮黄肉の品種が、勢州《せいしゅう》には黄肉種、木津《きづ》には木津西瓜と呼ばれる黄皮の朱肉種があった。今は亜米利加《アメリカ》から移入された品種で改良が進んでいるので、日本古来の品種はいずれ消えていく運命にあるのかもしれない。

書き留めねばと、富太郎は書物の山を見回した。

今は日本の植物を欧米に盛んに輸出している最中で、明治三十三年の巴里《パリ》万国博覧会には美術工芸品と共に植物もアッピールに及ぶべく、現地に日本庭園まで造った。富太郎は旧知の田中芳男貴族院議員に呼ばれ、出品する竹の選定を手伝ったことがある。

しかしまさかとは思うが、いずれ欧米の植物が安く輸入されるようになれば、家々の庭を西洋の樹木が彩《いろど》り、草花が咲き乱れぬとも限らない。日本の植物との交雑が進めば野山の景色も変わるだろう。今しかないのだ。これらの書物が折々の知を書き留めたように、今の知を記して後世に伝えねばならない。

この数年というもの、火の玉のようになって研究成果を発表している。明治三十四年から『植物学雑誌』に「日本植物考察」なる論文を英文で連載、同年の二月には『日本禾本莎草《かぼんさそう》植物図譜』、五月には『日本羊歯《シダ》植物図譜』を刊行した。論考のみならず、植物図解も我ながら脂《あぶら》がのっている。『新撰日本植物図説』では羊歯植物を多く採り上げたがいずれも出色の出来栄《できば》えで、続編で描いたクラガリシダなどは池野成一郎から「傑作だ」と評された。『大日本植物志』第一巻第一集ではヤマザクラ、アズマシロカネソウ、昨年刊行の第二集ではチャルメルソウの精密を方々で絶賛された。

筆は今も鼠《ねずみ》の毛が三本ほどの細い蒔絵《まきえ》筆と面相《めんそう》筆を用い、ずっと特注している。彩《さい》色《しき》は日本のものは褪色《たいしょく》するので、英国のウィンザー&ニュートンの絵具だ。

「お父ちゃん」

障子《しょうじ》が動いて、香代が立っていた。目がくっきりと大きいのはお父ちゃん似だと、近所でも評判らしい。この七月の頭に、小石川区の白山御殿からここ指ヶ谷《さしがや》に引越してきたばかりだ。壽衛も子供らも家移《やうつ》りに慣れているので、たちまち近所に馴染《なじ》む。

「お母ちゃんが、西瓜が冷えましたから、お手すきになったら縁側へいらしてくださいって」

西瓜は池野の手土産《てみやげ》だ。饅頭《まんじゅう》や果物をいつも持参してやってくるので、子供らが甘いものを欲しがっても「そのうち池野のおじさんが運んできてくださるよ」と壽衛は言い聞かせている。まるでお伽噺《とぎばなし》の笠《かさ》地蔵だ。子供らも池野のような立派な教授の家に生まれればこうもひもじい思いをせぬものをと憐《あわ》れを催《もよお》すが、「たまには牛肉を持ってこんか」と憎まれ口を叩いて笑い合う。

「よし、種飛ばし競争だ」

香代は嬉しげに飛び跳ねて走ってゆく。富太郎も行きかけて、ふと書斎を振り向いた。

鴨居《かもい》の上にかけた扁額《へんがく》「繇條書屋《ようじようしよおく》」を見上げる。繇は草木が繁《しげ》る、條は樹木が長じるの意で、『書経《しよきよう》』の一節から採《と》った言葉だ。今も敬してやまぬ伊藤圭介翁《おう》が揮毫《きごう》して贈ってくれたもので、かれこれ二十年以上、家移りの際には「群芳軒」の額と共に必ず自身で抱えている。まさに静かで乱雑で、草の匂いの濃く漂う部屋だ。書物は幾層と積み上げても場が足りず、廊下にまで山脈が続いている。書物は紙の集積、植物として野山に生まれた。その命は勁《つよ》くしなやかなもので、姿形が変われど素性を語ってやまない。

我こそはと、目配《めくば》せをしてくる。

富さん。

気配がした。平積みにした和書の表紙が蠢《うごめ》いている。律儀《りちぎ》に漉《す》かれた繊維の間から、薄茶色の小さきものが頭を出している。芽だ。頭を擡《もた》げ、伸びをし、葉を作る。たちまち淡い緑へと変じ、左右に軸を増やして伸びてゆく。もう花芽ができている。誘われるかのように、周りの山も芽を吹き始めた。ふわと赤子のような息を吐いて双葉を開く。若い緑が濃く密に繁り、幹《みき》を逞《たくま》しくする。蔓草《つるくさ》は柱を伝いながら天井を蔽《おお》い、時々、揺れては木の枝にちょっかいをかける。

聞こえる。葉が鳴っているのか、風が流れているのか。幾千の花が咲き、木々は露を含んで下草を濡《ぬ》らし、苔《こけ》に雫《しずく》を分ける。やがて散り、実り、種を弾《はじ》く。花粉や胞子を飛ばす。光りながら、生命《いのち》を受けては渡してゆく。

富さん。あんた、富さんじゃろう。

「そうじゃ。おまんは誰ぜ」

さあ、知らん。けど、富さんのことは知っちゅうよ。おまん、老けたな。

「そりゃそうじゃ。四十二じゃもの。子も仰山《ぎょうさん》作ったぜ」

知っちゅうよ。いつも皆でほたえゆう。

富太郎はぐるりと見回して、笑《え》んだ。

「待っちょきやあ。わしがおまさんらあを見つけ尽くしてやるきね」

頭上には枝葉で天蓋《てんがい》ができている。空の色が見え、木漏《こも》れ陽《び》が降ってくる。

「お父ちゃん」
子供らの呼ぶ声で、我に返った。目瞬《まばた》きをして縁側へと向かった。

七月二十六日、東京を発《た》った。北海道の利尻島《りしりとう》への採集旅行である。

数年前、『植物学雑誌』に川上瀧彌《かわかみたきや》という農学士が数十日も島に籠《こ》もって採集した成果を発表しており、折があれば自分も一度は利尻山《りしりざん》に入ってみたいと念願していた。好機は到来した。山岳雑誌から持ち込まれた話によると、北海道に開拓地を持つ加藤泰秋《かとうやすあき》子爵《ししゃく》が採集旅行の同行者を探しているという。上流階級の間で高山植物の採集と栽培が趣味として流行しているらしい。植物採集といえば牧野富太郎というわけで白羽《しらは》の矢が立ち、旅費は雑誌社持ち、ただし紀行文を書くという約束で旅に出た。

東京からは一人きりで、まず青森に着き、室蘭《むろらん》に上陸したのは二十九日だ。翌日には加藤子爵一行と合流し、八月に入ってから札幌《さっぽろ》に到着、小樽《おたる》から利尻島への定期船に乗った。波は穏《おだ》やかだが空は曇っている。登るべき山の姿が見えず、

「あの辺がそうでしょうか」「いや、そうではあるまい」

あれこれと騒ぎ通しで、上陸する前から山ばかりを評定《ひょうじょう》すると言って船員は苦笑いを溢《こぼ》す。しかしやがて晴れてきて、尖《とが》った峰を望んだ。圧倒され、背筋が波打っ

おわした。

た。誰もが押し黙って青い峰を見つめた。信心はなくとも、北の神々は確かにそこに

上陸したのは八月八日の昼前だ。鴛泊《おしどまり》という港に投錨《とうびょう》し、波止場の旅館に陣取った。想像していたよりも町は開けており、宿も高等旅館と称しているだけあって不自由はない。その日は他にすることがなく、ただ日を暮らすのももったいないと、夕方四時頃から近傍の植物採集に出かけた。鴛泊から西の本泊《ほんどまり》の海岸で、丘に上って見渡してみれば、ところどころに漁師らしき家が点在しているだけだ。波音が高い。それにしても、組成の面白い島だ。海岸沿いに岩壁があれば浜もあり、雑木の生《は》えた地もあれば草原もある。ただし森林といえるものは蝦夷松《エゾマツ》と椴松《トドマツ》が緑を連《つら》ねるのみだ。

富太郎は一行を誘い、丘で採集を始めた。蝦夷の蓬菊《ヨモギギク》という珍品に出逢い、秋の麒麟草《キリンソウ》に河原撫子《カワラナデシコ》、北見薊《キタミアザミ》、舞鶴草《マイヅルソウ》、白吾亦紅《シロワレモコウ》も採集した。屈《かが》んでは進みを繰り返すうち、いつしか丘の絶壁に立っていた。見下ろせば足下は海だ。その岩壁の腰の辺りで、白い葉の群生が風に揺れている。波に打たれているものもある。葉の形状から察するに蓬だ。しかし霜《しも》のように白い。白蓬《シロヨモギ》だった。

宿に戻って晩食を皆で摂《と》った後は自室に籠もり、ひたすら採集品の整理に没頭した。時折、登山方法の相談が聞こえる。

「番頭に訊《たず》ねてみたが、利尻山は信心で詣《まい》って日帰りする者がほとんどで、もとより道は悪いし、山上に泊まれる小屋などもないようです」

「しかも明日はあいにく雨になるかもしれません」

「天気模様に逆らって登るのは危険だね。明日は準備に費やした方がよさそうだ」

翌日は皆の意見に従って準備をし、十日、いよいよ登山することになった。宿を発ったのは払暁《ふつぎょう》で、一行は四人だが、弁当に水、採集物を納める容器、押紙《おしがみ》なども大量であるので、一人につき二人ずつの人足を雇《やと》ってある。

水苔《ミズゴケ》のたくさん生えている池があると聞いていたので、山への本道を使わずに回り道を選んだ。町外れから爪先《つまさき》上がりに進んで行けば高原に出たが、草は深く道は細い。次第に雑木《ぞうき》や根曲竹《ネマガリダケ》、都笹《ミヤコザサ》が生《お》い繁り、それが人間の丈よりも高くなって道はなきに等しい。草を押し分けながら進んで、ようやく池のある地に出た。

名もない池だ。水面は夏空の群青《ぐんじょう》を溶《さ》かし、静かに息をしている。

一行はしばし黙し、それから目が覚めたかのように水苔を存分に採集した。周辺はやはり蝦夷松と椴松の林で、富太郎は林床の植物も採集し、また歩く。斜面を伝うように登れば一面の笹原で、やがて雑木の林となり、次にまた蝦夷松と椴松の森が現れる。松は密生して道はまったく影もなく、傾斜はますます急だ。加藤子爵は齢《よわい》六十前で、お付きの者が肘《ひじ》を持ち背を押しているが、富太郎ですら何度も足を滑らせてしまう。息が切れる。斜面がようやく緩やかになった。森林が変じて、今度はまた笹原だ。それも踏み分けて進めば谷に出た。水もある。

「ここで弁当を遣いましょう」

富太郎が呼びかけると、誰もが安堵《あんど》の息を吐《つ》いた。正午に間もない時刻だが、頂上をまったく目にしていない。皆、黙々と喰った。食後は谷の水筋を伝って登る。むろん道はなく、谷の両岸は雑木や笹原だ。やがて谷も窮まって、水も細い。「どうすんだ」と人足に訊かれた。

「水を遡《さかのぼ》るのは困難やき、山を行こう」

一行に否《いな》やはなく山に入ったものの、傾斜はますます急になった。とにかく笹が密生している。手も顔も切られながら進むと、今度は蝦夷の岳樺《ダケカンバ》と這松《ハイマツ》が待っていた。樹高がないので跨《また》ぎながら進み、しかし時に高木があって腰を屈めて潜《くぐ》らねばならない。

やがて風が変わったと思ったら、ようやく道らしい道が現れた。

「これが本道だわ」

人足に教えられても、皆、返事もできない。

「本道でない道を行けば困難が伴《ともな》うね」

子爵が息を切らしながら言葉らしいものを発した。

「それでも我々は、水苔を採集したかったのだ」

何人かが小さく笑ったが、富太郎は黙ってやり過ごした。辺りの植物に気を取られていたのだ。岩躑躅《イワツツジ》の群生に、白い花弁が淡い黄を帯びた石楠花《シャクナゲ》もたくさん自生している。採集をして、一行はまた進む。

「今から頂上まで登って採集して、今日のうちに駕泊まで戻れましょうか」

誰かが言うのが聞こえた。本道では皆が思い思いに採集するので、随分《ずいぶん》と先に進んでいる者もあれば遅れている者もあって、富太郎はその最たるもの、採集に夢中になって前後を忘れる。

「牧野君」

子爵の一行が引き返してきた。

「私はよほど登ったので下山するが、君たちはどうする」

「そうですねえ。このまま登ったら帰り道で日が暮れてしまう。露営する用意もしてきておりません」皆は顔を見合わせた。

空を仰げば陽は傾き、風も強くなっている。だがここで引き返すなど、慮外のことだ。

「僕はこのまま登ります」

富太郎が言うと、木下友三郎《きのしたともさぶろう》という男が「牧野さんが行かれるなら」と意見を変えた。木下は山草家であるらしい。

「大丈夫かね。八月とはいえ、本土とは気候が違う。夜は冷えるぞ」

余分の食料、防寒具も携帯してきていない。しかし富太郎と木下は人足二人を伴って登山を続け、下山組に従う人足が後で必要なものを携《たずさ》えて追ってくれることになった。

「では、気をつけて行きたまえ」

「子爵も」

日没間近に別れ、四人で登り続けた。提燈《ちょうちん》に灯《ひ》をともしての道行きだ。山上の見当がつく場まで辿《たど》り着き、木下と手分けをして水をまず探した。一町《ちょう》ほど下ると水があり、その水辺に掘立て小屋の跡らしきものがある。誰かが山籠《やまご》もりをしたようだが、今は小屋の残骸《ざんがい》のみだ。だんだん寒気が強まり、夏服の肌に嚙《か》みついてくる。

「焚《た》けそうなものを集めてくれ」と、人足に命じた。

木下は胸の前で腕を組み合わせ、「それにしても寒い」と歯の音を鳴らし始めた。

富太郎は人足に蝦夷の岳樺と這松、深山榛《ミヤマハンノキ》の木《き》を伐らせ、これがちょうど三、四尺ほどの長さであるので筒の形になるように細縄で結び合わせた。火を熾《おこ》し、その前で胡坐《あぐら》を組み、この木衣《きごろも》とも言うべきものを腰から上の胴にすっぽりと身につける。

「珍妙な恰好《かっこう》じゃ」焚火《たきび》に枝をくべながら笑った。

「やけに嬉しそうですね。躰を動かしにくいだけで防風にはなっていませんよ」と、木下は呆れ顔だ。

「珍妙、奇妙が大好きなもんでね。なんかこう、血が騒ぐ」

「子供だ」声に出して笑い、「それにしても遅いなあ」と木下は山の下方へと首を伸ばした。九時か十時には人足が町から戻ってくると踏んでいたのだが、懐中時計が十時、十一時を指しても気配すらない。下山組がくれた食料の残りを四人で分け合っただけであるので、空腹もつのってきた。無闇に木の枝を焚いて暖を取るしかなく、やがて誰もが火を見つめて黙している。

　夜気が澄んで鳥も啼《な》かない。枝の爆《は》ぜる音だけがする。顔を上げれば夜空は晴れ、無数の星だ。富太郎は、とりどりの瞬《また》きを見つめた。

　この地で生まれた松や樺、草は、この星の光の滴《したた》りを吸ってきたのだ。富太郎も吸って胸を膨らませ、ゆっくりと吐いた。夏の果てで、己がただ一本の樹になったような気がした。

　翌朝、ようやく人足らが上がってきて朝餉《あさげ》にありついた。旅館に着くやすぐ出発したのだが山中で夜が更《ふ》けたので進むことがかなわず、途中で野営したという。その日中も存分に歩き回り、日暮れ前に木下が「牧野さん」と近づいてきた。

「下山の段取りを考えておきませんか。あまり遅くなると下りの道も大変らしいですよ。子爵も足場の悪いのに難儀されて、旅館に戻れたのが十二時を過ぎていたらしいです」

　人足から聞いたようだ。しかし肯《うべな》う気になれない。

「僕は採集を続けるよ。山の絶頂にはまだ達しておらんしね」

「絶頂までは僕も行きますがね。でも今夜も露営なさるおつもりですか。そいつはどうかなあ。無茶じゃありませんか」

「まだまだ。この山を下りる気にはなれん」

　富太郎には二人の人足が従うことになったが、人足らは貧乏くじを引かされたような面持《おもも》ちだ。峰に向かって進めばそこは砂礫《されき》ばかりで、樹木はほとんど見当たらない。夥《おびただ》しいのがケシ科の雛罌粟《ヒナゲシ》で、薄い和紙のような白の花弁が愛らしい。株の大きいものは直径が五寸ほどもある。

山の絶頂にようやく達した。木造りの小さな祠《ほこら》がある。人足が言うには、不動尊を祀《まつ》ってあるらしい。なにかで読んだことがあるが、鎌倉の時代からこの地にも仏僧が盛んに訪れていたようだ。祠の周辺で、マメ科の草花や花蕨《ハナワラビ》に似たものも採った。いずれもこの島固有の植物だろうと判じるが、詳細は宿に帰ってからだ。桜草や竜胆《リンドウ》の仲間と思《おぼ》しき草花も採集しながら歩く。

先を行く木下が何か声を発した。

「あれ、宗谷《そうや》じゃありませんか」

近づいて肩を並べれば、まさしく東北の方角に宗谷湾が見える。海上から白い雲が湧き、南へとたなびいてゆく。女神の羽衣のようだ。かすかに天塩《てしお》の国の山々も望める。そして西には、礼文島《れぶんとう》の姿が鮮やかだ。目を遮《さえぎ》るものは他になく、ただただ雲が動いてゆく。樺太《からふと》と思しき方角は朦朧《もうろう》として、いずれが山か雲かも見分けられぬほどだ。

見惚れていた。眼裏《まなうら》が澄んで透明になりそうだ。

「じゃ、私たちはここから下山します。お気をつけて」

木下一行と別れ、人足らを引き連れてまた黙々と歩き、採集する。やがて夕陽が西に巡ると、利尻山の影が東の海の水面にありありと映った。富士山の雲海で見られる影富士と同じだ。腰に手をあてて眺めるうち途方もなく愉快になって、気がつけば大きく口を開いて笑っていた。振り向けば人足らが怪訝《けげん》そうに眉を顰《ひそ》めている。だがこなたは疲れも吹っ飛んだ。ほいほいと、足取りも軽く採集を続けた。

やがて前方に第二の峰が聳《そび》えるのが見えてきた。が、空の色は濃く暮れかかっている。日没がまもなくだ。これ以上進むのはやめ、前夜の露営地まで引き返すことにした。今夜は喰いものがあり、防寒具も着込んでいる。上々だ。人足らは横になって鼾《いびき》をかき、富太郎は前日採集したものも併《あわ》せて整理し、紙に挟んでゆく。前夜は寒さでほとんど寝ていないというのに、眠気などいっこうに訪れない。

懐中時計が午前三時を示したので人足らを起こした。

「出立《しゅったつ》だ」

月が高く天半《なかぞら》にかかっている。歩きながら、利尻山の頂《いただき》が月下に聳えているのを仰いだ。

漆黒《しっこく》の夜の中で、月と山だけが息をしている。

三時半頃から徐々に東の空が赤くなり、一時間後には太陽が姿を現した。昨日よりも晴れ、礼文島はなお鮮やかだ。神がうっかりと海に落とした草鞋《わらじ》に見える。道中で朝餉を済ませ、再び絶頂に登り、第二の峰へと移った。そこにはさほど石もなく草が生い繁り、ことに黄花の石楠花《シャクナゲ》が見事なほど群生している。高山ゆえ丈は低く、一尺前後だ。採集を済ませ、「よし、次は第三の峰を目指す」と力んで声を高めた。

　すると二人の人足が「先生」と、声を揃える。

「あれはおっかねえ峰だ。途中に絶壁があって足場ねえから、こったら所で落っこちたらひとたまりもねえわ」

「いや、わしは落ちん」

「だめだべや。死んでまうぞ」

「それほどか」

「それほどに危ねえべ」

「死ぬのは困るのう。これらを標本にして調べ直して、ちゃんとした名を同定してやらにゃいかんき」

　それに、まだ死にたくはない。我が大業は道半《なか》ば、壽衛や子供らも困るだろう。いや、壽衛はほっとするかもしれんなと、妙な考えが頭を過《よぎ》った。いやいやと頭《かぶり》を振り、第一の峰に帰ることにした。露営地に採集品をいったん置いてまた採集に出る。ふと脇の斜面に入れば、嵐草《アラシグサ》がたくさん生えている。本州でも中部地方以北の高山地帯で見られる植物だ。この草の学名にはマクシモーヴィチ先生の名が付記されている。さらに下ると残雪だ。幅は十間《けん》ばかりの帯状で、長く下方まで伸びている。その雪の両側が黄金色に輝いているのに気づいて、小走りに駈《か》け下りた。

「金梅草《キンバイソウ》が咲きゆう」

滋賀の伊吹山《いぶきやま》でも採集したことがある。ここは夥しいほどの群落で、膝をついて目を近づければ黄金色の萼弁《がくべん》は十枚以上ある。

「いや、これも固有種かもしれん」

採集して、また山を下りる。桜草も花盛りだ。本州で見られるものより一回り小ぶりで、紅紫色の花弁と茎葉《くきは》の緑が銀色に光る残雪の周囲で揺れている。そうやって方々で屈んでは掘り取りを繰り返すうち、空模様が変わってきた。

「先生、やっと」

前を行く人足が毛布を振って、しきりと呼ぶ。「早《はよ》う」と急《せ》かしているようだ。そんなやりとりを繰り返すうち辺りが暗くなり、額《ひたい》や頰を冷たい風がゆき過ぎる。雨だ。慌《あわ》てて露営地に戻ればもう日没の頃で、下山の支度《したく》を終えて発ったのは七時近くになっていた。

雨が通り過ぎ、富太郎は提燈を手にして先導だ。人足らは重い荷を背負っているので遅れがちで、しばしば立ち止まって待ってやらねばならない。だんだん夜も更けてくる。時折、途方もなく大きな鳥が飛んできて翼の音を立てる。枯木を振って打とうとしてみるが、それが届くほど低くは飛んでいない。

脅しにかかっておるがじゃろう。もしくは、闖入者《ちんにゅうしゃ》が何者かを見定めている。ようやく笹原に入って地上も近いと安堵したものの、足を取られて躓《つまず》き、転び、渓流のある谷に辿り着いた時には夜中の十一時になっていた。

「このまま進むか、それとも」

「いや、先生。この谷はでっけえ石がごろごろしてるから、ここさ下ってくとなれば、ゆるくないわ。かっぱがれば、笹原みたくいかねぇど」

笹原で転ぶのとはわけが違うらしい。怪我《けが》でもしたら大事《おおごと》だと説得され、谷で露営を決行した。尻下の石は湿って冷えは一通りではなく、背筋がぞくぞくと波打つ。そのうち雨が本降りになった。笠も持たぬ身ごしらえで、残りの新聞紙で頭を覆うのが精々だ。歯の根が合わず、情けない音を立て続けた。

旅館に辿り着いた時には頭から爪先までずぶ濡れで、己でも躰と衣服の境目がわからない。

「牧野君、濡れ鼠じゃないか」

加藤子爵と木下が目を丸くしている。

「いやあ、人間の水漬けですよ」

笑いながら答えたつもりだったが、雫で瞼《まぶた》が重かった。

顕微鏡を覗いている様子を一枚、標本作製の様子で一枚を撮られた。

記者は半ば呆れたように助手室を見回した。何年前だったか、ようやくこの部屋を与えられた。有給の助手三人で使う共同の部屋だが、いつしか富太郎が占有してしまっている。

「それにしても、壮観ですなあ」

助手として奉職してから早《は》や十六年を過ぎ、かつての助手仲間は助教授や教授となり、今の仲間は遥《はる》かに若い連中だ。今年で齢四十九、しかし心はまだ青年の頃と変わらぬつもりだ。「そうかい」と立ち上がり、上着の裾を引っ張り、蝶ネクタイに指を添える。確かに、ここも自宅同様の「繇條書屋」ではある。机の背後にもう一台机があるのだが厚い洋書を平積みにして、その上に草稿の束《たば》、そして辞書を並べてあるので、人間の背丈を超えている。壁いっぱいの棚には標本が溢れんばかりで、それでも足りずに机の脚許《あしもと》に整理前の植物を床置きしてある。窓辺には乾燥中の植物を連々と吊るし、写真師はその風景に気を惹かれてか、また背中を丸めて撮影している。思いついて、すたすたと窓辺に動いた。

「ここでもどうだい、一枚」

自らポオズを取ると、記者は「いいなあ、いいですよ」と乗り気を見せる。

「牧野先生はお姿がいいからサマになる」

おだてに乗って右手を辞書の上にのせ、足を少し開いて床を踏みしめた。

これは得意のポオズで、三十代の頃にもここで写真を撮ったことがあり、新進気鋭、眉目秀麗《びもくしゆうれい》の植物学者がそこに隆《りゆう》と立っていた。家でその写真を見せると壽衛は素直に喜んだが、次女の香代は「お父ちゃんじゃないみたい」と鼻の穴を広げたものだ。家にあっては、お菰《こも》さん同然の姿なのだ。幾度も水を潜った着物に擦《す》り切れんばかりの帯を締め、それも執筆に夢中のうちにいつのまにやら前がはだけ、股引《ももひき》も露《あら》わな胡坐になっている。

洋装は大学や講習会など人前に出る時だけで、今日の三つ揃いも銀座で誂《あつら》えた。いざ仕立てるとなれば財布に相談せぬのはいつもの癖だ。装《よそお》いに凝《こ》るわけではないが、幼い頃から祖母が京で仕立てさせたものを身につけてきた。自《おの》ずと英国製の最高級地を選んでいて、襯衣《シャツ》も蝶ネクタイも上物だ。壽衛はこれらを宝物のごとく扱い、家に帰ればすぐに剝《は》ぎ取って古浴衣《ゆかた》に着替えさせる。

「はい、結構です。先生、あともう少し質問をよろしいですか」

机の時計を見ると、予定より三十分も過ぎている。松村教授に呼ばれているので切り上げたいところだが、記者にはまだ話し足りぬ思いもある。

「じゃあ、あと十分だけだよ」

机を回り込んで椅子に腰を下ろし、記者もさきほど使った椅子を自分で動かして坐り直す。

「先ほどお話に出た植物講習会について、もう少しお聞かせください」

講習会について書いてくれるなら有難い、願ってもないことだ。

「盛んに開くようになったのは明治三十九年だから、今年の夏がくれば丸四年になるかな。大学は夏季休暇が長いから、その時期を利用してね。地方を巡ると驚くほど愛好家が多いし、在野《ざいや》の研究家にも真《まこと》に優れた人がいる。道々採集しながらの談話など、私も勉強になりますよ」

旅費と謝礼は主催者持ちである。

「どういった土地に行かれましたか」

「そりゃあもう、各地ですよ。福岡から呼ばれても、東京を発ってまず近江で降りる」

「それはまた随分と手前で」

「伊吹山があるからね。山下の村で講習会を開いてから山に登って採集、七日後には大阪、そこから備前《びぜん》だ。地元の師範学校にも講話を頼まれたりするから話をして、美作《みまさか》の国境を越えて伯耆《ほうき》に国入りです。大山《だいせん》に登って、津山からは汽車に乗ってやっと福岡に入る。秋月《あきづき》では植物名の筑後《ちくご》方言なども地元の古老から聞いたりしてね。あの地には小石原《こいしわら》という好採集地がある。榎《エノキ》が自生しておるんですよ」

「榎の自生は珍しいんですか」

「珍しいね。神社の御神木として植えられてきたし、街道の一里塚も榎だ。そりゃあ、もとは野生の木があってしかるべきだが、建築材として使われてきた歴史が古いから、自生地には滅多《めった》とお目にかかれない。しかし、地方に足を運ぶとあるんですなあ。思いも寄らぬ植物との巡り合いが」

「九州からの帰りは」

「岡山から讃岐《さぬき》に渡って、また岡山に戻って彦根に寄り、そして東京に戻る。ま、いつもそんな具合だね」

「ちなみに、採集旅行はどのくらいの日数なんですか」

「あの時がほぼひと月、翌年も九州で開いたが八月の二十日過ぎに現地入りして帰京は九月の七日でしたな」

「よく記憶しておられますなあ」

「三日後に五男が生まれたものでね」富太郎はうなずいた。益世《ますよ》と名づけたその子は去年、百日咳《ひやくにちぜき》で死んでしまった。数え三歳だ。今年の二月にも五女の富美代《とみよ》を喪《うしな》った。カタル性の肺炎で、一年も生きなかった。

「お子さんは何人」

「七人あったのが六人になり、しかし今、また女房の腹が膨らんでる。七月に生まれるらしいので、夏には七人になります。なんとかの子沢山《こだくさん》とはよく言ったものです」

ふははと笑い声を上げたが、記者はさほど調子を合わせてこない。

「あの夏は鹿児島を経て長崎、熊本にも足を延ばしましたよ」

記者は手許の小さな手帳を繰って目を走らせる。

「それは明治四十年ですね。先ほどお話に出た、帝室博物館の嘱託《しよくたく》になられた年ですか」

「そうです」と、首肯《しゆこう》した。

利尻山に登った翌々年であったか、世の中は日露《にちろ》戦争の勝利に沸《わ》き、バルチック艦隊を撃滅した東郷平八郎《とうごうへいはちろう》司令長官が英雄となって軍神と称《たた》えられていた頃だ。東郷帽子や東郷歯磨《はみが》きなども発売されて、子供たちは猶《なお》が送ってきた日露戦争カルタで遊んでいた。

しかし生活の困窮はいよいよ極《きわ》まり、富太郎は亜米利加のカーネギー財団宛《あ》てに研究の助成金を要請する手紙を出した。研究対象は竹にした。かつての巴里万博での評価を耳にして、欧米人はあの竹の風情《ふぜい》にオリエンタルを感じるらしいと察しをつけたからだ。しかし助成金は認められなかった。

東京帝室博物館の久保田鼎《くぼたかなえ》という主事から自邸に呼ばれたのは、九州から帰ってまもなくのことだった。

博物館天産《てんさん》課の嘱託として君を推挙するという話が出ているんだが、受けるかね。

富太郎の逼迫《ひっぱく》を見かねての、またも浜尾総長の温情だったようだ。田中芳男議員も富太郎の才を保証してくれたらしい。牧野君は頼りになるよ、と。

九月末日、浜尾総長の自宅に礼に赴《おもむ》き、区役所で益世の出生届を出し、大学の事務室に出向いて謝辞を述べ、博物館にも赴いて挨拶《あいさつ》をした。正式な辞令は十月七日に下され、富太郎は東京帝室博物館天産課の嘱託となった。手当は三十円だ。ようやく息をついた。

「博物館の嘱託を務めながら、昨年はまた新種も発見されて、屋久島《やくしま》にも渡られたそうですね」

『植物学雑誌』で発表した奴草《ヤッコソウ》のことだ。椎《シイ》の根に寄生する植物で、葉緑素《ようりょくそ》を持たない。地上茎は短く、数枚の薄白い葉が対生してつき、茸《キノコ》と茗荷《ミョウガ》にも通ずる奇態な形が大名行列の奴《やっこ》に似ていることから名づけた。この新種発見の元は土佐の知友が採取して送ってくれた標本で、日本の北といわず南といわず歩き回っているおかげで諸国の愛好家が標本を送ってきてくれる。

植物にかかわる学者であるなら、やはり大学の外を歩くべきだ。山に登り、渓流に入ってこそ得られる景色と植物があるのであって、研究室に籠もって欧米の学会誌や専門書を読み漁《あさ》るテーブル・ボタニーだけでは日本の植物学者は自前で屹立《きつりつ》できない。

富太郎は亡き伊藤圭介翁の教えを今も胸に掲《かか》げ、採集の旅を続けている。

「屋久島は想像を遥かに超えていました」

思い出すだけでも、あの森奥の湿気が躰に甦《よみがえ》ってくる。

土佐も木の多い国だが、屋久島は九割が森林だ。そして「ひと月に三十五日雨が降る」と言われるほど湿潤である。そして、あの杉に逢った。幹の周囲は目算で五十尺を超え、人の腕で抱えるとなると十人は要るだろう。高さは七、八丈《じょう》もあろうか。幹には古い瘤《こぶ》が隆々として、梢《こずえ》は見えない。六時間も森を歩き通して暑くてたまらなかったのに、背中を冷汗《ひやあせ》が伝って落ちた。

ただただ閑《しん》と、立ち尽くしていた。苔むした森には緑の気が息苦しいほどに充満している。水の滴る音がして、雨かと空を見上げれば降ってはいない。だが額も頬も冷たく濡れている。

森であるのに海の中にいる。そんな気がした。深い、太古の海底に。このまま漂ってしまいそうだ。藻屑《もくず》の一粒となって永遠に漂い続ける。それが魂の至福であるとでも言うように、躰はゆらゆらと揺れ続けた。

宿に戻っても、日記にろくに記せぬほど放心していた。屋久島の木を切る者は魂を抜かれる。そんな言い伝えがあるのだと後で聞いた。まさに魂を吸われてしまうような気がした。植物に対してあれほどの畏怖を抱《いだ》いた相手は、後にも先にもあの杉が唯一だ。まだ説明がつかないでいる。そう。科学を突き詰めればどうしても説明のつかぬ領域があることに気がつく。それを人は神の領域として畏《おそ》れ、鎮《しず》め、崇《あが》めてきたのだろう。人間が踏み込んではならぬ閾《いき》を弁えるために、科学があるのかもしれない。

幹を取り巻く靄《もや》までが緑がかっていた。

記者の声で我に返った。咳払いをし、質問をもう一度訊き返す。

「毎年、膨大《ぼうだい》ともいえる論文を発表され、書物の刊行も大変なものですね」

「そうです」と、顎《あご》を引いた。

「明治三十九年に『大日本植物志』第一巻第三集を刊行、三好学教授との共著で『日本高山植物図譜』も出しました。明治四十年には飯沼慾斎《いいぬまよくさい》原著の『草木図説《そうもく》』一輯《しゅう》草部の増訂《ぞうてい》を手がけて『増訂草木図説』を刊行し、『実用学校園』と『野外植物之研究』、『普通植物図譜』『面白き植物』の校訂も行ないましたよ」

「校訂ですか」

「そう。編集は東京博物学研究会で、私は協力を要請されましてね」

村越三千男《むらこしみちお》という元中学校の教師が自宅を訪ねてきて、あれは指ヶ谷の次の借家だったか。

「私は植物学と絵画の教師でしたが、動植物についての教材が未整備低水準であることを痛感いたしました。正しい植物知識をわかりやすく弘《ひろ》める図鑑をこの手で発行しようと、立ち上がったのであります」

彼は刊行してくれそうな出版社を探したがどこも相手にしてくれぬので、自らが出版者になることにしたのだと言った。東京博物学研究会を創立し、木挽町《こびきちょう》に石版印刷工場を設け、図鑑の解説文は師範学校時代からの親友に頼んだ。自らは植物を採集し、工場の二階で図画の制作に臨《のぞ》んでいると語り、富太郎に校訂を依頼したのである。

牧野先生、どうかご助力を。

打てば響くがごとく、引き受けた。十ほども若い村越は富太郎の好きなものを持っていた。捨て身の情熱だ。

翌明治四十一年には、研究会編の『植物図鑑』も校訂した。

富太郎は眼鏡《めがね》を鼻に据え直し、記者の目を見た。

「これからは図鑑の時代ですよ」

「図鑑というのは、図説、図譜のことですね」

「さよう。野山に咲く草花が何という名で何の仲間かを、素人《しろうと》でも中学生でも判断できるよう、図と解説文を充実させた本です。植物学者としては、私は分類学が専門だ。日本の全植物の素性を世界に向けて明らかにし、国際ルールに則《のっと》って分類し、名を与える使命がある。これが何度もお話しした『大日本植物志』ですよ。いわば日本植物学の基本、正典ですな。しかし中学生がそんな大部を気安く入手できるわけがない。そのために役立つのが、庶民のための図鑑です。植物を観察して理解を深め、系統だった知識を編んでいくための基礎編と言えるでしょう」

そうだと、腕組みを解《ほど》いた。

野山に携えていける袖珍本《しゅうちんぼん》があれば、もっと便利ではないか。

小さな図鑑。持ち歩ける図鑑。

話をするうち、己の言葉に刺激を受けて夢が止まらなくなる。記者は手帳に鉛筆を走らせる。満足して時計に顔を回《めぐ》らせた途端、「いかん」と腰を浮かせた。

「四時をとっくに回っている」

記者も「申し訳ありません」と急に立ち上がるが、十分のつもりがまた三十分以上も喋っていたのはこちらだ。

「教授に呼ばれておらんかったら、もっとじっくり話せるんだがね。宮仕《みやづか》えは辛《つら》いよ」

「いいえ。記事の種としては充分お伺《うかが》いできましたよ。今後もご活躍ください」

「いい記事を頼みます」

互いに握手を交わした。

教授室を訪ねると、外出してしまった後だった。

若者が一人、脇机に残って書類の整理をしている。学生上がりの無給の助手で、父親は製薬会社の重役らしい。洋装も地味に拵《こしら》えているが相当な上物だ。

「教授、怒っておられたか」

訊くと、顔も上げずに「怒っておられましたよ」と返した。

「明日、大目玉を喰うなあ」

笑い濁《にご》したが、相手は洋書を繰っては筆写している。取りつく島もないので立ち去りかけると、「牧野さん」と呼ぶ。振り返ると、若者は席から立ち上がっていた。背の高い男で、圧迫感がある。

「相談でも？　金の相談には乗ってやれんが、いや、君は内福だったか。学問の相談なら、なんでも乗るよ」

「相談ではなく、ご忠告です」

「忠告」と、爪先を回して真正面に立った。

「身のほどを弁えられないと、今に痛い目に遭《あ》いますよ」

「身のほどとはまた、たいそうな言種《いいぐさ》だ」

「僭越《せんえつ》、逸脱が過ぎると言うのです。あなたは仮にも、この植物学科の助手ではありませんか。国に雇われている官吏《かんり》ですよ」

「さよう。下級官吏だが、それがどうした」

「少しは松村教授をお立てになったらどうです。刊行物や論文に教授への謝辞を一文たりとも認《したた》めず平気な顔をして、学外の人気取りには熱心だ」

「人気取り？」

「講演会や採集旅行を盛んに開いて、小遣い稼ぎをしているそうじゃありませんか。今日も教授が呼んでおられるというのに、新聞記者の取材で反故《ほご》にする。あなたは何様のつもりなんです。大学の秩序を乱すのもたいがいにしていただきたい」

「大学の秩序」と繰り返せば、白々《しらじら》としてくる。

「教授、助教授、講師、助手、学生。この上下の階層、師弟関係をあなたはまったく慮外に置いて、論文も好き勝手に発表される」

富太郎は松村教授に「教授」されたことがない。一介の書生が教室に出入りするうち、助手に引き上げてもらっただけだ。ゆえに師弟関係もない。

「それなら注意されたことがあるよ。君はあの雑誌によく出しているが、もう少し自《じ》重《ちよう》してはどうか、などとね。おっしゃる意味がわからん」

「いや。それればかりか、教授や助教授の論文にまでケチをつけて憚《はばか》るところがない」

「ケチとは聞き捨てならんな」一歩前に出た。「いいか」と、助手を見返す。

「誤りが明らかである部分を放置して発表すれば、学生はそれを参考にして論文を書く。誤謬《ごびゅう》が広がるんだぞ。それがいかに怖いことか、君にはわからんのか。たとえ小さな間違いであっても引き継《つ》がれて広がって、手がつけられんようになる。誤りがあればすぐに正す。それが学問の良心というものだ。肝《きも》に銘じておきたまえ」

若者の胸に向かって、指を突き刺すようにしていた。

「だいいち、人気取りなんぞと蔑《さげす》んでくれるが、在野との交流がいかにこの分類学に貢献するところが大きいか、わかっておらんことがテーブル・ボタニーだと言うのだ。私の人気があるのは私のせいじゃない。羨《うらや》ましければ、君も野冊《やさつ》と掘り取り道具を持って野に出たまえ。そしたら少しはましな論文が書けるようになる」

相手の顔色が変わった。目の下を虫がのたうつように震わせている。

己から喧嘩《けんか》を売っておいて、なんじゃ、その顔は。

「生活のためでもあるんでしょう。それはお察ししますよ」と若者は吐き捨て、唇を皮肉げに歪《ゆが》めた。

「身分不相応な冠木門《かぶきもん》つきの大きな家に住んでるんじゃ、外稼ぎもしなくてはやっていけませんからね。お子さんも多いとか」

「大きな家を借りるのは必要があってのことだ。植物標本と書物で三、四室は塞《ふさ》ぐ」

「あなたは、大学にはろくに標本を持ってこられませんからね。常に私蔵だ」

「私《わたくし》するると言いたいのか」

「そうでしょう」

「大学もこの牧野も、日本植物学の前では一つじゃないか。私は自宅でも仕事をする。昼夜を問わずだ。手許に標本がなければ論考が止まる。ゆえに家に置いている。君にとやかく言われる筋合いはない」

脇机を叩き、踵《きびす》を返して教授室を出た。

廊下を蹴《け》るように歩きながら、憤激していた。大学を出たばかりの若造に忠告とやらを受けるとは見下げられたものだ。助手室に戻り、乱暴に扉を閉めた。窓辺の乾草束が驚いたかのように揺れる。

椅子に腰を下ろしても松村教授の顔が泛《うか》んで、口中が苦くなる。このところ圧迫が激しいのだ。呼びつけられ、手厳しい評を受ける。今日もおそらくそういった用だったのだろう。

『大日本植物志』の解説文だがね。あれはよくないね。気をつけてもらわんと、大学の出版物だ。権威にかかわる。

そんな叱責《しっせき》を受けたことがある。あの若造は弁えがないなどと言うが、自分も人の子だ。いきなり嚙みついたりはしない。まさに仰《おお》せの大学の権威を守るべく、苦心を重ねて正確を期しておるつもりでありますと、返した。ただ一つの語句を記すのに一晩を費やし、数十の書物を繰って確認することも珍しくない。

「間違いがあればご教示ください」

「文章が冗長なんだよ。論文の文章は簡潔《コンサイスネス》であること、これが肝要だといつも注意しているだろう」

そう、いつものことだ。教授は内容ではなく、文章を問題視する。

「どの文章かをご指摘いただければ、今後よく心得ます」

「全部だ」と、机の上に開いた『大日本植物志』の見開きを爪の先で弾《はじ》く。苛立《いらだ》ってか、三角眉も弓形《ゆみなり》だ。

「全部？」

「だいたい、君は調子に乗り過ぎて書き過ぎる。自重したまえ」

事あるごとに自重、自重だ。

なんでじゃろうと、机に両肘をついた。頭を抱える。

矢田部教授といい松村教授といい、なにゆえわしを疎《うと》む。二人とも最初は可愛がってくれるのだ。松村など助教授時代に褒《ほ》め讃《たた》えてくれた。自費で刊行した『日本植物志図篇』第一巻第一集についての評だ。

るのみ。

——今日只今《こんにちただいま》、日本帝国内に、本邦植物図志を著すべき人は、牧野富太郎氏一人あ

専門誌でそんな賛辞を贈ってくれた。当時は独逸《ドイツ》留学から帰朝したばかりで植物解剖学を専攻し、分類学にはまだ手を染めていなかった。

今ではすべてを否定しにかかる。

若い助手が口にした「人気取り」云々《うんぬん》も、何年も前から仲間内で耳にしていた。君、ちっとは松村教授の感情を考えて動かんと、牧野は仕事はできますが売名が巧《うま》過ぎますと、学長に名指しで非難しておられたらしいぞ。君を罷職《ひしょく》にすべきだと訴えたらしい。

つまらぬ噂のたぐいだろうと、気にも留めていなかった。しかも理科大学の学長は、動物学の教授である箕作佳吉《みつくりかきち》博士だ。かつて富太郎を助手に任命してくれた菊池大麓《だいろく》総長の弟であり、本郷の学舎に用があって学長室を訪ねるといつも温顔で励ましてくれた。

困ったことがあれば、いつでも訪ねてきなさい。

学長は松村教授の訴えに取り合わず、流してくれたのだろうと、今になって気がつく。しかし今は学長も替わり、箕作博士は昨秋、病で亡くなってしまった。松村教授

はもはや富太郎への敵意を隠そうともせず、冷遇されていると感じることもある。大学の俸給が上がらぬままなのだ。奉職して以来、十六年余も据え置かれている。博物館の手当があっても焼石《やけいし》に水で、こうも貧乏をするかと思うほどの逼迫《ひっぱく》が続き、それを妻子に耐えさせているのは偏《ひとえ》に大業への志があるゆえだ。だが、周囲の誰も彼もが「教授を立てよ」「気を兼ねよ」と、足を引っ張りにかかる。

そんな情実を挟んでおったら、日本の植物学はいつまで経《た》っても進歩できんじゃいか。

己の髪に両手の指を突っ込んで掻き毟《むし》った。「ああ」「ああ」と、声を振り絞る。

「上長、先輩、それがなんじゃと言う。そんなものの心情に心を砕いて、学問の何に役立つ」

研究に邁進《まいしん》すればするほど敵視されるとは、なんと息苦しい世界であることか。

窓外はもう暮れかかり、植物園に棲《す》む鳥が啼く。

翌日、松村の教授室へ出直した。

「昨日は申し訳ありませんでした」

神妙に頭を下げて顔を上げたが、教授は目も合わせてこない。脇机には昨日の助手が坐しており、書きものをしている。こなたを小馬鹿にしたような笑みを張りつかせ、虚勢めいている。

「ご用があると承《うけたまわ》っておりましたが」

「牧野君」

「はい」居《い》ずまいを正した。昨日の新聞社の取材が気に障《さわ》ったか、それともまた論文の文章か。

「君を罷職することとなった。三月末日で助手の任を解《と》く。長年、ご苦労だった」

そうか、そういうことかと、松村を見返した。松村はなぜか蒼褪《あおざ》めている。

貧しい学者一匹の息の根を止めただけで、あなたはそんな顔をしゅうがか。返り血を浴びでもしたかのようじゃ。

「お世話になりました」

己の声が遠い。再び辞儀をして、廊下へと出た。

翌四月半ば、学長に呼ばれた。「植物取調《とりしらべ》」の仕事を嘱託で引き受けぬかとの打診だ。『大日本植物志』が完成していない以上、机上《きじょう》の学問では新種の同定も危うい。野山を踏査し、植物の実際を知悉《ちしつ》した者がおらねば、研究は停滞する。

矢田部教授に教室への出入りを禁じられた時と同じ経緯《いきさつ》だ。教授に疎まれて遠ざけられるも、「牧野がおらんと不便だ」と周囲から声が上がり、大学の上層部に掛け合う。そして呼び戻される。まったくもって胸糞が悪いが学長からの声がかりだ。富太郎自身、教室の膨大な文献資料がなければ植物分類学者としては苦しい。生活苦もある。ならぬ堪忍《かんにん》をして、嘱託を引き受けた。

ある日のこと、大きな包みが自宅に届いた。和歌山田辺《たなべ》在住の宇井縫蔵《ういぬいぞう》という生物研究者からだ。

和歌山は牧野家の遠祖の地である。昔、祖母様《ばあ》に見せられた系図によると、先祖は文禄《ぶんろく》か慶長《けいちょう》の頃に紀州の貴志《きし》ノ荘《しょう》から土佐に入ったらしい。当時の姓は鈴木《すずき》、岸屋という屋号は在所の貴志にちなんだものだという。ゆえに紀州人からの音信は心なしか慕《した》わしい。

中を開ければ大量の標本が入っていた。だが標本の送り主は宇井縫蔵ではなく、田辺在住の南方熊楠《みなかたくまぐす》という人物だ。首を傾《かし》げながら宇井の添え文に目を通せば、熊楠は富太郎の五歳下、幼い頃より『本草綱目』や『大和本草《やまと》』に親しみ、長じて東京大学予備門に入ったものの単身亜米利加に渡るべく日本を出たのが明治十九年だという。その地でコンラード・ゲスネルの伝記を読み、熊楠は「日本のゲスネルとならん」と決意したらしい。ゲスネルは瑞西《スイス》の博物学者で、隠花植物の研究家だ。物理学にも通じた博覧強記、多才な人物であることは富太郎も知っている。

この男、日本のゲスネルとは、大きく出よったの。

富太郎はクスリと笑い、さらに読み進めれば、明治二十二年には富太郎のかかわっている『植物学雑誌』と『日本植物志図篇』を日本から取り寄せて読み、欽仰《きんぎょう》の念を抱いたという。

ほうと、富太郎はますます気をよくし、「よッ、世界のマキノ」と己に大向こうをかける。

熊楠はやがて新種の緑藻であるピトフォラ・ヴァウシェリオイデスを発見。科学雑誌『ネイチャー』に発表した。さらに玖馬《キューバ》でも新種の地衣《ちい》類を発見、英吉利《イギリス》に渡って大英博物館の収蔵品を見学するや世界の民俗学、博物学に目を開き、明治二十六年には『ネイチャー』に「東洋の星座」なる論文を寄稿、大きな反響を呼んだ。

富太郎はもう笑っていなかった。動悸《どうき》がして、呼吸までが浅くなっている。

とんでもない男がおったもんじゃ。しかも在野に。

熊楠は帰国後、和歌山の那智《なち》、勝浦《かつうら》で採集に気を入れ、田辺に移り住んだ今も採集に明け暮れているらしい。そのうちの標本がこの荷包みで、富太郎に同定を依頼してきたのだ。熊楠本人からの手紙の封を切れば、六枚もの洋紙の罫紙《けいし》である。

「なんじゃ、これは」

眼を剝《む》いた。びっしりと細かい字が延々と並んでいる。富太郎も松村に「牛の涎のようだ」と眉を顰められたが、涎どころではない。

顕微鏡の中で蠢く菌のようだ。


あくる年、千葉県立園芸専門学校の講師嘱託も依頼された。帝室博物館天産課の嘱託もすでに何年も続けていたので、帝大も併せれば三つの嘱託だ。嘱託身分のまま、十二月末に『普通植物検索表』を刊行した。三好学教授との共編で、著作権者は文部省だ。西洋の手帳サイズで、富太郎は以前から携行できる袖珍本型の図鑑を刊行できぬものかとの考えを持っていた。だが文部省が乗り出したのは、二年前に亡くなった箕作佳吉博士が生前、尋常小学理科書の編纂委員長を務めていた際の提言が基《もと》になっている。

――小学校の理科の授業で植物について教えようにも、教師自身が植物の名前をよく知らぬのが実情だ。ゆえに子供たちを校外観察に連れ出しても、正しく教えることができぬ。簡易なる植物検索表を編纂し、形状を携帯できるものにすべし。

文部省はこの提言を受け、三好学教授と富太郎に編纂を委嘱したのである。

掲載した草本《そうほん》植物は東京近郊でごく普通に出逢うものの中から約六百種を選び、さらに東京近郊の開花時期を標準として月別の掲載とした。二月から十一月までを月ごとに区切り、順に植物を紹介するという編集だ。たとえば三月に観察に出れば、花の形と大きさ、葉や根茎《こんけい》の特徴から、これはセツブンソウだと検索でき、生徒に教えられるようになっている。コスミレやアオイスミレ、ソラマメ、そしてバイカオウレンも三月の欄に掲載した。

本来であれば図解も添えるべきなのだ。図さえあれば一目瞭然《いちもくりようぜん》、間違って生徒に教える危険性も減じられる。しかしその予算も日数もなく、本編は文章のみの解説にとどまった。せめてもの簡便を図るべく、巻末には五十音順の索引と専門用語の解説を付けた。すべてとはいかなかったが線画も添えた。葉の縁《ふち》の「鋸歯《きよし》」など、文章だけでは鋸《のこぎり》状のギザギザを指しているとは想像の及びにくい術語が多いためだ。

東京帝国大学編『大日本植物志』第一巻第四集も刊行した。大学の編纂となっているが、これも富太郎が主になったものだ。当然だ。『大日本植物志』は、この牧野富太郎が人生を賭《と》して為すべき仕事である。

そして年が明けて明治四十五年、東京帝国大学理科大学講師の辞令を受けた。奇妙なことに、この顚末《てんまつ》まで前回と似ていた。嘱託身分から「助手にしてやる」、今回は「講師にしてやる」と糸を垂らされた。意地を張って妻子を飢《う》えさせるわけにはいかない。パクリと口を開けて喰いついた。

七月三十日、天皇が崩御《ほうぎょ》、世は大正元年となった。

九月十三日には大喪《たいそう》の儀が執《と》り行なわれ、文部省でも奉悼式《ほうとうしき》が行なわれたので富太郎も参列した。町もようやく自粛《じしゅく》の体《てい》を解いて冬を迎え、今日はまた小春日和《こはるびより》であるので浅草《あさくさ》公園界隈《かいわい》も大変な人出だ。

醬油《しょうゆ》の焼けた甘辛い匂いが、鉄鍋から立ち始めた。さっそく手を伸ばし、牛肉の一切れを箸で摘《つ》まみ上げる。牛鍋屋ができてまもない時分は角切りの肉で味噌仕立てであったが、この頃は薄切りの肉に砂糖と醬油で味を作る店が増えた。すき焼きと名づけた店もある。なるほど、表面積でいえば角切りよりも大きいので味がよく絡《から》むのかもしれんと納得しながら舌鼓《したつづみ》を打ち、洋杯を傾ける。国産の葡萄《ぶどう》酒で赤玉《あかだま》ポートワインという銘柄だ。壽屋《ことぶきや》という社名の他はすべて英文で表され、意匠《いしょう》も洒落《しゃれ》ている。

「牧野君、いつから吞《の》むようになった。君は下戸《げこ》だったろう」

池野成一郎が豆腐を自身の取皿に移しながら訊いてきた。

「赤玉は甘いき呑みやすいがよ。知っての通り、赤貧洗うが如《ごと》し舌耕《ぜっこう》殆《ほとん》ど衣食を給せずの身の上、葡萄酒なんぞ滅多と口にできんがね。しかし今日はあなた方の祝いじゃいか。さ、平瀬君も葱《ねぎ》ばかり喰っておらんと」

平瀬作五郎の皿に牛肉を入れてやり、赤玉を注《つ》ぐ。髭《ひげ》の剃《そ》り跡が青々としていた顎には白いものが増え、少し痩せもしたようだ。だが野武士のごとき風貌《ふうぼう》は変わりない。池野は休日とあってくだけた洋装だが、さすがは理学博士らしく紳士然とした風姿だ。富太郎はといえば、草臥《くたび》れた着物に薄い綿入りの羽織《はおり》、頭は箒木《ホウキギ》のごとく伸びている。

平瀬が昨日の土曜から所用で上京してきて池野の家に泊まっていると聞いたので、「ぜひに」と誘ったのは富太郎であった。しかし不覚にも、招いた側が一時間以上も遅刻した。いつものごとく夜の更《ふ》けるにもかかわらず著述を続け、標本と書物の隙間《すきま》に手枕で横になったのが明け方、起きたら約束の時刻が迫《せま》っていた。大慌てで小石川の家を飛び出し、人力車を走りに走らせて浅草に辿り着いた。

「いや」と胡坐の膝に手を置き直し、二人に小さく頭を下げる。

「祝いがかくも遅うなったが、おめでとう」

半年前の五月十二日、二人は帝国学士院恩賜《おんし》賞を受けたのである。平瀬は『公孫樹《イチヨウ》の精虫《せいちゆう》の発見』、池野は『蘇鉄《ソテツ》の精虫の発見』の業績を認められたもので、日本の学術界では最高とされる賞だ。

二人は辞儀を返し、顔を上げた平瀬が目尻にやわらかな皺《しわ》を寄せた。

「明治から大正へと御世《みよ》を越えても、私を忘れずにいてくださった。それだけで恐悦《きようえつ》至極《しごく》、有難いですよ」

洋杯を口許に運び、静かに、しみじみとした風情で傾けている。

「今も、中学校で教鞭《きようべん》を執っておられるがでしょう。僕も郷里の小学校で臨時教員をしておったことがありますが、子供は実に面白いものでしたな。あの時分は採集道具にブリキ箱を携えておって、それが歩くたびガチャガチャと鳴るもんで陰で轡虫《クツワムシ》と綽名《あだな》しておったようです。まったく、子供の着想にはかないません」

明治十年のことで、富太郎はまだ十六歳だった。

「中学生も同じですよ。教えながら、思いも寄らぬことに気づかされます」

「公孫樹の精虫の発見についても、生徒らは聞きたがるでしょう」

すると平瀬の頬が平たくなり、面持ちが改まった。

「その話はしません」

生真面目《きまじめ》な低い声だ。「それはもったいない」と、富太郎は首を傾げる。

「ああも臭い実から種子を取って、仁《さね》を剃刀《かみそり》でスライスし続けたじゃありませんか。生徒らはその過程を聞きたがると思いますがなあ。顕微鏡の中で精虫が蠢くのを初めて目にした件《くだり》など、胸を躍《おど》らせて聴き入るは必定《ひつじょう》ですぞ」

「確かに、君なら大演説を打《ぶ》つだろうな」

池野が揶揄《やゆ》するように言い、「君の講演は全国の植物愛好家に大人気だそうじゃないか」と話柄《わへい》をこなたに向ける。平瀬はついと片眉を上げた。

「講釈師になれますな」

平瀬君はこうだったと、膝が弾《はず》みそうになる。謹厳でありながら、ふとした拍子《ひょうし》に可笑《おか》しいことをシャボン玉のように吐く。

「なら、今度大学を馘《くび》になったら講釈師にでもなりますかな。いや、実際、植物の講演で全国を巡業しとるようなもんですよ。去年は東京植物同好会なる会も創立され、会長を引き受けさせられました」

富太郎は今年一月から東京帝国大学理科大学講師を拝命し、大学に復帰を果たした。

ぐつぐつと煮える鍋の中を覗き、箸でつつく。水気が出てか眼鏡が曇ってしかたがない。

「池野君、豆腐しか喰っておらんじゃないか。豆腐がそうも好きだとは知らんかった」

「僕も牛肉が好きだが、君の箸の素早さに負けるのだ」

池野は眉を八の字に下げている。

「それはすまんことをした。僕は育ちがいいものでね」と笑いながら、女中を呼んで牛肉の追加を頼んだ。俸給三十円の大学講師にとっては大盤振る舞いだが、今日は他ならぬ二人を祝したい。

「君はまったく健啖《けんたん》家だよ。夜も寝ずに著述をして日中は採集に講演会、それに大学の講義だろう？」

「講義や実習は担当しておらんが、学生らには好きなことを喋りゆう」

大学には腹に据えかねることが多いが、学生と接する時間は愉快だ。彼らの前に立つと、己の持つ知識、経験をすべて捧げたくなる。学生らもまたよく懐《なつ》いてくる。時には自室で珈琲《コーヒー》を振る舞い、植物談義に興じる日もある。やがて夕焼けの赤い陽で窓が染まっても喋り続ける。すると若者の瞳が独特の澄んだ光を帯びて輝く瞬間がある。若草の匂いがする。

「それで、子供もわんさか作る。今、何人だ。しじゅう君の家を訪ねてはいるが、数え上げるのはもう何年も前に放棄した」

「今は七人ある」

そう言うと、平瀬が目を丸くした。

「牧野君も偉いが、奥方も偉いですな」

「さようです」

富太郎は謙遜《けんそん》などしない。本当は八人だったのだが、今年の二月に生まれた六男の富世《とみよ》があの世へ帰った。乳児脚気《かっけ》と穿孔性《せんこう》中耳炎を患《わずら》っての死で、この世にいたのは三ヵ月に満たなかった。

「うちの細君は大した女ですよ。出産してまだ三日目という日に起きて、債権者の家まで足を運ぶんだなあ。相手先はいずこであったか、一日がかりの遠方でね。まあ、債権者に頭を下げて向こうがうんといえども差し押さえを待ってくれるだけのことで、借金が消えるわけじゃないが」

「今、いくらあるのだ」と、池野が女中から新しい牛肉の皿を受け取った。富太郎は菜箸を持ち直し、鉄鍋にさっそく放り込む。「わからん」と答えた。「二万円くらいにはなっておるかもしれんなあ」

「まったく、君という奴は。禄《ろく》が三十円の男が二万円の借金とは只事《ただごと》ではないぞ。笑いながら言うんじゃない」

その通りだが、嘆《なげ》いて借金が減るわけでもない。齢《よわい》五十一、子供が七人あって、いちばん上の香代はもう二十一歳だ。何年か前からポツポツと縁談が舞い込んでいるようだが、父親が素浪人の大貧乏では進む話も進まず、壽衛はかなり気を揉んでいたらしい。富太郎がようやく大学に戻り、壽衛が「さあ」と前のめりになったその矢先に天皇の御不例《ごふれい》、崩御があり、帝都はしばらく喪に服した。

しかしやがて「大正」を屋号に用いた店が町に溢れるようになり、庶民の間では喪章が流行した。葬儀の行なわれた青山《あおやま》練兵場に向かう葬列のさまを目にして、真似《まね》をする者が続出したのだ。小学生になった春世と百世、勝世《かつよ》までが揃って上着の袖に黒布を巻いており、驚いて壽衛に訊ねると「駄菓子屋さんで売っているのですよ。子供向けに。あまりに欲しがって家のお手伝いをするので、根負けしてしまいました」と苦笑した。子供はとかく大人の真似をしたがるものだが、喪章も颯爽《さっそう》と勇ましい姿に映ったのだろうか。

「僕のことはもう、いい。二人の祝いじゃないか。それにしても、今頃、思い出したように学士院恩賜賞を授賞とは、日本は相変わらず遅いね」

欧米の学界を驚嘆させた世界的発見からほぼ十五年を経て、ようやく日本でも正式に功績が認められた恰好だ。

「無茶を言うな。賞の創設が去年だぞ。我々は第二回の受賞者だ」

「それは知っとるよ。知っているが、僕はあえて言うのだ。日本人は欧米の学者を闇雲に崇拝《すうはい》するが、いや、この僕もその傾向があるのは認めるが、我が国の先達《せんだつ》の偉業も常に忘れておらん。ゆえに旧幕時代の大本草学者、飯沼慾斎先生の『草木図説』を復刻している」

と口にして、思い出した。平瀬への土産のつもりで、『増訂草木図説』の一輯と二輯を用意してあったのだ。すっかり忘れ、とりあえず蝦蟇口《がまぐち》を懐に突っ込んで家を飛び出してきた。

「日本人は日本人を不当に低う評価する。同胞の功績には冷淡が過ぎる」

理学博士である池野が此度《こたび》の賞を受けるのは当然とも言えるが、学士の学位を持たぬ平瀬の受賞は異例中の異例だとされている。実際、当初は平瀬への授賞は予定もされていなかったらしいと耳にした。だがそれを知った池野が「平瀬がもらわないのなら私もお断りする」と突っぱねたらしい。

二人を順に見たが、池野も平瀬も何も言わない。ならば手前が代弁しようと、富太郎は赤玉を注いでぐいと呷《あお》った。

「僕も突っぱねたかったよ。今さら講師の口など要らん、一家が路頭に迷おうとも己一人で研究を続けてみせると言い放って席を立ちたかった。だが、大学の持つ書物を照覧できぬのは辛い。まったく、これほどの痛手は他にないゆえ、折りとうもない我をまたも折った」

己の言葉に昂《たかぶ》ってくる。今も松村教授とは剣呑《けんのん》なままで、廊下ですれ違っても冷たい一瞥《いちべつ》を投げられるだけだ。捨てても捨てても帰ってくる犬を見るような目つきだ。

「学問の下《もと》では、皆、平等のはずだろう。しかし学位を持たぬ僕は、大学では学者ですらない。まったく、裸にすれば、学者ほどものわからぬ者はないね。ふだん大きな顔をしておってもいざとなれば陰で妬《ねた》み嫉《そね》み、表で綺麗な弁を述べても心は実に小さい。いや、池野君、あんたは立派な博士だが、あえて言わせてもらう。植物標本を大学に納めぬから私《わたくし》していると非難にかかるが、そっちこそじゃないかと僕は言いたい。目下の者を顎でこき使《つこ》うて、あれを調べろこれを調べろ、間違うな、論拠を示せ、標本を出せ。学者こそ泥棒だ」

池野はうん、うんとうなずきながら焦《こ》げた豆腐を喰い、平瀬は黙って赤玉を呑む。

二人は高潔だ。近代日本の紳士と野武士だ。世俗まみれ借金まみれの凡人が酔っていかに憤慨しようが、決して尻馬には乗ってこない。ゆえにこの二人が相手なら吐き出すことができる。

「なにゆえ、こうも安う扱われる。いつまでも、なんで」

卓を叩いて息まきながら傷口の深さを知った。誰かに疎まれ、鼻紙のごとく扱われるのは、かくも苦しい。しかしそれでも大学にしがみついておらねば生きてゆけぬ。

また卓を叩けば皿が動き、胡坐から突き出した股引の上に箸が落ちた。

平瀬が「私は在野で気楽です」と、白滝《しらたき》を啜《すす》った。

「また研究も始めるつもりです」

「ほう。何の研究ですか」箸を拾いながら顎を上げれば、「マツバランの発生順序らしい」と池野が代わりに答えた。

「紀州に怪物のような男がいる。南方熊楠といってな。なんでも十八ヵ国語を操《あやつ》るらしい。ほら、神社の合祀《ごうし》に反対して大運動を起こして、衆議院でも議員が質問に立ったことがあっただろう。民俗学者の柳田國男《やなぎたくにお》が南方の考えに共鳴して運動に参加し、各方面に南方の書簡を印刷して配布した」

「僕のところにも届いたよ」

柳田國男は亡くなった矢田部とは縁続きにある。矢田部の没後に妻の末妹と結婚、柳田家の養子に入った。

「平瀬君は、その南方と共同研究するんだそうだ」

そうかと、胡坐を組み直した。

「南方も知っとるよ。以前、僕に同定を頼んできたことがある。和名はキノクニスゲなる植物だ。調べたら新種ではなかった。すでに松村教授がフランスのフランシェ先生に同定を依頼して、学名もついていた」

赤玉の瓶を見るともなしに見る。

「それにしても不思議な男だ。『ネイチャー』に論文が掲載されるほどの男がなにゆえわざわざ他人を介して依頼してきたのか。堂々と自身が送ってくりゃいいものを」

標本を送ってきた後も手紙を何度かよこし、やはり途方もなく文章が緻密《ちみつ》だ。論旨《ろんし》は放埒《ほうらつ》ともいえる展開を見せ、波紋のごとく果てがない。しかも文章の合間にゆらゆらとキノクニスゲやモミラン、ヤシャビシャクの図が挿入されていたりする。

「変わり者らしいからな。倫敦《ロンドン》を素裸で歩いたとか、今も下半身をむき出して暮らしておるとか、奇行が多いらしい」池野は言い、平瀬はそれを否定もせず鍋に白滝を放り込む。ややあって口を開いた。

「南方さんの住居《すまい》にマツバランを植えて、実地検証してもらうんです。私は毎年京都から田辺に出向いて南方さんの報告を受け、生本《いきほん》を京都に持ち帰って解剖検鏡する。

まあ、そういう取り決めをしましてね。発生順序の調査研究ですから、なにしろ時がかかります。十年、あるいはそれ以上かかりましょう」

「ということは、資金もかかる」と池野が見やれば、平瀬は茶目な目をした。

「恩賜賞の賞金がありますから。賞金が元手です」

「なるほど。最高の使い途《みち》じゃないか。いや、平瀬君と南方君なら、また歴史的大発見になること間違いない」

鍋に箸を伸ばしたが、牛肉が残っていない。なんでじゃろう。この二人と会うと愉しゅうて堪《たま》らぬのに、結句は気分が落ち込む羽目になる。


片目を開くと、池野が覗き込んでいた。

「大丈夫かい」

目瞬きをして、眼鏡の蔓《つる》を動かした。見慣れぬ天井だ。鼻を動かせば、なんとも言えぬ臭いだ。

「や、寝てしもうたか。これは失敬した」

胸焼けがしそうだ。すき焼きは大好物だが、宴《うたげ》の後に淀《よど》む獣臭さはどうにもいただけない。身勝手なものだと思いながら伸びをすれば、欠伸《あくび》が洩れる。他に何組もあった客がおらず、女中が迷惑げにこちらを窺《うかが》いながら卓の片づけをしている。

「あれ、平瀬君は」

「帰ったよ。京都への汽車の時間がある」

「そうか、それは申し訳のないことをした」と立ち上がり、池野と共に廊下へ出た。手水《ちょうず》を使ってから玄関に下り立ち、「そういえば」と思い出して帳場の番頭を呼ぶ。

「君、勘定」

「いえ、先に頂戴《ちょうだい》しております」

　さてはと池野を見上げたが、もう玄関外へ出ている。蝦蟇口を懐に仕舞い、「すまんね」と声をかけた。

「君らを祝うつもりで一席設けたのになあ。しかも平瀬君に『増訂草木図説』を献呈したいと思うておったに、そいつも忘れた。講釈師がついに詐欺《さぎ》を働いた」

「違いない」

　笑いながら歩く。繁華な浅草の町並みの向こうで、十二階建ての塔がそそり立っている。

　凌雲閣《りょううんかく》、十二階とも呼ばれる八角形の高塔だ。地上から十階までは赤煉瓦《れんが》造り、十一階と十二階は木造で、窓が建物全体で百七十六個もあるらしい。夕暮れともなればすべての電燈がともり、その光は八方を照らしながら公園の大池に落ち、水面《みなも》をもう一つの夜空にする。

だが今は午後三時を過ぎた頃合いで、キンと音を立てそうなほど冬が澄んでいる。ようやく酔いが抜けた。池野が「そうだ」とふいに足を止め、大榎《オオエノキ》の幹に身を寄せた。枝下で洋鞄《ようかばん》を開け、中から薄い冊子を取り出す。

「進呈する」

桔梗《キキョウ》が描かれた表紙で、モダンな意匠だ。しかし題は「三越《みつこし》」と、高雅な筆文字が横に組まれている。三越呉服店が出している冊子のようだ。

「いやあ、なかなか縁がない。帳面で買物をさせてくれるなら、たまには妻子を連れていってやりたいが」

「よせよせ、これ以上、借金を増やすんじゃない。いや、載ってるんだよ、森博士《もり》の小説が」

「森博士って、あの」

「そうだ。植物園にお越しになっている森閣下だ。『田楽豆腐《でんがくどうふ》』という小説を載せておられる」

「君はよほど、豆腐が好きじゃな」

「豆腐は出てこん」池野は怒ったように口を尖《とが》らせた。


あれはいつの初夏だったか。

大学の植物園の四阿《あずまや》で、書物を開いている紳士の姿を見かけたことがある。白の大島《おおしま》らしき着物に褐色《かちいろ》の帯、頭は無帽で短髪だ。遠目であったので容貌《ようぼう》をしかと見ることはかなわなかったが、書物に向かう横顔は額《ひたい》が秀《ひい》で、カイゼル髭も凜々《りり》しいので軍人かと察しをつけた。

富太郎は白衣をつけて苗の木箱を運んでいる最中だった。女の子の声がして、「パッパ」と聞こえた。池の前に張った芝生《しばふ》だ。明るい夏着物の女の子で、小学生にはなっていそうな背丈だ。頭には西洋人形のようなリボンをつけ、瞳をいっぱいに見開いて四阿に向かって駈けた。毬《まり》が弾むようだ。

「まりちゃん、いけませんよ。転びますよ」と声がして、芝生の上にうら若い婦人が小さな女の子と共に坐っている。かたわらには西洋の乳母車《うばぐるま》が置いてあり、どうやらこの人たちは一家で散策に訪れたらしいと気がついた。

四阿の読書人が陸軍軍医総監、森林太郎《りんたろう》であることは後に知った。森閣下が鷗外《おうがい》という号を持つ文豪《ぶんごう》であることは承知していたが、そもそも昨今の小説には親しまぬ方針だ。しかし園丁《えんてい》らが言うには、閣下は植物について造詣《ぞうけい》が深く、一家での散策のみならず草花の名前を確かめるために植物園を訪れることもあるらしい。

池野成一郎がくれた「三越」に載っていた『田楽豆腐』なる小説は、まさにその植物園行きについて夫人が訊ねるところから始まる。冒頭の数行で、富太郎の中に一家の姿が再び立ち昇った。

パッパと呼ばれてゆっくりと顔を上げた閣下の、なんと寛《くつろ》いでいたことか。読書を中断させられても眉一つ動かすことなく、むしろこの世で最も大切なものを扱う手つきで娘を抱き上げ、膝の上にのせた。父親なるものは世にごまんといるが、ああいう微笑《ほほえ》み方をする人を富太郎は初めて見た。閣下は池越しの築山《つきやま》の彼方《かなた》を指さして、娘の耳許で何か囁《ささや》いていた。あれは樹木の名前を教えていたのだろうか。それとも鳥か雲、風の色だろうか。

まるで白昼の夢か、幻のごとき景だった。夫人と子供たちの佇《たたず》まいも、初夏の陽射しに揺れる芝草も。

あの時、森閣下だとすぐにわかっても、富太郎はずかずかと近寄ることなどできなかっただろうと思う。本当は、礼を述べるべき一件があった。明治四十年に刊行した

『増訂草木図説』の一輯草部だ。

基は飯沼慾斎翁の『草木図説』で、これは旧幕時代のものでありながら近代的な図譜の実用性を持っており、江戸本草学の流れを汲む者は皆、この図譜に導かれて学問してきた。ゆえに明治八年、田中芳男と小野職愨《もとよし》は解説を翻刻《ほんこく》し、『新訂草木図説』として刊行している。富太郎はその図説にさらに増訂と解説を加え、『増訂草木図説』として生まれ変わらせたのである。今の時代に即して改訂することは、今を生きる学者の使命だ。

ところがオランダダンドクという植物についての項で不明の文言《もんごん》があった。学名は「Canna patens Rosc.」、旧幕時代に渡来して「カンナインヂカ」と呼ばれていたことを飯沼翁は記し、その後にこう続けている。

――普通ニカンナインヂカノ名ヲ以テ持《モッ》《モタ》リ此種ニ称スルハ舌人《ゼッジン》ノ訛伝《カデン》ニ出《イヅ》ルナリ

この「舌人」の意味がどうしてもわからなかった。「補」で、本種の原産地は未詳であること、そして本文中の舌人とは古人、あるいは世人を指した語句ではないかと推《すい》した。「カンナインヂカ」という名称は、昔の人間、あるいは本草家でない者が訛《なま》って言い慣《なら》わしてきたものに由来すると翁は述べておられるのだろう、と。

ところが「舌人とは通詞、通訳人のことだ」と教示を受けた。その主《ぬし》が森閣下で、大学を通じての伝言であった。謎を括《くく》っていたリボンが一度に、するりと解《ほど》けた。カンナインヂカという名は「蘭人から聞いた通訳人の誤伝である」と、慾斎翁は指摘していたのだ。それは日本人同士でも起きることで、富太郎はどんな土地に足を運んでも古老に会って植物名を教えてもらうようにして久しいが、訛りの強い地方では耳で聞き取るだけではしばしば誤りを生じる。

あの日の感激を久しぶりに思い出した。閣下のおかげを蒙《こうむ》って、明治四十一年の一輯再版時に「補」の当該箇所を削除することができたのだ。四年後、この十一月に至っては、『増訂草木図説』の三輯と四輯の稿をほぼ書き終え、年明け正月に刊行される運びとなっている。

富太郎は文机の上に原稿用紙を広げ、巻末ノ言を記す。

日本の植物名は古来用いられてきた漢名が幾種類もあり、仮名も混用している。科名についてもしかりで、長らく漢字仮名混用の時代を続けてきたためだが、現代の学名は羅語《ラテン》であるのだ。向後、植物名は仮名で表記すべしとの持論を述べ、全巻に通じる人名、たとえば翁が「林氏」と記しているのはリンネ氏のこと、「西勃氏」はシイボルト氏のことであるなどの注を補足した。

そして末尾、舌人についての記述が間違っていたこと、誤りを指摘して正しく教示してくれた「鷗外森先生」への感謝を謹《つつし》んで述べた。

学問は底の知れぬ技芸だ。浅薄な推測で野道を進めば、思わぬ崖道であったりする。しかしこうして、進むべき道標《みちしるべ》を立ててくれる人もまた現れる。

筆を擱《お》けば、またも深更になっていた。再び「三越」を手に取り、『田楽豆腐』を開く。池野が言った通り豆腐は出てこない。植物園に立ててある植物の名札を、田楽豆腐のような札だと見ているらしい。確かに、竹串に刺したような長方形の札だ。

いつか園丁に聞いたが、植物への造詣が並々ならぬことは文章の折々でも察せられた。自らの手で庭を丹精していることも。主人公の木村《きむら》は閣下自身なのだろうかと気になって、富太郎はまた冒頭に戻った。台所から夫人に「今何をしていらっしゃるの」と問われて、主人公はこう答える。

蛙《かえる》を呑んでいる最中だ。

エミール・ゾラの言葉を引いたものらしく、作者なるものは、毎朝、新聞で悪口を言われなくては済まないらしい。それをぐっと呑み込むのだという。生きた蛙を丸呑みするつもりで呑み込むのだ、と。

その条《くだり》が胸に迫ってきた。まるで池野が今日の富太郎の告白を予測していたかのようだ。

閣下も呑み込んでおられるのか。

僕は今日、いったん呑み込んだ蛙を全部吐き出してしもうた。なんたる小人《しょうじん》。独《ひと》り笑い、また頁《ページ》を繰った。小説にも真実はあるらしい。


祝言歌《しゅうげん》の『高砂《たかさご》』の後は詩吟《しぎん》をする者あり、かっぽれで座を沸かせる者もある。

「僕も一つ、西洋の祝歌でも披露するかな」

羽織の紐《ひも》を解きかかると、隣から「いけません」と二つの声がかかった。壽衛、そして猶までが眉をしわめている。

「お願いですから、今日は神妙に願います」

そう付け加えたのが三女の鶴代であったので、和之助が痛快そうに笑った。

「帝大の先生も形無《かたな》しですなあ」

今日は、次女の香代の祝言だ。相手は細川正也《ほそかわまさや》という実業家で明治十一年生まれの三十六歳、香代とは齢《とし》が離れていることが気になって壽衛にそれを言うと、一笑に付された。

私も一回り下じゃありませんか。まして最初のお園を産んだのは十六でした。香代はもう二十二です。早く嫁《とつ》がせてやらねば、年々、縁談相手が悪くなるばかりです。

一言も返せなかった。内心では嫁がせたくないのである。いつまでも手許に置いておきたい。しかし壽衛は「放っておくと枯れる」との理屈で、しかも富太郎がいつまた大学を馘になるかもしれぬゆえ肩書のある今のうちにと、世故にたけた料簡《りようけん》も働かせているらしい。

新郎は石川県の出身で、かっぽれを踊った弟御がやり手であるらしい。湯屋や石炭屋、瓦斯《ガス》コークス業を経営し、正也は弟の事業を共に行なっているという。いずれにしろ事業は盛んであるようで、経済の安定した相手であることも壽衛の眼鏡にかなったのだろう。

披露の宴には先方の親戚のみならず事業の関係者の列席も多く、しかし富太郎は大学の講師仲間や助手らを呼ぶのは気が進まなかった。薄給の者らから祝いを分捕《ぶんど》るわけにはいかず、さりとて上司たる教授に来臨を乞うても返事は知れたこと。それでいて「誰それを招いた、招かなかった」との評 定《ひようじよう》だけは受ける。いっそすっぱりと招かぬ方が後腐《あとくさ》れがない。

しかし親戚縁者も少ない身の上だ。牧野家は言うに及ばず、壽衛は京都での一件以来、実家との縁を絶って久しい。それで猶夫妻に出席してくれぬかと、壽衛は文《ふみ》を書いた。佐川の家財を整理して二十年以上を経たが、猶は壽衛と子らのことは忘れず、互いに音信を欠かさずにきたようだ。和之助と結婚してしばらく静岡に住んでいたが今は東京に居を移しており、壽衛は此度の婚礼支度についても相談に乗ってもらっていたらしい。簞笥《たんす》に蒲団《ふとん》、着物に履物《はきもの》と、また手妻師《てづまし》のごとき算段をつけて壽衛は娘を嫁がせた。

三国一の花嫁御寮じゃと、富太郎は床の間を背にして坐る香代を見つめた。生まれた時から貧乏で、ずっと貧乏で、家移りばかりを繰り返してきた。それでも行く先々の近所に可愛がられて、妹や弟らの面倒をみてきた娘だ。父親の標本と書物に囲まれて育ったようなものだというのに、なんと瑞々《みずみず》しい頬をしているのだろう。

春に咲き匂う花のようだと、富太郎はそっと洟《はな》を啜る。

「お父上、おひとついかがです」

黒留袖の中年女が膳の前に膝を折り、銚子《ちょうし》を傾けている。不調法でと断ろうかと迷いつつ、一杯だけと受ける。

「それにしてもまあ、お子様方の多いこと。お賑《にぎ》やかでおよろしいこと」

二十二の香代を頭に十六の鶴代、十四の春世、十二の百世、勝世が十歳で巳代《みよ》が九つ、末の玉代《たまよ》は四歳だ。

「いや、これでも減りましてな。一時は八人ありました」

隣の壽衛が「至らぬ娘でございますが、なにとぞお引き立てのほどをよろしゅう願います」と、慇懃《いんぎん》に頭を下げた。話を切り上げる頃合いを相手に示したわけだが、女は動こうとしない。

「ご親戚がお少のうございますね」無遠慮に一同を見回し、猶に目を留めた。

「こちらは」

まさか前妻だとも言えぬ。富太郎がまごまごしているうちに、

「牧野の従妹《いとこ》にございます」

悠然《ゆうぜん》として答えてのけたのは猶自身だ。そういえばそうだった。

「私も従妹でございましてね」と、女が喋り始めた。郷里の先祖の話に遡り、しかしまったくとりとめがない。子供らは馳走を前にしてかしこまっているが、さぞ退屈であろう。四歳の玉代がそろそろ愚図《ぐず》り始めた。

猶が「おや」と、首を動かした。

「どなたかお呼びのようですよ。ご夫君ではありませんか」

女は背後を振り返り、首を傾げながら腰を上げた。「あら、なんでしょうね。ごめんあそばせ」

「はい、ごめんあそばせ」

和之助が笑いを嚙み殺している。壽衛は目顔で礼を言い、猶は「なんの」と小鼻を膨らませた。

# 十　大借金

何年前からだろうか、学生らが自宅にも気軽に訪れるようになり、富太郎の書物を繰《く》ったり標本作りを手伝うようになった。中には見慣れぬ顔もあり、法科や文科の学生が庭で子供らと遊んでいたりする。壽衛《すえ》は分け隔《へだ》てなく飯を喰わせる。鰯《いわし》の煮つけや芋《いも》の煮転がしなど、口が三つ四つ増えたところで「たいして変わらない」らしい。そして富太郎は彼らと膳を囲みながらも、植物を語る。

その中の一人が額賀次郎《ぬかがじろう》で、長崎平戸《ひらど》の出身、しかし先祖は水戸《みと》藩士という帝大生だ。法科だが家に出入りするうち、三女の鶴代を見初《みそ》めたらしい。いつしか鶴代も十九歳になっていた。富太郎が「どうだ、嫁《い》くか」と訊《き》いても、当人の気持ちは判然としない。乗り気でないのか単に羞《は》ずかしいのか父親にはまったくわからず、しかし壽衛は次郎を大変に見込んでいた。

賢く、優しい青年です。それは見ていればわかります。

富太郎も大学で少し聞き合わせてみたが、大変な秀才であるらしく、学生のうちに弁護士資格を取るだろうとの評だ。前途は洋々としている。今年大正五年、鶴代は嫁いだ。

姉の香代はもう三人の子をあげており、結婚の翌年に長男を出産、この正月に生まれたのは男女の双子であった。壽衛は孫の世話がてら細川家に足繁く通い、額賀次郎のこともなにかと頼りにしている。娘婿《むすめむこ》二人がまた気の合う者同士で、妻の里帰りにもついてきて共に膳を囲み、酌《く》み交《か》わす。義理の弟妹らのことも可愛がるので、給仕する壽衛はいつも幸せそうに笑っている。娘たちが質屋《しちや》や債権者に縁のない暮らしができていることが、なによりの安心なのだろう。家賃を払えずに家主から追い立てを喰らう心配もない。

せめて、娘たちは。

当家の逼迫《ひっぱく》はもはや激烈で、ついに書物と標本までが債権者に持っていかれる羽目に陥《おちい》った。さすがに富太郎も書斎にすっ込んで頰《ほお》かむりをしているわけにはいかず、隣室から標本の束《たば》を運び出す者らの前に立って足を踏み鳴らした。

「書物が銭《ぜに》になるのはわかるが、標本までなにゆえ持ってゆく」

すると執達吏《しったつり》らしき男二人が、ちらりと目を上げた。

「金になるからですよ」

「そうか、今日はエイプリルフールか」と今度はおどけてみたが、相手はエイプリルフールの流行を知らぬのか、埃《ほこり》を払うような手つきをした。

「おたくには、根太《ねだ》が抜けそうになるほどの書物と標本以外、金になりそうなものは無いじゃありませんか」

嘲笑を泛《うか》べている。

「僕にとっては命ともいえる標本だ。しかし研究者でない人間には、なんの値打ちもない代物《しろもの》だろう。それだけは置いていけ」

睨《にら》みつけると、一人が進み出て真正面に向き直った。

「日本人にとってはね。しかし外国の研究者や好事家《こうずか》が買うようですよ」

ぐっと言葉に詰まった。旧幕時代から、日本の植物に関心を抱《いだ》いて探査した外国人は数多《あまた》いる。標本が手に入れば研究は格段に進む。だが、よもや己《おのれ》の標本が売買の対象になろうとは。麻縄で括《くく》った標本の束を山と積み込んで去る何台もの荷車を、門の外で呆然《ぼうぜん》と見送った。初夏の風の中で標本の屑《くず》が舞い、どこかで調子外れの喇叭《らっぱ》が鳴った。二年前の大正三年に欧州で勃発し、日本までが参戦した大戦は今も続いている。

九月に入って、四男の勝世が水のような下痢《げり》で苦しんだ。まだ十三歳だというのに、日に日に痩《や》せ衰えて没した。赤痢《せきり》だった。我が子の骨を拾うのは何度目だろう。しかしたとえ百度であろうと慣れることはない。もはや取り乱すことはないが、細く頼りない、けれど真白な骨を拾い、これを土に埋めてやれば若緑の芽を出さぬものかと考える。真剣に、夢想する。

なによりも辛《つら》いのは、壽衛に詫《わ》びられることだ。子を死なせてしまったことを泣いて頭を下げる。いつもいつも。

「詫びてくれるな。こうも貧乏しておらんかったら、もっと滋養《じよう》のあるものを喰わせもできただろう。そしたら、赤痢なんぞで死ぬことはなかったかもしれん」

感染性の赤痢かもしれぬと医者が言うので、家で看取《みと》ってやることができなかった。きょうだいと遊ぶのが好きな子で、いつもにこにこと妹の手を引いていた。兄や妹らも、入院した勝世が家に帰るのを待っていたのだ。しかし骨壺《こつつぼ》で帰ってきた。子供らからすれば事態が呑《の》み込めず、勝世が忽然《こつぜん》と消えたに等しいらしかった。

壽衛の背をさすりながら、今度こそ立て直さねばと目をしばたたかせた。

「今、うちの借金はいくらある」

壽衛は顔を上げない。なにゆえこんな時に金の話をするのだと、沈黙が語っているような気がした。

どうしてもっと早く、一緒に考えてくれなかったんです。お金のことだけは婿らにも相談できないじゃありませんか。親が無心すると思われたら、香代や鶴代の立場はどうなります。

「いくらあるんだ。僕が作った借金じゃき、正直に言うてくれ」

壽衛は「もうわかりません」と、身を縮《ちぢ》めた。借金を返すのに借金をして、高利でも貸してくれるところからは借り、それはもう壽衛の長年のやりくりだ。富太郎自身も、借りられる相手には融通《ゆうずう》を頼んで急場を凌《しの》いできた。書物を買い込んでは払いに迫られ、友人や知人にも義理の悪い借金を重ねている。

「たぶん、三万円近いと思います」

莫大《ばくだい》過ぎて現実のことと思えなかった。人に訊かれれば「二、三万はあるか」などと笑い飛ばしてきたが、よくわからぬから叩けた大口だった。我が俸給の千倍近い借金だ。唸《うな》った。四月に『植物研究雑誌』を創刊したばかりなのだ。全国各地に植物の愛好家、在野《ざいや》の研究家がいる。教師もいる。いわば彼ら素人《しろうと》を読者として、植物と植物学の新しい知見を弘《ひろ》めんとする雑誌だ。富太郎は主筆であり編集者であり、発行者でもある。しかし紙代に印刷代、送付代がなければ創刊号で終わる。

書斎に入り、堆《うずたか》く積み上げた標本を見やった。債権者に奪われても、まだ二部屋を埋めるほどの量がある。採集旅行から帰ると、横にもならずに腊葉《さくよう》してきた。しおれぬうちに画《え》にして、それから根を綺麗に水で洗って台紙の新聞紙に挟んでいく。旅が長いと宿で行李《こうり》にして自宅に送る。それを壽衛や子供らが受け取って、台紙を取り替える。毎日だ。必ず毎日それを行なわないと植物に水分が残り、すると変色して黴《かび》も生じる。梅雨《つゆ》時には家の中に物干し竿《ざお》を渡して台紙ごと何十も吊り下げ、炭を熾《おこ》した七輪《しちりん》で下から乾かす。それでも黴がくれば、筆先にアルコオルを浸《ひた》して丹念に洗わねばならない。真夏も真冬も一家総出の標本作りで、一点たりとも手放したくない。標本で細部を緻密《ちみつ》に照合できるからこそ、採集してきた植物が何者であるかの同定ができる。

しかしこのままでは絶体絶命、「一家植物心中」になる。標本を売るしかない。買ってくれる者があるなら売ろう。

頭の中で、英語の宣伝文案を繰った。

十月の末、上野公園に足を運んだ。竹《たけ》の台《だい》陳列館で第十回文部省美術展覧会が開催されていると聞き、これを観《み》に行ったのである。大した感興も催《もよお》さず、公園の桜の紅葉も薄寒かった。

本郷区西片町《にしかたまち》の家に帰れば、玄関に出てきた壽衛が「お客です」と言う。客は珍しくないが、学生なら壽衛も一々伝えたりしない。土間には見慣れぬ洋靴が一足ある。

「新聞記者さんだとおっしゃってます」

ふうんと外套《がいとう》を脱ぎ、壽衛に渡した。着物に替えてから奥の座敷に入ると、ここも標本と書物が山積みだ。暖を取る手焙《てあぶ》りを壽衛は運び込んだらしいが、あまり大きな火鉢は火事の恐れがあるので外気と変わらぬ冷たさだ。しかし記者であるらしい男は標本の山の前で肩もすくめずに立ち、手にしたものを熱心に見ている。

「お待たせしました。牧野です」

声をかけると、三十にはまだ届かぬ齢頃《としごろ》の男だ。

「どうも、お留守の間に上がらせていただきました」

穏《おだ》やかな物腰で、記者に特有の忙《せわ》しなさを感じさせない。「勝手に拝見しておりました」と、手の中の標本を富太郎に見せるように持ち上げた。

「ああ、それはビロードムラサキですな。明治二十五年に土佐の五台山《ごだいさん》で採集したものです」と説明した。

「別名はコウチムラサキ、七月から八月に淡い紫色の花を咲かせます。ビロードというのは、葉にビロード状の毛が密生していることから付けたものです」

「先生が命名されたんですね」

そうですよと、頬が綻《ほころ》んだ。

「羅語《ラテン》の学名には故郷のコウチが入っております。もちろん、この牧野の名も」

記者は感心したようにうなずき、丁重《ていちょう》な所作で標本を山上に戻した。

「ご挨拶《あいさつ》が遅れました」差し出した名刺には、東京朝日《あさひ》新聞記者、渡辺忠吾と記されている。富太郎も名刺を渡し、壽衛が茶を運んできた。手焙りの前に腰を下ろすように勧《すす》め、対面して自身も坐した。

「今日、お伺《うかが》いしたのはこの植物標本の件です。外国に売られるという噂《うわさ》を耳にしたのですが」

「どこでお聞きになった」と腕を組んだが、それには曖昧《あいまい》に笑《え》むだけだ。まあ、いいと、富太郎は息を吐く。この家に出入りする学生からいずれ洩れるだろうとは予測していた。「牧野がいよいよ窮状極《きゅうじょうきわ》まって標本を売るらしい」との噂はすでに大学内でも流れ始めているようだ。

いざ覚悟してしまえば恥だとも思わない。これも学問のため、日本植物学のため。

「僕は元々金銭に無頓着《むとんちゃく》な性質《たち》でね。負債が山積したんです。此度《こたび》ばかりはその始末に窮し、我が命とも思う標本を断腸の思いで手放す決意をしました。日本諸国を歩きに歩いて採集、作製してきた標本ですからね。貴重な珍品も多い。外国に出せば二、三万円にはなりましょう」

近々、横浜の商社に出向いて打合せをする予定になっている。

「これは、何年くらいに亘《わた》って作られたものなんですか」

「幼い時分からですよ。まあ、標品として学術的に価値のある形で作製保存するようになったのは大学の植物学教室に出入りするようになってからですから、二十三、四歳の頃からでしょうかね」

「今、数えで五十五歳でいらっしゃるので、さしずめ三十余年に亘っての業績になりますね」

下調べをちゃんとしてきているようだ。記者の取材を受けて感心するのはいつもこの能力だ。どこでそんなことを調べたということまで知っていて、しかもそれを取材相手の口から引き出して裏を取る。

「標本は全部で何点ありますか」

「数えたことがありませんが、此度は十万点ほど売却するつもりです」

「大変な数ですね」

記者の目の色が変わった。

「貴重な標本が、十万点も外国に流出することになるわけですか」

「僕としても国外に出したくはありません。しかし、日本で植物標本を何万点も買おうという人物はおらんでしょう」

「大学は？」

大学は欲しいと言うだろうが、二、三万も払ってくれるはずがない。下手をすれば無償だ。だがそれは口に出さず、頭《かぶり》を振るに留《とど》めた。

「僕の志《こころざし》に賛同して標本館でも造って納めてくれる好事家があれば有難いが、日本にそんな物好きがおりましょうか。それは高望みというものでしょうな」

「植物の採集をここまでなさるとは、並大抵のご苦労ではなかったでしょう」

「苦労と思うたことは一度もないですがね」

富太郎は茶を口に含み、問われるままに語った。従来、日本には生息していないとされていたムジナモの発見、キクの原種であるノジギク、ヤマトグサ、ヤッコソウも世界的な発見だ。これまで富太郎が学界、世界に向けて発表した新種はおよそ四百種に上る。

「論文もおよそ千頁《ページ》に及びます」

渡辺という記者は膝上《ひざうえ》に開いた手帳の上で、鉛筆を走らせる。『大日本植物志』や

『新撰日本植物図説』『増訂草木図説』を書斎から運んで披露し、『植物研究雑誌』創刊号は一冊進呈した。講演並みに喋り通した後、「写真を撮らせていただいてもよろしいですか」と訊かれた。取材終了の合図だ。「いいよ」と肯《うべな》ってキャメラの前に立ち、何枚もの撮影に応じる。渡辺は鞄にキャメラを仕舞いながら、「実は」と言った。

「僕は農科大学の出身でして。池野教授には今もなにかとお世話になっています」

農学士の新聞記者もいるのかと感心するうち、気がついた。

「ひょっとして、僕の窮状を池野君に聞いたのかい」

渡辺は肯定も否定もせぬまま、頭を下げた。

十一月に入って渡辺から手紙が届き、「十二月の上旬には記事になる」と書いてある。しかし新聞を買えどもどこにも記事は見当たらず、十二月に入ってまた家主から追い立てを喰らい、白山御殿町《はくさんごてんまち》へ家移《やうつ》りした。

冬季休暇を利用して、かねてより招かれていた京都の植物愛好家に会いに西行《せいこう》することにした。書物の何冊かを古書屋に引き取らせれば、汽車賃くらいは工面できる。昔のような上等旅館には投宿できぬので、知人の家に泊めてもらう。大阪へも足を延ばした。佐川の幼馴染《おさななじ》みである堀見克禮《かつひろ》が医学者となって、大阪市の江戸堀《えどぼり》に住んでいる。府立大阪医科大学教授として診断学を教え、夜は自宅で内科診療だ。これがまた随分《ずいぶん》と繁盛している。

克禮の父、久庵《きゆうあん》も医者で、大変な美男であったので女の患者が妙に多かった。そして富太郎が十七歳の頃、『菩多尼訶経《ボタニカきよう》』を教えてくれた人だ。

あれがボタニカという言葉に接した初めてであった。

羅語《ラテン》が起源で、「植物学」を指す。そして「種子」。

五十を過ぎた男二人、膝を交えて佐川の山河に思いを馳《は》せれば己の窮状もしばし忘れる。

「富さんは変わらんのう。相も変わらず植物狂いや」

「おまんもな」と言い返しながらも、名医であった父親に似た佇《たたず》まいを懐《なつ》かしく眺めた。朝になって「いつもすまんが」と切り出さぬうちに金封を差し出された。十円入っていた。

帰りは横浜で下車し、地元の中学校で開かれた植物愛好会の集会に出た。顔を出すなり、「牧野先生」と何人もが寄ってくる。

「どうした。血相変えて」

さては採集の最中に誰か怪我《けが》でもしたかと、身構えた。「お読みになりましたか」

と、幹部の一人が見せるのは新聞だ。「いや、しばらく京都と大阪におったのでね」戸惑いながら目を落とした。驚いた。例の記事が掲載されている。大きな見出しで「不遇の学者牧野氏　植物標本十万点を売らん」とあり、小見出しは「生命を賭《と》して蒐集した珍品を　手放さねばならぬ学者の心事《しんじ》」だ。上半身写真は頰の瘦せが目立ち、生煮えの魚のような顔をしている。内容は詳細で、富太郎の俸給はもとより、かつて岩崎家に借金を整理してもらったことまで出ている。しまったと、富太郎は首筋を叩いた。

調子に乗って喋り過ぎた。

「世界に誇る大学者が、これほどまでに辛酸《しんさん》を嘗《な》めておられたとは」と、取り囲んだ誰もが顔を赤くしている。

「それにしても、帝大は薄情ですなあ。かくも偉大な学績を上げ続けておられる牧野先生を薄給でこき使いおって、学位も与えんとは。先生は自己の資金を湯水のごとく注ぎ込んだ挙句《あげく》、莫大な負債に苦しんでおられるというのに、見て見ぬふりを決め込んでおるわけですか」

まるで芝居の敵役《かたきやく》に憤るような興奮ぶりだ。記事は富太郎の不遇を強調し、「博士以上の実力ありとの定評ある牧野氏がまだ学位さえ貰《もら》って居ないで諸所から不義理な借金さえ嵩《かさ》んで苦《くるし》んでいるとは実に気の毒なことだ」とある。

肩を持ってくれる義俠心《ぎきょうしん》は有難いが、帰京の車中でずんと気が重くなった。

間違いなく、大学で騒ぎになる。今度こそ馘《くび》だ。

夜更《よふ》けに家に辿《たど》り着くと、壽衛が新聞を抱きしめて待っていた。「あなた」と見上げるなり口許《くちもと》をおおい、涙ぐんでいる。その姿を目《ま》の当たりにして、ようやく新聞の有難みが湧《わ》いてきた。

ここまで負債が嵩んだことに、壽衛も責任を感じていたのだ。新聞が寄せてくれた同情が壽衛の心を慰《なぐさ》め、倒れる寸前で支えてくれた。

「なんとかなるろう。壽衛、なんとかなる」

玄関で肩を寄せ合い、小さな電燈を見つめた。

翌十八日、渡辺から手紙が届いた。東京朝日の記事を受け、大阪朝日新聞でも記事にしたという。十九日の朝、京橋《きょうばし》区元数寄屋町《もとすきやちょう》の東京朝日新聞本社に礼に出向いた。欧風の瀟洒《しょうしゃ》な応接室で、どこに暖房具があるのか、冬の室内とは思えぬ暖かさだ。供された珈琲《コーヒー》も旨《うま》い。

「牧野先生、我々はあなたを言論で支援しますぞ。国の宝を外国に流させやしません。大阪朝日も、月給三十五円の世界的学者、牧野氏植物標本十万点を売る、金持ちのケチン坊と学者の貧乏はこれが日本の代表的二大痛棒なり、とブチ上げたらしいですからな」

上役と談話している最中、渡辺が戻ってきた。

「今、大阪から連絡が入りました。現れましたよ、二人です」

早口で、号外の新聞売りのように叫ぶ。「そいつは早いな」と、上役が立ち上がった。富太郎は二人を順に見るうちようやく呑み込んで、洋椅子《ようい す》から尻を持ち上げた。

「支援者が現れた？」

「そうですとも。大阪朝日の記事を読んで、すぐに電話が入ったそうです。一人は有名な久原《くはら》財閥の房之助《ふさのすけ》氏。ご承知でしょうが鉱山王で、日立《ひたち》製作所の設立に寄与した実業家です。そしてもう一人は」手許の紙を見返している。

「京都帝大法科の学生ですな。いや、学生とはねえ」

上役が「悪戯《いたずら》じゃないのかね」と、腰に手を置く。

「それが、彼は大阪朝日に自ら足を運んで申し出たらしく、社でも身元を確かめたようですよ。養父が大変な資産家で、その父上の没後、彼が当主となって資産を引き継っいでいます。池長孟《いけながはじめ》という青年で、彼は標本を買い取らせてもらう、しかしその標本は牧野先生に寄贈すると言っているようです」

こんなことが真《まこと》に起きるのかと、棒立ちになった。

日本にも、ケチン坊でない金持ちがいた。


十二月二十一日の夜更け、夜汽車に乗った。

日中、嫁いだ香代と鶴代がそれぞれの夫と共に駈《か》けつけていた。新聞記事を読んだという。あれこれ説明するうちにまたも興奮し、尻に火がついた。

「こうしちゃおれん。神戸に行く。壽衛、支度《したく》してくれ」

「はい、ただいま」壽衛はすぐさま奥に引き取った。富太郎は腰の後ろに手を回して帯を解《と》いたものの、着物の前をはだけたまま居間をうろうろとする。居ても立ってもいられない。娘婿の細川正也と額賀次郎は呆《あき》れ顔で、「お義父《とう》さん」と見上げた。

「暮れも押し迫っているのに、神戸まで足を運ばれるんですか」「そうですよ。年が明けてから落ち着いて会われた方が賢明です」

二人とも不思議なことを言うと、富太郎は着物を脱ぎ捨てた。

「救い主が現れたんだ。ぼやぼやしておれん。だいいち、盆だの暮れだの正月だの、僕は気にしたことがない」

ずり下がりそうになる股引《ももひき》を引き上げ、目玉をくるりと回した。家賃や節季払いに難渋《なんじゆう》するのは日常のことで、暮れに夜逃げ同然に家移りすることになっても富太郎は旅の空、採集道具を手に山中を歩いていたりする。壽衛も慣れたもので、新しい住所を旅宿に電報で知らせてくるのだ。うっかり元の家に帰ってしまい、蛻《もぬけ》の殻《から》に驚いて「空き巣にやられた」と派出所に駈け込んだこともあった。

「お父さんはじっとしていられない人なのよ」と、香代と鶴代が夫たちに説明し始めた。

「お正月に初詣《はつもうで》に出かけたって、神社の木ばかり観察してるんだもの。書き入れ時の宮司《ぐうじ》さんをつかまえて、あの木はまもなく枯れますよとか、今年は花が咲かんでしょうとか、縁起でもない予言をして厭《いや》な顔をされるの。やっと一緒に歩き始めたと思ったら、また行方不明」

香代が眉《まゆ》を下げると、鶴代も「そうそう」と苦笑する。

「境内《けいだい》のはずれに賑《にぎ》やかな人垣ができていて、蝦蟇《がま》の油売りかしら、猿回しかしらと思って覗いたら、お父さんよ。梅は古《いにしえ》より百花の魁《さきがけ》などと言われますがな、この蠟梅《ろうばい》はもっと早《はよ》う咲きます。いやいや、梅の字がついておるから梅だと判じては大間違い、梅とはかけ離れた縁の遠い木です。どうです、ご主人、植物の名一つとっても実に面白いもんでしょう、なんて講釈してる」

洋鞄を手にして壽衛が戻ってきて、「そのくらいになさい」と娘らに目配《めくば》せをする。富太郎に対して婿たちが心証を害するのを案じているようだが、僕ほど真っ当な学者が世界のどこにおると鼻を鳴らした。洋袴《ズボン》を壽衛の手から受け取って足を入れ、襯衣《シャツ》の袖《そで》に腕を通した。蝶ネクタイを結びながら、ふと思いついた。

「壽衛、お前も同行せい」

「私もですか」着物を畳《たた》みながら顔を上げた。なんの冗談かと目瞬《まばた》きを繰り返しているが、「そうよ。お母さんも行ってらっしゃいな」と娘たちが乗り気になった。

「そうじゃ。行こう、行こう。早《はよ》う用意せい」

「でも、私が留守にしたら春世さんたちが困りますよ」

「僕たちなら大丈夫だよ」と、春世が間延びした声で言う。柱に凭《もた》れて坐《すわ》り、手には雑誌だ。

「今年は家移りしなくて済むんだろう。それだけで大助かりさ」

息子の春世は十七、下の百世は十五だ。娘の巳代は十二で、末の玉代は七つである。

「この子たちももう大きいんだし、私たちがいいように世話しますから」香代がまたも口を添え、「そうよ」と鶴代も勧める。

「お父さんが騙《だま》されてるんじゃないかって、心配してらしたじゃないの。お母さんが一緒に行って、お相手を見極《みきわ》めた方がいいわよ」

壽衛がそんな心配をしていたとは思いも寄らない。富太郎は上着をつけながら、皆を見回した。

「僕を騙したとて、なんの得がある。だいいち、池長君は京都帝大の学生だぞ。神戸の富豪の子息だぞ。この世知辛《せちがら》い世にあって、一植物学者を救わんと大阪の朝日に駈けつけてくれた篤志《とくし》家だ」

「そんな人が本当においでにでしょうか」

壽衛は細い顎《あご》を支えるように手を添え、小首を傾《かし》げた。女というやつは、まったくもって心配性だ。

「朝日新聞が身元をちゃんと確かめてくれたじゃないか。安心せい」

娘たちが「さあ、さあ」と壽衛の背を押し、風呂敷包みを作り始めた。

「奇特な学生さんにお母さんもご挨拶してきて。お金のことはお父さんに任せきりにしちゃ危ないんだから」

「そうよ」と、なにやらひそひそと母親に指南している。

「大金を握ったらそのまま本屋さんに入って、また莫大に買い込むわ。上等の洋服も誂《あつら》えて、ふらふらっと蓄音機や印刷機を注文するかもしれない。できれば現金でくださらないように、お母さんからお願いしないと」

そういうことかと頭を掻《か》いて火鉢《ひばち》の前に坐ると、婿らと目が合った。二人して目を逸《そ》らし、肩を小刻《こきざ》みに揺らしている。笑いを噛《か》み殺しているようだ。


午後十一時、婿二人に見送られて東京駅を発《た》った。

富太郎は窓際、壽衛は通路側の席だ。向かいには商人らしき風体《ふうてい》の男が二人で、荷物を抱え込んで目を閉じている。壽衛は膝の上に新聞紙を広げ、蜜柑《みかん》の皮を剝《む》き始める。渡された一房を口に放り込んで顎を動かしていると、ひとりでにこみ上げてきた。

「お父さん、なにが可笑《おか》しいんです」壽衛が小声で訊く。

「いや。お前がよう家を空ける気になったと思うてな」

「あなたが同行せよとおっしゃったんでしょうに。でも、夢を見ているようですよ。こんな暮れに、お父さんと一緒に夜汽車に乗っているなんて」

「欠落《かけおち》みたいだな」

「また。ふざけてばかり。お相手の前ではしっかりなさってくださいよ」と俯《うつむ》いて、白い筋を毟《むし》り続ける。まだ半信半疑のようだ。けれど懸命に信じたがっているように も見える。

　今度こそ、暮らしが楽になる。

　向かいの乗客はまだ寝入っていないようで、時々、薄目を開けては咎《とが》めるように見やる。富太郎は声を落とし、隣の壽衛に顔を寄せた。

「なんとかなるろうと、いつも言いゆうじゃいか」

「いつも、なんともならなかったじゃありませんか。崖《がけ》から滑《すべ》り落ちるばかり。でも、世間様はあなたを見捨てなかったんですね。ね、きっとそうですよね」

「そうとも」と、富太郎は二房をいっぺんに口に放り込む。

「滞在はいつまでになりますか」

「まだわからんよ。とりあえず大阪の朝日を訪ねて指示を仰《あお》ぐ」

「私、ちょいと京都へ足を延ばしてもよろしいですか」

「京都に何の用だ」

「細川と額賀にお土産《みやげ》が要《い》りますでしょう。京都に頃合いのいい店があるんです。まだ潰《つぶ》れてなけりゃいいんですけど」

　暗い車窓に映る己の顔を見てか、髷《まげ》に手を伸ばして後《おく》れ毛《げ》を撫《な》でつけている。あの地には辛い想い出しかなかったはずなのに、声を弾《はず》ませている。やがてこくりこくりと舟を漕《こ》ぎ、寝息を立て始めた。

富太郎は眠くならず、池長孟はどんな青年だろう、会ったらどう挨拶しようなどと想像を巡《めぐ》らせるうち、なお目が冴《さ》えてくる。三等席の硬さには慣れているものの、そろそろ尻が痛くなってきた。身をずらし、脚《あし》を組み替え、「待てよ」と腕を組んだ。富豪の青年は標本を買い取ってくれ、しかもそれを寄贈してくれるつもりだと聞いた。つまり、標本の値打ちに相当する金子《きんす》をそっくりくれるということか。見返りもなしに？

そんなうまい話、本当にあるろうか。

汽笛《きてき》を聞きながら、揺られ続けた。


大阪、兵庫、そしてまた東京と、目まぐるしく動いた。

大阪の朝日新聞社を訪ねて委細を聞き、十二月二十四日、壽衛と共に神戸市門口《もんぐち》町《ちょう》の池長邸を訪問した。朝日の長谷川萬次郎《はせがわまんじろう》という四十過ぎの記者も同行してくれた。筆名は如是閑《にょぜかん》、「天声人語《てんせいじんご》」という囲み記事を担当しているらしい。

池長家の邸宅は木立に囲まれた瀟洒な日本家屋で、仄暗《ほのぐら》い玄関は長年、焚《た》きしめてきた香《こう》の匂いがする。年配の女中に導かれて廊下を進むうち、屋敷の奥深さに郷里の家を思い出した。足の下で、きゅっきゅっと廊下の板が微《かす》かに鳴るのも懐かしい。通されたのは西洋式の応接室で、温室のように大きな窓がいくつも穿《うが》たれている。窓外では松に木斛《モッコク》、櫟《イチイ》が深い緑を作り、枝々の間を冬陽《ふゆひ》が漂っている。ほどなく現れた池長孟は羽織《はおり》袴《はかま》をつけ、互いの紹介の合間もおっとりと柔らかな物腰だ。だが目鼻立ちと躰《からだ》つきは意外にもがっしりと逞《たくま》しい大和《やまと》男子である。孟の背後には老人が控えており、当家の番頭だ。この御仁《ごじん》とは昨日、朝日新聞社を訪れた際に長谷川が電話で呼び出してくれ、すでに面会済みだ。

　孟の養母である池長未亡人も挨拶に現れ、目が細く頬がたっぷりとしている。そういえば、祖母《ばあ》様の部屋にこんな京人形があった。髷はまだ艶《つや》を帯びて黒々としている。着物は薄い藤色のお召しで、帯は梔子色《くちなしいろ》だ。

「孟の母にござります。どなた様も、よろしゅうお引き回しのほどを願います」

　澄んだ、ふくよかな声で挨拶をし、同席するつもりはないのか、すぐに引き取った。窓の前を通り過ぎる時、肩先がふと光を帯びた。壽衛は気圧《けお》されたように、白いうなじを見やっている。

　世間話のいくつかを経て、長谷川が本題へと導いた。孟は「意志は変わっておりません」と、肘《ひじ》を張って腿《もも》の上に拳《こぶし》をつく。

「植物標本を買い取って、それを牧野先生へ寄贈させていただきたいと思うております」

「寄贈してくださるというのは、植物標本をお渡しせずともよいということですか」

富太郎に代わって長谷川が訊《たず》ねてくれた。判断に困ることの一つが、この標本の扱いだった。孟は迷いも見せずに首肯《しゅこう》した。

「貴重な標本が海外に流出したとあっては国家の損失、文明国としての恥です。私はそれを防いで、牧野先生に研究を続けていただきたい。その一念で此度の申し出をさせてもらいました。標本を我が物にしたいわけやありません」

それでは、金子をただ恵んでもらっただけになる。昔、三菱財閥の岩崎家にも世話になったことがあるが、あの時は郷里の名士の縁、そして土佐という地縁もあって成った話だ。この青年はこれまでまったく縁のない、新聞記事を読んで深く同情を寄せてくれた一学生である。甘え過ぎるわけにはいかんと、富太郎は昨日のうちに固辞することを決めていた。

「寄贈のお志は有難くお受けしますが、標本はいったんあなたにお渡し申したい」

孟の濃い眉が動き、とまどいらしきものが泛んだ。

「植物学の素人《しろうと》が標本をお預かりしても、宝の持ち腐《ぐさ》れになります」

「牧野先生、池長君の言う通りですよ。十万点もの標本を送るのも受け取るのも、一大事業になります」

長谷川はこの件については富太郎の考えに不賛成で、昨日も説得にかかられた。

「しかし買い取ってもらうのであれば、標本の持ち主は池長君になります。渡すのが道理でしょう」

「この件はもう少し検討を重ねるべきですな」と、長谷川は懐《ふところ》から手帳を取り出した。

「現実的な話が続いて恐縮だが、急ぎ決めたいのは池長君の篤志の示され方です。いかほどをお考えですか」

富太郎や壽衛が最も口にしにくいことを率直に切り出した。いわば代弁人のつもりで「私が同道しましょう」と申し出てくれたのだ。東京朝日に最初に記事が出た際、記者の渡辺忠吾に礼を言いに社を訪ねたが、社会部の山本松之助《やまもとまつのすけ》という部長とも名刺を交わした。長谷川はあの部長の実弟であるらしい。

背後に控えていた番頭が、「おそれながら」と身を屈《かが》めて前に進み出た。

「牧野先生の借財は二万とも三万ともお伺いしてますのやが、実際はいかほどでごわりましょう」

孟と長谷川もこなたを見る。「いやあ、明快に答えられんほどありましてなあ」と、富太郎はなぜか胸を張っていた。

「春に『植物研究雑誌』なる雑誌を刊行しましたが、新聞に書かれた通りの手許不如意《ふにょい》、資金は知人に頼んで都合をつけたような按配《あんばい》で」

創刊号から第三号まで立て続けに出したものの、結句はまた頓挫《とんざ》させてしまっている。理由はいつものごとく費用の工面が難航したからで、印刷所の社長は「いい加減にしてくれ」と気色《けしき》ばんだ。

活字からインクにまでお好みがあって、一々ご指定なさる。先生の凝《こ》り性《しょう》はよっく存じておりますが、校正紙を出すたび真赤に訂正を入れて返されるんでは一からやり直すも同然、通常の刷物《すりもの》の何倍も手間がかかってんです。それで費用をまけろ、払いを待てと言われちゃ、こっちがおまんまの喰い上げだ。つき合いきれませんや。

そうまでして刊行したものだけあって印刷の美麗なことは評判になったが、購読者から払い込まれる会費、雑誌代は集まりが悪く、しかもそのわずかな金子さえ一家の米代、塩代に回さねば家族が飢《かつ》える。

「貧乏学者は誰に頼まれもせんのに、ますます貧乏になることを夢中でやりゆうがです」

思わず土佐弁が出た。孟と長谷川は親しげな笑みを泛べたが、番頭は眉一つ動かさない。

「真《まこと》に僭越《せんえつ》でごわりますが、私の問いにお答えいただいてまへんな。ここはしかと、金子の高をお示しいただきとうおます」

冷静に話柄《わへい》を戻した。池長家側も、言いにくいことはこの番頭が代弁するらしい。

「それと申しますのも、借金がいくらあると訊ねられたら、それを恥じたり遠慮を立てたりなさって実際より少のうおっしゃる方が多うごわりますのや。けど、借財は大小の山が方々《ほうぼう》にあるのが尋常だす。少額の借金をちょっとずつ残したら、その綻《ほころ》びはいずれまた大きゅうなるのは必定《ひつじょう》だすのや。当家としましても、さあ、全部片づけたと思うた後からまた証文が出てきた、なんとかならんかと駆け込まれるような仕儀は困ります。奥さん、債権者はお一人やおまへんのやろう?」

急に訊ねられて、壽衛がびくりと身揺るぎした。「さようにございます」と、膝の上の信玄袋《しんげんぶくろ》を持ち直しながら頭を下げる。

「たくさん、おられます」

「そうだっしゃろなあ。そやから、お気持ちはお察し申しますけど、借財は全部でいくらあると、ここでおっしゃっていただきたいんだす。神社やお寺さんに一万円をぽんと寄進させてもろうて、ああ、後生《ごしょう》のええことをさせてもろうたと拝《おが》んで終わり、此度のことはそういう信心とは別筋のこと、若旦那《わかだん》さんはほんに真率《しんそつ》なお心で、牧野先生の窮状をお助け申したいと願《ねご》うておられるのでごわります。先生が向後、高邁《こうまい》なるご研究だけにお心を注《そそ》がれるようにするために、借財はすべて綺麗にさせていただかんとなりまへん。そうだしたな、若旦那さん」

「そうや」と、孟は首肯した。

「面目《めんぼく》次第もございません」壽衛は頭を下げる。

「奥さん、詫びなさることやおませんのやで。借金、いくらあります」

「実は、証文を持ってまいりました」

膝の上の信玄袋の紐《ひも》を解き始めるから、富太郎は目を剝いた。そんなものを持ってきたとは一言も聞いていない。

「昨夜、宿で確かめましたところ、証文の合計は二万八千円を超えておりました。主人が親しい方々に融通していただいた分は承知しておりませんが、これまでの行状から推《すい》しますに、さらに千円はあろうかと存じます」

今、行状と言ったか。

富太郎が咳払《せきばら》いをしても、番頭と壽衛の間でどんどん丸裸にされてゆく。本屋や印刷屋への払いが溜《た》まって百円ではきかぬことも、「要る」と思えばすぐに買ってしまう性分《しょうぶん》であることも。

「いやあ。その伝で生きてきましたき、生家の財産も使い果たしてしもうたがです」

こういう時は笑い飛ばすしか法がないのだが、他の誰も追従してこない。

「ほな、三万は軽う超えてますな。若旦那さんのご予想の通りだす」と、番頭が孟に言うのが聞こえた。長谷川が話に入って、返済の期日をすでに踏み越えていること、事は差し迫っていることを伝えた。

「では、私が債権者らと直《じか》に会いましょう。それが最も早く確実です」

孟が事も無げに言い、その背後で番頭がうなずいた。

「債権者との交渉は、いっぺんにやらんことには捗《はか》がいきまへんわ」

四日後、孟は番頭を伴《ともな》って上京してきた。

ずらりと並んだ債権者と交渉に及んだ孟は法科の学生らしく法律用語を駆使し、しかも物腰は柔らかく品がある。金貸しや質屋、その他大勢は煙《けむ》に巻かれたような面持《おももち》で、へへえと頭を下げて債権の値引き交渉に応じた。

富太郎がぽかんと坐している居間で、三万円を何千円か超える借財がほぼ三万円に丸められ、証文の束に「済」の斜線が引かれ続けた。婿の額賀は弁護士であるので同席してくれたが、小声で耳打ちをする。

「上方《かみがた》の富豪の子息は格別の教育を受けているんですかなあ。二十六歳にして、すでに大人《たいじん》の風格だ」

富太郎も感心しつつ、この成り行きが現実のこととはまだ思えずにいた。三十代から延々と苦しんできた借金が、新聞記事が出てほんの半月後に片が付くとは恐れ入る。孟はしかも、今後の牧野家の生活を考え、「月々、いくばくかの金子を援助させていただきます」と申し出てくれた。

債権者らを送り出した後、壽衛が膳を出した。先だって、富太郎が大阪で購《あがな》ってきたスイタクワイが艶々《つやつや》と煮含めてある。関東では流通していないクワイで、小粒の塊《かい》茎《けい》からにょっきりと角《つの》のような芽が出ている。関西では「お芽出度《めでた》い」と語呂を合わせ、正月の祝い膳には欠かさぬらしい。東京に帰ってから貝原益軒《かいばらえきけん》の『大和本草《やまとほんぞう》』を繰ると、記載を見つけた。

——一種すいたくわいと云物あり葉も根も慈姑《クワイ》に似て小なり花なし味佳《よ》し慈姑より味濃なり摂州吸田《せっしゅうすいた》の邑《むら》より出たり

「慈姑はそもそも唐渡《からわた》りの根菜ですが、スイタクワイはどうも別物のような気がしますな」

また研究し甲斐《がい》のありそうなものに出逢った。そう思うだけで笑みが洩《も》れる。「先生は野菜も研究対象にしておられるんですか」と、孟が訊いた。

「野菜も果実も薬草も等しく植物ですからな。それにしても、スイタとは大阪の吹《すい》田《た》、地名であったんですなあ。天満《てんま》の青物市場の親爺《おやじ》に教えられました」

「関東の人は、まずお読みになれませんね」と、孟も笑う。すると番頭が真面目な顔をして、箸《はし》を持つ手を下ろした。

「かの蜀山人《しょくさんじん》、大田南畝《おおたなんぽ》先生が大坂の銅座《どうざ》に赴任しておられた頃、スイタクワイが好物であられたそうですな。おもひでる、鱧《はも》のほねきり、すりながし、すいたくわひに天王寺《てんのうじ》かぶ、なる文言《もんごん》を残されてます」

家宰《かさい》としての腕もさることながら、教養も並ならぬらしい。

「牧野先生も慌《あわ》ただしいご滞在やったでしょうに、よう天満まで足をお運びになったことだす」

「先だって、お宅を訪ねた翌日ですよ。女房が京都に行くというので大阪駅まで送って、その足でちょっと訪ねてみたんです。旧幕時代から天下に名を轟《とどろ》かせてきた青物市場ですからな。天王寺蕪《テンノウジカブラ》や高山牛蒡《タカヤマゴボウ》も買い込んで朝日新聞に行ったら、長谷川さんがびっくり仰天《ぎょうてん》しましたな。新聞社にはいろんな人間が来るけれども、蕪や牛蒡を抱えてきた者は初めてや、と」

市場は青物や土や俵の匂いで噎《む》せ返るほどに賑わっていた。皆、富太郎に負けぬ大声だった。

孟と番頭は煮しめと稲荷《いなり》寿司も綺麗に食べ、壽衛は面目を施《ほどこ》した。食後の茶を啜《すす》りながら、いつもの安茶でないことに気がついた。さては京都で買ったものか。

「先生、標本についてですが」と、孟が茶碗を置いた。

「先生のお気持ちも尊重させてもろうて、いったん手前どもでお預かりすることにします」

「それがいいと思います」

話が速く爽《さわ》やかだ。汽車の特急なみだ。

「会下山《えげやま》という地に当家が所有する建物がありますので、そこで保管しようかと思うてます。ただ、保管してるだけではもったいないことですから、いっそ研究所を設立させてもらうという案はどうですやろう」

「研究所？　研究所ですか」

口の中で繰り返した。それまで黙っていた額賀が「お義父さん、有難いお話ですなあ」と感に堪《た》えぬ面持ちだ。孟は「こちらこそ」と返した。

「こうしてご縁ができたんですから、先生にはぜひ神戸でも研究していただきたいと思うんです。そのための研究所です。岐阜には昆虫研究所、京都にも貝類博物館ができてるやありませんか。世界に誇る植物研究所を神戸で創りましょう。牧野植物研究所を」

富太郎は息を吸い、青年を見返した。

壽衛ではないが、夢を見ているようだ。頰を抓《つね》りたくなる。だがそうする代わりに掌《てのひら》で頰を撫で下ろし、咳払いをした。

「さすがに、牧野の名を冠するわけにはいきませんな。名称は池長植物研究所になさい。そしたら私も遠慮のう、東京から通わせていただきます」

「そうですか。通うてくださいますか」

「標本は我が子にも等しい。研究所に里子に出す心持ちで、月に一度は会いに行きましょう」

「では、会下山の正元館《しょうげんかん》を整《ととの》えます。元は小学校の講堂やったものを移築したもんですから広いことは広いんですが。そうや、先生、いずれは植物標本の展示もして、一般市民にも見学してもらえるようにしませんか」

「なら、ぜひとも植物園も附属させたい」

二年前、大正三年のことだ。当時の内閣総理大臣であった大隈重信公と農商務省の局長宛《あ》てに、『日本植物の研究並《ならび》に植物資源開発に関する意見書』を提出したことがある。有用植物見本園や大規模植物園の必要性を説いた。植物学の見地からすれば、小石川植物園でもまるで足りないのだ。生きた植物の栽培展示をするにも、その生まれ育ちに応じた場を用意してやらねばならない。山地植物、谷筋の植物のためには、山あり谷ありの広大な植物園が必要だ。

その話を聞かせると、「大いに賛成です」と孟は目を輝かせた。


十二月末、富太郎は再び西行した。池長家と正式な契約書を交わすことになり、ならば善は急げ、年内がよかろうと話が決まった。場所は、長谷川萬次郎記者の芦屋《あしや》の家が提供された。

富太郎は壽衛を伴っておらず、孟も今日は一人だ。長谷川が契約内容を読み上げた。

「池長孟は、牧野富太郎の十万点の植物標本を三万円で買い取り、それを牧野富太郎に寄贈する。ただし標本は神戸に搬送の上、会下山の正元館にて保管、植物研究所を設立する。池長孟は牧野家へ月々若干の援助を行なう。牧野富太郎は毎月一回は神戸に足を運び、研究を行なう」

長谷川はそこで言葉を切り、丸い銀縁眼鏡《ぎんぶちめがね》を鼻梁《びりょう》に置き直す。

「これで相違ありませんな」

双方ともに「結構です」と肯《うべな》い、二通の契約書が洋卓《テーブル》の上に置かれた。孟と富太郎はそれぞれに名を記し、印鑑を捺《つ》いた。

「大日本帝国も捨てたものじゃない」と、長谷川が感慨深げに呟いた。

「世界では戦火が収まらぬというのに、日本では一学生の篤志が研究所設立という文化事業につながった」

「先生、研究に必要な道具もご指示くだされば手前どもで調《ととの》えます」孟は珈琲茶碗を持ち上げた。

「書物はどうしますかな」と、富太郎も珈琲を啜る。

「必要なだけ購ってくださって結構です。先生のご自宅は図書館が開けそうなほどの蔵書で、なるほど、世界的な学者はここまで勉強をなさるかと感じ入りましたが、神戸は神戸で揃えます。いい研究所にしましょう」

笑うと童顔に見える。心根の真っ直《ます》ぐな青年なのだ。なによりも、学問に理解のあることが嬉しい。

「来年は忙しゅうなりますなあ」

「先生、よろしくお願いします」

「朝日はこれからも応援しますよ」

芦屋は閑静な町で、年の瀬の慌ただしさとは別世界だ。窓の外で雪の白がちらつき始めたが、西洋式のストオブが赤々と燃えている。

# 十一　奇人変人

富太郎は元々、疲れを感じない性質《たち》だ。一家を雁字搦《がんじがら》めにしていた借金がなくなったことで、なお精力的に動き回れるようになった。

大正六年が明けて一月の二十日過ぎには横浜の植物会に出席し、二月は本郷の古書店で『本草綱目』や『地錦抄《じきんしょう》』があるというので購《あがな》い、やがて長谷川萬次郎が上京してきたのでステーションホテルに訪《おとな》い、孟《はじめ》の援助で丸善に溜めていた書物代十一円近くの払いを済ませた。東京植物同好会に出席し、帝室博物館へ出勤し、横浜植物会の集まりでは皆で鎌倉の衣張山《きぬはりやま》に登る。

三月は白山御殿町の借家を引き払い、小石川区戸崎《とさき》町の家に移った。明治薬学校でも講演を依頼され、その合間にまた植物標本が増えたので書留小包にして、神戸の池長邸へ発送する。

四月はいずこも花盛りだ。埼玉の戸田ヶ原《とだがはら》を歩けば一面が満開のサクラソウ、箱根は芦《あし》ノ湖《こ》湖岸のミツバツツジが満開で、塔《とう》ノ沢《さわ》ではヒメウツギが満開なのだった。だが日本は桜の国だと、つくづくと思う。ヤマザクラにマメザクラを観察し、花枝を採集して写生する。近いうちに日本のサクラ類についても論考をまとめておこうと、方々《ほうぼう》を跳ねるがごとく歩き回った。

植物研究所ができると思うだけで、足取りが軽くなる。

神戸、神戸、神戸。

沸《わ》き立ちながら、田中芳男男爵《だんしやく》のことを思った。神戸で植物研究所を設立しますと報告したかった。だが昨年の六月半《なか》ば過ぎ、亡くなったのである。富太郎は田中家へ出かけ、翌日の葬儀までの夜伽《よとぎ》を務めた。博物局の天産《てんさん》部長であった田中芳男に初めて出逢ったのは、明治十四年だ。富太郎は池長孟よりも若かった。五十六歳になった今も帝室博物館天産課の嘱託《しよくたく》であるのは、田中男爵との縁が細々とでも続いてきたからだ。植物のこととなると、「牧野に訊け、頼め」と言ってくれていたらしい。伊藤圭介翁《おう》と田中芳男男爵は師弟である。

人生は、誰と出逢うかだ。

植物同好会の中では、今年は東京と横浜が活発に活動している。それもこれも、四月に『植物研究雑誌』の第一巻第四号を刊行できたゆえだ。

「この雑誌は一部の学者のみならず、地方の好事家《こうずか》にも正しい知識を弘《ひろ》めるものです。いずれ彼らの調査研究がまとまって発表できたら、全国各地の植物事情がわかるようになります。日本人が、日本のフロラを明らかにできる」

そう孟に語ると、出版費の援助を申し出てくれたのだ。

五月には富士山に登り、神奈川では足柄《あしがら》の金時山《きんときやま》にも登った。岩場では可憐《かれん》なコイワザクラに出逢った。サクラソウの仲間で、花色は鮮やかな薄紅色だ。咲き始めは赤紫であるのだが、少し盛りが過ぎていた。ふと、池長家の未亡人の佇《たたず》まいが過《よぎ》った。

同じ月、森林太郎閣下から問い合わせがあった。

江戸時代末の医師、儒者《じゆしや》である伊澤蘭軒《いざわらんけん》が「楸《しゆう》」という植物について記している。これがいかなる樹木であるか、判然としない。調べると楸は古《いにしえ》の梓《あずさ》、今のあかめがしわだという答解の端緒を得たるも腑《ふ》に落ちず、植物学の書にあたっても明瞭《めいりよう》な答えが得られない。教示を乞《こ》う。

富太郎はすぐさま筆を執《と》り、回答を認《したた》めた。

お訊《たず》ねの儀、ご返答申し上げます。「楸」は本草家が尋常、「キササゲ」としているものであります。カタルパ属の木であり、帝室博物館の敷地内でもご覧になれます。「あかめがしわ」は普通に「梓」としてあり、上野公園入口の左側土堤《どて》の前、人力車の集まる処《ところ》に列植してあります。マルロッス属の木であります。一方、「あずさ」は今の名を「よぐそみねばり」、又は「みずめ」、学名はベツラ・ウルミフォリア、樺木《カバノキ》属の木です。西は九州より東北地方までも広く散布せる深山《みやま》の落葉木で、皮を傷くれば一種の臭気があります。これが昔、弓を作った材で、今も秩父ではあずさと称しております。漢名はございません。つまり「梓」はキササゲであり、アズサとアカメガシワもまたそれぞれ異《こと》なる植物である。

その後、東京日日《にちにち》新聞の連載小説『伊澤蘭軒』、その二百九十四と二百九十五にやりとりが記された。牧野富太郎に「梓」について訊ねたこと、返信の原文は横書きで、学名の末尾には正しく人名も記してあったのだが、それは省《はぶ》いて稿にしたとまで厳密に記されていた。「幸いに牧野氏は私を教うる労を惜しまなかった」と書かれていたのは、閣下の人柄だろう。あたたかい光で、胸の隅をそっと照らされたような気がした。

八月、木漏《こも》れ陽《び》の揺れる山道で、夏鳥の声が響く。

富太郎は六甲山《ろっこうさん》を歩き回っている。数え二十歳の頃、高知から乗った船で見た景色はまるで雪が降り積んだかのような白さに見えたが、建築材や石材として削り取られて禿山《はげやま》になっていたゆえらしい。四十年ほどの間に山は息を吹き返してか、あの枝、あの葉、あの花と、歩いては立ち止まって屈《かが》む。また歩いては採取し、ためつすがめつして胴乱《どうらん》におさめる。

「キクアザミにアキノキリンソウ、サルトリイバラ」

節をつけて唄《うた》うように唱《とな》えて歩けば、前方で何人かが待っている。長谷川と孟は乗馬を楽しむ貴族のようないでたちで、孟が「先生」と枝を差し出した。

「この植物は何ですか」

富太郎は目を近づけた。どう見てもコツクバネだが、ふうんと唸《うな》った。

「枝葉がすべて緑色というのは珍しいなあ。変異の多い植物ではあるが、これはひょっとして六甲山固有のコツクバネかもしれないよ」

「固有ですか」と、孟は声を弾《はず》ませた。

「ツクバネというのは、正月の羽根つきの羽根に似ているというやつですか」長谷川も覗《のぞ》き込んでくる。

「さよう。果実なんぞ、まさに羽根のようにくるくると回りながら落ちます。ただしこのコツクバネとツクバネは科が違います。ツクバネはビャクダン科、コツクバネはスイカズラ科でね」

「科はファミリイのようなものですよ」と、孟が長谷川に教えている。すると長谷川は揶揄《やゆ》するような目つきになった。

「標本整理をするうち、君も学んだね」

「とんでもない。桜がバラ科の仲間だと聞いただけで、こんがらがりますわ」と、頭を振りながら共に歩き始める。

そう言いながら、孟は熱心だ。神戸に移す標本は契約書上では十万点としていたが、研究所を開くとなればそれでは手薄だ。その倍、あるいはそれ以上の心づもりを立てており、壽衛《すえ》や息子たち、出入りの学生らが総出で大量に荷を作り、神戸の会下《えげ》山《やま》正元館へと送り続けている。正元館は孟の亡き養父、池長通《とおる》という人が地元の教育に力を尽くし、その功労を記念して旧兵庫尋常高等小学校の講堂を譲渡されたものであるらしい。私財を擲《なげう》って公共に尽くす養父の生きようは子息にも受け継《つ》がれたのだ。

七月には、二人で荷の整理に手をつけた。孟が「広い」と言っていたがその通りで、十万と言わず、三十万点でもらくに納められそうだ。「孟君、ほい」と富太郎が渡せば、「はい」と受け取って積んでゆく。暑い盛りのことで、いくらも進まぬうちに汗みずくになった。池長邸に帰れば池長未亡人が「まあ」と言ったきり、袂《たもと》で口許《くちもと》を覆《おお》った。

「お風呂をお立てなさい。着替えを」

女中らが大わらわで世話をしてくれる。風呂上がりには盃は麦酒《ビール》、富太郎は冷えた麦湯《むぎゆ》を飲みながら研究所のありようを語り合う。

「標品の陳列方法に工夫が要《い》りますね」

「その前にラベルを貼り換えんとなあ。古い標本は文字が掠《かす》れてしまってる」

「全部、ですか」

「僕がやるよ。僕にしか判別できんからね」

「研究所の方針と運営方法も決めておかんとあきませんわ。開所式をちゃんと執《と》り行のうて、皆さんに御披露目《おひろめ》をするべきやと母も番頭も言います」

「それはそうだろうね」

「京都の貝類博物館に教えを乞いに行ってみましょうか。なんなら、岐阜の昆虫研究所も」

「それは妙案」

岐阜や京都に足を運べばまたどんな植物に出逢えることかと、小膝《こひざ》を打った。

必要品も着々と買い進めている。京都では島津《しまづ》標本店を訪い、採集用の胴乱を買い替えた。今日、斜め掛けにしているブリキ製で、相当量の採集枝葉がおさめられ、しかもこれまで使っていたものより数段軽い。大阪で払いを溜めていた本屋も孟は共に足を運んで皆済《かいさい》し、富太郎が選んだ書物もすべて池長家に集金に来てくれと名刺を渡す。

やがて日が暮れれば孟は自室に引き取って、大学の勉強に取り組む。富太郎も庭の草叢《くさむら》で虫が鳴くのを聞きながら植物の標本を作る。毎日、相当量の植物を採集するので、いかに疲れていようが眠かろうが、これだけはなおざりにできない。床《とこ》をのべにきた女中に紙や新聞紙を持ってこさせ、ついでに漬物石も借りる。あてがわれた座敷はたちまち緑色を帯び、草の匂いがむんむんと立ち始めた。

神戸で過ごす日々のあれこれを反芻《はんすう》しながら、山道を登る。

「先生、これはツツジですね」

山頂で待っていた孟がまた富太郎を呼ぶ。呼ばれるのは嬉しい。草木にも、いつも呼ばれるような気がしている。

ねえ、富さん。私を見つけてよ。

「先生、なにをニヤニヤとなさってるんですか」

長谷川は怪訝《けげん》そうだ。孟が「いつもこうですわ」と目尻を下げた。

「草木と話をしておられるんやないかと、いえ、比喩《ひゆ》ではなく真《まこと》にそう感じる時があります。突然、おお、待っちょれって谷筋を駈《か》け下りたり、そうか、おまんはこんな市中でも生きておれるがか、たいした奴じゃ、えらいものじゃと土佐弁で、まあ、顔じゅうを口だらけにして笑《わろ》うておられますのや」

「確かに」と、長谷川は持参のキャメラを富太郎に向けた。すぐにポオズを取る。

「いい笑顔をされますなあ。まったく照れない人だ」

「僕は写真が大好きですよ。ワクワクする」と、富太郎は口の両端を上げた。

「日本人には珍しい。皆、目を逸《そ》らして硬くなるんで困るんですよ」

「野山で撮ればいいんですよ。陽を浴びて風に吹かれておったら、裃《かみしも》なんぞ自然と外れて消える。人は本来、花のように笑えるものです」

帰り道、長谷川が深川《ふかがわ》の生まれで、生家は浅草花屋敷《はなやしき》の経営者であることが知れた。

「父は材木商でしたが、明治に入って後、前の経営者から引き継いだんですよ」

「花屋敷は歴史がありますねえ。初めは植木屋が開いた名所で、ボタンとキクで有名だったはずです」

富太郎が言うと、「今は和洋折衷《せっちゅう》の植物園になっていますがね」と微《かす》かに眉根を寄せた。

「五階建ての奥山閣《おうざんかく》を建て、人集めのためにトラを飼い、見世物にも力を入れています。僕は植木職人をもっと入れて、日本らしい植物園に戻してほしいんですがね。今は兄の代になっていますから、養子に出た僕が外から物申すわけにはいきませんが。すっこんでなって、叱《しか》られるのが落ちだ」

長谷川は「僕はね」と、またキャメラを向けながら話す。

「日本の職人が好きなんですよ。人目につかぬ箇所でも、なにゆえそこまでと思うほど丁寧《ていねい》に技の限りを尽くすでしょう。だから牧野先生が標本を作っておられるのを初めて目にした時も、僕は感動したんだ。この人は偉大な学者であるだけじゃない。己《おのれ》の好きなこと、信じることに魂を尽くす職人だとね」

「そんな姿、いつご覧に入れましたかな」

「会下山でも池長邸でも、しじゅう作っておられるじゃありませんか。あの見事な手《て》捌《さば》きには舌を巻きます」

「なら、今度は植物画を描いている時にお招きします。僕ほどの植物画は、滅多と描けるもんじゃない」

呵々《かか》と胸を反らせば、二人も手を打ち鳴らす。

下りの山道を歩くうち、前が急に開けた。山裾《やますそ》に広がる町と港、そして海が見える。海の彼方《かなた》には大阪の港までが見え、その東には奈良の連山が青く佇んでいる。

「孟君」と、富太郎は呼んだ。「はい」と、かたわらに並ぶ。

「百年後に役立つか、二百年後か。いや、いったい、いつ役に立つか判然とせぬものを大切に見つめて考えて、この世に残していくのが学問というものです。池長植物研究所も、かような精神を背骨にしたい。僕はそう思いゆうがです」

孟ははッと腕を躰《からだ》にぴたりとつけ、うなずいた。

夏雲が白く光って眩《まぶ》しいほどだ。三人で汽笛《きてき》の鳴る海を見つめた。


富太郎は夢中になって、神戸に通い続けた。

件《くだん》の新聞記事については、植物学教室の誰も一毫《いちごう》も口にしない。不気味なほどだが、松村教授には無視されたままであるので皆もそれに倣《なら》うことにしたのだろう。それに帝室博物館の仕事もあるので、講義が終わればさっさと門外へ出るようにしている。

そういえば昨年の十二月、森林太郎閣下が帝室博物館の総長になった。今年、大正七年の新年会は上野精養軒《せいようけん》で開かれたが、初めて森総長と対面して挨拶《あいさつ》した。周囲には大変な人が集まっていたので長くは話せなかったが、同い齢《どし》だとわかって互いに妙な顔つきになった。

森総長は文久二年一月生まれ、富太郎は四月生まれだ。総長は富太郎の肩書が講師であるのでもっと齢若だと思っていたようで、富太郎も元陸軍省医務局長で著名な文学者を老人だと想像していた。だが顔色は芳《かんば》しくないように見えた。ならぬ堪忍《かんにん》をして、蛙《かえる》を呑《の》み過ぎではあるまいか。

四月はほとんどを神戸で過ごした。垂水《たるみ》にある池長家の別邸に滞在して、関西各地の採集や講演に回り、時には大阪に足を延ばして堀見克禮《かつひろ》と会う。借りていた金子《きんす》を返すと克禮は目を見開き、「大丈夫なのか」と訊いた。

「長い間、すまんかった」

「富さん、詫《わ》びながら笑うな。奇妙やぞ」

「いや、もう奇妙としか思えんほどの僥倖《ぎょうこう》、いろんな人に助けられゆう」

関西での知友、同好の士も瞬《また》く間に増えた。中河内《なかかわち》郡にある樟蔭《しょういん》高等女学校の職員が大阪植物同好会の幹事で、しばしば学校を訪問して標品の作製法やラベルの書き方を伝授している。大阪の本屋は心斎橋《しんさいばし》の鹿田松雲堂《しかたしょううんどう》が長年の贔屓《ひいき》で、そこに立ち寄ってから別邸に帰るのが慣《なら》いになった。

五月には博物館への出勤があるので東京に帰り、孟が上京してきて共に東京の本屋を巡ってまた買い込んだ。購った書物は研究所に送られ、「池長植物研究所図書」という蔵書印が捺《お》されるルールができている。

六月も神戸に行き、しかし月末には東京植物同好会の会員らと高尾山《たかおさん》での採集会の約束がある。東京に取って返し、七月は日光への採集旅行だ。中禅寺《ちゆうぜんじ》に滞在し、朝、舟で菖蒲ヶ浜《しょうぶがはま》に上陸した。赤沼ヶ原《あかぬまがはら》で採集し、満開のレンゲツツジを眺めた。宿に帰ると夜、雷が鳴って急な雨になった。朝起きると、ツマトリソウとアヤメが雨の香気を放っている。花の中で、富太郎は神戸の地を想った。

希望の地だ。風光も人情も美しい。そしてすき焼きもおそろしく旨《うま》い。

野菜との出逢いも増えた。幼い時分からだが、こなたが関心を持てば向こうが呼ぶ。しかも関西はやはり青物の歴史が長いだけあって、種類も豊富だ。芦屋で野生のニンジンの種子を採《と》り、京都でカボチャを買い、神戸元町《もとまち》の南京町《なんきんまち》でオオグロクワイを買い求めた。十月の上旬には東京植物同好会に顔を出すべく帰京し、すると府中《ふちゆう》にオランダガラシがあるというのでさっそく出かけた。方言ではカワナといい、「胡麻《ごま》汚しにすると、なんとも言われぬ味ですよ」と村人が教えてくれた。そういえば精養軒でも、同じものがビフロースに添えられていたことがある。給仕が「西洋の芹《セリ》のクレッソンです」などと説明するので、「芹は春の七草だよ。クレッソン、すなわちオランダガラシは明治以降に移入されて広がったもの、共に水辺で繁殖するがファミリイは別だ」と教えてやったが、給仕は胡乱《うろん》な目で富太郎を見下ろし、そそくさと立ち去った。

十月の末から開所式があるので、また西行《せいこう》した。池長植物研究所を御披露目すべく、三十一日は神戸一帯の小学校長、中学校長、師範学校の校長を招き、十一月一日は池長家の親類縁者、三日は兵庫県知事や神戸市の幹部を招待するという。その段取りはすべて番頭に任せてあり、三十日に壽衛が来るのを待つばかりだ。

十月二十八日は京都へ足を運び、南禅寺《なんぜんじ》近くの園芸場を見て神戸に戻った。二十九日は池長家を訪ねてくれとの連絡が入っていたので、本宅へ足を運んだ。開所式の打合せをしたいのだろう。いつもの応接室に通されたが、孟はなかなか現れない。珍しいことだと痺《しび》れを切らし始めた時、番頭を伴《ともな》って入ってきた。孟は富太郎の援助を申し出た後、妻を娶《めと》った。良家の息女であるらしく、富太郎は一度挨拶をしただけだ。今日も顔を見せない。

「やあ。いよいよ開所式だねえ」

手を上げても、孟は伏し目のまま対面する洋椅子に躰を沈めた。番頭はいつものように、孟の背後に立つ。

「先生」と、孟がいきなり顔を上げた。

「お願いがあります」

「なんだね。スピーチなら任せてくれたまえ。長過ぎるのが難だといつも叱られるが、喋《しゃべ》り出したら止まらんのはもう治らんよ」

笑って番頭を見たが、咎《とが》めるような目つきをよこすから剣呑《けんのん》だ。

「何か、出来《しゅったい》したがか？」

孟の顔が心なしか翳《かげ》った。

「これまで垂水の別宅をお使いいただいておりましたが、今後は宿屋にお泊まりくださいませんやろか」

「ああ。かまんよ。諸方から開所式においでになるだろうから、すぐにでも移ろう。未完成の標本がまた山と溜まっておるから、垂水から荷を移すのも一仕事だろうが」

いつものごとく、僕が手伝いますよと請け合うかと思いきや、「それから」と硬い声のままだ。

「うちの女中を使わないでいただきたい」

「ここの女中？　使《つこ》うたりしておらんよ」

「奥からそのように聞いております。今後、先生のお仕事に人手が必要な際は先生ご自身でお雇《やと》い願います」

奥ということは、未亡人の意向かと思い当たった。そういえばと、多少は思い当たる節がある。標本作製に必要なものをいくどか頼んだことがあった。しかしどの女中も愛想《あいそう》がよく、「君はいい尻をしとる。子供をいくらでも産めるぞ」と褒《ほ》めてやれば、「先生、かんにんしとくれやす」と頰を赤らめたりした。

「おたくの女中らとは仲ようしておったつもりだが、相わかった」

「別宅の女中も」

両の眉が上がった。そういえば思い当たる節がないでもない。

「いや、あれはふざけただけだ。悪ふざけ」

無粋《ぶすい》な女め。本宅に注進に及《およ》びおったか。

「標本用の台紙も、ご自身でお求めください」

「君、何を言いゆうが？」

つい、大袈裟な声を上げていた。

「細々《こまごま》と、そんなつまらんことを言うために僕を呼んだのか」

「当家としましては大事なことですのや」と、番頭が割って入った。

「これは、けじめの問題なんでごわります」

あまりの言われように開いた口が塞《ふさ》がらない。孟は深々と溜息《ためいき》を吐《つ》いた。

「研究に時間がかかるとは承知しておりますが、標本の整理が一向に進んでおりません。開所式の前には整理分類して展示もして、体裁《ていさい》が整《ととの》うてるはずでした。少なくとも僕はそう思うて、ずっと堪《こら》えておりました。標本を買い取らせてもろうてから、今年の師走《しわす》でもう二年になります。そやけど、あの、新聞紙にくるまれた標本の山は搬入されてからほとんどそのままやないですか。研究所が開けるようになるまで、今後、いかほどの労力と時間を費《つい》やさんとならんのか、僕にはもう見当がつきません」

孟は姿勢を崩さないものの、眼差《まなざ》しはあらぬ方に動いている。

「研究所、ほんまにできるんでしょうか」

もう二年が経《た》っただと？　たった二年で、まともな研究所を開けると思うておったがか。

孟の眼が充血していることに、今頃気がついた。

晴れの開所式も気が重く、記念写真の撮影時も顔を作る気になれない。

「お父さん、具合でも悪いんじゃありませんか」

壽衛は心配そうだが、打ち明けられるはずがない。

十二月に入って、孟はとんでもない動き方をした。陸軍に入ったのである。半年ほど前に志願して徴兵検査を受け、甲種合格していたらしい。

曇った冬空の下で孟を見送り、しばらくは会下山の研究所に籠《こ》もって仕事をした。だが研究所と称しながら、元は小学校の講堂だけあって古く広い西洋館だ。ゆえに寒い。薪《まき》ストオブと練炭火鉢《れんたんひばち》を置いても手がかじかむので、息を吹きかけながら古い束《たば》の紐《ひも》を解《ほど》き、標本の一枚ずつを確認してゆく。筆先に浸《ひた》したアルコオルで黴《かび》を払い、台紙を取り替え、ラベルを書き替える。フッキソウにネコノメソウ、これは熊本で採集したコオニユリだ。

水分を抜かれて乾ききった姿になっていても、野山で陽を受けていた姿を明瞭に思い泛《うか》べることができる。

おまんのおかげで、論文を書いたのう。

そうじゃ、おまんのこともいつか書いてやらにゃならん。

語りかけることで、己を励ましている。

「先生、やってますな」

声を響かせて入ってきたのは、長谷川萬次郎だ。

「差し入れを持って参じましたぞ」

「それは有難い」と、近くに招じ入れた。池長家で使わない古椅子を何脚か置いてあり、長谷川も自分でそれを引いてストオブの前に坐る。富太郎は珈琲《コーヒー》の豆を挽《ひ》き、薬缶《やかん》の湯で淹《い》れた。黒い肌のパンにハムやチシャ菜、チーズを挟んだものが小卓に並べられ、今日は昼飯を食べぬままであったことに気がついた。時計を見れば午後三時を回っている。

「姫路《ひめじ》の聯隊《れんたい》に配属されたようです」

やにわに告げられた。孟は一年志願兵として入営することが決まったようだ。富太郎は黙って珈琲を飲む。

「池長君も苦しんだのですよ」

言い添えたので、「僕が苦しめたのか」と呟いた。自問に等しい。

「しかしいったい、僕の何が彼を苦しめた？」

「研究所の準備が一向に進まないと、芦屋に相談にきたことがあります。僕に催促してほしいと言うので、先生は非常に入念な仕事をされる方だと話しました。採集そのものよりも標本作りの方が難しいともいわれるから、多少の遅れは覚悟しなくてはならない、とね。しかも先生は尋常ならざる凝《こ》り性《しよう》だ。こだわりがお強い。池長君もその点はよくわかっていて、敬意も抱《いだ》いているんですよ」

「一つ気になる植物があったら、それが東北だろうと九州だろうと行ってしまうきね。植物には季節がある。ひとたびその機会を逃《のが》したら、生涯、二度と出逢えんものも多い」

「その採集旅行も、池長家からは遊びに見えるんでしょう。学者は書斎に籠もって、難しい顔をしてひたすら読み書きをしている印象が一般的です。しかし先生は市井《しせい》の人に垣根を作らない。どんどん交際される。先生の顔はもはや知られていますから、池長家にあれこれと注進に及ぶ者もいるんでしょう。料理屋で芸者を上げて、たいそうお賑やかであった、などとね。それで、ご母堂が孟君をお責めになった」

やはりそうかと、パンを咀嚼《そしやく》する。見た目ほど旨くない。

「池長家は関西でも名の通った家です。未亡人はその名、格を守る義務がある。研究所によって池長家の名が傷つくことは、断じて防がねばならないでしょう。孟君も養子ですから、人一倍責任感が強いんですよ。研究所が成功しないのではないか、いや、このまま開所できなかったら、池長家は関西の上流社会で面目《めんぼく》を失うことになる。なにより、亡き父上の名誉に傷をつけてしまうことを彼は恐れたんだ」

一言も返せぬまま、珈琲でパンを呑み下した。

「あなたの約束違反もいけませんよ。毎月決まって神戸を訪れるはずだったではありませんか。今月はもう来ないのかと思っていたら、ふいに現れて長逗留《ながとうりゆう》なさる。彼にすれば先生に振り回されて、自身の生活の規律というものが乱れ通しだ。番頭からも口うるさく意見される。それもこれも、だんだんと重荷になったんじゃありませんかね」

確かに、毎月決まって神戸を訪れるという契約を交わしていた。だがその時々の天候や旅程で予定は変わる。同好会の面倒も見て、せっかく集《つど》った面々には少しでも植物に理解を深めて帰ってもらいたい。採集品という成果も上げさせてやらねば、次につながらない。なるほど、研究所に顔を出すのは不定期ではあったが、そのぶん垂水の別邸で寝ずに標本を作り、植物画を描き、論文を書いていることを誰も知らない。

孟は知らないのだ。

十二月九日、会下山の近くで笹を採集し、翌日、帰京した。

年が明けても気分は変わることなく、神戸へ足が向かなくなった。

大学での講義に博物館への出勤、むろん同好会や採集旅行も予定が詰まっている。

桜の収集にも忙しい。三月、四月にはカンザクラにヒカンザクラ、ソメイヨシノ、オオシマザクラの花枝を採り、飯倉《いいくら》の徳川《とくがわ》侯爵邸でヤエザクラの枝を採らせてもらった。五月には品川《しながわ》の大井村《おおいむら》にある伊達《だて》伯爵邸に呼ばれ、庭内の樹木を判定するという依頼仕事もあった。植物についての問い合わせも引きも切らず、富太郎は調べを尽くしてその逐一《ちくいち》に返事を返す。

六月も中旬を過ぎた頃、信じられぬ話を耳にした。

池長家が、研究所の標本を京都帝大に寄贈するという。東京朝日にも確認し、根も葉もない噂《うわさ》でないことがわかった途端、かッと脳天まで焼けそうなほどの怒りが噴《ふ》き上がった。

七月四日の夜、鶴代の夫である額賀《ぬかが》も同行して汽車に乗った。翌朝、神戸に着くと雨で、重苦しい雲が垂《た》れこめている。しばし駅で休憩してから姫路へと向かった。聯隊に赴《おもむ》き、薄暗い営舎で孟と面会した。軍服姿の孟は凜々《りり》しく、富太郎の姿を認めるなり折目正しい辞儀をした。案内された面会室は蒸《む》し暑く、木の卓の上は砂埃《すなぼこり》でざらざらしている。孟とのかかわりは不明だが、同年代の若者に見える中尉も同席し、背中に定規を差したかのような二人の軍人が並んだ。

富太郎は孟を見つめ、息を整えた。

「池長君、今日は真意を問いたい。京都帝大に僕の標本を寄付するなどとけしからん噂を耳にしたが、それは本当かね」

迷う素振りも見せず、「はい」と答えた。その途端、また腸《はらわた》が煮えて顎《あご》がわななた。

「僕に無断でどういう料簡《りょうけん》だ。標本は我が子も同然だということは、君も先刻承知だろう」

孟が唇を引き結び、咽《の》喉仏《どぼとけ》を上下させた。隣の中尉が口を開きかけたのを目顔で押し留《とど》め、富太郎に目を戻した。

「その我が子同然の標本を放置してこられたのは、先生ではありませんか。私はお待ち申しました。一日千秋《いちじつせんしゅう》とはまさにあの想いです。ですが先生は標本を顧《かえり》みることなく、積極的な準備を進めてくださらなかった。開所式は日取りが決まっていたので執り行ないましたが、もはや実質的な開所は不可能と判断したんです」

「素人《しろうと》の君に何がわかる。標本の整理は、ただ置き場所を定めて動かせばよいというものではないんだ。整理作業も大切な研究の一部だ。その研究を神戸でしてくれと言うたのは、池長君、君やろう」

「ですが先生は、研究所の運営方針にも明確な指針を示してくださらず、お願いした事務書類の類《たぐい》も放置されて、僕が相談を持ちかけても上の空だ。ただただ草木を求めて、外を歩かれるばかりではありませんか」

「それが僕の研究だ。今さら、何を言う」

中尉が太い眉尻《まゆじり》を撥《は》ね上げ、挑《いど》むような目をした。

「あなたの我儘《わがまま》を黙って受け容《い》れてきた池長君の苦労を、少しはお汲《く》みになったらどうです。世界的学者か知らんが、僕には人の心のわからぬ奇人変人としか思えません」

奇人変人だと。

「だいいち、僕の研究、僕の標本と主張されるが、お間違えではありませんか。池長植物研究所の研究であり、標本ですぞ」

「池長君は僕に寄贈した。ゆえに僕の標本だ。僕と標本を引き離したりはさせんぞ。断じて許さん」

激して声が大きくなり、額賀に「お義父《とう》さん」と窘《たしな》められた。

孟はなぜか悲しそうな目をしている。悲しいのはこっちじゃと、余計に腹立たしくなる。

あれほど心を通じ合って共に歩いておったはずやのに、君はいつ、どこで違う道に入った。

「僕は、持てる者です」と、孟はあらぬ方を見つめている。

「養父が早く亡くなって、莫大《ばくだい》な資産を受け継ぎました。僕には責任があります。持てる者としての社会的使命です。植物研究所を設立して運営が軌道に乗れば、次、また次と、僕なりの計画を持っていました。夢があるのです。でも理想と現実の違いを思い知らされました。この先、いつになったら植物研究所としての体裁を成すのか、目処《めど》がまったく立ちません。母にも親戚にも説明できないのです。いえ、貴重な標本をあのままにしておくのが僕は忍びない。ゆえに、京都帝大に委《ゆだ》ねようと考えました」

「僕は東京帝大で教鞭《きょうべん》を執る身だぞ。なにゆえ、京大に僕の標本を渡さねばならん」

「あの標本十万点、いえ今では三十万点にはなっているでしょう。あれは関西の宝です。池長家がかかわった以上、関西から外へ出すわけにはまいりません。これは周囲にも十分相談した上での決断です」

話が一向に嚙み合わず、物別れのまま営舎を出た。

帰りの汽車の中で、額賀が明石《あかし》の蛸飯《たこめし》を喰《く》いながら呟いた。

「お義父さんに社会的な常識や実務能力を求めるなんて、土台が無理なんですよ」

「そうでもないはずだと、自分では思うとったがなあ」

「本物の奇人変人は自覚がありませんからね」

奥歯に蛸が挟まって、難儀した。

帰京しても、孟の翻意《ほんい》を促《うなが》す方策が見つからぬばかりか、朝日の記事を書いた渡辺忠吾や山本松之助部長までが京都帝大への寄付を勧《すす》める。七月の末には神戸商工会議所の関係者までが上京してきて仲介を申し出たが、富太郎は撥ねつけた。

「この件は池長君に直《じか》に談判するゆえ、仲介はご無用です。ただしいくら話し合おうとも、京大への寄付は承服しかねます。焼かれようが吊るし首にされようが、この意志は変わりません」

植物を知り、その生きようを究《きわ》めて識を弘げる。

これは、一時《いっとき》の出来心で成せる業《わざ》じゃないき。たった数年で可能、不可能を判じて、それのどこが研究所じゃ。

奇人で結構、非常識で結構。大歓迎じゃ。

八月、関西での採集会に赴いた。ただし神戸ではなく、京都と滋賀を回る。

富太郎は比叡山《ひえいざん》で宿を取った。山中で採集し、叡山お膝元の坂本《さかもと》に下りた。ここは石積みで有名な穴太衆《あのうしゅう》の地として知られ、引退した僧侶が住む里坊《さとぼう》も多い。琵琶湖《びわこ》の汽船で大津《おおつ》に入り、また京都に戻る。宿には土地の知人が訪ねてきて、富太郎の顔色を窺《うかが》う。

「例の件、どないです」

「駄目だ。埒《らち》が明かん。先だっても、孟君が入営中だというのに代理の者らが動いて標本と書物を持ち出そうとした。油断も隙《すき》もない」

「池長さん、いつ除隊されますのやろう」

「来年の五月の末頃だと聞いている」

「先生、それまでどうかご辛抱《しんぼう》を」

どこで誰に会っても研究所の話題が出て、「池長問題」などという語句を用いる者まで出る始末だ。二十二日は大阪へ回っていつもの本屋を覗き、天王寺公園を見てから梅田《うめだ》駅発の汽車に乗った。翌日の朝、東京駅に迎えにきた壽衛と市電に乗った。

車窓から、道行く男も女も深緑のパラソルを差しているのが見える。

「日傘にしては、暑そうな色だのう」

「あれですか」と、壽衛も首を回《めぐ》らせた。「欧州大戦で日本国が勝ったので、月桂冠《げっけいかん》の色が流行《はや》っているそうですよ」

「月桂冠？　月桂樹《ゲッケイジュ》の枝葉を環《わ》にしたやつか。古代ギリシャの」

「そうでしょうね」と軽く聞き流され、するとむきになる。

「月桂という木の名は、支那《しな》の古い伝説に出てくるものだ。月に生《は》えている桂《ケイ》の伝説があるだろう。高さが五百丈《じょう》もあって、伐《き》っても伐っても生えてくる。だが支那の桂《ケイ》は字は桂《カツラ》でも、日本のカツラの木にあらず。あれはモクセイだ。ローレルを初めて亜《ア》細亜《ジア》語に訳したのは『英華字典』あたりだろうが、その翻訳時に月桂としてしまったものと見える。それがそのまま日本に入ってきて定着してしまったわけだ」

「ほう。さようでしたか」感心したのは向かいの席の紳士で、降車の際も「ご高説、有難く承《うけたまわ》りました」と頭を下げられた。こちらも洋帽を浮かせて会釈《えしやく》を返した。

「お父さん、降りますよ。渋谷《しぶや》ですよ」

手招きされ、慌てて腰を上げた。今年の二月半ば、豊多摩《とよたま》郡渋谷町の中《なか》渋谷に転居したのだった。壽衛はごく当たり前の白麻の日傘を広げ、二人で夏の道を歩く。神戸の地では盆を過ぎると涼しい山風が吹くが、東京は市電や青バスが熱気を撒《ま》き散らして暑気が強い。

歩きながら、壽衛が「少し考えたんですよ」と言った。

「何を」

壽衛は前を見たまま、「自活っていうんですか」と似合わぬ言葉を持ち出す。

「どなたの援助も受けないで、自力で生活を立てる方途を考えました」

「月々のものなら番頭に掛け合っておるから、もう少し待て」

池長家からの援助が間遠になっている。しかも東京からの汽車賃は、出張費も含めた旅費として孟から直に金子を受け取るのが慣いになっていた。今は自費だ。購入書籍も研究所の蔵書印を捺されたのでは押収されかねぬので、近頃はまた自身の懐《ふところ》から捻出《ねんしゅつ》している。

「借金を綺麗にしていただいたんですから、お父さんの俸給でやりくりをしたかったんですけれどねえ。大学に博物館、他からも頂戴《ちょうだい》して、世間のご亭主の二倍も三倍も稼《かせ》いでくださってるんですから」

「僕は収入の何倍も費消《ひしょう》するきねえ」

明後日には、『雑草の研究と其利用』という書物を共著で出版する。むろん印刷費用は自弁だ。

「それは学問の入費ですから、おやめいただきたいなどと思ってもおりません。研究のためにはお金が要るんです」

「そうだ、そうだ」と、富太郎は調子づいた。

「それで私、お店を開いてみようと思い立ちました」

「なるほどなあ。何の店だ。傘屋か、いや、昔やっていた菓子屋か。懐《なつ》かしいのう」

「そんな利の薄い商《あきな》いじゃ追いつきませんよ。思い切って、待合《まちあい》をやってみようかと思います」

「待合って、待合茶屋か」

「待合なら料理も仕出しでいいわけですし、料理人を抱えなくてもようございましょう」

待合茶屋はいわば貸席業で、客が芸妓《げいぎ》との遊興に用いる座敷を提供する。政治家や事業家、軍人らが内密の談合や接遇をするのに盛んに用い、男女の逢引《あいび》き場としても活用される。赤坂や新橋、以前住んでいた小石川区の白山にも待合が多かった。

道玄坂《どうげんざか》の下に、さしかかった。

「荒木山《あらきやま》に、いい家《うち》があるそうなんですよ。あそこなら歩いて通えます」

荒木山も花柳街《かりゅうがい》として有名だが、壽衛はいつのまにそんな思案をと、手の甲で汗を拭《ぬぐ》った。

「お前、いつからそんなことを考えておった」

「ずっとですよ。どうしたらこの貧乏から脱け出せるかと、ずっと考えていました」

「待合の経営などできるのか」

「何をおっしゃる。私は三番町の娘だったんですよ」

懐かしい呼び名だ。これはいける。いけるかもしれんと、富太郎は仰向《あおむ》いた。夏空はあっけらかんと青い。

「えいかもしれん。待合」

「えいでしょう、待合」

壽衛は坂道を見上げ、くるくると日傘を回した。

秋も半ば過ぎ、待合茶屋「いまむら」の開店に漕《こ》ぎ着けた。

待合では宴席のみならず、客が泊まるといえば座敷を用意するのが尋常だ。壽衛は初めは中渋谷から通っていたのだが、やがて週のほとんどを店で暮らすようになった。泊まりの客が想像以上に多いためで、家に帰るのは日中のほんの一、二時間、その間に家事をする。通いの女中も雇ってはいるが、娘の巳代がおさんどんをして妹の面倒も見ている。

富太郎も出先から店に寄り、帳場裏にある女将《おかみ》の部屋で飯を喰い、そのまま原稿を書いて泊まることが増えた。廊下の隅《すみ》の雪隠《せっちん》を使うと、たまに客と鉢合わせになったりする。中には富太郎の顔を知る者もいて、大いに驚かれる。

「牧野先生もお泊まりでしたか。いずこの宴会で？」

「いえ、ここは僕の女房が経営しておるんですよ」

「こいつぁ驚いた。へえ、ここが、先生の」

手水《ちょうず》を使いながら、今さらのように廊下や二階を見回している。二階から洩れる灯《あか》りで、博物局で時々見かける商店主だと気がついた。横浜で動物の剝製《はくせい》の輸出入をしている。

「そういえば先生、上野公園にサクラを百本寄贈なすったとか」

植物の話を持ち出されると、途端に相手が好人物に見える。

「さよう。北海道産のオオヤマザクラの苗百本を取り寄せて、先だって植樹を済ませたばかりです」

「オオヤマザクラは公園木として見栄《みば》えがしましょうな」

「その通り。樹高が高く、樹形も幅の広い卵形ですからな。花も大輪です。本州のヤマザクラに比べれば紅が濃くてね、いずれ百本の並木に育ったら壮観ですよ。秋の紅葉がまた素晴らしいんだ。赤から橙《だいだいいろ》色、金色に見紛《みまご》うばかりの黄色へと変化しますからね。オオヤマザクラは、アイヌ語ではカリンパニというんですよ。桜の皮の木という語ですな。樹皮は暗褐色の地に灰褐色の皮目が横縞《よこじま》のように入って、彼らにとっては貴重な生活資源だったんでしょう。この樹皮を剝《は》いで内皮《ないひ》を天日《てんぴ》で干すと、生薬《しょうやく》の桜皮《おうひ》になります」

大きなくしゃみの音がして、男が首をすくめて足踏みをしていた。

「先生、ぜひ手前どもの会社にも講演にお越しください。では、ごめんなさい」

そそくさと廊下を進み、階段を上がってゆく。「ああ、うん」と富太郎は袖に手を入れ、引き返しかけて、いや、雪隠だったたと、建てつけの悪い木の扉を引いた。最近、話の腰を折られることが増えたような気がする。着物の裾《すそ》を捲《まく》って放尿していると高揚《こうよう》していた気分も減じ、すると薄暗い懸念が戻ってくる。「池長問題」だ。話は縺《もつ》れたままで、いっこう結着を見ない。しかし昨秋には阪神《はんしん》植物同好会も立ち上げ、会員は増えている。研究所からも神戸からも、一歩たりとも退《ひ》く気はない。

だいたい、孟のやろうとしていることは、いったん寄贈したオオヤマザクラ百本を上野公園に無断で浅草の花屋敷に植え替えるようなものだ。たとえオオヤマザクラの生長が遅かろうと病害虫で弱ろうと、共に見守り、世話をするのが事業ではないか。近頃の若者は性急なのだ。成果をすぐに欲しがる。学問など、一生を費やしても足りぬというのに。

雪隠から出て手を洗っていると、二階から三味線《しやみ》の音が流れてきた。客の笑い声に芸妓らの嬌声《きようせい》がして、賑やかな宴《うたげ》のようだ。

商売繁盛、結構、結構。さて僕は原稿執筆だと、廊下を引き返した。


牧野はけしからん。

やはりと申すべきか、待合茶屋「いまむら」のことが大学で噂になった。それは知っていたが富太郎は捨て置いた。こちとら悪事を働いているわけでなし、難癖をつけられるのにも慣れている。だが冬のある日、講義を終えて自室に戻ると数人が鼻息荒くねじ込んできた。

「君ぃ、世の範《はん》たるべき大学の講師が、風教上よろしからぬ待合なんぞを経営するとは何事だ」

「いや、あれは僕ではない。僕の細君が経営です」

「同じことではないか。しかも客に困って学生まで連れ込んでおるとは、言語道断」

「それは別の店のことでしょう。細君の店は客に困る暇《ひま》がないほど繁盛しておりますがねえ。だいいち、連れ込むとはまた品のないおっしゃりようだ。昔から僕の家には学生が大勢出入りして、細君は分け隔《へだ》てのう飯を喰わすのを慣いにしておりましたからな。今は店で寝起きしておるゆえ、それがかないませんから、たまに荒木山に招いて馳走《ちそう》してやってるんでしょう」

「さても、それだよ」

「それ、とは」

「君の夫人のことだ。この件をうちの妻《さい》に話をしたらば、卒倒寸前であったぞ」

大学の教員の妻たる者はよろしく家庭を治め、その余暇で社会奉仕活動に勤《いそ》しみ、他人に教授するのも茶道華道、英語、ピアノ、それも束脩《そくしゅう》目当てではなく高邁《こうまい》なる芸術振興の一助であるべきだと、この助教授の夫人は主張したらしい。

「よりによって待合を経営とは、帝大教員夫人の恥晒しにございますと、泣かんばかりに僕は抗議を受けた」

「先生、恥晒しとは言葉が過ぎやしませんか」

言うや、両の掌《て》で机を叩いて立ち上がっていた。

「撤回していただきたい」

「君という男は、また居直るのか」

「僕についての批判は甘んじて受けるが、女房が恥晒し呼ばわりされて黙っとるわけにはいきません」

「私の妻の言い分が正しいと思うがね。一講師の夫人といえども帝大教員の妻としての矜持《きょうじ》を持って行動してもらわねば、我々まで迷惑を蒙《こうむ》るというのだ」

「細君は夫の研究を成就《じょうじゅ》させるべく身を粉《こ》にして尽くし、それでもどうにもならんゆえ待合茶屋を始めたのみ。なんら恥ずるところはない」

後で聞けば、たった三円の元手で始めたらしい。にもかかわらず、うまく流行らせている。たまに顔を出せば、髷《まげ》を綺麗に結《ゆ》って白粉《おしろい》に紅《べに》を差し、品よく裾を捌《さば》いて廊下を行き来する姿に出くわす。わが女房ながら水際立った女将ぶりだ。客の身分にかかわらず情《じょう》をもって相対《あいたい》するので、壽衛を母親のように慕《した》って贔屓にする若い軍人も少なくないらしい。

「あれは、矜《ほこ》りの高いおなごです。僕がたとえ博士になろうと、夫の地位を笠《かさ》に着て権柄《けんぺい》ずくに振る舞うことはないでしょう。少なくとも、事情を知らんくせして他人を見下げるような傲慢《ごうまん》な女ではない。牧野がそう申しておったと、奥方によろしゅうお伝えください」

この連中はいったい何のために学問の道に入ったのだと、富太郎は憤然と睨《にら》み回した。

安物の矜りを嬉しそうに胸に飾りおって、妻女にまでつまらん勘違いをさせて。

連中は顔色を変えて退散したが、学内での批判は増すばかりだ。ある日、理学部長の五島清太郎《ごとうせいたろう》博士にまで呼ばれて説明を求められた。ありのままに打ち明けた。

「従って、後ろ暗い点は皆無であります」

「それは承知しているが、例の朝日新聞の記事に眉を顰《ひそ》めた者も多いのでね」

学部長は責め口調を使わず、頭ごなしに叱責《しっせき》するわけでもない。富太郎の業績はよく認めていると労《ねぎら》ってさえくれ、「さて、どうしたものか」と胸の前で腕を組んだ。

「それにしても、君は敵を作るのが好きな人だね」

「好きではありませんが、勝手に増殖するようです」

「黴《かび》のように言うんじゃない」と、学部長は苦笑まじりの溜息を吐く。

「この際だから話しておくが、周囲は敵ばかりではないのだ。あの記事が出てからというもの、君への評価を見直すべきだ、学位を取らせて助教授に任官させるべきではないかとの意見も出ている」

それはわかっている。植物学教室のかつての助手や学生は、母校や今年農学部となった東京帝国大学農科大学の教授、助教授になっており、今も交際のある者は事あるごとに気にかけてくれる。彼らは朝日の一件以降、しきりと「論文を書いて学位を取れ」と勧めるようになった。

大学が君を排除して学位を与えぬような論調で書かれていたが、君も意地を張るからいかんのだ。素直に論文を出したまえよ。そしたらすぐに与えられるだろう。傍《はた》からはそう見えるだろうが、学位の有無などどうでもよいと思って生きてきたのだ。学者は学問だけが値打ちであって、学位や称号などいくらぶら下げても何の意味もない。裸一貫《はだかいっかん》でよい。野山を巡って、その仕事が世間に認められれば一人前の学者ではないか。田舎《いなか》の中学校の教師でも立派な学者はいくらでもいる。アカデミズムなんぞ糞《くそ》くらえだ。

学部長は「しかるに」と、洋椅子の肘《ひじ》置きを摑《つか》んだ。

「今は言動を慎《つつし》み、無用の争いは避けることだ。家庭の都合もあろうが、奥さんの商いの件も少し考えてみたらどうだね」

考えねばならぬことが多い。

翌大正九年の五月二十九日、池長孟が除隊となった旨《むね》の連絡がきた。

孟の自邸に足を運んで話し合うも、もはや互いに意地尽《ず》くだ。

「こうして神戸に参って、研究所にも出勤しているじゃないか」

「たった一日出勤なさるだけで、すぐに採集旅行に出かけてしまわれるやありませんか」

「それも研究だ。なんべん言うたらわかる」

「先生こそ、標本を運んだら運びっぱなし、実務は手つかず、研究所、研究所とおっしゃいますが、なんの体裁も整えようとなさらへん。埒が明かんから京都帝大で引き取ってもろうて学問に役立ててもらおうと考えるも道理、そやのに先生はそれは厭《いや》やと強弁なさる」

「君もくどい。京都には渡さんぞ。断じて阻止する」

水掛け論ほど疲れるものはない。物別れに終わり、一人で池長植物研究所に出勤した。洋燈《ランプ》のスイッチを入れる音、靴音もやけに響いて聞こえる。大広間を見渡した。床に夥《おびただ》しいほど並んだ標本の束はまるで一つの生きもののごとくで、巨大な鱗《うろこ》が波打っているかのようだ。夕暮れ近い陽射しが紙の一枚一枚を撫《な》でるように揺れる。

他人の好意に縋《すが》って漕ぎ出した舟はもはや竿《さお》を失い、沈没寸前だ。

身を椅子に縛りつけるようにして、ラベルの整理をした。

七月末に東京を出て、名古屋で乗り換えて吉野《よしの》、その足で高野山《こうやさん》に入った。和歌山県教育委員会主催の採集会に招かれたためで、参加者は八十名という盛況ぶりだ。八月十三日まで高野山に滞在して採集を指導し、十二日には講演を頼まれている。この高野山真言宗御室派《しんごんしゅうおむろは》の管長、土宜法龍《どきほうりゅう》は著名な仏教学者でもあり、南方熊楠《みなかたくまぐす》の長年の知友でもあると役所の者が言った。

「南方さんも先生のご高説を拝聴しに来はりますやろう。ここはひとつ、南方さんにも喋ってもらいましょう」

「それはいい。二人で対談するのもよろしいな」

「対談？　ほんまでっか。そりゃ、えらいことですわ」

手紙ではいつも富太郎に敬意を表し、「未《いま》だ拝面の栄を担《にな》わず」などと申し訳なさそうに記している。これが逆の立場なら遠方であろうとすぐにでも会いに行くのだが、熊楠はよほど腰の重い男のようだ。とにもかくにも、ようやく対面がかなう。

世界的な大英才のお手並み拝見といこうやないか。

講演会は教会堂の大広間で、「高野山の植物について」と題して語った。受けに受けた。

「皆、大喜びですわ。先生のお話は素人にもわかりやすうて面白い。二時間なんぞ、あっという間でしたな」

だが熊楠は現れなかった。

大正十年も秋を迎え、涼風の立つ夜、いまむらに足を運んだ。

香代の夫である細川正也、鶴代の夫である額賀次郎と落ち合ってのことで、二人は何度も欠伸《あくび》を嚙み殺し、煙草《たばこ》ばかりを吸っている。客の酒宴が長引いたらしく、壽衛が帳場裏の自室に腰を落ち着けたのは夜十二時に近かった。口火を切ったのは細川だ。

「ご承知の通り、この店のことがお義父《とう》さんの大学でまだ取り沙汰《ざた》されているんですよ。相手にするのも馬鹿馬鹿しいとお義父さんも静観を決め込んでおられたんですがね。なにせ東京帝大ですから世間の耳目を集めやすい。新聞に面白半分に書かれでもしたら、今度こそお義父さんのお立場に障《さわ》りがでないとも限りません。この際、店の先行きを考えた方がよろしくありませんか」

壽衛は「そうねえ」と白い頰に手をあてる。さすがに疲れてか化粧が剝《は》げ、縦に間延びしたような顔つきだ。

「この頃、お客の中にもおっしゃる方があるのよ。東京帝大の先生のくせに水商売をやるとは如何《いかが》なものか、なんて」

「僕は気にしとらん。やましいことは何もない」

富太郎が口を挟むと、額賀が「お義父さん」と手にしていた茶碗を茶托《ちゃたく》の上に戻した。

「お義父さんがそうおっしゃっちゃ、話が進まないじゃありませんか」

婿《むこ》二人は「その口をつぐめ」とばかりに目で制してくる。事前に三人で話し合って結論をつけてあるのに、富太郎がここでいい顔をしてはオジャンになるとでも言いたそうだ。「いや、うん、そうか」と鼻をすんと鳴らし、茶を啜《すす》る。

池長問題が勃発《ぼっぱつ》したがために手を染めた起死回生の商いであるのに、今度は大学の立場が云々《うんぬん》とは、壽衛には酷《こく》な話だ。

「いえね」と、額賀が話柄《わへい》を戻した。

「うちの鶴代と香代義姉《ねえ》さんも心配してるんですよ。今はお義母《かあ》さんがここに別居して商いを切り回しておられるじゃありませんか。お義父さんもなにかとご不便だろうし、うちのやつらがたまに家事を手伝っているにしても、まだ子供に手がかかるし限界があります。巳代ちゃん一人じゃ手に余りましょうし、通いの女中もあまり役に立っていなさそうだ。こう申してはなんですが、家の中は相当な荒れ方だと聞きました。僕らは掃除洗濯のことはわかりませんが、お義母さんのことを案じてもいるんですよ。夜が遅く朝も早い商いだのに、たびたび家事をしに自宅にお帰りになってたんじゃ、そのうち躰を壊します。憚《はばか》りながら、この頃、お疲れが激しいようにもお見受けしますよ」

「これは齢《とし》のせいかと思いますけどねえ」壽衛は弱々しく笑う。

「お義母さん。土地では二流どころと言われるほどまで繁盛しているからこそ、今が手放しどきなんです」

「手放す」と、壽衛は目瞬きをした。

「でもここを辞《や》めたら、暮らしを立てる方途が」

富太郎に気を遣《つか》ってか語尾を濁《にご》らせ、俯《うつむ》いた。

「そこですよ。経営を他人にお任せになったらどうです。月々、暖簾《のれん》料を受け取る方式です」

細川が吸っていた煙草を灰皿に押しつけ、「いっそ」と話を引き取った。

「ここの名義も誰か、信用できる他人に変えませんか。そしたらば、お義父さんが非難される筋合いはなくなります」

「いや、僕の面目なんぞどうでもえいがよ」

また思わず言い訳をしたが、壽衛は「考えてみます」と肩をすぼめた。

半月の後、いまむらの名義を使用人に変え、経営も他人に委ねることになった。婿らが言った通り、流行っている店の引き受け手には困らなかったのだ。壽衛が家に戻って歓《よろこ》んだのは、やはり子供たちだった。玉代は小学校の高学年になっているというのに「お母ちゃん」と甘え、台所で大根を煮る壽衛の袂《たもと》を摑んで離れなかった。

富太郎もやれやれと安堵《あんど》して十月の二十日に東京を発ち、神戸に出向いた。

研究所の行末は定まらぬままだ。だが、とにもかくにも研究所に出勤せねばまた「契約違反」と攻撃される。しかし膨大な数の標本整理は遅々《ちち》として進まない。野山で採集してきた植物を標本にする時はどんな発見があろうかと膝まで躍るが、知り尽くした標本をただ整理することの味気なさよ。気分転換に原稿や手紙を書いて過ごすも二日とじっとしていられない。買物や散髪を思いつき、元町《もとまち》辺りに出かければすぐに日が暮れる。大阪の郊外の樟蔭高等女学校へ足を運べば一日がかりで、その帰りは本屋に寄ってまた書物を購う。請求書の束が溜まってきたが、要る物は要るのだ。神戸、大阪の知人も増えたので須磨《すま》の菊人形見物に誘われれば出かけ、大阪植物同好会の第一回採集会も敢行、奈良の春日山《かすがやま》で採集を指導する。

そのまま神戸で年を越し、大正十一年の元日に帰京の途についた。

数え六十一、還暦を迎えても、こうして僕は汽車に揺られゆう。

我ながら腰の落ち着かぬ人生だと、独《ひと》り笑いをしながら富士の山を眺めた。

やがて桜が咲き、花吹雪《はなふぶき》の美しい頃、孟が欧羅巴《ヨーロッパ》へ旅立つと言ってよこした。陸軍に入った時も寝耳に水であったが、此度《こたび》の旅も突然だ。いつ帰るかも決めていないらしい。四月十七日、横浜の波止場で大洋丸《たいようまる》を見送った。

五月の上旬、富太郎はまた神戸に赴き、布引《ぬのびき》という地の山間《やまあい》で採集した。ウラジロウツギの白花は今が盛り、林床ではツチグリが落葉の間から頭を出している。秋になれば外皮を開き、ヒトデに似た星形に見えるキノコだ。夜に研究所で採集した植物を新聞紙に挟む。これだけはいかほど疲れていようと、その日のうちに始末をつけておかねばならない。

翌日も日中は方々で人に会い、夕飯も済ませてから研究所に出勤し、新聞紙を交換する。

静まり返った夜の中、一人手を動かす。淋しくはないのだ。杜鵑《ホトトギス》も鳴いている。植物の愛好家は誰もが「牧野先生」と親しんでくれ、泊めてくれる同好の士も増えた。神戸で名旅館と謳《うた》われる家の若主人がまた親身で、顔を出せば最上級の部屋に通され、旨いすき焼きが豪儀に振る舞われる。会下山も花盛り、明石に採集に出てスマフサモを採り、大阪の天王寺公園でシマホテイチクの枝をもらう。

だが孟は異国の空の下、研究所の運営と標本の行先は膠着《こうちゃく》したままだ。

五月の二十七日、東京へ帰ると、壽衛が「いまむらを閉じることにしました」と言った。

女将が替わると離れていく客も多く、暖簾料も滞《とどこお》りがちであったようだ。額賀が間に入ってくれて清算を行ない、店の権利を売った。幾《いく》ばくかはまとまった金子が手許に残ったようだが、詳細は知らない。

十一月、中渋谷内でまた家移《やうつ》りした。

# 十二　恋女房

九月一日、晴れて風も微《かす》かな正午前である。

富太郎は猿股《さるまた》一つの姿で八畳の座敷に坐し、標本を手にして調べていた。するとカタカタと家鳴《やな》りがする。息を潜《ひそ》めて天井を見上げたが、尻を畳に押しつけて踏ん張らねばならぬほどの揺れになった。

これは、ただごとではないぞ。

東京は地震の多い土地だが、ゆらりゆらりと、まるで大きな揺り籠《かご》に入れられているような心地《ここち》だ。そのうち縁側越しに隣家の石垣が崩れていくのが見えた。家じゅうがギシギシと鳴り、書物や標本の山が崩れる。棚や簞笥《たんす》が倒れる音がして、文机《ふづくえ》が斜めに動いた。気がつけば庭に跳び下り、榎《エノキ》の幹《みき》につかまっていた。大地が四、五寸も左右に揺れている。壽衛《すえ》や子供たちは家の中だ。

「おうい、おうい」

叫べど、中にすっ込んで誰も出てこない。棟《むね》の瓦《かわら》が落ちてきて、梅の枝が何本も無残に折れた。やがて揺れが収まって、壽衛や子供らが庭に出てきた。顔色が白く動き方も浄瑠璃《じょうるり》人形のごときだが、怪我《けが》はないようだ。

「お父さん、ご無事でしたか」

「当たり前だ。いや、呆気《あっけ》なかったな。どんな具合に揺れるか、座敷で味おうておったのに」

腰に手を置いた春世が「よくおっしゃいますよ」と、鼻から大息を吐《は》いた。

「そんな恰好《かっこう》で木につかまって、揺れを味わうもないもんです」

「猿に似ているなあ」と、百世《ももよ》もこんな時に憎まれ口だ。春世は数え二十四、百世は二十二、巳代《みよ》が十九で、末の玉代《たまよ》は十四になった。

「百世さん、いけませんよ。お父さんに向かって猿だなんて」

たしなめる壽衛が吹き出しているのだから世話はない。皆で盛大に笑った。一家が無事であることに安堵《あんど》したのが半分、これほどの大震に遭《あ》っての昂奮《こうふん》も半分あるだろう。だが市中の方々《ほうぼう》が大火災になっていると、巳代が近所で聞いてきた。日が暮れてから、春世と百世を連れて九段まで見物に出かけた。

九段下は一面が火の海だった。空まで焦《こ》げて色を変え、風も熱を持って吹いてくる。大変な惨状だ。これほど非常の事態にあると不思議なほど心が凪《な》ぎ、なにやら敬《けい》虔《けん》な気持ちにさえなってくる。大学での不遇、しぶとくつきまとう貧乏、長引く池長問題。人間一匹にかかる災難なんぞ、しごく些細《ささい》な、どうでもえいことじゃ。帰りに六番町の火事も見て、家に帰ると深更だった。壽衛と巳代、玉代は庭にいた。莚《むしろ》を敷き、「家に潰《つぶ》されちゃかないませんから、ここで夜を明かします」と言う。

「僕は家の中で寝るよ」

一人で八畳に上がり、標本の山をかき分けて身を横にした。今度また大きいのがきたら揺れ方をしっかり確かめてやると気負い、それでいて圧死する時の己《おのれ》の気持ちを想像した。

数え六十二にして未《いま》だ何も成さず。これで僕も終《しま》いか。いや、天命があらばあともう少しは生かしてもらえるだろうと、暗い天井を睨んだ。

次の日、時々揺れはあるものの強くはない。朝鮮人の来襲があると近所が知らせてきて、家族で家を出た。避難場所は代々木《よよぎ》の練兵場で、「お母ちゃんと妹たちから目を離すな」と息子二人に言いつけ、富太郎は先頭をぐいぐいと歩いた。避難民の数は計り知れず、焼け出されたらしき風体《ふうてい》の一家も多い。誰もかすり傷一つ負っていないわが家は奇跡的だったのだと、市中を見回した。東京市外の火災がなお続いていると避難所で耳にするも状況は不明なまま、富太郎のみいったん帰宅した。

夜、植物学教室の朋輩《ほうばい》であった三宅驥一《みやけきいち》が見舞いにきてくれた。今は東京帝国大学農学部で教鞭《きょうべん》を執《と》り、池野成一郎の部下にあたる。

「ご無事でなによりでした」

「君も。池野君は？」

「ご無事です。ですが神奈川は津波で相当やられたようですし、東京も日本橋、神田は壊滅的のようです」

「そうか。新聞がこんので、なんもわからんのだよ。そこまで大きな被害が出とるのか」

「新聞各社の社屋が焼失したんですよ。電信電話、瓦斯《ガス》、山手線《やまのて》も被害甚大《じんだい》、東京はもう駄目かもしれません」

大震から三日目、富太郎は鉄道の線路を伝って目白《めじろ》に上り、池袋《いけぶくろ》に至り、知人の家を何軒か見舞った。主人が小田原《おだわら》や箱根に出ていてまだ戻らない、生死がわからないという家があり、さすがに言葉を失った。だが玄関先に出てきた女中は富太郎の腕の中を見て、変な顔つきをする。

「や、これはセンニンソウだ。属名はクレマティス」

目白の路傍《ろぼう》で見つけた蔓草《つるくさ》だ。こんな時でも十字形の白花をきっぱりと空に向かって開いていた。とはいえ花弁は持たず、花に見えているのは萼片《がくへん》だ。採集道具や胴乱《どうらん》は持たずに家を出ていたので、蔓葉ごと胸に抱いている。女中は富太郎からふいに目をそらし、「お見舞い、有難う存じました」と鼻先でぴしゃりと戸を閉めた。こんな時に草花を抱えて、狂人と間違われたのかもしれない。

　その夜、春世と百世が家の外で警戒に立った。

日を追ううち、地震と火災のもたらした惨状が明らかになった。死者と行方不明者がおよそ十四万人に上るという。富太郎は方々の知人を訪ね歩き、また来訪もあった。九月も二十日過ぎ、神田の書店や取次店も随分と焼けたことを知った。版元に保管してあった『植物研究雑誌』第三巻第一号はすべて灰と化した。残ったのは見本刷りの七部のみだ。痛手であったのは、貴重な原図が焼失したことだ。帝国駒場農園長の田中貢一《たなかこういち》と組んで新式の植物図鑑の刊行を企図し、準備を進めていたのである。これまで世に出ている植物図鑑には検索表がついていなかったので、検索付きの解説文と図を併《あわ》せ、より至便な図鑑を目指した。図は富太郎が指導して田中が作成したのだが、その多くが焼けてしまった。東京帝室博物館嘱託《しょくたく》の学者、根本莞爾《ねもとかんじ》との共編で『日本植物総覧』の刊行も準備中であったが、研究材料を置いていた博物館の天産部《てんさん》は地震で虚《むな》しく崩壊した。

震災後まもなく、次女の香代がやってきて思わぬことを口にした。

「細川と別れたいんです。この家に帰らせてください」

「そんな、お前、子が四人もあるのに」と、壽衛は色をなした。十歳の男の子を頭に八歳の男女の双子、そして三男はこの年の一月に生まれたばかりでまだ襁褓《むつき》をあてている。

香代は別れたいの一点張りで、袂《たもと》の中に顔を埋《うず》めてしまった。壽衛はその背中に手をやり、申し訳なさそうな目をしてこちらに頭を下げる。壽衛にまかせておけば、いずれ元の鞘《さや》に納めるだろう。いつものようにうなずき返し、珈琲豆《コーヒー》を挽《ひ》いた。ハンドルをぐるぐると回すうち、いや、本人の思うようにさせるのもよいかと思い直す。

「無理に説き伏せて帰さんでもよろしい。どうせ短い一生、天変地異が起きれば人間などひとたまりもないき」

壽衛のみならず、泣いていた香代本人までがきょとんとしている。湯をゆっくりと注《そそ》げば香ばしい匂いが立ち昇る。茶碗を手にして書斎に入った。文机の前に坐《すわ》って珈琲を啜《すす》り、最近入手した蘭書を開いた。古い阿蘭陀《オランダ》の植物学書で、辞書を引きつつ眼鏡《めがね》を額《ひたい》の上に持ち上げ、文字にのめるように目を近づけた。

ああ、やはりカノコユリじゃ。

幕末、シイボルトによって海を渡った百合《ユリ》が記載されている。また珈琲を啜り、眺めた。日本の植物についての記事があると、そこだけが灯《とも》ったように明るく見える。

翌年八月、三重は四日市で講演し、その後百三十名ばかりを連れて採集、実地指導を行なった。波の穏《おだ》やかな日に船で紀州勝浦に入り、那智でも講演と採集会を開く。その後新宮《しんぐう》に移ってしばらく滞在、九月二十二日には海路で田辺に上陸した。

「先生、ようこそおいでくださいました」

長年、手紙のやりとりをしてきた宇井縫蔵《ぬいぞう》が迎えにきてくれていた。田辺では宇井の家で世話になることとなっており、地元の高等女学校に出向いて標本の整理をさせてもらい、水産試験所のモーターボートで神島《かしま》に入った。南海の陽射しと海風の中、この地でワンジュと呼ばれるハカマカズラを採《と》り、翌日は有名な蟇岩《ひきいわ》の下でキキョウランとジョウロウホトトギスを得て宇井家に帰った。

九月も末の夜、また高等女学校に出向き、標本の始末を行なう。同道の宇井を始め、富太郎を取り巻く連中が落ち着かぬ様子で、「熊楠《くまぐす》はん、遅いなあ」と言った。

「なにをぼやぼやとしとるのや」

熊楠は顔を見せぬままだ。富太郎が滞在しているのは当然知っているはずで、毎日、採集に回っているこの面々は熊楠と旧知の間柄の学者ばかりなのである。熊楠の植物、菌類の採集に協力している連中が総出で富太郎を歓待して方々を案内してくれているというのに、本人は逢いにこない。

「先生、この足でちょっと行きまへんか？」

「どこにだい」

「熊楠の家」

いとも気軽な提案に、思わず立ち止まった。

「僕が出向くのは筋が違う」

師兄《しけい》の念を示してきたのは熊楠ではないか。こなたは問い合わせに対して調べを尽くし、回答し、二部あった標本の一部は送り返してもいる。ここは熊楠が出てきて迎えるべきだろう。僕ならそうする。

翌日、女学校の校長ら大勢に見送られ、自動車で田辺を発《た》った。

大正十四年一月四日、平瀬作五郎が亡くなった。

熊楠と共に研究してきたマツバランの発生順序は大正九年、ようやく解明の目処《めど》が立っていたのだ。ところが同時期に豪州の学者が発見して学会ですでに発表していたことが判明した。これは平瀬から東大に問い合わせがあったので、富太郎も知っている。平瀬はおよそ十年もの時をかけた共同研究を諦《あきら》めざるを得なかった。訃報《ふほう》を聞いた時、富太郎は肚《はら》を立てた。失意のうちに亡くなったような気がして、口惜《くや》しくてならない。あの大発見の褒賞金を注ぎ込んだというのに、挙句《あげく》がこのざまか。

熊楠め。

八つ当たりだとわかっている。植物発生学など、いかな英才であってもよほどの運が要《い》る。だが平瀬と熊楠が組んだのだ。成功を直観していた。世界の学会を悠々《ゆうゆう》と席捲《せっけん》する二人の姿を想像すれば、胸の裡《うち》が薄暗くなった。なればこそ成功の一報を心待ちにしていた。

二人を祝いたかったのだ。そうすれば、僕も解放された。

きりきりと奥歯が鳴る。

雑木林《ぞうきばやし》の道を歩く。

一面が枯葉の黄色だ。木々はクヌギにコナラ、エゴノキ、そしてアカマツだ。林を抜ければ一面が大根、蕪《カブ》畑、収穫を終えた甘藷《かんしょ》畑は土が濃茶色で、畦《あぜ》では白い煙が一筋たなびいている。近在の百姓が籾殻《もみがら》でも焼いているのだろうか。畑の向こうには銀色のススキの原が光り、濃い屋敷林の向こうに大きな茅葺《かやぶき》屋根が垣間《かいま》見える。路傍には小さな石仏の祠《ほこら》、竹林の湧《わ》き水、そしてまたケヤキの並木や葱《ネギ》畑に出逢う。

さらに進めば、目の前に美しい雑木林が現れた。

「先生、いかがですか」

背後から、芹沢薫一郎《せりざわくんいちろう》が訊《き》く。若い時分に書生として出入りしていた男で、今は北豊島《きたとしま》郡の大泉村《おおいずみむら》の役場に勤めている。その役場の収入役が植物好きで、二人連れだっては中渋谷の家を訪れていた。近在の採集に参加したこともある。震災後、見舞いにも駈《か》けつけてくれ、またひとしきり被害の甚大さを話し合った。

怖いのは火だね。五十年以上もかけた蔵書と標本を三十分で灰にされたんでは、泣くに泣けぬよ。

そんなことをなにげなく口にしたのだったが、壽衛が商《あきな》いを辞めて香代も帰ってきたことであるし、焦土となった都心から離れて静かな地で暮らすのもよいかという気持ちもあった。すると二人はさっそく土地を探し、案内してくれたのである。むろん壽衛も同行している。

「いいね」と、富太郎は目を細めた。

「なあ、壽衛。ここがいいな」

　壽衛が背後から、おずおずと近づいてきた。

「お父さんが気に入られたんなら」

　振り向けば、壽衛は二人に「よろしくお願いします」と腰を折っている。

「さすがは奥様、ご決断が速い。では、さっそく手続きに入りましょう。いやあ、大泉に牧野先生をお迎えできるとは、村の誇りになります」

　二人して声を弾《はず》ませた。

　帰り道、夫婦二人で歩けば、なにやらしみじみとしてきた。

「齢《よわい》六十五にして、ようやく我が家を持つか」

「長年、都会暮らしに慣れておりますし、以前なら東京市外に出るなど考えつきもしませんでしたけれど、でもまたあんな大きな地震がくればと想像しただけで恐ろしくなりますものね。ほんに、よい土地をご紹介いただけたこと」

「普請《ふしん》の費用、大丈夫なのか」

　土地は安く貸してくれるそうだが、家の普請は壽衛がいまむらの権利を売って得た金子《きんす》だけが元手だ。

「これからは地代だけで、家賃がかかりませんもの」

「高い家賃を払《はろ》うてきたもんなあ」

「嘘《うそ》おっしゃい。さんざんに溜めて、夜逃げしたこともありましたよ」

「書物を積んだ大八車《だいはち》が重うて、往来で立ち往生《おうじょう》したこともあったな」

四苦八苦する己の姿を思い返せば、実に滑稽《こっけい》だ。壽衛も小さく笑い、ぽつりと言い添えた。

「私は財産など欲しいと思ったことはありませんけれど、家移《やうつ》りするのも大儀《たいぎ》な齢《とし》になりました」

壽衛と所帯を持って以来、三十回以上も引越しを繰り返した。いつも大きな家に住んだ。家計に苦しみながらも、標本と書物、子供が増え続けたからだ。ゆえにこのまずっと借家住まいをするのだろうと、漠然《ばくぜん》と思っていた。よもや、雑木林の中に家を持てるなど思いも寄らぬことであった。カサコソと音がすると思えば、木々の間を栗鼠《リス》が走り抜けてゆく。

「ん。林の中にちょこっと邪魔して、牧野一家の巣を作らせてもらうとするか」

「あなたはお忙しいでしょうから大工さんの手配は私がしますので、ご希望があれば早めにおっしゃってくださいな。後でここが気に入らん、厭《いや》だなんておっしゃっても間に合いませんよ」

帽子を少し持ち上げて「合点《がってん》承知した」と答え、梢《こずえ》を見上げた。樹々の幹の間をさわさわと風が渡り、緑や枯葉や実、土の匂いがする。畑の肥《こえ》の臭いですら懐《なつ》かしい。どこかで牛が鳴く。やがて春になれば、林床の枯葉を擡《もた》げてカタクリが可憐《かれん》な薄紫を咲かせるだろう。夏の朝夕は蜩《ヒグラシ》、秋には紅葉、冬には裸木《はだかぎ》の枝に雪が積むのも風情だ。

「この地を終《つい》の棲家《すみか》としよう」

かたわらに並んだ壽衛の額が白く光った。


翌年の五月三日、新居への引越しをついに果たした。

壽衛は口にした通り、家のことで一切《いっさい》、富太郎をわずらわせることがなかった。香代の協議離婚は前年にようやく成立したのだが、細川家に残った孫が心配で不憫《ふびん》でもあったのだろう、世話をしに足繁く通い、その合間に大泉村の雑木林の一部を拓《ひら》かせ、設計士と打ち合わせ、普請場にも足を運び続けた。

富太郎はといえば、しばしば大泉村に出向いて普請を見物したものの、多忙は相も変わらずだ。震災の翌年の八月下旬から十月初旬にかけては紀州の植物採集、十月の末からは伊勢の神宮司庁からの依頼を受けて内宮《ないくう》、外宮《げくう》内の植物調査を行なった。家に帰ったのは師走《しわす》の晦日《みそか》だ。さらに昨年は、『日本植物図鑑』の刊行という仕事を抱えていた。

大泉村に居を構えたその年に天皇が崩御《ほうぎょ》、十二月二十五日、元号が昭和となった。あくる昭和二年の一月十七日、書斎で標本の整理をしていると音がしたような気がした。首を回《めぐ》らせばいつもの静けさで、空耳だったのかとまた拡大鏡に気を戻した。齢六十六で頭は白くなっているが、耳も目も歯《は》も悪くない。今年も日本全国で採集会や講習会の予定があり、背中にはもう羽が生えている。

「お母さん、お母さん」

巳代と玉代の声だ。壽衛が鍋でもひっくり返したのだろう。だが剣呑《けんのん》な足音が廊下を鳴らし、障子《しょうじ》が荒く引かれた。

「お父さん、お母さんが大変」

玉代が血相を変えている。すぐさま腰を上げて後に続けば、壽衛が台所の床に蹲《うずくま》っていた。

「壽衛、壽衛子、しっかりせい。どうした」

当人の口からは呻《うめ》き声しか洩れず、よほどの痛みを堪《こら》えているのか、蟀谷《こめかみ》に脂汗《あぶらあせ》が滲《にじ》んでいる。腹だ。壽衛は躰《からだ》を揉むようにして下腹を押さえている。

「医者だ、医者を呼んできなさい」

己でも驚くほど動転していた。

駈けつけた近所の医者は「大学の病院で検査を受けた方がよろしい」と勧めた。だが本人は、「少し疲れが出ただけです」と言い張って引かない。

病院は厭です。

そう言い、さっさと床上げをしてしまった。前垂《まえだ》れをつけて縁側に笊《ざる》を置き、娘らと共に豆の筋を取っているのを見れば富太郎も胸を撫で下ろし、日常の研究生活を取り戻した。

しばらくして、長年の友人である池野成一郎や三宅驥一がまた学位のことを言い出した。

「講師は一年ごとの契約なんだぞ。君もそろそろ博士号を受けて待遇の向上を図ったらどうだね。大学の方も、君が論文を提出せんから学位の与えようがないと言っている。学位がない者を助教授に任ずることもできん。それは向こうの理屈が正しい」

「植物の研究は、いや、植物との交際は栄達の道とは別物じゃ。地位や銭金《ぜにかね》で報いられようとは思わん」

相応の学歴と学位を持つ人間が業績を上げるのは当たり前の仕事であって、べつだん褒《ほ》められることではないのである。学歴も肩書も持たぬ己がここまでの研究成果を上げている、それこそが誇りだ。今さら他人と同じことをして、その他大勢に落ちたくはない。

「まるで魂を売り渡す心地になる」

妙に甲高《かんだか》い声が出た。だが池野は動じず騒がず、口の両端を上げた。

「その意気や、よし、だ。君は死ぬまでそうやって権威に阿《おもね》ることはせんだろう。なら、学位も平気で受けたらいいじゃないか。邪魔にはならん」

そこまで言われても肯《うべな》う気にはなれない。日を改めて三宅が訪れ、また「学位を取れ」だ。

「あなたが博士にならなければ、後がつかえてかなわない。これはもう、学界の総意ですよ」

あまりに熱心に説き、しかも『植物学雑誌』に掲載していた論文で学位請求しようと話が具体的になっている。三宅が口にした論文は「日本植物考察」で、多年に亘《わた》って執筆したものだ。それに学位を出すというのならもらってやるという気になった。

三月二十五日、「日本植物考察」を主論文とする学位請求論文が東京帝国大学理学部教授会において満場一致で通過し、文部大臣の認可を得て、四月十六日付で理学博士の学位を授与された。

富太郎は二十三日に植物学教室に出向いた。机の上に「学位記」の証書が置いてあった。給料を受け取りに事務方に行くと、「おめでとうございます」と事務員に袋を渡された。十二円昇給されていた。歌が泛《うか》んだ。

　鼻糞《はなくそ》と同じ太さの十二円　これが偉勲《いくん》のしるしなりけり

だが壽衛は歓《よろこ》んだ。友人知人も歓んで祝いの席を設けてくれた。やっと、意地を折ってよかったのだと思えた。

五月に入っては茨城の筑波山《つくばさん》に登って採集、下旬は大阪の葛城山《かつらぎさん》に登り、その足で神戸に回り、研究所で講話会を開いた。聴衆はなかなかに多く、いつにも増してよく喋った。夜は孟《はじめ》が地元の名士を招いて祝賀晩餐会《ばんさんかい》を開いてくれた。問題は解決せぬままなのだが、育ちのよさか、それとも欧羅巴《ヨーロッパ》で何かが吹っ切れたのか。祝いの席では含むところのない笑みを泛べて話していた。

六月、壽衛がまた倒れた。

今度は目白台《めじろだい》の東京帝国大学医学部附属医院分院に入院させた。磐瀬雄一《いわせゆういち》博士が直々《じきじき》に診察してくれ、富太郎は香代と鶴代、春世の三人を伴《ともな》って別室での面談に臨《のぞ》んだ。博士は穏やかな口調で告げた。

「悪性の腫瘍《しゅよう》を患《わずら》っておられます」

「腫瘍」と、声が途切れる。

「奥さんご本人にも確認しましたが、何年も前から出血があったようですな」

子供たちと顔を見合わせた。誰もが初めて知ったとの面持《おもも》ちで、目を見開いている。

「それで、治療のご方針は」

「手術はお勧《すす》めしません。貧血が激しいうえ栄養も不足しているようにお見受けする。ひと月ほど入院していただいて、体力の回復を図ります」

「では、腫瘍は」

博士は黙って頭を振った。

手遅れなのか。言葉もなく、麻の洋帽のつばを握り締《し》めた。


七月十二日、壽衛は退院した。

富太郎は翌日には学生らと共に東京を発ち、長野に採集旅行だ。十六日の夜には帰宅して、壽衛の寝間を訪ねる。もう寝入っていたので声をかけず、書斎に引っ込んだ。深夜まで採集した植物の始末をつけ、翌日は同好会の面々と千葉の海浜《かいひん》で採集だ。

その後も目黒《めぐろ》の林業試験場に足を運び、出版社と打ち合わせ、大阪の金剛山《こんごうさん》に登り、帰京したその足で出版社に寄って校正刷りを受け取る。静岡で講習会を開いて採集指導を行ない、数日自宅で過ごすもまた出発の用意をして東北へと向かった。秋の青森と秋田は収穫が多い。八幡平《はちまんたい》に入ればアオモリトドマツの林、ハイマツの林が続く。沼のそばではムシトリスミレを採った。

「先生」

キャメラを向けられれば、いつものように歯を見せてニカリと笑う。壽衛が病床に臥《ふ》していることは誰にも話していない。もともと家庭のことは外で口にしない性質《たち》で、妻の病を話したとて皆に気を遣《つか》わせるだけのこと、空の下を行く時は草木と存分に語らってほしいと富太郎は思う。壽衛は子供たちが看《み》てくれている。富太郎が外出を減らせば、己の病がよほど深刻なのかと疑うだろう。

本人には診断を曖昧《あいまい》にしか告げていないのだ。投薬で治療できると香代も話したようで、「ああ、そう」と壽衛はどこか他人事《ひとごと》のように聞き流していたらしい。もしかしたらなにもかもを察しているのかもしれず、顔色も紙のように白い。それでも日常を手放したがらず、富太郎がたまに在宅していると牛肉や葱を買い込んですき焼きだ。壽衛は一口も食べないで、にこにこと給仕をする。だが包丁を持つ手に力が入らぬのか、葱の二つがつながったままだったりする。

十一月は北海道帝国大学でマクシモーヴィチ氏の生誕百年祭が開かれるというので、二十一日、上野から青森行きの急行に乗った。大学の講堂で祝賀会が執り行なわれ、何人かの式辞の後、求められて富太郎も壇上に上った。日本の植物学が黎明《れいめい》期にあった頃、植物の同定はマクシモーヴィチ氏に依頼することが多く、この牧野も世話になったと話すうち、だんだんと若き学徒であった頃が甦《よみがえ》ってくる。

「明治二十四年でありましたでしょうか。あれから三十七年も経《た》ったんですなあ。私の心は未だ青年のままでありますがねえ」

するとかしこまっていた聴衆の間で、くすくすと笑い声が起きる。

「マクシモーヴィチ先生は名も無き日本の青年の問い合わせにも必ず懇切丁寧《こんせつていねい》な返事をくださって、しかもここ北海道にお住まいになっておられたうちに憶《おぼ》えられたんでしょうな、ハイケイやサヨナラなんて挨拶《あいさつ》が英文字で記されておりました。するとこっちも嬉しくなって、仔犬《こいぬ》のごとく尾を振って懐いてしまうんですな。当時、私は大学で面白うないことが続いて、いっそ先生の弟子にしてもらおうと思い立ちました。そう、私は露西亜《ロシア》に渡ろうと思ったことがあるのですよ。それで駿河台のニコライ堂まで訪ねました」

ふと、己が壽衛も園も捨てて渡露するつもりであったことを思い出した。

「海南《かいなん》土佐の一男子、世界で植物学を究《きわ》めんと、血を滾《たぎ》らせておったのです。ところが待てど暮らせど、来いという返事はありませんでした。随分と経ってから夫人の手紙が届いて、先生が性質《たち》の悪い風邪で亡くなったことを知りました。僕の渡露希望を大変歓んで受け容《い》れるおつもりであったようで、もしも先生が急死されておらなんだら僕は今頃、牧野トミタフスキーと名乗っておったことでしょう」

聴衆は満面の笑みで手を叩《たた》いている。富太郎も笑って壇から下りる。

だが胸の裡では、あの時の希望と絶望が流れていた。

不遜傲岸《ふそんごうがん》と退《しりぞ》けられようと、最初から世界を見ていたのだ。好きなこと、信じることのみに誠実に生きてきた。

壽衛の顔が泛んだ。若木のようにしなやかであった、昔の壽衛だ。

お前、こんな男によう従《つ》いてきたなあ。

十一月二十七日に札幌を発ち、盛岡《もりおか》でササ類の採集をした後、仙台に立ち寄った。

この地では明治二十三年頃から採集を行なっているが、大正十一年からは伊藤篤太《とくた》郎《ろう》が居を構えている。東北帝国大学理学部に生物学科が新設され、講師となったのだ。破門草事件の尾は長く引き、祖父が礎《いしずえ》を築いたともいえる東京帝大に奉職することはかなわなかったが、数え五十七歳にしてようやく東北帝大に迎えられた。旧交を温めようと自宅を訪ねたが、あいにくの留守である。ふと思い出したのが、東京帝大植物学科の大学院生であった岡田要之助《おかだようのすけ》だ。大正期からこの東北帝大の助教授として赴任している。大学を訪ねて採集に誘うと、学生たちも数人伴って同道するという。

十二月一日、曇天が思い直したように晴れている。こんな朝はことのほか冷え、道のそこかしこで薄氷が張っている。数人で亀岡八幡《かめおかはちまん》と三居沢《さんきよざわ》の間の丘陵、谷間にまで分け入った。歩くうち、ふと足を止めた。草丈が一、二メートルはあるササの群落だ。本州中部以北にササの群落は多く見られるが、惹《ひ》かれて近づく。岡田も小腰を屈《かが》め、顔を近づけている。葉の多くの片側が裏に向かって、いくぶんか巻くようになっている形状だ。葉の表面には白い長毛が不規則に散生している。一見するだけで他のササのいずれにも似ていないことがわかった。

新種に違いない。

「日本は竹、ササの国だ。これほどササの種類の多い国は世界にないね」

岡田は「さようですな」と短く答え、感じ入ったように群落を見つめている。そして一斉に採集に取りかかった。

昭和三年が明けて正月を迎えると、年始の客もあって壽衛の病気を伏せていられなくなった。

長年、富太郎に師事して植物を共に採集、研究することの多かった田代善太郎《たしろぜんたろう》など、今は京都帝大の嘱託になっているが、わざわざ見舞いに来てくれた。だが病人には会わせたくない。面窶《おもやつ》れが激しく、ひとたび下腹の痛みの波がくると七転八倒《しちてんばっとう》の苦しみようだ。田代に打ち明けるとすぐに察してくれ、共に小石川の大学へ出かけた。外に出ればいつもの通り、植物の話で沸《わ》く。

十八日、壽衛はまた入院した。娘らが交代で付き添い、今日も巳代が椅子に坐って林檎《りんご》を剝《む》いている。だが壽衛はもう食べられない。

「はい、お父さん」

皿を差し出されて、「ん」と受け取る。林檎を齧《かじ》ればシャキシャキと健康な音がして、咀嚼《そしゃく》しながら横臥《おうが》する壽衛を見やる。

「この部屋、寒うはないのか」

「大丈夫、夜は湯たんぽを足許《あしもと》に入れています。そろそろ用意しようかしら。日が暮れると炊事場が混み合っちゃう」

巳代は背後の扉を振り返り、腕にいろいろと抱えて廊下へと出た。富太郎は椅子から腰を上げ、窓際に立った。

外は冬木立《ふゆこだち》だ。樅《モミ》の巨木が目につき、この病室の窓下には青木《アオキ》ばかりで素っ気ない。気配がして振り向くと、壽衛が掛け蒲団《ぶとん》の外へ手を出していた。

「どうした。何か飲むか」

訊《たず》ねてやっても、この頃は薬のせいか朦朧《もうろう》としていることが多い。それでも白く筋張った指を動かすので寝台に近づき、指先を包むようにして握る。やがて壽衛の瞼《まぶた》が動き、うっすらと開いた。瞳が動くのがわかったので、身を乗り出して上から壽衛を見下ろした。

「そういや、去年仙台で発見した新種のササにな、お前の名をつけたぞ」

新種は三種あり、そのうちの一種を『植物研究雑誌』第五巻第二号で発表するつもりでいる。富太郎が私費で刊行を続けている雑誌だ。

学名は「Sasa suwekoana Makino」、「スエコザサ」である。

富太郎は学問に私情を挟むことを嫌悪してきた。かのシイボルトが日本のアジサイに愛妾《あいしょう》の「オタクサ」すなわち「お滝《たき》さん」の名をつけたことがわかった時、学会誌で「清浄な花が、その名前によって汚されている」と批判したほどだ。だが、今ようやく、日本に深い情を寄せた学者の心がわかるような気がする。

刊行日は二月末、原稿はまだ執筆中だが草稿なりとも見せてやりたくて懐に入れてきた。

「ほれ、わかるか。英語の論文やが、お前の名が載りゆうがよ」

壽衛は黙って見つめ返している。罅割《ひびわ》れた唇が微かに震えた。

「牧ちゃん」

やけに明瞭《めいりょう》な声にたじろいで、狼狽《ろうばい》した。「なんじゃ」と訊き返した声が掠《かす》れる。けれど壽衛はただその名を呼びたかったのだとばかりに満足げな表情を泛べ、また寝入ってしまった。

二月二十三日の払暁《ふつぎょう》、医師に「お覚悟を」と告げられた。だがまだ息はある。

「今こそ、僕は感謝を告げねばならん」

跳ねるように立ち上がった。

「世話になった。有難う」

腕を躰にぴたりとつけ、最敬礼をした。数瞬の後、壽衛は息を引き取った。

およそ四十年もの間、共に生きた。子を十三人産み、六人を育て上げた。享年五十六である。

スエコザサが掲載された『植物研究雑誌』は間に合わなかった。


野辺送りの後、猶《なお》が残った。庭に椅子を出し、二人で並んで坐る。

猶はゆるりと家を見上げている。

「いい家ですね。お壽衛さん、ご趣味がよろしい」

「貧乏のさせ通しで、着物を質《しち》に入れさせることはあっても、芝居一つ連れて行ってやらなんだのになあ。世間のおなごの倖《しあわ》せとは縁遠い女だった」

「さて、それはどうですろう」と、猶は未だ訛《なま》りが抜けない。

「お壽衛さんは、ご自分のことを不幸だなんて一度たりとも思ったことはないような気がしますけんどねえ。貧乏は貧乏だけれども恥ずかしい貧乏じゃない、道楽息子を一人余分に抱えているようなものだなんて言って笑いよりましたよ」

「あいつ、そんなことを」

「富さんも甘えておいでだったじゃありませんか。任せておけば、よろず切り抜けてくれるってね」

「うん」と、素直に認めた。

「お通夜でもお葬式でも、お壽衛さんをよくご存じない人は、ただただ夫に仕《つか》えた貞《てい》淑《しゅく》な妻だと褒めておいでででしたけど、それが今の世では賛辞なんでしょうけど、お壽衛さんは江戸前の女でしたよ。誇りをもって、あなたを支えたがです」

「うん」

「ただひたすら、あなたに夢中だったのかもしれませんねえ。草木に夢中なあなたに」

また「うん」としか言えず、早春の空を仰《あお》いだ。

　家守りし妻の恵みやわが学び
　世の中のあらん限りやスエコザサ
口の中で呟《つぶや》けば、空の色が揺れる。

「冷えてきたな。温かい珈琲でも淹《い》れよう」

立ち上がれば、猶は「いただきましょ」と腰を上げた。

# 十三　ボタニカ

三女の鶴代までが離婚して帰ってきた。

「香代といい鶴代といい、うちの娘はどうなっちゅう」

呆《あき》れ返ったが、鶴代はさばさばとして家の中を取りまとめ、一家の主婦役、そしていつしか富太郎の秘書役のようなことも務めている。春世と百世は二人とも写真師になった。父子とは不思議なもので、植物ではなく写真好きの方を受け継《つ》いだらしい。子供たちの中で植物の研究者になる可能性があったのは鶴代かもしれない。学校がよくできると壽衛《すえ》が言うので一人だけ高等女学校に行かせたし、今も家事の合間に本を読む姿を見かける。

原稿の執筆に倦《う》んで書斎を出れば、鶴代が居間ではたきをかけている。白い細布に紅色や黄色が交じって花弁のようだ。

「お原稿、進まないいんですか」

「どうしてわかる」

「そりゃ、わかりますよ」と、はたきを揺らした。

「お仕事が首尾よく運んでいるときは子供みたいに飛んだり跳ねたりしながら書斎から出ていらっしゃるし、そうでない時は今みたいにすうっと薄暗い影」

「そうなのか」眉《まゆ》が上がった。

「そうですよ。昔っから。お母さんはお父さんのそんな様子を見て取って、私たちに静かにしてなさいとか、今なら遊んでくださるよとか」

「司令官だな」

鶴代は薄く笑《え》んで、目を移すや書生を呼んだ。

「お父さんが書斎をお出になったから、今のうちにお掃除をお願い。でも机と書棚は触《さわ》っちゃいけない。紙一枚たりとも動かさないでね。床に葉っぱが落ちてても捨てちゃいけませんよ。それは千代紙の箱に入れておくの。そう、あの赤い箱」

富太郎は縁側から沓脱石《くつぬぎいし》の下駄《げた》に足を入れ、庭の小径《こみち》を歩く。壽衛は雑木《ぞうき》の林を生かして家を普請《ふしん》させた。そぞろ歩けば、樹々の間を秋の柔らかな風が渡る。木漏れ陽《こもびび》を見上げれば、スダ椎《ジイ》の緑と楓《カエデ》の赤が空の青の下で揺れている。紅葉がまた深まった。

昨昭和十四年、富太郎は東京帝国大学理学部講師を辞任した。齢《よわい》七十八、助手を拝命してから勤続四十七年、植物学教室に出入りするようになってから数えれば五十六年の歳月である。朝日、讀賣《よみうり》、毎日《まいにち》などの大新聞から地方紙に至るまで辞任を報じるちょっとした騒ぎになり、世間では大学との確執《かくしつ》を取り沙汰《ざた》する者も出た。富太郎ほど一般に名を知られた植物学者は他におらぬので、学歴のない庶民代表と学閥との闘いに見立てて応援してくれるのだ。

実際、相手が教授であっても富太郎は引かなかった。けれどこれまで大学を辞《や》めなかったのは、むろん生活のためもあるが、ずっと忘れていなかったからだ。土佐から出てきた、未《いま》だ何者でもない青年を教室に受け容《い》れ、貴重な書物や標本、器具に触らせ、世界の植物学界への扉を開いてくれた。

だが今も尊敬してやまぬのは、貝原益軒《えきけん》や小野蘭山《らんざん》、岩崎灌園《かんえん》、宇田川榕菴《ようあん》、飯沼慾斎《よくさい》といった旧幕時代の学者の気風だ。伊藤圭介翁《おう》の懐《ふところ》の深さだ。彼らは役立つか役立たぬかわからぬものに悠々《ゆうゆう》と取り組み、究《きわ》め続けた。星移り、日本の学問が成果主義、業績主義になったのはいつからだろう。だがこの躰《からだ》には数多《あまた》の学者の情熱が脈々と流れている。ゆえにこの身を「最後の本草学者」と呼ぶ人があると耳にすれば無性《むしょう》に嬉しい。なればこそ、自身も次代に橋渡しをせねばならぬと思う。

大学を辞めてどこへ行く？

喜寿も過ぎているのだから引退する？

そんな問いを投げられたら、「寝ぼけたことを言うない」と笑い飛ばしている。植物学者としての研究はなお前途遼遠《りようえん》だ。己《おのれ》に課せられた使命はまだまだ果たせていないのであるから、足腰の達者な間はこの闊《ひろ》い天然の研究場で馳駆《ちく》し、学問に貢献するに決まっているではないか。

「先生」と呼ばれて振り向けば、書生が下駄の音を立てて近づいてきた。

「そろそろ準備なさってくださいと、鶴代さんがおっしゃってます」

曖昧に返事をすれば、「今日は北隆館《ほくりゆうかん》に出向かれる予定です」と説明する。

「わかっとる」と、富太郎は鼻を鳴らした。

「夜は銀座で飯。明日は名古屋で講演、明後日は採集指導」

来月十月には広島文理科大学に招かれて二時間の講義、その足で愛媛、九州まで足を延ばして採集だ。年内には東京に帰るつもりだが、さてどうしようか。この頃は放送局や一般の雑誌社からも寄稿や座談会の依頼が多い。手紙も全国から舞い込む。在《ざい》野《や》の研究者からの同定依頼や標本の寄付も多いが、小学生が富太郎に憧れて書いてくるものもある。返事は必ず書く。金平糖《こんぺいとう》をあげるような気持ちで。しかもまもなく

『牧野日本植物図鑑』を北隆館から刊行するから、牧野の名は今後ますます一般の家庭にまで広がるだろう。

書生と共に引き返し、鶴代に手伝われて着物を脱ぎ、洋装に着替える。大泉学園《おおいずみがくえん》駅までは歩いて少々、足は鶴代より丈夫なくらいだ。電車に乗って座席に腰を下ろした。正面から無遠慮な視線を感じる。蝶ネクタイが珍しいのか、中年の婦人二人が信玄袋《しんげんぶくろ》を胸に抱いたまま耳打ちし合っている。目が合ったので、ニカアと歯を見せて笑ってやった。

「人に似て猿も手を組《くむ》秋の風」

車両じゅうがこっちを見て、隣の鶴代が「お父さん」と頰《ほお》を紅潮させている。

「お声が大きい」

「珍碩《ちんせき》の句だ。知らんのか。元禄の俳諧師《はいかいし》だぞ」

婦人らを会話に誘うために唱えてやったというのに二人はさっと立ち上がり、席を移ってしまった。

なんじゃ、手応《てごた》えのない。つまらん。

目を閉じ、電車の揺れる音に耳を澄ませる。

富太郎が図鑑に手を染める契機は、明治四十一年に北隆館から出した『植物図鑑』であった。編纂《へんさん》は東京博物学研究会、責任者は元中学校教員の村越三千男《むらこしみちお》で、自身は植物の専門家ではないので校訂《こうてい》を頼んできたのが縁の始まりだ。植物に情熱を持つ者を拒《こば》む理由はない。こころよく引き受けた。

その後、富太郎は帝国駒場農園長の田中貢一と組み、画期的な図鑑を企画した。それまでの植物図鑑には検索表が付いていない。図説に検索表を付ければ千人力《せんにんりき》の図鑑になる。植物図は富太郎の手が回らなかったので田中を指導して描かせた。ところがあの震災で、ほとんどの原図が焼失してしまった。やむを得ず、わずかに残った原図を掲《かか》げて『科属検索日本植物志』を大日本図書から刊行することにした。

村越三千男は幸いにも震災の被害を受けなかったようで、大正十四年の刊行を目指して『大植物図鑑』の編集を着々と進めているという。大慌てに慌てて訪れたのが北隆館だった。

「先生、村越さんに後《おく》れを取るわけにはまいりません。こちらは『日本植物図鑑』を刊行いたしましょう」

社長の鼻息は荒い。だが書名こそ新しいものの、要は明治四十一年に出した『植物図鑑』の改訂版だ。編集は村越、富太郎が校訂者としてかかわった図鑑である。版下は北隆館が持っている。

「急くな。大枚《たいまい》をかけて出版するなら古い内容の焼き直しではのうて、最新の知識を注《そそ》ぐべきだ」

「仰《おお》せ《せ》の通り。大改訂です」

「画《え》も僕が描いたものじゃないからね。あれもこれも気になる。朱書きを入れたのに直っておらんところが多いんだよ。ああ、ここもだ。これも、これも描き直す。この記述は古いなあ。どこもかしこも黴《かび》だらけの内容だ」

「ですから、早急に新しく」

「君。図鑑は早急には作れんよ。誤った解説を披露《ひろう》したらば、その誤謬《ごびゅう》は全国の愛好家に拡まってしまうんだぞ」

声を低めたが、社長は「いいえ」と引き下がらない。

「先生、植物図鑑は安価なものじゃありませんぞ。二冊三冊と揃《そろ》える人なんぞ、いやしないんです。村越さんに先に『大植物図鑑』を出されてしまったら、『日本植物図鑑』がいかに高邁《こうまい》誠実な編集でも売れないんです」

まるで刊行競争だ。

「そうかなあ。僕は版違いのものを揃えておるよ。『本草綱目啓蒙《ほんぞうこうもくけいもう》』は初版、再版、重修、重訂で十三部、『植学啓原《しょくがくけいげん》』も十二部持っている。版を重ねるごとに内容がどう移り変わったかを見れば、学問の深まりがようわかる」

「ですから先生は貧乏神と縁がお切れになれない」と言いざま、掌《て》で口を塞《ふさ》いだ。

結局、富太郎は肯《うべな》うことになった。夏は箱根、冬は熱海《あたみ》に連れていかれて「さあ、先生、お指図を」と旅館で迫《せま》られても、一朝一夕《いっせき》で進むものではない。

「いや、この根の描き方が間違《まちご》うとる。これは描き直す」

「凝《こ》り性《しょう》でいらっしゃる」

事は凝る以前の問題、改訂の方針がすれ違っている。そうすると仕事に身が入らず、すぐに外へ出たくなるのはいつもの癖だ。お目付け役の社員の目を盗んで電報を打ち、方々《ほうぼう》から学生や愛好家仲間を呼び寄せた。こっそりと旅館を抜け出して火山の麓《ふもと》や海辺を歩き回り、抱えきれぬほどの生本《いきほん》を得て帰れば、お目付け役がうらめしげな顔で膝《ひざ》を抱えていた。とうてい原稿は間に合わない。それでも社長の剛腕で、校正ゲラは次々と上がってくる。

部分改訂に留《とど》まった言い訳を、富太郎は「序」に記した。

——私の理想通りのものはなお将来でないと完成しないが、ともかく目下の急に応ずるために本書のようなものができた。

――今はただ周囲の事情が急であって、充分思うようなことができなかったのを頗《すこぶ》る遺憾とする。

印刷は村越の『大植物図鑑』に一日遅れたが、発行、すなわち発売は九月二十四日で、たった一日先んじた。なにがなんでも『日本植物図鑑』を先に世に出したいという、これも社長の執念であった。

富太郎は村越の『大植物図鑑』を開くや息を呑んだ。東京帝大の松村任三《じんぞう》名誉教授が序文を寄せている。フウンと荒い鼻息を吐き、頁《ページ》を繰《く》った。図は四千四百近く掲載され、植物は野生はむろん栽培品種も多く採《と》り上げている。のみならず農業や調理、加工製造、園芸利用などについても記事が充実しており、索引も学名と和名以外に薬用、有毒、学校園用や染料用などの項目も設けてある。

図鑑を使う者の立場に立った図鑑だ。恐れ入った。

だが富太郎の『日本植物図鑑』も不本意な出来ながら世評はよく、するとまんざらでもない。十二月には山王台《さんのうだい》の星岡《ほしがおか》茶寮《さりょう》で北隆館が宴を張り、富太郎は主賓《しゅひん》であった。

駅を降り、北隆館に向かう。

今月二十九日、いよいよ『牧野日本植物図鑑』を刊行するのだ。『日本植物図鑑』を下敷きにはせず、新たに三千二百種以上の植物を解説した。その逐一《ちくいち》に図をつけ、一ページに三種の植物を掲載した。一冊十五円という高価なものになったが、会心の作だ。

――明治の御代《みよ》は大正となり、次いで昭和と改元し、この間における長い幾星霜《いくせいそう》の間、本邦の学問、教育、技術、工芸並びに産業の発達は真《まこと》に目覚ましいものがあって、実に今昔《こんじゃく》の感に堪《た》えないのである。そこで小生はこの機会において小生の信ずる分類体系による図鑑を著《あらわ》さん事を企図し、爾来《じらい》春風秋雨十数年、黙々の下、新たに幾千の図版を創製し、また併《あわ》せてこれに伴《ともな》う幾千種の新記載文を準備し、もって発行者の希望に沿い、漸《ようや》く本書第一次の完成を告げられたのは実に本年、すなわち昭和十五年、習々たる春風は桜花をして発《ひら》かしめんとする頃であった。

そんな「序」を記したのは、書斎南窓の下に構えた文机《ふづくえ》であった。

一人で成した大著ではない。東京帝国大学理科大学の教授を務めて退官した三宅驥《みやけき》一《いち》がかたわらで尽力してくれ、農学部の向坂道治《さきさかみちじ》講師や佐久間哲三郎《さくまてつさぶろう》も足繁《しげ》く訪ねて助太刀《すけだち》してくれた。巻末の隠花植物においては菌類、藻類、蘚苔《せんたい》類、地衣類の錚々《そうそう》たる博士らが快く執筆を引き受けてくれたのである。

「先生、もう予約が入っています。これは売れますぞ」

社長を始め、徹夜続きであった編集部や営業部も沸《わ》き立っている。売れる売れないが出版屋にとっては一大事、富太郎もそこから超然としていられるほどの仙人ではない。印税が山と入れば有難いのである。また書物を入手できるし、母から家計のやりくりまで引き継いでしまった鶴代も一息つけるというものだ。だがそれよりも大切なものがある。

己に恥じぬ仕事をしたかどうか、だ。

発売後、初版五千部はたちまち売り切れ、増刷するとの連絡が入った。


昭和十六年五月、南満洲《みなみまんしゅう》鉄道の招きを受け、満洲国に野生する桜の調査に赴《おもむ》いた。鶴代を伴っての旅だ。東京から神戸港へ向かい、神戸の大勢の知人に見送られて黒《こく》龍丸《りゅうまる》に乗った。五日には大連《だいれん》に着き、数日は歓迎会で日を送り、大連駅からアジア号という列車に乗っておよそ八百四十キロ先の吉林《きつりん》省に案内された。吉林には老爺嶺《ろうやれい》という名山があり、そこの桜が素晴らしいのでぜひ見てもらいたいというのだ。

車窓に映る景色は途方もなく広い畑、そして直線の林が延々と続く。

到着して駅に降り立てば、荘厳《そうごん》なほど青い山が南北に亘《わた》って連なっていた。鳥が囀《さえず》っている。この地ではまだ気温が低く、樹々は薄緑だ。しかしその緑の間で紅色が見える。目指して歩き、やがて辿《たど》り着いた。

ヤマザクラだ。若葉は赤みを帯び、可憐な花がびっしりとついて揺れている。内地に比べて桜は花も木も貧弱だと聞いていたが、堂々たる姿だ。樹下は香気に満ちている。

富さん、ようこそ。

美しい声だ。富太郎はにかりと笑い、幹《みき》を撫《な》でさすった。

参ったぞよ。はるばる日本から、おまんに会いに。

しばらくは毎日、飽くことなく老爺嶺を巡り、雨の日も出かけるので鶴代は「お父さん、風邪をお引きになったら大変ですよ」と案じ顔だ。

「天から授かったこの健康体、死ぬまで活動するのが私の務めだ。お前はホテルでゆっくり過ごしたらえい」と、あべこべに労《ねぎら》ってやった。

そういえば去年、犬ヶ岳《いぬがたけ》で採集中、シャクナゲを採ろうとして崖《がけ》から落ちた。犬ヶ岳は豊前《ぶぜん》連山の最高峰で、ブナ林帯には初夏に美しい薄紅色を咲かせるツクシシャクナゲが群生している。花の時期ではなかったが株を掘り取っておこうと手を伸ばしたのが運の尽き、落ち方も悪かったのか不覚にも人事不省に陥《おちい》った。どうやら脊髄《せきずい》を打ったらしく、担架にのせられて下山した。別府《べっぷ》で療養した際は医師が脊椎《せきつい》カリエスを案じたが、十二月の末には別府を出て船で大阪天保山《てんぽうざん》沖に入った。鶴代が梅田駅まで迎えにきてくれたので、大阪の知人らに招かれて道頓堀《どうとんぼり》へ繰り出し、すき焼きを馳走《ちそう》になった。

あれは旨《うま》かったと、膝から下にゲートルを巻く。もう何年になるだろうか、頭には洋帽、首には蝶ネクタイで上着をつけ、下は洋袴《ズボン》にゲートルだ。このスタイルでどこまでも、てくてくと歩く。疲れたら木の根や胴乱《どうらん》を枕に、草を褥《しとね》にしばしまどろむ。これがじつに気持ちがよい。雨が降れば草の葉を傘にして、濡れたら服を脱いで絞れば済む。そしてまた歩く。

桜の採集を終えていよいよこの地を去る時は、花も散り際であった。

帰国して神戸に滞在したので、池長孟《はじめ》とも対面することになった。

「大泉の自宅敷地内にね、標品館を建設することになったよ」

かねてより富太郎を敬愛してくれているらしい華道の家元が、標本を収蔵するための建物を寄贈すると申し出てくれたのだ。孟はそれらしい感想を述べずじまいであったが、やがて決心をつけたのか、七月に手紙が届いた。

――先日は失礼致しました。久しぶりにお元気なお姿に接し、嬉しく思いました。

満洲のお土産の整理もなかなかのことと思います。あの節お話しの植物標本等、至急東京の方へお送りしたいと思います。

膨大《ぼうだい》な数の標本と書籍はどこにも譲渡や売却されることなく、富太郎の許《もと》に返ってきた。

奇《く》しくも、富太郎が『牧野日本植物図鑑』を刊行した昭和十五年、孟は自《みずか》らの南蛮《なんばん》美術コレクションを展示公開する「池長美術館」を完成させた。富太郎は美術館を訪ねて祝いを述べ、向こうも祝ってくれた。互いの気持ちの圭角《けいかく》は取れている。解決を見る下地ができつつあることは少なからず予感があった。

八月、標本を引き取りに神戸会下山《えげやま》を訪れた時、富太郎は孟に向かって手を差し出した。二十三年もの時を経て交《か》わした握手であった。だが標本は三十万点もある。人手を集め、富太郎も襯衣《シャツ》とステテコの姿になって荷作りをするもさすがに息が切れ、足腰がミシミシと痛む。

「手に負えん」

「ほんまに。ようもこれだけ収集しなはった」と、孟もぼやく。

作業中に写真を撮ったが、得意の笑顔も作れなかった。

十二月八日、日本は英吉利《イギリス》と亜米利加《アメリカ》に対して宣戦布告した。

新聞記者に珈琲《コーヒー》を勧《すす》め、自らも一口啜《すす》ってから、「そうです」と答えた。

「植物採集会は戦時中でも続けました。案内状の注意事項に、雨または警報発令中の時は中止と書いておいてね。戦時でも百人ほどは集まりましたねえ。老いも若きも男も女も駅に集まって、東京ですと小岩駅で集合、採集は江戸川の岸辺でよく行ないました。私のスタイルは、そう、有名になってしまった蝶ネクタイですな。初参加で、私の写真を見たことのない人は虚を衝《つ》かれたような顔をして、まあ、八十過ぎの爺《じい》さんがかくも颯爽《さっそう》と現れるとは思わんでしょうからねえ。軍国少年らしき男の子なんかちょっと怒ったような目で私を見たものです。でも、皆が次々と植物の名を訊くでしょう？　私がまた、一寸《ちょっと》の迷いも見せずに答えてやるでしょう？　だんだん私との距離を縮《ちぢ》めるんですな。そう、軍国少年が」

戦時の春空の下、百人もの植物愛好家が岸辺にしゃがんで草を摘《つ》んだ。名前を知ると、誰もが途端に目を輝かせる。

「一緒に歩いて、木蔭で休んで語らって。私は植物に興味を持つ人間は、たとえ相手が十二歳であろうと対等に扱います。さよう、友人、仲間です。大学の連中は民衆教育は学者のすることじゃない、本流じゃないと思っておる。おかしな話ですな。学界の中に閉じ籠《こ》もっておらんと、野山を歩けばよいのに。ええ、明治の学者は皆、よう歩きましたよ。で、採集会では私が指導しますが、たまに私自身も屈《かが》み込んで採集します。慣れた連中は、皆、さっさと先に進みますな。また先生、居ついちまった、てなもんでしょう」

写真師がキャメラを向けたので、頤《おとがい》を動かして目を合わせた。

「先生、こちらを向かずに記者と話を続けてください」

「あ、そうなの？」

「その方が自然です」

「ああ、そう」と、富太郎は少し鼻白《はなじろ》む。写真に撮られる年季もかなりのものなんだが。

記者が質問を投げてきたので、「そうですな」とうなずいた。

「同じ日に一ヵ所でたくさん採ります。その周辺の全体像を摑《つか》みたいんですよ。だからタンポポの群落でもたくさん採集します。大きいもの小さいもの、ちょっと他と違う形状のものも余さず採って腊葉《さくよう》にして見比べて、それでようやくその植物の標準的な形が浮かび上がってくる。その形を図鑑に載せるわけです。たくさん採集する理由はもう一つあって、変異を調べるためですな。そう、サクラなどは大変に変異が多い植物です。その中で新種かどうかの判断をせにゃならん。これはひょっとしてと思うものに出逢ったら、今までどこで誰がどんな研究をして、どんな名をつけているかを調べて、誰もまだ手をつけておらんとわかれば、そこでやっと新種と同定して発表するわけですよ。ええ、大変に綿密な、骨の折れる仕事ですねえ。は、私が名をつけた植物ですか？　ざっと、二千五百以上になりますかなあ」

いつもの反応が返ってきて、次は書物についてかと思えば、あんのじょうだ。

「数万冊ありますな。本の重みで根太《ねだ》が歪《ゆが》んで、他の部屋の襖《ふすま》が動かんようになっとります。それだけの数があるんで、いざ、あの本と思うてもすぐ見つからんのです。で、本屋から取り寄せるからまた増えてしまう。そうするうちに空襲が激しくなって、でもこの辺りは都心から離れとりますからな、娘に防空壕《ごう》に入れと言われても動く気にはなれんかったですよ。むろん疎開なんぞお断り。大事な標品と書物がここにあるんですから。ですが昭和二十年の春ですよ。この辺りにもB29がやってきて、うちの門のところに落ちたんですね。いやあ、あの時は魂消《たまげ》ましたなあ。それでこの辺りの村長をしておられた方の親戚が山梨で蚕《かいこ》を作っていらっしゃるというんで、そこでお世話になりました。荷車二台に標本と身の回りの品を持ってね、そのお宅の蔵を借りて住みました。林檎《りんご》箱二つが文机ですよ」

だんだん栄養失調になって痩《や》せて鶴代がたいそう心配したが、鶴代はもっと窶《やつ》れていた。

「研究はむろん疎開中も続けましたよ。植物の方言も長年収集しておりますからその執筆も続けましたね。方言は民衆が植物に直《じか》に触れて実際に呼んでおる名ですから、それだけ注意を向けて知識を働かせておる証拠になりますな。ゆえに方言がたくさんあればあるほど、その国の民俗文化の度は進んでいると考えてよろしい。は？　あ、ここに帰ってこられたのは十月でした。雑木林の木々がそろそろ黄色や赤に変じ始める時分で、林縁にはもうとっくに終わっているはずの彼岸花《ヒガンバナ》がね、真赤に咲いて群れておりましたよ」

あの日の風景を、色を、今もはっきりと思い出す。

「戦争で、たくさん死にましたからなあ」

終戦から三年後の昭和二十三年、富太郎は皇居に参内《さんだい》した。

天皇にご進講をとのお召しがあったのである。今上《きんじょう》天皇には、生物学者としての横顔がある。植物学についても造詣《ぞうけい》が深いことは富太郎も聞き及んでいて、それというのも生物学御研究所の服部広太郎《はっとりひろたろう》博士とは見知りの間柄で、時々、お訊《たず》ねがあったという。

牧野は元気でおるか。

鶴代が洋服屋に手配りをして、フロックコートを作った。

吹上御苑《ふきあげぎょえん》をゆっくりと歩く。侍従や警護の役人は背後で、つかず離れずの距離を保っている。

秋の陽射《ひざ》しが草道を照らし、靴の下で小石を踏む音がする。時々、ご下問がある。植物について専門的な知識を弁《わきま》えておられることが明瞭《めいりよう》な質問だ。答えながら歩き、立ち止まって訊ねられた植物について解説を申し上げる。やがて目の前が開け、梅林や橡《クヌギ》林を遠くに望むようになった。椎《シイ》や樫《カシ》の大木の姿もある。これはまさに武蔵野《むさしの》の植生だ。陛下がお訊ねになる植物も、武蔵野の自生種が多い。

「このままあまり手を入れ過ぎない管理になさいますと、武蔵野の本来の姿が戻ってまいりましょう」

「そうか」

陛下はつと足を止め、富太郎と並ぶ恰好《かつこう》になった。二人で、遠くの林の景を眺めた。

「本来が、戻るか」

「畏《おそ》れながら、修正申し上げねばなりますまい。正確には、戻ると申しますよりも巡るのです。自然も生命の集合体でありますから、決して元には戻れません。巡りながら遷移し、次の時代へと進みます」

「そうか」

陛下は興深げにうなずき、眼鏡《めがね》の奥の目をしばたたかせた。

秋陽が流れの水面《みなも》を照らし、点在する小さな湿地では鳥が水浴びをしている。ご進講を終えると、陛下が「あのね」と真正面に立たれた。

「あなたは国の宝だよ。だが老齢なのだから無理をしないで、躰をいたわってね。もっともっと長生きをしなさい」

ふと、白い面影《おもかげ》が過《よぎ》った。

壽衛、と胸の中で呼びかける。

陛下のお言葉を聞いたか。この僕に言うてくださったぞ。長生きをせよ、と。いや、己でもまだまだ死なんような気がするな。齢八十七にして今なおステーキをぺろり、ストリップ小屋も覗《のぞ》く。それで毎日、夜更《よふ》けの二時三時まで研究を続けゆうきね。鶴代には早《はよ》う寝なさいと叱《しか》られるが、お前も知っての通り、夢中になったら止《や》められん。

それやき壽衛、あともう少し、そっちで待ちよってくれ。

陛下に礼を申し上げようと思ったがやめた。なにか口に出せば、不覚にも声が滲《にじ》んでしまいそうだ。

翌昭和二十四年、大腸カタルで危篤に陥り、主治医は「ご臨終です」と告げたらしい。

娘や息子、孫らが枕辺に集まり、末期《まつご》の水を富太郎の唇に含ませた。その水がよほど大量であったのか、富太郎はゴックンと咽喉《のど》を動かしたという。むろんその時はいったん死んでいたのだから憶《おぼ》えていない。だが水を呑み下したのを契機にして医師らが手を尽くし、息を吹き返してしまった。

死ななかった。

その後も奇跡的な回復力だと、医者も家族も舌を巻くほどだ。ただ、以前のように採集旅行に気軽に出ることはかなわず、「書斎人」になった。

昭和二十七年、齢《よわい》九十一だ。『南方熊楠全集《みなかたくまぐす》』全十二巻が昨年から順次刊行されたというので、本屋に注文して持ってこさせた。読んでみた。

文机に頰杖をつく。熊楠は昭和十六年の十二月末に長逝《ちょうせい》した。享年七十五であった。

数枚の写真も引っ張り出した。裏を見返せば大正九年八月で、紀州高野山の一乗院裏で撮った数枚を宇井縫蔵《ぬいぞう》が手紙に同封していたものだ。あの頃、知識人の間で写真のやりとりが頻繁《ひんぱん》で、「かような人物です」との名刺代わりにもなっていた。坊主頭でギョロリと大きな目をして、鼻も太い。

この男はいったい何者だったのだろう。

没後、柳田國男は「日本人の可能性の極限である」との賛辞を贈ったらしい。こうして全集を繰ればなるほど、稀代《きたい》の知だ。だがそれはそれ、新聞などが「世界の植物学界に巨大な足跡を印した大植物学者」などと書き立てているのを目にすれば、訂正しておかねばなるまい。

富太郎は昭和十七年、「文藝春秋」二月号に寄稿をと頼まれて書いた。

――同君は大《おお》いなる文学者でこそあったが決して大なる植物学者では無かった。植物ことに粘菌についてはそれはかなり研究せられたことはあったようだが、しからばそれについて刊行せられた一の成書かあるいは論文かがあるかというと私はまったくそれが存在しているかを知らない。

この文章はアカデミズムの権威たる牧野富太郎が「南方熊楠を植物学者として認めない」と公言したに等しく、熊楠の周囲の者らからは少なからぬ落胆や反発の声が上がったと聞いた。だがどう捉《とら》えられようと、植物学者ではないのだから仕方があるまい。彼はやはり文学者であり、大いなる哲人なのだ。いや、いっそこう書けばよかったか。

粘菌は植物とも動物ともつかぬ生きものである。あの世とこの世の間《あわい》に存在して、三千世界を自在に行き来する。南方熊楠は粘菌に似ている。

まったく。あの、曼荼羅《まんだら》のごとき手紙ときたら。

思考が流れ、南窓を見上げた。

なあ、熊楠君よ。田辺を訪れた際、素直に挨拶にくればよかったのだ。互いに顔を合わせれば談論風発《だんろんふうはつ》、森羅万象《しんらばんしょう》を語り合えたであろうに。君は、初対面の者には人見知りであったのか。対談やら講演やらに引きずり出されるのは御免蒙《こうむ》ると思ったのか。そういえば君はいずこかの講演でしくじって、立ち往生《おうじょう》したことがあったそうな。口の達者な僕は苦手であったのか。手紙だけで語り合いたかったのか。だが僕にしたってアカデミズムや権威とは無縁、大たわけか大学者か、紙一重《かみひとえ》だろう。己のことは己ではわからんな。

馬鹿め。この写真、五十は過ぎている頃のものだろう。浴衣《ゆかた》を裏返しに着ているではないか。

そういえば、ジャーナリストの宮武外骨《みやたけがいこつ》が「あれは熊楠ではない、熊糞《くまぐそ》だ」などと書いたことがあった。あの変人にかくも汚く罵《ののし》られるとは、さすがは奇才と言うべきか。

馬鹿め。たった七十五で死におって。

「南方熊糞め」

目尻を拭《ぬぐ》い、ブフと笑った。

耳がすっかり遠くなり、とくに左がいけない。

鶴代の孫の一淳《かずおき》が牧野家に入って共に暮らしているのだが、「おじいちゃん、ごはん」と呼びにくる。何度も呼ばねば気がつかぬらしく、耳のせいもあろうが、こちとら書物や執筆に没頭しているのである。『牧野日本植物図鑑』は版を重ね続けているので、解説文を一寸でも充実させておきたい。

残り時間は限られている。

好物のすき焼きは先に牛肉をバタで焼き、まだ赤いうちに関西風の割下をジャッとかけ回し、その後、野菜を食べるのが近頃の流儀だ。ステーキも血のしたたるレアが好ましい。日本酒は呑まぬが、シャンパングラスに赤玉ポートワインを一杯だけ飲む。肉をじっくりと味わうためだ。故郷の佐川《さかわ》は鰻《うなぎ》の旨い土地で、ゆえに今も鰻は大好物、天麩羅《てんぷら》もよく食べる。

そして野菜はトマトを欠かさない。珈琲も。

「あんなに貧乏だったのに、おじいちゃまは上等の豆を買ってきてお客様にも盛大に振る舞うのよ。自慢げに豆をお挽《ひ》きになってね。それで台所に向かって、おうい砂糖っておっしゃるんだけど、そのお砂糖がない。切れてるの。三河屋《みかわや》さんの払いを溜めてしまってるものだから、持ってきてもらえないの。でも、おうい、よ。私やお姉さんはお母さんに言われて、よくご近所に走らされたものよ。ちょいと拝借がしじゅうだから、本当に恥ずかしくって」

鶴代が一淳に話しているのが聞こえる。こういう話は耳の穴が途端に開いたかのように、突如として音声が入ってくる。

鶴代は黙っているが、今も質屋《しちや》とは縁が切れぬらしい。印税が入るまでの間《あいだ》繋《つな》ぎに、着物を入れたり出したりしている。

書斎で仕事に倦《う》むと、富太郎は拡大鏡を持って庭に出る。そして屈み込む。春は片《カタ》栗《クリ》、そして二輪草《ニリンソウ》だ。顔を上げれば、大寒桜《オオカンザクラ》に寒緋桜《カンヒザクラ》、仙台屋桜《センダイヤザクラ》、山桜や上溝桜《ウワミズザクラ》が白や紅や薄紅の花雲をかけている。春の空の青によく合う。

日本は竹の国、笹の国、そして桜の国だ。

故郷では、稚木《ワカキ》ノ桜《サクラ》がもう満開だろう。かつて博覧会で褒状《ほうじょう》を得た若樹桜だ。富太郎は昭和三年に学名をつけて発表した。あの野山、城跡、田畑の畦道《あぜみち》や酒蔵から漂う甘い麹《こうじ》の匂い、辛夷《コブシ》の花が咲き、木蓮《モクレン》が開く。柳が新芽を含んで、小川は光りながら流れる。

帰りたいなあ。もう一度、ふるさとに。

いや、いつでも帰りゆう。たとえ月日の波に洗われようと、僕はいつも景色の中におる。

朝霜《あさしも》の清冽《せいれつ》、瓦《かわら》を打つ雨の静寂。峠の霧が森の土を湿らせ、苔《コケ》が蠢《うごめ》く。葉脈を水が通る音がする。古木は菌を養い、養われ、茸《キノコ》は胞子を飛ばし、雨上がりには帽子を被ったドングリが剽《ひょう》げて踊る。草々は背比べだ。若い芽のいじらしいほどの競い心よ。朝陽の中で青い息を吐きながら辺りを見回している。花の蕾《つぼみ》は俯《うつむ》いて思案に耽《ふけ》り、いつしか夕陽に染まる。月下の花は昔の恋を梟《フクロウ》に語るだろう。また朝がくれば、万花が思い思いの色と形と匂いで鳥や蝶、蜂を呼ぶ。富太郎も馳せ参じる。大声で喋り、笑い、葉と抱き合う。浮き浮きと寝転んで、跳ね起き、走る。降っても晴れても草まみれだ。林を抜け、山を踏み越え、川を渡る。風が靡《なび》く。

惚《ほ》れ抜いたもののために生涯を尽くす。かほどの幸福が他にあるろうか。

この胸にはまだ究めたい種《ボタニカ》が、ようけあるき。

ゆえに「どうにもならん」と「なんとかなるろう」を繰り返している。


富さん、ほら、ここよ。

富さん、私のことも見つけてよ。

一緒に遊ぼうよ。

## 主要参考文献


『伊沢蘭軒（下）』森鷗外　筑摩書房
『江戸の植物学』大場秀章　東京大学出版会
『鷗外全集　第十七巻』森林太郎　岩波書店
『鷗外の「庭」に咲く草花　牧野富太郎の植物図とともに』文京区立森鷗外記念館
『改訂版　原色牧野植物大圖鑑　合弁花・離弁花編』牧野富太郎　北隆館
『小石川植物園と日光植物園』東京大学大学院理学系研究科附属植物園　小石川植物園後援会
『佐川史談　霧生関　［牧野富太郎博士 生誕150年記念号］』佐川史談会
『佐川史談　霧生関　［牧野富太郎博士 特集号］』佐川史談会
『植物文化人物事典―江戸から近現代・植物に魅せられた人々』大場秀章編　日外アソシエーツ
『新牧野日本植物圖鑑』牧野富太郎原著／大橋広好・邑田仁・岩槻邦男編　北隆館
『名古屋城からはじまる植物物語　図録』ヤマザキマザック美術館
『日本初の理学博士　伊藤圭介の研究』土井康弘　皓星社
『花と恋して　牧野富太郎伝』上村登　高知新聞社
『牧野植物図鑑原図集―牧野図鑑の成立』牧野図鑑刊行80年記念出版編集委員会編　北隆館
『牧野富太郎植物画集』高知県立牧野植物園・高知県牧野記念財団編著　アム・プロモーション
『牧野富太郎植物採集行動録　明治・大正篇』山本正江・田中伸幸編　高知県立牧野植物園

『牧野富太郎植物採集行動録　昭和篇』山本正江・田中伸幸編　高知県立牧野植物園
『牧野富太郎写真集』高知県立牧野植物園
『MAKINO－牧野富太郎生誕150年記念出版』高知新聞社編　北隆館
『日本植物学の父・牧野富太郎―牧野富太郎生誕150年記念特別展示』佐川町立青山文庫
『牧野富太郎　植物博士の人生図鑑』コロナ・ブックス編集部編　平凡社
『牧野富太郎蔵書の世界―牧野文庫貴重書解題』高知県立牧野植物園
『牧野富太郎と神戸』白岩卓巳　神戸新聞総合出版センター
『牧野富太郎の本』高知県牧野記念財団・高知県立牧野植物園
『牧野富太郎博士からの手紙』武井近三郎　高知新聞社
『植物民俗（ものと人間の文化史101）』長澤武　法政大学出版局
『雑草のサバイバル大作戦　ドクターマキノの植物たんけん』里見和彦　世界文化社
『牧野富太郎―牧野富太郎自叙伝（人間の記録4）』牧野富太郎　日本図書センター
『牧野植物図鑑の謎』俵浩三　平凡社
『牧野富太郎　私は草木の精である』渋谷章　平凡社
『横倉山植物図鑑　横倉山の自然 見てある記』高知県越知町立横倉山自然の森博物館

＊論文についてはは割愛させていただきます。ここに謝意を表します。

謝辞

本作を執筆するにあたり、牧野一浡氏、小松みち氏、田中純子氏、小笠原左衛門尉亮軒氏、塚谷裕一氏に貴重な資料の提供と数々のご教示を賜りました。ひとかたならぬご助力に深い謝意を表します。

また、左記の各氏各所にも取材・資料提供等のご協力を賜りました。厚く御礼申し上げます。（一部、敬称略）

練馬区立牧野記念庭園記念館　高知県立牧野植物園　佐川町立青山文庫
牧野富太郎ふるさと館　雑花園文庫　名古屋市東山動植物園　南方熊楠顕彰館　利尻富士町教育委員会　小笠原誓氏　里見和彦氏

# 解説――正負あってこそ偉人たりうる

隠居・大阪大学名誉教授　仲野《なかの》徹《とおる》

牧野富太郎《まきのとみたろう》、言うまでもなく日本を代表する植物学者、日本植物学の父である。大学を辞めさせられ、赤貧に甘んじながらも十三人もの子をなし、自らの学問に邁進《まいしん》した。NHKの連続テレビ小説（朝ドラ）「らんまん」のモデルにもなり、主人公「槙《まき》野万太郎《のまんたろう》」を神木隆之介《かみきりゅうのすけ》が演じたことでも有名だ。なんとなく好感度抜群である。だが、この本を読むとかなり印象が違ってくる。

もちろん『ボタニカ』は小説なので、フィクションではある。だが、実名で表されているだけあって、槙野万太郎とはフィクションの度合いが違う。大きな出来事については ほぼ史実に基づいて書かれているセミ・ノンフィクション的な作品なのだ。

いちばんの驚きは、なんといっても妻についてだろう。故郷である高知に妻――子どもの頃から同居していた従妹《いとこ》の猶《なお》――がいながら、東京で数え十六歳の娘・壽衛《すえ》に一目惚《ひとめぼ》れして妊娠させ、一緒に住むようになる。時代が時代とはいえ、さすがにそれはあかんやろ……。何年かの後に離婚するのだが、猶は牧野にできる限りの仕送りを続け、壽衛との関係もずっと良好だったという。不思議ですらあるが、それくらい心の広い人でないと牧野の妻はとても務まらなかっただろうという気がしないでもない。

猶のことは朝ドラではまったく描かれなかった。このようなエピソードは朝のひときにふさわしくないという配慮からだろうか。そういえばチキンラーメンを発明した安藤百福《あんどうももふく》をモデルにした朝ドラ「まんぷく」でも台湾《タイワン》時代の妻が登場しなかったから、朝ドラの不文律なのかもしれない。ドラマとしては確かにいいかもしれないが、ある人物の生涯を理解するには、そんな態度ではあかんのとちゃうかというのが私の持論である。

伝記、とりわけ科学者の伝記を読むのが趣味で、『生命科学者たちのむこうみずな日常と華麗なる研究』を上梓《じょうし》しているほどだ。北里柴三郎《きたざとしばさぶろう》、野口英世《のぐちひでよ》、オズワルド・エイブリーら十八人の人生を紹介した本である。もちろん赫々《かくかく》たる業績を上げた研究者たちなのだが、必ずしも、その私生活は誉《ほ》められた人ばかりではない。その本では紹介していないが、パプアニューギニアの風土病「クールー」の研究でノーベル賞を受賞したダニエル・カールトン・ガジュセックなどは、後に児童性的虐待で実刑判決を受けているくらいなのだから。

ヘレン・ケラーと並んで伝記界の女王ともいえるマリー・キュリーにだって、子ども向けの伝記には決して書かれていない大スキャンダルがある。キュリー夫人といえば、ラジウムの発見、そして、夫ピエールが馬車に轢《ひ》かれて亡くなってしまうというエピソードが有名だ。その後のことだが、キュリー夫人は不倫スキャンダルをひきおこす。相手はピエールの弟子であった妻子持ちのポール・ランジュバン。女性科学者がほとんどいなかった時代、それもノーベル賞受賞者のスキャンダルは大騒動になった。

野口英世もたいがいである。渡米費用を目的に婚約したにもかかわらず自分の都合で破談にしたり、パトロンからもらった大金を遊興で使い果たしたりなど、とんでもないことをしでかしている。私が子どものころは野口といえば立志伝中《りっしでんちゅう》の人であり、医学部へ進もうと思った理由のひとつはその伝記であったほどだ。しかし、一九七九年に出版された渡辺淳一《わたなべじゅんいち》の『遠き落日』を読んで腰がぬけた。相当にとんでもない人だったのである。

偉人であろうがなかろうが、人生を語るにはポジティブな面とネガティブな面、両方を知っておかないとダメなのではないか。大学教授の退任記念誌とかで、弟子たちが口をそろえて師匠のいいこと、それも同じようなことばかりを誉めそやしているのを読んでいるとうんざりしてくる。それはあくまでも一面であって、その人を語るには十分ではなかろうと思えてしまうからだ。これって、性格、歪《ゆが》んでますやろか？

なにが言いたいかというと、正負両面を知ってこそ、ある人物の本当の魅力がわかるのではないかということだ。『ボタニカ』は、そういった意味でも、じつに素晴らしい小説になっている。


牧野といえば、赤貧に甘んじた市井《しせい》の植物学者である。業績はもちろんだが、「赤貧」と「市井」、これら二つのキーワードが人気をもたらす所以《ゆえん》だろう。しかし、その金銭感覚のなさは半端でない。野口は貧困すぎたがために金銭感覚がなかったのではないかと言われているが、牧野は並に裕福な家に育ったせいだった。なにも考えずに研究資材や本を買いまくる。そら、赤貧にもなりますやろ。

一時は、月給が三十円で借金が三万円——現在の貨幣価値にして億単位だろう——にまでふくれあがり、膨大な数の標本を外国に売り出そうと決意する。そのことが新聞で報道され、借金を肩代わりしてくれる人が現れたのは幸運だった。だが、その篤《とく》志《し》家《か》の出した条件を反古《ほご》にしてしまうのが、牧野のすごい、というか訳のわからないところだ。まさに天真爛漫《てんしんらんまん》！　といえば聞こえはいいが、これもやっぱりあかんやろ。

大学を追われたのは、小学校中退でしかなかった牧野の業績を教授がやっかんだためというが、それだけではなかったのではないか。植物学とは分野が違うが、基礎医学研究を専門として、長い間、大学教員を務めてきた。研究を始めた昭和の終わり頃ですら、現在に比べるとずいぶんと封建的であった。ましてや明治時代、教授の言うことは絶対的だったはずだ。

大学の資料を無断で使用したり、採取した標本を大学のものとせず私蔵していった牧野は、発表において教授に謝辞すら贈らなかった。科学の前には皆が平等であるという信念に基づいておこなった行為であったとはいえ、制度的な問題があるし、社会通念として認められるものでもなかったはずだ。元大学教授はやっぱり大学教授に甘いと思われるやもしれんが、牧野の行いは常識を逸脱していたと言わざるをえないのではないだろうか。

そんな牧野だが、多くの人が手を差し伸べてくれた。それこそが人物の魅力だ。森《もり》林太郎《りんたろう》（鷗外《おうがい》）、シーボルトの弟子である本草学者・伊藤圭介《いとうけいすけ》、東京帝国大学総長・浜尾新《はまおあらた》、文化勲章まで受賞した大ジャーナリスト・長谷川如是閑《はせがわにょぜかん》ら、錚々《そうそう》たる人々が脇役を固めていることは特筆に値する。ただひとつ、世紀の奇人、大博物学者である南方熊楠《みなかたくまぐす》との対面、あるいは対決、が叶わなかったことが残念ではある。

大学教授であったことと、まかてさんと知り合いであることから、この解説の機会をいただけたと考えている。まかてさん、小説のシャープさからは想像できないファンキーさがなんとも素敵である。

昨年秋、関西在住の作家さんを中心に「なにげに文士劇2024旗揚げ公演」と銘打って、東野圭吾《ひがしのけいご》の『放課後』が上演された。実行委員の一人であったまかてさんは「校務員のバンさん」役で登場されたのだが、一箇所で大トチリがあった。あまりのあざやかなやらかしっぷりに、普段のファンキーさとサービス精神を鑑《かんが》みて、終了後、はたして単なるしくじりか、それとも、うけるためにわざとやられたのかが話題になったほどだ。確認したら、単なるやらかしだったらしく、それはそれでさすがだと感心した次第。

さらには日経新聞夕刊「こころの玉手箱」、まかてさんの第一回が「高校時代に読んだ『ソロモンの指環』」だったのには驚いた。ノーベル賞に輝いた動物行動学者コンラート・ローレンツの名著である。意外にも、と言えば失礼かもしれないが、自然作家が好きなようだ。そういえば、鷗外の三男坊、森類《るい》を描いた柴田錬三郎《しばたれんざぶろう》賞受賞作『類』の紹介を書かせてもらった折、庭の花の描写があまりに見事だったので、お花がお好きなんですかと尋ねたら、そのとおりとのお返事をいただいた。もちろん『ボタニカ』でも、植物愛が遺憾《いかん》なく発揮されている。

『類』でも『ボタニカ』でも、まかてさんの主人公に対する眼差《まなざ》しはどこまでも細《こま》やかで優しい。え〜っ、そんな人やったんか、と思うようなことも書かれてはいるが、類も牧野も、きっと、よくぞここまで上手く書いてくれたと草葉の陰で喜んでいるに違いない。

（この作品は、令和四年一月祥伝社より刊行されたものです）

一〇〇字書評

ボタニカ

切・り・取・り・線

**購買動機**（新聞、雑誌名を記入するか、あるいは○をつけてください）

□（　　　　　　　　　　　　　　　　）の広告を見て
□（　　　　　　　　　　　　　　　　）の書評を見て
□ 知人のすすめで　　　　　　□ タイトルに惹かれて
□ カバーが良かったから　　　□ 内容が面白そうだから
□ 好きな作家だから　　　　　□ 好きな分野の本だから

・最近、最も感銘を受けた作品名をお書き下さい

・あなたのお好きな作家名をお書き下さい

・その他、ご要望がありましたらお書き下さい

| | | | | | |
|---|---|---|---|---|---|
| 住所 | 〒 | | | | |
| 氏名 | | 職業 | | 年齢 | |
| Eメール | ※携帯には配信できません | 新刊情報等のメール配信を 希望する・しない | | | |

この本の感想を、編集部までお寄せいただけたらありがたく存じます。今後の企画の参考にさせていただきます。Eメールでも結構です。

いただいた「一〇〇字書評」は、新聞・雑誌等に紹介させていただくことがあります。その場合はお礼として特製図書カードを差し上げます。

前ページの原稿用紙に書評をお書きの上、切り取り、左記までお送り下さい。宛先の住所は不要です。

なお、ご記入いただいたお名前、ご住所等は、書評紹介の事前了解、謝礼のお届けのためだけに利用し、そのほかの目的のために利用することはありません。

〒一〇一－八七〇一
祥伝社文庫編集長　清水寿明
電話　〇三（三二六五）二〇八〇

祥伝社ホームページの「ブックレビュー」からも、書き込めます。
www.shodensha.co.jp/bookreview

祥伝社文庫

ボタニカ

令和 7 年 3 月 20 日　初版第 1 刷発行

著　者　朝井《あさい》まかて
発行者　辻　浩明
発行所　祥伝社《しょうでんしゃ》
東京都千代田区神田神保町 3-3
〒 101-8701
電話　03（3265）2081（販売）
電話　03（3265）2080（編集）
電話　03（3265）3622（製作）
www.shodensha.co.jp
印刷所　堀内印刷
製本所　ナショナル製本
カバーフォーマットデザイン　中原達治

 ISBN978-4-396-35107-6 C0193